LE TEMPS DE L'INNOCENCE

Edith WHARTON

LE TEMPS DE L'INNOCENCE

Traduction de
Madeleine TAILLANDIER
avec le concours d'Edith WHARTON

Présentation de
Diane DE MARGERIE

Dossier, chronologie et bibliographie de
Virginia RICARD

GF Flammarion

Solitude : La solitude c'est de vivre
parmi ts ces gens aimables
qui ne vous demandent que de
dissimuler vos pensées" ch XI p 92

"Le moule des Mingott" sur lequel
seule Ellen n'est pas faite

Titre original :
THE AGE OF INNOCENCE

ISBN : 978-2-0804-5158-3
N° d'édition : 632470-0
Dépôt légal : juin 2024

PRÉSENTATION

L'ambiguïté de l'innocence chez Edith Wharton

Edith Wharton écrit *Le Temps de l'innocence* en 1920 alors qu'elle vit à Paris, rue de Varenne, où elle s'est installée juste avant la guerre. Elle se remet d'intenses tristesses : la séparation, inévitable, d'avec un mari neurasthénique, les horreurs de la guerre, la mort de plusieurs amis dont Henry James, avec qui elle avait une relation privilégiée – sans parler de tous ces morts anonymes disparus dans la tourmente. « Il me fallait quitter le présent », écrit-elle de cette époque, dans son autobiographie, *A Backward Glance*. Sachant qu'il n'y a de meilleure thérapeutique que celle de la création, elle voyage à rebours, grâce à l'imaginaire, vers cette Amérique d'autrefois, avec ses robes fraîchement arrivées de chez Worth, mais aussi ses rituels tout-puissants et ses critères implacables. Le snobisme des origines, la nécessité d'une fortune, les prestiges de la beauté et l'artifice d'un code de l'honneur souvent hypocrite rejettent hors du sein de la communauté tout être qui prétend avoir ses propres lois pour sortir de la norme.

Le roman a une double résonance autobiographique : célèbre, amie de tous les écrivains, Edith Wharton est libre et riche ; elle peut d'autant mieux imaginer les tribulations de son héroïne Ellen Olenska, que le sort a défavorisée malgré son intelligence et sa beauté. D'autant mieux décrire la vie de devoir menée par Newland Archer, jouet du destin. Ce récit, qui est celui d'une libération manquée, elle est faite pour le raconter, elle qui a réussi la sienne après avoir connu les joies de la sécurité, puis les affres, les hésitations et les certitudes durement conquises d'une femme qui a fait son choix : une certaine solitude intérieure inséparable de l'écriture.

Dans son *Portrait* d'Edith Wharton, Percy Lubbock nous éclaire sur l'origine de la traduction que nous donnons ici, pages qui prouvent à quel point cette amie de Paul Bourget et de Charles Du Bos était proche de la France et de la langue française. Comme elle n'était pas entièrement satisfaite de la première version française du roman, Edith Wharton fit appel en 1921 à Mme Saint-René Taillandier, qui accepta de la mettre au point avec sa fille, traductrice remarquée de Galsworthy. Edith Wharton elle-même participe à ces longues séances de travail, et on les imagine toutes les trois, près de Paris, à Saint-Brice, remaniant leur premier texte qu'elles avaient voulu absolument littéral, pour ensuite le travailler et le retravailler dans la bibliothèque décorée d'aquarelles, tout en discutant de leurs sujets favoris présents dans l'œuvre : la psychologie des êtres, l'acuité des mots. Une fois ce labeur achevé, une autre vie commençait pour la romancière, où il n'était plus question de création littéraire.

Richesse de la vie d'Edith Wharton ! À la fois adonnée aux autres et, dans ses heures de discrète solitude, complètement repliée sur les grandes questions : la liberté de l'amour, l'atteinte du temps, les aventures spirituelles. Cette vie, scindée en deux, laisse deviner un don exceptionnel d'adaptation et de métamorphose, même si les femmes sont depuis toujours habituées, comme on le sait, à jongler entre leurs obligations concrètes et leur vie rêvée. Ce don d'ubiquité, Edith

Wharton le possédait à un point rare. C'est ainsi que dans ce roman elle se trouve à deux points opposés de la courbe : elle est revenue au temps de la vieille New York, mais elle n'y est revenue que par la pensée ; car son regard a depuis observé d'autres mœurs, d'autres milieux, et ce regard sait juger le poids étouffant de ce qui, sur le moment, pouvait paraître une coquille protectrice. C'est donc avec des sentiments mitigés qu'elle se penche sur ces années 1870, mais avec cette vision tout en nuances qu'elle a des choses, Edith Wharton n'en est-elle pas le peintre magistral ? Dans le vieux débat entre l'ignorance du mal, et son expérience, ce roman s'inscrit avec éclat, car si, en apparence, il oppose l'évidente innocence de la jeune May Welland – fiancée-femme idéale – à la romanesque et troublante Mme Olenska, il ne sera pas si facile de déterminer si May Welland est blanche comme neige ou si Mme Olenska porte uniquement les couleurs vives de la passion. Pour le savoir, il faut le temps d'une vie qui se confond avec le temps du roman, et son dévoilement progressif. Mme Olenska, étrangère au clan, séparée de son époux, d'autant plus livrée aux racontars qu'elle vit seule et songe au divorce, n'est pas une femme qui fait le mal (comme tant de femmes tyranniques chez Henry James), mais une femme qui le subit. Une femme qui préfère la solitude de la vérité aux manigances sociales, aux facilités d'un faux retour auprès d'un époux riche et volage dont elle ne serait que la fausse maîtresse entretenue. Pourtant la comtesse Olenska est celle par qui le scandale arrive. Adoptée par le clan des vieilles familles puritaines, pour qui un époux est un époux, elle ne joue toutefois pas le jeu de ses mensonges. *Le Temps de l'innocence* restitue à merveille l'atmosphère à la fois frivole et cruelle de ces Américains aisés au milieu desquels d'autres, moins fortunés ou roués, disparaissent comme dans un gouffre. Le grand sujet de la romancière n'est-il pas de montrer à quel point le carcan social provoque la déchéance spirituelle des êtres ?

Dès 1905, *Chez les heureux du monde* analysait en effet le processus de la dégradation d'une femme qui, sans avoir une force suffisante, refuse cependant de se fondre au groupe et finit par se perdre. Aucun personnage ne vivra ici la déchéance cruelle et complète de Lily Bart, mais certains devront, d'une façon secrète, parcourir les étapes d'un enfer intime : celui du renoncement. Marié à la pure May Welland, Archer est loin de savoir où le mène ce brillant mariage et qu'une main de fer se dissimule sous le gant de satin blanc. Virginité du corps et du cœur sont ici comme des armes aux mains d'un clan avisé, préoccupé de sa survie. L'aventure de Newland Archer est l'une des plus tristes que l'on puisse traverser puisqu'elle consiste en la volatilisation d'une âme, la perte d'une personnalité qui aurait pu s'affirmer. Si, avec *Portrait de femme* (1881), Henry James nous donne l'admirable analyse du caractère d'Isabel Archer mariée à Osmond, liée à ce mari malfaisant par un obscur attrait du mal dont elle est la victime, Edith Wharton, avec Newland Archer, nous trace le portrait non moins aigu d'un être conventionnel, faible et bon, jouet d'un milieu qui le tient comme le marionnettiste dirige son pantin.

Edith Wharton aurait-elle gardé en mémoire, par admiration de son ami Henry, ce nom de *Archer* qui revient ici comme un écho, accolé cette fois à un prénom masculin (Newland : « terre nouvelle », nom ironique, s'il en est), mais placé dans une situation psychologique qui n'est pas sans affinités avec celle d'Isabel Archer dans *Portrait de femme* ? Newland Archer est lui aussi un être piégé, manœuvré, intimement sollicité par le halo obscur qui entoure Mme Olenska (son mari polonais, volage, vicieux peut-être), et l'autre vie de plaisir menée avec lui, tout comme Isabel était fascinée par Osmond : de plus, ni l'un ni l'autre de ces personnages ne sauront transformer leurs velléités en volonté.

Non que cette allusion à son illustre ami prétende réduire Edith Wharton au seul rôle de disciple. Les deux écrivains ont en commun nombre de thèmes : celui de la frustration, par exemple, et celui du « trop tard ». Cependant Edith Wharton s'aventure, bien naturellement, plus profondément dans les domaines féminins : la maternité, la procréation, la sensualité féminine ; elle n'hésite pas à affronter le concret – la pauvreté, par exemple – dans *Ethan Frome*. Les joutes de l'esprit le cèdent ici aux joutes de l'être avec la société ou avec les traquenards de la vie.

Elle n'a pas son pareil pour habiller ses personnages de vêtements qui conviennent à la teneur de leur nature : ainsi, les splendides toilettes de Mme Olenska sont toujours vivantes : douceur du velours, animalité des fourrures ; tandis que May, vestale du foyer, prêtresse de l'ordre établi, porte des vêtements blancs qui évoquent à la fois la jeune fille sportive qu'elle est et la déesse que son orgueil lui dicte d'imiter. Si le corps est très présent (avec tout ce qui le concerne, depuis le vêtement jusqu'au geste, timide, mais brûlant), Edith Wharton demeure l'admirable interprète des passions contrariées – refoulées dans *Ethan Frome*, lentement assassinées dans *Le Temps de l'innocence*.

Il ne s'agit pas ici de sublimation, ni d'un renoncement qui ferait progresser l'être dans la lumière des vérités humaines, mais plutôt du tâtonnement aveugle d'un homme qui préfère tuer un sentiment que de déranger le plan préétabli dont il devient le pion. De l'« innocence » incarnée par May et qui pare le couple d'une bonne conscience et de l'illusion de « bien » agir (mais aussi de robes satinées et d'hermines, de diamants et de silences feutrés), Edith Wharton montre le dangereux attrait pour la virilité de l'homme qui se croit en sécurité, tandis qu'il s'émascule. Conscient de la fadeur sévère, de la monotonie qui l'attend, du caractère prédateur de la perfection conjugale, Newland Archer sait que plus rien chez sa femme ne viendra le surprendre ni le combler. Très vite, il se sent un mort-vivant. De ce mariage avec l'innocence naîtront des enfants qui continueront à épouser les autres enfants de la caste dont ils sont issus, et s'il y a un espoir de changement, ce n'est pas grâce à leur volonté ni à leur originalité qu'il aura lieu, mais bien grâce au Temps, ce grand maître de la danse, et parce que tout finit toujours par changer – malgré la médiocrité des êtres.

À toute cette société opaque, mais organisée, s'oppose la belle Mme Olenska, amie des artistes et des écrivains (comme l'était Edith Wharton), hésitant à divorcer (comme elle hésita à le faire), décidée à ne pas retrouver son mari quand la vie qu'il lui propose paraît impossible à reprendre parce qu'elle a soudain rencontré un amour véritable. L'ironie cruelle du livre est que ce sentiment fort, qui pourrait marquer la renaissance de cette femme remarquable, est éprouvé pour un homme qui, par faiblesse, et parce qu'il est trop tard, refuse de sacrifier sa situation sociale à la passion imprévisible. Personne n'est à blâmer dans ce trio qui se rencontre quand les jeux sont faits, mais chacun est à plaindre, immolé comme il l'est à ce clan qui, lentement, les broie un par un, tous les trois. Malgré d'inoubliables scènes de passion, où des lèvres effleurent la paume laissée nue sous le gant, on sait que le milieu a tellement coulé ses victimes dans un moule que, si elles parviennent à prendre conscience de leurs brûlantes ardeurs, c'est déjà là une action d'éclat.

Une autre dimension de ce roman est de montrer l'inconsciente mauvaise foi d'Archer. Fiancé, ayant rencontré Ellen Olenska, femme mûrie par l'expérience, il ne comprend plus « le produit redoutable du système social dont il faisait partie et auquel il croyait : *la jeune fille* qui, ignorant tout, espérait tout » et qui lui apparaît maintenant « comme une étrangère ». En fait, il a peur. Ce qu'il lui faut, c'est un appui social, non pas un être qui doit se faire à son côté. Quand il s'exclame, au sujet de Mme Olenska, la cousine de sa fiancée, « Les femmes doivent être libres, aussi libres que nous », il se fourvoie doublement dans l'ambiguïté : d'abord parce qu'il dissimule son désir de voir Ellen vivre seule, sans homme, et donc dépendante de son amour, ensuite parce que jamais il n'accorderait à sa femme légitime cette liberté désirée pour la maîtresse rêvée.

La liberté de la femme n'est envisagée par Newland Archer que chez les femmes déjà libres ; les jeunes filles, par leur virginale attente, l'inquiètent comme tout puritain dissocié qui ne se marie que pour perpétuer les traditions et la race. Archer se perd, car il se ligote. En même temps, il trahit un être neuf qui espérait vivre à ses côtés, et il prétend être libre aux yeux d'une femme qui, comme Ellen, est déjà indépendante. Edith Wharton se sert admirablement de ces fiançailles entre Archer et May pour montrer l'injuste différence qui sépare chacun des futurs mariés : que l'homme ait un passé, rien d'étonnant, mais justement, Ellen Olenska en a un, ce qui fait scandale et la menace dans son appartenance au clan. Archer veut bien qu'Ellen ait un passé : elle n'est pas sa femme légitime, après tout, elle n'est que son amour, ou sa future maîtresse. Il est tranquille chez lui : avec May n'existent que lui et le présent. Mais comme, tout de même, cet ensemble injuste et viril de ressentiments flous à l'égard de la liberté féminine le dérange, il se dérobe grâce à la voie la plus facile, celle d'une condescendance affichée. Sa jeune fiancée « était franche, la pauvre chérie, parce qu'elle n'avait rien à cacher ». « La beauté radieuse » de May est pour Newland Archer un atout, un colifichet dont il se revêt pour appâter autrui ; à ce tableau cruel et lucide du jeune homme en mal de mariage, il ne manque même pas la narcissique volupté d'être le premier à susciter les émois de la jeune fille. Féroce Edith Wharton ! (Mais elle réserve sa tendresse à ceux qui ont traversé les incendies de la vie.)

La coterie veillera à ce que tout essai d'envol s'enlise. Elle tordra le cou de l'ardeur, silencieusement, sans « effusion de sang ». Les dialogues entre Newland Archer et Ellen Olenska restituent ce climat de brûlante communion avortée : « Quoi, vous aussi ? » se demandent-ils, n'osant parler de leur amour autrement qu'à mots couverts, et pourtant, quelle force nostalgique avec ce « vous aussi ? ».

Dans le bilan que fait Newland Archer resté, malgré tout, mari fidèle et père attentionné, demeure la poignance du regret : « Il savait pourtant ce qui lui avait manqué : la fleur de la vie. Mais il y pensait maintenant comme à une chose hors d'atteinte. Lorsqu'il se souvenait de Mme Olenska, c'était d'une façon irréelle, avec sérénité, comme on penserait à une bien-aimée imaginaire découverte dans un livre ou un tableau. Elle était devenue l'image de tout ce dont il avait été privé. »

La nouvelle génération bouscule toute cette opacité ; le jeune Archer, parlant à son père du couple que formaient ses parents, attaque leur discrétion qu'il juge dépassée : « Vous ne vous êtes jamais rien demandé l'un à l'autre, n'est-ce pas ? Et vous ne vous êtes jamais rien dit. Vous êtes restés l'un devant l'autre, à observer, à deviner ce qui se passait en dedans – un duo de sourds-muets… »

Ainsi Newland Archer a-t-il vécu la vie d'un autre, ou plutôt s'est-il contenté d'une fausse vie, brillante en apparence, mais creuse en réalité, et le roman s'achève sur cette image d'un homme assis sur un banc de Paris, près des Invalides, regardant la vie – la vie des autres – s'écouler comme un fleuve. De son côté, Ellen Olenska a dû regarder le réel en face ; elle a vu, selon son expression, « la Gorgone » qui loin de rendre « les gens aveugles [...], leur ouvre les yeux tout grands » et « leur coupe les paupières ». Car Edith Wharton le sait : rien ne sépare plus sûrement les êtres qu'une vision non partagée de la vérité.

Mais survient la fin du roman, et, avec elle, une révélation : loin d'être ignorante de l'amour éprouvé par son mari pour Ellen, May *savait.* Sans mot dire, en dehors des pages que nous avons lues avec cette compassion que suscitent les passions lentement mises à mort, s'est déroulée toute une autre histoire dont nous ne savions rien (comme si Edith Wharton voulait dire que derrière le livre écrit, il y en a toujours un autre prêt à l'être). Toute une vie stoïque, sans illusions, muette : la vie de May Welland, aux aguets, mais aussi, souvent, aux abois.

Ce renversement dans l'esprit du lecteur, habitué à taxer l'épouse des malheurs arrivés aux protagonistes si romantiques du récit, cette pitié et cette admiration que l'on nous demande soudain pour elle sont bien une preuve du talent de la romancière. Et si nous nous étions trompés ? Ne serait-ce pas May, finalement, l'héroïne, et non la sémillante comtesse toujours occupée à séduire, à charmer ? Mme Olenska ne serait-elle pas un peu une « allumeuse », et May une force capable de se sacrifier jusqu'à la sainteté ? Elle meurt, d'ailleurs, avant les autres, pour mieux se faire regretter.

Oui, décidément, peu de livres montrent mieux que celui-ci l'ambiguïté de l'innocence. Chacun en est doté, mais de façon singulière : Ellen Olenska qui croit à une renaissance grâce au mari d'une jeune amie avec lequel elle consomme, délicieusement, un adultère « moral » ; Newland Archer qui, à force de se laisser mener, conduit sa barque à travers les tempêtes vers le havre du conformisme de la réussite ; May, qui concentre sa volonté sur l'édifice familial, ce qui la justifie à ses propres yeux ; le jeune Archer qui, fiancé à une fille du clan, accuse ses parents de n'avoir pas su communiquer tandis que, dans sa franchise affichée, percent un soupçon de vulgarité et un zeste de cynisme à la mode.

Mais qui a jamais prétendu que l'innocence existait à l'état pur ? Certes pas Edith Wharton, dont le plaisir pris à dénoncer les mœurs étouffantes d'antan se teinte de mélancolie à leur chatoyante évocation.

Diane DE MARGERIE

LE TEMPS DE L'INNOCENCE

LIVRE I

1

Un soir de janvier 187., Christine Nilsson chantait la Marguerite de *Faust* à l'Académie de musique de New York.

Il était déjà question de construire – bien au loin dans la ville, plus haut même que la Quarantième Rue – un nouvel Opéra, rival en richesses et en splendeur de ceux des grandes capitales européennes. Cependant, le monde élégant se plaisait encore à se rassembler, chaque hiver, dans les loges rouge et or quelque peu défraîchies de l'accueillante et vieille Académie. Les sentimentaux y restaient attachés à cause des souvenirs du passé, les musiciens à cause de son excellente acoustique – une réussite toujours hasardeuse –, et les traditionalistes y tenaient parce que, petite et incommode, elle éloignait, de ce fait même, les nouveaux riches dont New York commençait à sentir à la fois l'attraction et le danger.

La rentrée de Mme Nilsson avait réuni ce que la presse quotidienne désignait déjà comme un brillant auditoire. Par les rues glissantes de verglas, les uns gagnaient l'Opéra dans leur coupé, les autres dans le spacieux landau familial, d'autres enfin dans les coupés « Brown », plus modestes, mais plus commodes. Venir à l'Opéra dans un coupé « Brown » était presque aussi honorable que d'y arriver dans sa voiture privée ; et au départ on y gagnait de pouvoir grimper dans le premier « Brown » de la file – avec une plaisante allusion à ses principes démocratiques –, sans attendre de voir luire sous le portique le nez rougi de froid de son cocher. Ç'avait été le coup de génie de Brown, le fameux loueur de voitures, d'avoir compris que les Américains sont encore plus pressés de quitter leurs divertissements que de s'y rendre.

Quand Newland Archer ouvrit la porte de la loge réservée à son cercle, le rideau venait de se lever sur la scène du jardin. Le jeune homme aurait pu arriver plus tôt, car il avait dîné à sept heures, seul avec sa mère et sa sœur, et avait lentement fumé son cigare dans la bibliothèque aux meubles gothiques, la seule pièce où Mrs. Archer permettait qu'on fumât. Il s'était attardé, d'abord parce que New York n'était pas une de ces villes de second rang où l'on arrive à l'heure à l'Opéra – et ce « qui se fait » ou « ne se fait pas » jouait un rôle aussi important dans la vie de Newland Archer que les terreurs superstitieuses dans les destinées de ses aïeux, des milliers d'années auparavant.

Le second motif de son retard était tout personnel. Il avait flâné en fumant parce que, étant au fond un dilettante, savourer d'avance un plaisir lui donnait souvent une satisfaction plus subtile que le plaisir même. Cela était vrai surtout quand il s'agissait d'un plaisir délicat – comme l'étaient du reste la plupart des siens –, et, dans cette occasion, le moment qu'il escomptait était d'une qualité si rare et si exquise que, s'il avait pu fixer avec le régisseur la minute précise de son arrivée, il n'aurait pu choisir un moment plus propice que celui où la *prima donna* chantait : « Il m'aime – il ne m'aime pas – il m'aime », en laissant tomber, avec les pétales d'une marguerite, des notes limpides comme des gouttes de rosée.

Naturellement, elle chantait « *m'ama* », et non « il m'aime », puisqu'une loi immuable et incontestée du monde musical voulait que le texte allemand d'un opéra français, chanté par des artistes suédois, fût traduit en italien, afin d'être plus facilement compris d'un public de langue anglaise. Cela semblait aussi naturel à Newland Archer que toutes les autres conventions sur lesquelles sa vie était fondée : telles que le devoir de se servir de deux brosses à dos d'argent, chiffrées d'émail bleu, pour faire sa raie, et de ne jamais paraître dans le monde sans une fleur à la boutonnière, de préférence un gardénia.

« *M'ama – non m'ama* », chantait la *prima donna*, et « *M'ama !* » dans une explosion finale d'amour triomphant. Pressant sur ses lèvres la marguerite effeuillée, elle levait ses grands yeux sur le visage astucieux du petit ténor, Faust-Capoul, qui, sanglé dans un pourpoint de velours violet, coiffé d'une toque emplumée, essayait vainement de paraître aussi sincère que sa candide victime.

Newland Archer détourna les yeux de la scène pour les plonger dans la loge d'en face. C'était celle de la vieille Mrs. Manson Mingott, qu'une monstrueuse obésité empêchait depuis longtemps de se rendre à l'Opéra, mais qui s'y faisait toujours représenter, les jours de première, par quelques personnes de sa famille. Ce soir-là, le devant de la loge était occupé par sa belle-fille, Mrs. Lovell Mingott, et par sa nièce, Mrs. Welland ; et un peu en arrière des matrones embrocardées était assise une jeune fille en toilette blanche, dont les yeux extasiés ne quittaient pas les amants sur la scène.

Comme le « *m'ama* » de Mme Nilsson vibrait dans la salle silencieuse – les loges se taisaient toujours pendant l'air de la marguerite –, un incarnat plus vif monta aux joues de la jeune fille, embrasant son front jusqu'aux racines de ses tresses cendrées et envahissant le contour de sa jeune poitrine, où une modeste guimpe de tulle était attachée par un seul gardénia. Elle abaissa les yeux sur l'énorme bouquet de muguets posé sur ses genoux, et Newland Archer la vit caresser doucement les fleurs du bout de ses doigts gantés de blanc. Il poussa un soupir satisfait, et se retourna vers la scène.

Aucune dépense n'avait été épargnée pour les décors, dont la beauté satisfaisait même les familiers des Opéras de Paris et de Vienne. Le devant de la scène, jusqu'à la rampe, était recouvert d'un drap vert émeraude. Au second plan, dans des parterres symétriques, en laine verte moussue, et bordés d'arceaux de croquet étaient plantés des arbustes en forme d'orangers, mais fleuris de roses variées. Sous ces rosiers, dans la mousse, poussaient des pensées gigantesques, toutes pareilles à ces essuie-plumes que les vieilles filles brodent pour leur pasteur. Çà et là une marguerite s'épanouissait sur une branche de rosier, présageant déjà les futurs prodiges du célèbre horticulteur Luther Burbank.

Au centre de ce jardin enchanté, Mme Nilsson écoutait les déclarations passionnées de M. Capoul. Elle était vêtue d'une robe de cachemire blanc, ornée de crevés de satin bleu ciel. Une aumônière pendait de sa ceinture bleue, et ses épaisses nattes jaunes étaient soigneusement disposées de chaque côté de sa chemisette de mousseline. Elle affectait une ignorance ingénue lorsque, de la parole et du regard, l'amoureux lui indiquait la fenêtre du rez-de-chaussée du pimpant chalet de briques qui sortait de biais de la coulisse droite.

« L'adorable enfant, pensa Newland Archer, son regard revenant vers la jeune fille aux muguets, elle ne se doute même pas de ce que cela veut dire. » Et il contempla le joli visage pensif avec un frémissement où l'orgueil de son initiation masculine se mêlait à un tendre respect pour la pureté profonde de la jeune fille. « Nous lirons *Faust* ensemble au bord des lacs italiens », se dit-il, les scènes de sa future lune de miel se confondant vaguement dans sa pensée avec les chefs-d'œuvre de la littérature que son privilège d'époux lui réservait de révéler à sa jeune femme. C'était seulement dans ce même après-midi que May Welland lui avait permis de deviner ses sentiments et déjà les rêves du jeune homme, allant plus loin que la bague de fiançailles, le premier baiser et la Marche nuptiale de *Lohengrin*, la lui représentaient à ses côtés dans quelque paysage magique de la vieille Europe.

Loin de vouloir que la future Mrs. Newland Archer fît preuve de naïveté et d'ignorance, il désirait qu'elle acquît à la lumière de sa propre influence un tact mondain et une vivacité d'esprit la mettant à même de rivaliser avec les plus admirées des jeunes femmes de son entourage : car dans ce milieu c'était un usage consacré d'attirer les hommages masculins, tout en les décourageant. Si Archer avait pu sonder le fond même de sa propre vanité – ce qui lui arrivait parfois –, il y aurait trouvé le souci que sa femme fût aussi avertie, aussi désireuse de plaire que cette autre femme dont les charmes avaient retenu son caprice pendant deux années. Cependant, chez la compagne de sa vie, il n'admettait, naturellement, aucune faiblesse semblable à celle qui avait failli gâcher l'avenir de cette malheureuse, et qui avait dérangé ses projets à lui pendant tout un hiver.

Comment créer un tel miracle de feu et de glace, et comment le maintenir en équilibre, Newland Archer ne s'en inquiétait guère. Il se contentait de ce point de vue sans l'analyser, le sachant partagé par tous ces messieurs, giletés de blanc, aux boutonnières fleuries, qui se succédaient dans la loge du cercle, échangeant avec lui de légers propos, et lorgnant en amateur les femmes qui étaient les produits de ce système. Par sa culture intellectuelle et artistique, le jeune homme se sentait nettement supérieur à ces spécimens choisis dans le gratin du vieux New York. Il avait plus lu, plus pensé, et plus voyagé que la plupart des hommes de son clan. Isolément, ceux-ci trahissaient leur médiocrité intellectuelle ; mais en bloc, ils représentaient « New York », et, par une habitude de solidarité masculine, Newland Archer acceptait leur code en fait de morale. Il sentait instinctivement que, sur ce terrain, il serait à la fois incommode et de mauvais goût de faire cavalier seul.

– Bon Dieu ! s'exclama tout à coup Lawrence Lefferts, détournant sa lorgnette de la scène. Lawrence Lefferts était, somme toute, le premier arbitre de New York en matière de « bon ton ». Non seulement il avait probablement consacré plus de temps qu'aucun autre à cette étude compliquée et captivante, mais il y avait un sens inné et particulier du « bon goût » chez cet homme qui savait porter avec tant d'aisance des vêtements impeccables et tirer parti de sa grande taille avec tant de grâce nonchalante. Pour en être convaincu, on n'avait qu'à voir le modelage fuyant de son front chauve, le pli de sa magnifique moustache blonde, les longs escarpins vernis qui terminaient sa mince et élégante personne. Un de ses jeunes admirateurs avait dit : « Si quelqu'un peut décider quand on peut mettre ou non la cravate noire avec l'habit, c'est Larry Lefferts. » De même, sur l'alternative des escarpins ou des souliers « Oxford », son autorité n'était jamais discutée.

– Bon Dieu ! répéta-t-il, et, silencieusement, il tendit sa lorgnette au vieux Sillerton Jackson.

Newland Archer suivit le regard de Lefferts et vit, avec surprise, que son exclamation avait été occasionnée par l'entrée d'une jeune femme dans la loge de Mrs. Mingott. Cette jeune femme était svelte, un peu moins grande que May Welland, et ses cheveux bruns, coiffés en boucles serrées contre ses tempes, étaient encerclés d'une étroite bande de diamants. Le style de cette coiffure, lui donnant ce qu'on appelait alors une « allure Joséphine », était souligné par la coupe un peu théâtrale de sa robe de velours bleu corbeau, serrée sous la poitrine par une ceinture que retenait une grande agrafe ancienne. La jeune femme, qui semblait inconsciente de l'attention qu'attirait sa toilette originale, s'arrêta un moment, refusant du geste la place que Mrs. Welland voulait lui céder à droite de la loge ; puis, avec un léger sourire, elle se soumit et s'y installa à côté de Mrs. Lovell Mingott.

Mr. Sillerton Jackson avait rendu les jumelles à Lawrence Lefferts. Tous les messieurs de la loge se retournèrent pour écouter ce qu'allait dire Mr. Jackson, car son autorité sur le chapitre de la « famille » était aussi incontestée que celle de Lawrence Lefferts sur le chapitre du « bon ton ». Il connaissait toutes les ramifications des cousinages de New York, et pouvait non seulement élucider les parentés compliquées des Mingott (par les Thorley) avec les Dallas de la Caroline du Sud, et celles des Thorley de Philadelphie – branche aînée – avec les Chivers d'Albany (en aucun cas ne confondre avec les Chivers d'University Place), mais il pouvait aussi énumérer les caractéristiques de chaque famille : comme, par exemple, la fabuleuse avarice de la branche cadette des Lefferts – ceux de Long Island –, ou encore la propension des Rushworth à faire des mariages insensés, ou encore la folie périodique de chaque seconde génération chez les Chivers d'Albany, avec lesquels leurs cousins de New York avaient toujours refusé de s'entre-allier, à la désastreuse exception de la pauvre Medora Manson, – mais aussi, sa mère était une Rushworth !

Outre cette forêt d'arbres généalogiques, Mr. Sillerton Jackson portait, entre ses tempes étroites et creuses, et sous le chaume de ses cheveux argentés, un registre de la plupart des scandales et mystères qui avaient couvé sous la surface paisible de New York depuis un demi-siècle. Ses informations s'étendaient, en effet, si loin, et sa mémoire était si fidèle qu'on le croyait seul à pouvoir dire qui était réellement Julius Beaufort, le banquier, et quel avait été le sort de l'élégant Bob Spicer, le père de la vieille Mrs. Mingott. Celui-ci, quelques mois après son mariage, avait disparu mystérieusement, emportant une grosse somme d'argent qui lui avait été confiée, le jour même où une séduisante danseuse espagnole, qui faisait les délices de New York, s'était embarquée pour Cuba. Mais ces secrets, et beaucoup d'autres, étaient soigneusement gardés sous clef dans le for intérieur de Mr. Jackson. Non seulement son sévère sentiment de l'honneur lui imposait de ne pas répéter ce qui lui avait été confié, mais il se rendait compte que sa réputation de discrétion augmenterait encore les occasions d'apprendre ce qu'il voulait savoir.

Ces messieurs attendaient donc avec un visible intérêt l'oracle qu'allait rendre Mr. Sillerton Jackson. De ses yeux bleus troubles, ombragés de vieilles paupières sillonnées de veines, il scruta en silence la loge de Mrs. Mingott ; puis, relevant sa moustache d'un air songeur, il dit simplement : « Je n'aurais jamais cru que les Mingott oseraient cela. »

2

Newland Archer, pendant ce bref incident, s'était senti dans un étrange embarras.

Il lui était désagréable que la loge où sa fiancée se trouvait assise entre sa mère et sa tante devînt le point de mire de toute la curiosité masculine de New York. Il ne put d'abord identifier la dame en robe Empire, ni comprendre pourquoi sa présence suscitait un tel émoi parmi les initiés. Puis, subitement, il comprit ; et il eut un sursaut d'indignation. Non, vraiment, personne n'aurait pu supposer que les Mingott oseraient cela. Ils l'avaient osé cependant : ce n'était que trop évident. Les propos échangés, à voix basse, dans la loge derrière lui ne laissaient subsister aucun doute : la jeune femme était la cousine de May, cette cousine dont on parlait toujours dans la famille comme de la « pauvre Ellen Olenska ». Archer savait qu'elle venait d'arriver inopinément d'Europe : même, Miss Welland lui avait dit (et il ne l'en avait pas blâmée) qu'elle était allée voir « la pauvre Ellen », qui était descendue chez la vieille Mrs. Mingott. Archer approuvait entièrement la solidarité de famille, et admirait, chez les Mingott, le courage qu'ils montraient à défendre les quelques brebis galeuses que leur souche irréprochable avait produites. Dans le cœur du jeune homme il n'y avait place pour aucun sentiment mesquin ou malveillant, et il lui plaisait que sa future compagne ne fût pas empêchée par une fausse pruderie de témoigner de la sympathie, dans l'intimité, à sa cousine malheureuse. Mais recevoir la comtesse Olenska en famille était bien autre chose que de la produire en public, et surtout à l'Opéra, à côté de la jeune fille qu'il devait épouser, comme tout New York l'apprendrait le lendemain. – Non, il partageait l'avis du vieux Sillerton Jackson : il n'aurait pas cru que les Mingott oseraient cela.

Archer n'ignorait pourtant pas que Mrs. Manson Mingott, la matriarche de la famille, avait l'habitude de pousser son audace jusqu'aux dernières limites. Il avait toujours admiré cette vieille dame hautaine et autoritaire, « qui avait su s'allier au chef de la riche lignée des Mingott, marier ses filles à des étrangers » – un marquis italien et un banquier anglais – et, pour comble de témérité, avait fait construire, dans le quartier lointain de Central Park, une grande maison en pierres de taille blanches, alors que la pierre brune n'était pas moins de rigueur que la redingote l'après-midi. Et cependant, elle n'était que Catherine Spicer, sans fortune ni position sociale suffisante pour faire oublier que son père s'était publiquement déshonoré.

Ses filles mariées à l'étranger avaient passé dans la légende. Elles ne revenaient jamais voir leur mère, et celle-ci, devenue, comme beaucoup de personnes d'esprit actif et de volonté impérieuse, corpulente et sédentaire, restait philosophiquement chez elle. Mais la maison en pierres blanches qui prétendait imiter les hôtels de l'aristocratie parisienne était là, signe visible de son courage. Elle y trônait, entourée de meubles du XVIIIe siècle et de souvenirs de Louis-Napoléon – car elle avait brillé aux Tuileries dans son été –, elle y trônait avec une placidité complète, comme s'il n'y avait rien d'extraordinaire à vivre au-delà de la Trente-Quatrième Rue et dans une maison où les fenêtres n'étaient pas à guillotine, mais ouvraient comme des portes à la française.

Tout le monde, y compris Mr. Sillerton Jackson, était d'accord pour reconnaître que la vieille Catherine n'avait jamais eu de beauté : un don qui, aux yeux de New York, justifiait tous les succès et excusait un certain nombre de faiblesses. Des esprits malveillants disaient que, comme son impériale homonyme, elle avait réussi par la force de sa volonté, sa dureté de cœur, et une sorte de hauteur audacieuse qui semblait se justifier par la décence et la dignité parfaite de sa vie. Le vieux Manson Mingott, mort au moment où elle atteignait ses vingt-huit ans, avait lié sa veuve par des dispositions testamentaires dictées par sa défiance à l'égard des Spicer ; mais l'audacieuse Catherine poursuivit son chemin sans crainte, se mêla à la société étrangère, maria ses filles dans Dieu sait quels milieux mondains et corrompus, fréquenta des ducs et des ambassadeurs, fraya familièrement avec des catholiques ultramontains, reçut des artistes de l'Opéra, fut l'intime amie de Mme Jenny Lind – sans que jamais (comme Mr. Sillerton Jackson était le premier à le proclamer) aucun souffle eût terni sa réputation – le seul point, ajoutait-il, sur lequel elle se distinguât de l'autre Catherine.

Mrs. Manson Mingott avait réussi, depuis longtemps, à libérer la fortune de son mari, et elle vivait dans l'abondance depuis un demi-siècle. Mais le souvenir de ses embarras financiers l'avait rendue parcimonieuse, et, bien qu'elle montrât un goût luxueux quand elle achetait un vêtement ou un meuble, elle ne pouvait se résoudre à dépenser pour les plaisirs passagers de la table. Sa famille considérait que cette mesquinerie discréditait le nom de Mingott, toujours associé à la conception d'une vie large ; mais on continuait à venir chez la vieille dame, en dépit des plats de chez le restaurateur et du champagne de pacotille. Elle répondait en riant aux observations de son fils, qui essayait de remonter le crédit de la famille en ayant le meilleur cuisinier de New York : « À quoi bon deux chefs dans la famille, maintenant que j'ai marié mes filles et que le beurre me fait mal au foie ? »

Newland Archer, tout en rêvassant sur ces choses, avait de nouveau porté le regard vers la loge des Mingott. Il vit que Mrs. Welland et sa belle-sœur faisaient face aux critiques de la salle avec l'aplomb que la vieille Catherine avait inculqué à toute sa tribu. May Welland seule – peut-être parce qu'elle se sentait regardée par son fiancé – semblait se rendre compte de la gravité de l'incident. Quant à la cause de toute cette émotion, elle restait gracieusement assise dans son coin de loge, les yeux fixés sur la scène. Se penchant en avant, elle révélait un peu plus de poitrine et d'épaule que New York n'était accoutumé d'en voir, au moins chez les personnes qui avaient des raisons pour vouloir passer inaperçues.

Peu de choses semblaient à Newland Archer plus pénibles qu'une offense au « bon goût », cette lointaine divinité dont le « bon ton » était comme la représentation visible. Le visage pâle et sérieux de la comtesse Olenska lui semblait convenir à la fois à la circonstance et à son malheur. Par là, elle lui plaisait ; mais la manière dont le velours libre du corsage glissait de ses fines épaules le choquait et le troublait. La pensée de May Welland exposée à l'influence d'une jeune femme si insouciante des principes du bon goût lui était insupportable.

– Après tout, entendit-il dire à un tout jeune homme derrière lui (il était convenu que l'on pouvait causer dans les loges pendant la scène de Méphistophélès et de Marthe), après tout, qu'est-il arrivé au juste ?

– Mais elle l'a planté là, tout simplement. Personne ne le nie.

– C'est une affreuse brute, n'est-ce pas ? continua le jeune homme, qui, évidemment, se préparait à prendre la défense de la dame.

– La pire des brutes. Je l'ai connu à Nice, dit Lawrence Lefferts avec autorité. Un individu à moitié paralysé, couleur de cire, cynique, méchant. Une tête plutôt distinguée, du reste. Tenez, quand il n'était pas avec les femmes, il collectionnait des porcelaines ; voilà le type, et, dans les deux cas, il payait le prix fort.

Il y eut un éclat de rire, et le jeune champion insista :

– Et après ?

– Eh bien ! elle a décampé avec le secrétaire de son mari.

– Ah !

La figure du champion s'assombrit.

– Ça n'a pas duré longtemps. J'ai entendu dire que, quelques mois plus tard, elle vivait seule à Venise, où j'imagine que Lovell Mingott est allé la chercher. La famille prétend qu'elle était horriblement malheureuse. C'est possible, mais tout de même je ne vois pas la nécessité de la faire parader à l'Opéra.

– Peut-être, hasarda le tout jeune homme, est-elle trop malheureuse pour qu'on la laisse seule à la maison ?

Il y eut un nouveau rire, et le jeune homme rougit violemment et fit semblant d'avoir voulu risquer une insinuation malveillante.

– Eh bien ! c'est osé d'avoir amené Miss Welland le même soir, dit quelqu'un à mi-voix, en jetant un regard de côté sur Newland Archer.

– Oh ! cela fait partie du plan de campagne ; les ordres de la grand-mère, sûrement, répondit Lefferts en riant. Quand la vieille dame a un but à atteindre, elle n'y va pas par quatre chemins.

L'acte finissait, et il y eut un remue-ménage général dans la loge. Tout à coup, Newland Archer se sentit amené à une action décisive. Son désir d'être le premier à entrer dans la loge de Mrs. Welland, de proclamer publiquement ses fiançailles avec May et de la soutenir au milieu des difficultés, quelles qu'elles fussent, où la situation compromise de sa cousine pouvait la jeter mit fin d'un seul coup à ses scrupules et à ses hésitations. Il se leva, et par le corridor circulaire gagna l'autre côté de la salle.

En entrant dans la loge de Mrs. Mingott, il rencontra le regard de Miss Welland, et vit qu'elle avait immédiatement deviné pourquoi il était venu. La réserve que tous deux considéraient comme une si haute vertu ne permit pas à la jeune fille de formuler sa pensée ; mais le fait même qu'ils se comprenaient sans mot dire, elle et Archer, les rapprocha plus qu'aucune explication n'aurait pu le faire. Le jeune homme lisait dans ses yeux clairs : « Vous voyez pourquoi maman m'a amenée ce soir », et elle devinait dans les siens la réponse : « Pour rien au monde je n'aurais voulu que vous ne fussiez pas venue. »

– Je crois que vous connaissez ma nièce, la comtesse Olenska, dit Mrs. Welland, en serrant la main de son futur gendre.

Archer salua ; Ellen Olenska inclina légèrement la tête, sans lui tendre la main gantée de clair dans laquelle elle tenait son éventail de plumes d'aigle.

Ayant adressé ses hommages à Mrs. Lovell Mingott, une dame épanouie harnachée de satin craquant, Archer s'assit près de May, et lui dit à voix basse :

– J'espère que vous avez dit à Mme Olenska que nous sommes fiancés. Je veux que tout le monde le sache. Voulez-vous m'autoriser à l'annoncer au bal ce soir ?

Miss Welland rougit de plaisir, et lui jeta un coup d'œil radieux.

– Sans doute, si maman consent ; mais pourquoi changerions-nous ce qui est déjà arrangé ?

Il ne répondit que des yeux, et elle ajouta, souriante, à voix basse :

– Annoncez-le vous-même à ma cousine, je vous le permets. Elle m'a dit que vous étiez des camarades d'enfance.

Miss Welland repoussa un peu sa chaise, pour permettre au jeune homme de s'approcher de sa cousine ; immédiatement, et avec un peu d'ostentation, dans l'espoir que toute la salle verrait ce qu'il faisait, Archer s'assit auprès de la comtesse Olenska.

– Nous avons joué ensemble, n'est-ce pas ? demanda-t-elle, en tournant vers lui ses yeux graves. Vous étiez un mauvais sujet et m'avez embrassée une fois derrière la porte ; mais c'était de votre cousin, Reggie Newland, qui ne s'occupait jamais de moi, que j'étais amoureuse.

Elle promena son regard sur la courbe étincelante des loges.

– Ah ! comme tout ici me rend le passé ! Je revois tous les hommes en costumes d'enfant, et les femmes en petits pantalons brodés dépassant de leurs jupes courtes, dit-elle de son accent étrange, légèrement traînant, et ses yeux cherchèrent de nouveau ceux du jeune homme.

Si agréable que fût leur expression, Archer fut choqué qu'ils reflétassent, de l'auguste tribunal qui à l'heure même la mettait en jugement, une image si peu respectueuse. Rien n'était de plus mauvais goût qu'une impertinence mal placée, et il répondit avec une certaine raideur :

– En effet, vous avez été absente très longtemps.

– Oh ! des siècles et des siècles ! Si longtemps, dit-elle, que je m'imagine être déjà morte et enterrée, et que cette chère vieille Académie me semble être le Paradis.

Ce qui, pour des raisons qu'il ne put définir, parut à Newland Archer une manière encore plus irrespectueuse de décrire la société de New York.

3

Cela se passait invariablement de la même manière : jamais Mrs. Julius Beaufort ne manquait de se montrer à l'Opéra le soir de son bal annuel. Pour donner ce bal, elle choisissait avec intention un jour de représentation, marquant ainsi qu'elle dominait de haut les soucis d'une maîtresse de maison, et se reposait sur un état-major de serviteurs stylés pour l'organisation de chaque détail de la réception.

La maison des Beaufort était une des rares demeures de New York possédant une salle de bal. À une époque où il devenait « province » d'étendre une toile à danser sur le tapis du salon et de transporter le mobilier à l'étage supérieur, une salle de bal, réservée à ce seul usage, fermée pendant trois cent soixante-quatre jours de l'année, avec ses chaises dorées rangées contre les murs et son lustre emprisonné dans une housse de tarlatane, constituait une incontestable supériorité et rachetait ce que le passé des Beaufort pouvait avoir eu de regrettable.

Mrs. Archer, qui aimait à mettre en axiomes sa philosophie sociale, disait : « Nous avons tous quelques chéris dans la racaille. » Encore qu'elle fût osée, la phrase était juste, et plus d'un membre de cette société exclusive en avouait secrètement la vérité. Mrs. Beaufort appartenait, il est vrai, à l'une des plus honorables familles américaines : elle avait été la ravissante Regina Dallas, de la branche de la Caroline du Sud, une beauté sans fortune, lancée dans la société de New York par sa cousine la folle Medora Manson, qui faisait toujours par bonne intention ce qui n'était pas à faire. Être apparenté aux Manson ou aux Rushworth, c'était avoir « droit de cité » (comme disait Mr. Sillerton Jackson) dans la société de New York ; mais ne le perdait-on pas en épousant un Julius Beaufort ? En effet, qui était Beaufort ? Il passait pour anglais, il était agréable, bel homme, coléreux, hospitalier et spirituel. Arrivé en Amérique muni de lettres de recommandation du gendre de Mrs. Manson Mingott, le banquier anglais, il s'était créé rapidement une importante situation dans le monde des affaires. Il avait des habitudes de dissipation, une langue mordante, des ascendants inconnus, et lorsque Medora Manson annonça que sa jeune cousine lui était fiancée, on estima que la pauvre Medora ne faisait qu'ajouter une nouvelle folie à la longue liste de ses imprudences.

Néanmoins, deux ans après le mariage de la jeune Mrs. Beaufort, sa maison était devenue la plus recherchée de New York. Personne ne savait exactement comment le miracle s'était accompli. Mrs. Beaufort était indolente, passive, les malveillants la disaient même ennuyeuse ; mais, parée comme une châsse, couverte de perles, devenant plus jeune, plus blonde, et plus belle d'année en année, elle vivait en souveraine dans son opulent palais et y attirait la société entière, sans même lever son petit doigt chargé de pierreries. Les gens bien informés prétendaient que c'était Beaufort lui-même qui dressait les domestiques, apprenait au chef de nouveaux plats, indiquait aux jardiniers les plantes de serre à cultiver pour les salons, et pour la table faisait les listes d'invités, préparait le punch de l'après-dîner. En tout cas, son activité domestique s'exerçait dans l'ombre, et on ne le connaissait que sous l'aspect d'un maître de maison hospitalier et nonchalant, qui errait dans ses salons avec le détachement d'un invité, en disant : « N'est-ce pas que les gloxinias de ma femme sont des merveilles ? Je crois qu'elle les fait venir de Kew. »

Le succès de Beaufort (tout le monde en convenait) tenait à une certaine manière de s'imposer. Le bruit courait bien qu'il avait dû quitter l'Angleterre, avec la connivence secrète de la banque dont il faisait partie ; mais cette rumeur passait avec le reste, quoique l'honneur de New York fût aussi chatouilleux sur les affaires d'argent que sur les questions de mœurs. Tout pliait devant Beaufort : tout New York défilait dans ses salons. Il y avait vingt ans qu'on disait « Je vais chez les Beaufort » sur le même ton de sécurité qu'on aurait eu pour dire : « Je vais chez Mrs. Manson Mingott » ; et on avait, de plus, l'agréable perspective d'y être traité avec des plats et des vins de choix au lieu d'un insipide champagne de l'année, et de croquettes réchauffées.

Mrs. Beaufort avait donc, selon l'usage, fait son apparition dans sa loge juste avant « l'air des Bijoux » ; selon l'usage, elle s'était levée à la fin du troisième acte ; et, ramenant sa sortie de bal sur ses nonchalantes épaules, elle avait disparu. Cela voulait dire qu'une demi-heure plus tard, le bal commencerait.

La maison des Beaufort était de celles que les New-Yorkais montraient avec fierté aux étrangers, surtout un soir de bal. Les Beaufort avaient été des premiers qui, au lieu de louer le matériel du bal, avaient à eux un tapis rouge dont leurs domestiques couvraient les marches du perron les jours de réception, et une tente pour abriter les invités à leur descente de voiture. C'étaient eux aussi qui avaient inauguré la coutume d'installer le vestiaire des dames dans le hall au lieu de les faire monter dans la chambre à coucher de la maîtresse de maison, où elles bouclaient leurs cheveux à l'aide d'un fer à friser. Beaufort passait pour avoir dit, de son air méprisant, que toutes les amies de sa femme avaient certainement des caméristes capables de veiller à ce qu'elles fussent correctement coiffées avant de sortir.

De plus, la salle de bal faisait partie de la maison. Au lieu d'y accéder en s'écrasant dans un étroit couloir – comme chez les Chivers –, on y arrivait par une pompeuse enfilade de salons : le « vert d'eau », le « cramoisi » et le « bouton d'or », d'où l'on voyait déjà scintiller sur le parquet les nombreuses bougies de la salle de bal, et tout au fond, dans les profondeurs verdoyantes d'un jardin d'hiver, des camélias et des fougères arborescentes, entremêlant leur feuillage au-dessus des sièges de bambou doré.

Newland Archer, comme il convenait à un jeune homme de son monde, arriva assez tard. Après avoir laissé sa pelisse entre les mains des valets de pied en bas de soie – les bas de soie étaient une des rares fatuités de Beaufort –, il avait flâné quelques instants dans la bibliothèque tendue de cuir de Cordoue, meublée de Boule et ornée de bibelots en malachite, où quelques messieurs causaient en se gantant ; puis il avait rejoint la file des invités que Mrs. Beaufort recevait à la porte du salon « cramoisi ».

Archer était décidément nerveux. Il n'était pas allé à son cercle après l'Opéra – selon la coutume des jeunes élégants –, mais, la nuit étant belle, il avait remonté une partie de la Cinquième Avenue avant de prendre la direction de la maison des Beaufort. Il appréhendait nettement que les Mingott n'allassent trop loin, et que, par ordre de la grand-mère, ils n'amenassent au bal la comtesse Olenska.

Le ton des propos échangés dans la loge du cercle lui avait fait comprendre qu'une telle erreur serait grave.

Bien qu'il fût plus que jamais décidé à ne pas abandonner la position, son ardeur chevaleresque s'était légèrement refroidie depuis le bref entretien qu'il avait eu avec la comtesse Olenska.

Se dirigeant vers le salon « bouton d'or », où Beaufort avait eu l'audace d'accrocher *L'Amour victorieux* (le nu si discuté de Bouguereau), Archer trouva Mrs. Welland et sa fille près de la porte de la salle de bal. Quelques couples glissaient déjà sur le parquet luisant, et la lumière des bougies éclairait de tournoyantes jupes de tulle, des têtes virginales enguirlandées de modestes fleurs, les aigrettes audacieuses, les ornements étincelants des jeunes femmes, les plastrons raides et les gants glacés des danseurs.

Prête à se joindre à eux, Miss Welland, ses muguets à la main (elle ne portait pas d'autre bouquet), se tenait à l'entrée de la salle de bal, le visage un peu pâle, les yeux brûlant d'une profonde animation. Un groupe de jeunes gens et de jeunes filles l'entourait. Ils échangeaient, avec force poignées de main, des rires et des plaisanteries, auxquels Mrs. Welland, qui se tenait d'un pas en arrière, accordait un regard d'approbation tempérée. Il était clair que Miss Welland annonçait ses fiançailles, tandis que sa mère adoptait l'air de condescendance et de regret qui convenait en la circonstance.

Archer s'arrêta un moment. C'était sur son désir formel que la nouvelle était annoncée, et cependant il répugnait à faire connaître son bonheur de cette façon. Le proclamer dans la cohue d'une salle de bal, c'était lui ravir le charme de l'intimité qui convient aux sentiments profonds. La joie du jeune homme était si sincère que cette superficielle profanation en laissait l'essence intacte, mais il aurait voulu que la surface même demeurât sans ombre. Ce lui fut une satisfaction de s'apercevoir que sa fiancée sentait comme lui. Elle lui jeta un regard suppliant qui disait : « Souvenez-vous que nous faisons cela parce que c'est bien. » Aucun appel n'aurait pu trouver dans son cœur un écho plus immédiat, mais il eût désiré que la nécessité d'annoncer si vite leurs fiançailles fût venue d'un motif autre que la défense de la pauvre Ellen Olenska.

Dans le groupe qui entourait Miss Welland, on accueillit le jeune homme avec des sourires bienveillants, puis, ayant pris sa part des félicitations, il entraîna sa fiancée au milieu de la salle.

– Maintenant, nous n'avons plus besoin de parler, dit-il en souriant de tout près aux yeux candides de la jeune fille, tandis qu'il s'élançait avec elle sur les flots rythmiques du *Danube bleu.*

Elle ne répondit pas : un sourire tremblait sur ses lèvres, mais ses yeux restèrent lointains et sérieux, comme fixés sur quelque douce vision.

– Ma chérie, murmura Archer en la pressant dans ses bras.

Pour lui, les premières heures des fiançailles, même passées dans une salle de bal, avaient quelque chose de grave et de sacramentel. Quelle vie nouvelle il envisageait, avec cette blancheur, ce rayonnement, cette bonté, à ses côtés !

La danse terminée, tous deux se dirigèrent, comme il convenait à des fiancés, vers le jardin d'hiver, et s'assirent derrière un grand écran d'arbustes exotiques. Newland porta à ses lèvres la main gantée de la jeune fille.

– Vous voyez, j'ai fait ce que vous m'avez demandé, dit-elle.

– Oui, je ne pouvais pas attendre, répondit-il en souriant.

Puis, après un moment, il ajouta :

– Seulement, j'aurais désiré que ce ne fût pas dans tout ce bruit.

– Oui, je sais. (Ils échangèrent un regard de compréhension mutuelle.) Mais, après tout, même ici, nous sommes seuls ensemble, n'est-ce pas ? continua-t-elle.

– Ô bien-aimée, oui, toujours ! s'écria Archer.

Évidemment, elle comprendrait toujours : elle dirait toujours ce qu'il faudrait. Cette découverte fit déborder la coupe de sa félicité, et le jeune homme continua gaiement :

– Mais je voudrais vous embrasser et je n'ose pas !

Tout en parlant, il jeta un regard rapide autour de la serre, s'assura d'une solitude momentanée, et, attirant la jeune fille, il posa un léger baiser sur ses lèvres. Pour atténuer l'effet de cette audace, il la mena vers un endroit moins retiré du jardin d'hiver et, s'asseyant auprès d'elle, il prit une fleur de son bouquet. Ils restèrent silencieux, et l'avenir s'étendit à leurs pieds comme une vallée ensoleillée.

– Avez-vous annoncé nos fiançailles à Ellen ? demanda-t-elle un moment après, parlant d'une voix de rêve.

Se ressaisissant, Archer se rappela qu'il ne l'avait pas fait. Une invincible répugnance à parler d'un tel sujet avec l'étrangère avait arrêté les mots sur ses lèvres.

– Non, après tout, je n'en ai pas eu l'occasion, dit-il, improvisant une excuse.

May parut déçue, mais doucement résolue à obtenir gain de cause.

– Hâtez-vous, alors, dit-elle, car je ne l'ai pas avertie.

– Bien sûr. Mais n'est-ce pas plutôt à vous de lui parler ?

Elle réfléchit :

– Oui, si je l'avais fait au bon moment. Mais maintenant, je crois que vous devriez lui expliquer que je vous avais prié de lui annoncer la nouvelle avant que nous ne la disions à tout le monde. Elle pourrait croire que je l'ai oubliée. Vous comprenez, elle est de la famille, et comme elle a été si longtemps absente, il est naturel qu'elle soit un peu susceptible.

Archer regarda la jeune fille avec enthousiasme.

– Oui, cher ange, je le lui dirai sûrement. (Il jeta un regard du côté de la salle de bal.) Mais je ne l'ai pas encore vue ; est-ce qu'elle est là ?

Miss Welland secoua la tête.

– Non. Au dernier moment elle a renoncé à venir.

– Au dernier moment ? releva-t-il, trahissant sa surprise que la comtesse Olenska eût envisagé un instant de paraître au bal.

– Oui, elle adore danser, dit simplement la jeune fille, mais tout à coup, elle s'est avisée que sa robe n'était pas assez habillée, bien que nous la trouvions ravissante, et ma tante a dû la ramener.

– Tant pis ! dit Archer, avec une insouciance joyeuse.

Rien ne lui était plus agréable chez sa fiancée que la volonté de porter à la dernière limite ce principe fondamental de leur éducation à tous deux : l'obligation rituelle d'ignorer ce qui est déplaisant. « Elle sait aussi bien que moi, pensa-t-il, la vraie raison de l'absence de sa cousine ; mais je ne lui laisserai jamais deviner que je sais qu'il y a l'ombre d'une ombre sur la réputation de la pauvre Ellen. »

4

Le jour suivant fut consacré au cérémonial des fiançailles. Le rite était précis et inflexible : Newland Archer, accompagné de sa mère et de sa sœur, fit visite à Mrs. Welland ; puis, avec sa fiancée et sa future belle-mère, il se rendit chez Mrs. Manson Mingott pour recevoir la bénédiction de l'aïeule.

Pour le jeune homme, c'était toujours un événement amusant qu'une visite chez Mrs. Manson Mingott. L'habitation, en elle-même, était déjà un document historique, quoiqu'elle n'eût pas l'ancienneté de certaines vieilles maisons de famille d'University Place ou du bas de la Cinquième Avenue. Celles-ci étaient du plus pur 1820, avec un mobilier d'une harmonie sévère ; tapis aux guirlandes de grosses roses, meubles de palissandre, cheminées cintrées en marbre noir, grandes bibliothèques vitrées. Au contraire, la vieille Mrs. Manson Mingott, dans sa maison de construction plus récente, avait hardiment rejeté le lourd mobilier de sa jeunesse, mariant aux anciens meubles du XVIIIe siècle qui lui venaient des Mingott la frivole décoration du Second Empire. Elle se tenait habituellement dans son petit salon du rez-de-chaussée, installée près de la fenêtre, comme pour attendre tranquillement que le flot de la vie mondaine, gagnant son quartier, déferlât jusqu'à ses portes. Sa patience égalait la certitude où elle était que, bientôt, les terrains à bâtir, les carrières, les bistrots, les misérables potagers avec leurs serres délabrées, et les rochers d'où quelques chèvres mélancoliques considéraient ce triste tableau, disparaîtraient dans le surgissement de résidences aussi somptueuses que la sienne, et que les gros pavés sur lesquels les omnibus cahotaient avec fracas seraient remplacés par un asphalte uni comme celui dont se revêtaient, disait-on, les rues de Paris. En attendant, elle ne souffrait pas de son isolement. Tous ceux qu'elle désirait voir allaient à elle et, sans corser le maigre menu de ses dîners, elle attirait dans ses salons autant de monde que les Beaufort.

L'avalanche de graisse qui l'avait envahie dans son âge mûr, comme un flot de lave submergeant une ville, avait changé la petite femme potelée, au pied fin, à la cheville cambrée, en quelque chose d'aussi vaste et majestueux qu'un phénomène de la nature. Elle avait accepté cette submersion avec philosophie, comme toutes ses autres épreuves, et maintenant, dans l'extrême vieillesse, son miroir lui offrait l'agréable image d'une masse blanche et rosée sans rides, d'où émergeaient les traits d'un visage mignon qui semblait attendre d'être dégagé de ce bloc de chair. Une succession lisse de doubles mentons conduisait jusqu'aux profondeurs d'une poitrine encore nacrée, voilée de neigeuses mousselines sur lesquelles reposait la miniature de feu Mr. Mingott, tandis qu'autour d'elle, et jusqu'à ses pieds, débordant des bras d'un spacieux fauteuil, s'écroulaient des vagues et des vagues de gros-grain noir, sur la crête desquelles deux petites mains blanches se balançaient comme des mouettes.

Depuis longtemps, le fardeau de son embonpoint avait rendu impossible à Mrs. Mingott l'usage des escaliers et, avec son esprit d'indépendance, elle avait mis ses appartements de réception à l'étage supérieur et s'était établie – violant toutes les habitudes de New York – au rez-de-chaussée de sa maison. Ainsi, quand on se trouvait près d'elle, devant la fenêtre de son boudoir, on avait, dans l'ouverture d'une portière de damas jaune, la perspective inattendue d'une chambre à coucher avec un immense lit tapissé comme un divan, et une table de toilette enguirlandée de dentelles. Les visiteurs étaient étonnés et quelque peu scandalisés par cet arrangement. Ne rappelait-il pas à de pudiques Américains certaines scènes de romans français où la galanterie est presque suggérée par le décor ? C'était donc ainsi que s'installaient, dans les vieilles sociétés libertines, les femmes du monde qui avaient des amants !

Newland Archer, dont l'imagination situait les scènes d'amour de *Monsieur de Camors* dans la chambre à coucher de Mrs. Mingott, s'amusait du contraste entre un tel souvenir et la vie irréprochable de la vieille dame ; mais il se disait, non sans admiration, que, s'il avait plu à cette femme intrépide d'avoir un amant, elle se le serait offert sans l'ombre d'une hésitation.

À la satisfaction générale, la comtesse Olenska n'avait pas assisté à la visite des fiancés. Mrs. Mingott expliqua qu'elle était sortie : ce qui, par un soleil resplendissant et à l'heure mondaine, sembla un peu osé de la part d'une femme compromise. En tout cas, elle épargnait aux jeunes gens l'embarras de sa présence et l'ombre légère que son malheureux passé aurait pu projeter sur leur radieux avenir. Comme on pouvait s'y attendre, la visite se passa sans nuage. La vieille Mrs. Mingott se montrait enchantée des fiançailles, qui, depuis longtemps prévues par des parents avertis, avaient été discutées en conseil de famille ; et la bague de fiançailles, un gros saphir monté sur d'invisibles griffes, eut toute son approbation.

– C'est la nouvelle monture, qui laisse à la pierre toute sa beauté, mais qui paraît un peu nue à des yeux accoutumés à la vieille mode, expliqua Mrs. Welland, avec un coup d'œil conciliant du côté de son futur gendre.

– Des yeux accoutumés à la vieille mode ?... J'espère que vous n'entendez pas parler des miens, ma chère. J'aime toutes les nouveautés, dit l'aïeule, en levant la pierre vers ses petits yeux brillants qui n'avaient jamais connu de lunettes. Très distinguée ! dit-elle, c'est un beau bijou ! De mon temps, on se serait contenté d'un camée entouré de perles. Mais c'est la main qui fait valoir la bague, n'est-ce pas, mon cher Mr. Archer ? (Elle balança une de ses petites mains aux doigts effilés, dont des plis de vieille graisse encerclaient les poignets comme des bracelets d'ivoire.) La mienne a été modelée à Rome par le célèbre Ferrigiani. Vous devriez faire faire celle de May. Il n'y manquera pas, ma petite. Elle a la main grande, mais blanche ; les sports modernes épaississent les jointures. Et à quand le mariage ? s'interrompit-elle, en regardant Archer.

– Oh ! murmura Mrs. Welland, pendant que le jeune homme, souriant à sa fiancée, répondait : Le plus tôt possible, si vous voulez bien m'appuyer, chère madame.

– Nous devons leur donner le temps de se connaître un peu mieux, tante Catherine, intervint Mrs. Welland, affectant une hésitation de convenance.

L'aïeule répondit vivement :

– Se connaître ? Quelle plaisanterie ! Tout le monde à New York a toujours connu tout le monde. Laissez-le faire, ma chère ; n'attendez pas que le vin ait perdu sa mousse. Chaque hiver maintenant, je risque une pneumonie, et je veux donner le repas de noces.

Ces déclarations successives furent accueillies avec les sourires et les protestations qui convenaient, et la visite se terminait sur un ton de douce plaisanterie quand la porte s'ouvrit devant la comtesse Olenska. Elle entra en chapeau et en costume de ville, suivie – à l'étonnement de tout le monde – par Julius Beaufort.

Les dames s'exprimèrent mutuellement leur plaisir, et Mrs. Mingott tendit au banquier la main modelée par Ferrigiani.

– Ah ! Beaufort ! Voilà une rare faveur !

Elle avait l'habitude exotique d'appeler les gens par leur nom de famille.

– Merci. C'est une faveur que je voudrais vous faire plus souvent, dit le banquier de son ton d'arrogance habituelle. Je suis généralement très pris à cette heure-ci ; mais j'ai rencontré la comtesse Ellen dans Madison Square, et elle a été assez aimable pour me permettre de l'accompagner.

– J'espère que la maison sera plus gaie, maintenant qu'Ellen est ici, s'écria Mrs. Mingott avec une superbe audace. Asseyez-vous, asseyez-vous, Beaufort. Approchez le fauteuil. À présent, je vous tiens, et nous pouvons potiner à notre aise. J'ai su que votre bal était magnifique, et j'ai très bien compris que vous ayez invité Mrs. Lemuel Struthers. Ma foi, je serais curieuse de la connaître.

Elle avait oublié ses hôtes, qui se dirigeaient vers l'antichambre sous la conduite d'Ellen Olenska. La vieille Mrs. Mingott avait toujours professé une grande admiration pour Julius Beaufort ; ils se ressemblaient par une certaine similitude dans leurs manières dominatrices et par les raccourcis qu'ils faisaient à travers les grands chemins des conventions. En ce moment, elle désirait vivement savoir ce qui avait décidé les Beaufort à inviter pour la première fois Mrs. Lemuel Struthers, la veuve du richissime fabricant de cirage. Celle-ci était revenue l'année précédente d'un long séjour initiateur en Europe, décidée à faire le siège de la petite citadelle fermée qu'était la société de New York.

– Naturellement, si vous et Regina l'invitez, la question ne se pose plus. C'est vrai, nous avons besoin de sang et d'argent nouveaux ; et on dit qu'elle est encore très bien, dit la vieille dame carnivore.

Dans le hall, pendant que Mrs. Welland et May s'enveloppaient dans leurs fourrures, Archer s'aperçut que la comtesse Olenska le regardait avec un sourire où se lisait une interrogation discrète.

– Sûrement, vous savez déjà la nouvelle, dit-il, répondant à ce regard en riant d'un air confus. May m'a reproché de ne pas vous l'avoir apprise hier à l'Opéra. Elle m'avait recommandé de vous annoncer nos fiançailles ; mais je n'ai pas pu, dans cette foule.

Le sourire de la comtesse Olenska, de ses yeux descendit à ses lèvres. Elle parut plus jeune, plus pareille à cette Ellen Mingott, brune et hardie, sa camarade d'autrefois.

– Naturellement je sais... je vous félicite et je vous excuse. On n'annonce pas ces choses-là dans une foule.

Les dames étaient sur le seuil de la porte et la comtesse leur tendit la main.

– Adieu. Venez me voir un jour, dit-elle en s'adressant brusquement à Archer.

Dans la voiture, en descendant la Cinquième Avenue, ils parlèrent de Mrs. Mingott, de son âge, de son esprit, de toutes ses étonnantes originalités, mais personne ne fit allusion à Ellen Olenska. Archer savait cependant que Mrs. Welland pensait : « C'est une erreur qu'Ellen commet de se promener, le lendemain de son arrivée, avec Julius Beaufort dans la Cinquième Avenue à l'heure de la foule élégante. » Et le jeune homme lui-même ajoutait mentalement : « Elle devrait savoir qu'un fiancé ne passe pas son temps chez les dames ; mais c'est probablement l'usage dans le monde où elle a vécu, et où l'on n'a pas autre chose à faire. » Et, en dépit des goûts cosmopolites dont il se piquait, Newland remercia le ciel d'être un citoyen de New York, et sur le point de s'allier à une jeune fille de son espèce.

5

Le lendemain soir, le vieux Sillerton Jackson vint dîner chez les Archer.

Mrs. Archer, personne timide et retirée du monde, aimait néanmoins à être bien informée de ce qui s'y passait. Mr. Sillerton Jackson appliquait à l'investigation des affaires d'autrui une passion de collectionneur et une science de naturaliste. Il vivait avec sa sœur, Miss Sophy Jackson, qu'on invitait, à défaut de son frère, quand on ne pouvait pas mettre la main sur lui, et qui lui rapportait ainsi des bribes de menus racontars qui remplissaient quelquefois utilement les vides de ses informations.

Quand Mrs. Archer désirait un renseignement, elle demandait à Mr. Jackson de venir dîner ; et, comme elle honorait peu de personnes de ses invitations, et qu'elle et Janey formaient un excellent auditoire, Mr. Jackson acceptait presque toujours, au lieu d'envoyer sa sœur. S'il avait pu dicter ses conditions, il aurait choisi un soir où Newland était sorti… non par manque de sympathie pour le jeune homme (ils s'entendaient merveilleusement à leur cercle), mais parce que le vieux conteur sentait quelquefois, chez Newland, une tendance à peser ses témoignages que les dames de la famille ne mettaient jamais en doute.

Si la perfection pouvait exister sur la terre, Mr. Jackson aurait demandé aussi que la chère fût un peu meilleure chez Mrs. Archer. Mais de mémoire d'homme, New York était divisé en deux grands groupes fondamentaux : celui des Mingott, des Manson et tout leur clan, qui appréciait l'élégance, la bonne table et le luxe, et la tribu des Archer, Newland, Van der Luyden, qui, eux, s'intéressaient aux voyages, à l'horticulture, à la lecture des romans sérieux, et affectaient de mépriser les jouissances matérielles.

On ne pouvait pas tout avoir. Quand on dînait chez les Lovell Mingott, on dégustait du canard sauvage apprêté à la Maryland, du terrapin et des vins de cru ; chez Adeline Archer on parlait de voyages en Suisse et des romans de Hawthorne. Aussi, quand un amical appel venait de Mrs. Archer, Mr. Jackson disait-il à sa sœur : « J'ai ressenti un peu de goutte depuis mon dernier dîner chez les Lovell Mingott, il sera bon pour moi de me mettre à la diète chez Adeline. » Heureusement, du reste, le vin de Madère des Archer avait « fait le tour du Cap ».

Mrs. Archer, veuve depuis longtemps, habitait avec son fils et sa fille dans la Vingt-Huitième Rue. Le deuxième étage de sa maison était consacré à Newland, et les deux femmes s'étaient cantonnées dans les pièces du premier. En parfaite harmonie de goûts et d'intérêts, elles cultivaient dans des petites serres, sur le rebord de leurs fenêtres, des fougères rapportées de leurs voyages, faisaient de la dentelle et de la tapisserie, collectionnaient la faïence lustrée « coloniale », et lisaient les romans de Ouida, dont elles goûtaient l'atmosphère italienne et la description des paysans, quoique en général elles préférassent les romans mondains où il s'agissait de « gens comme il faut ». Elles parlaient sévèrement de Dickens, qui n'avait jamais su peindre un « gentleman », et considéraient Thackeray moins à l'aise dans le grand monde que Bulwer – qui, cependant, commençait à se démoder.

Au cours de leurs voyages à l'étranger, Mrs. et Miss Archer recherchaient et admiraient surtout les paysages : elles considéraient l'architecture et la peinture comme des sujets réservés aux hommes, aux lettrés qui lisaient Ruskin. Mrs. Archer était née Newland, et la mère et la fille, qui se ressemblaient comme deux sœurs, étaient, disait-on, de vraies Newland, toutes deux pâles, légèrement voûtées, avec un long nez, d'aimables sourires, et la distinction, la langueur de certains portraits de Reynolds. Leur ressemblance eût été complète, si l'embonpoint de l'âge mûr n'avait tendu le corsage de satin broché noir de Mrs. Archer, tandis que les popelines brunes et violettes de Miss Archer pendaient, à mesure que s'écoulaient les années, plus mollement sur ses formes virginales. Newland se rendait bien compte, pourtant, qu'au point de vue de leur mentalité, la ressemblance était moins complète que ne le faisaient croire leurs manières si exactement semblables. L'habitude de vivre ensemble dans une étroite intimité leur avait donné le même vocabulaire, l'habitude de commencer leurs phrases par « Maman trouve », ou « Janey est d'avis », selon que l'une ou l'autre désirait émettre une opinion personnelle. Mais, tandis que la sereine quiétude de Mrs. Archer se reposait facilement dans ce qui était accepté et familier, Janey était sujette à des envolées inattendues qui montaient de sources romanesques depuis toujours comprimées.

La mère et la fille s'adoraient et vénéraient leur fils et frère. Archer les aimait avec tendresse, et l'admiration qu'elles lui prodiguaient, et dont il jouissait, désarmait en lui toute critique. Après tout, se disait-il, c'était une bonne chose pour un homme que d'exercer chez lui une autorité incontestée, même si, dans son for intérieur, il lui arrivait de la discuter.

Dans cette occasion, le jeune homme savait parfaitement que Mr. Jackson aurait préféré le voir dîner dehors ; mais il avait ses raisons personnelles pour rester.

Mr. Jackson voulait sans doute parler d'Ellen Olenska, et naturellement, Mrs. Archer et Janey brûlaient de savoir ce qu'il avait à en dire. Tous les trois seraient gênés par la présence de Newland, maintenant que ses projets d'alliance avec le clan Mingott étaient connus, et de voir comment ils se tireraient de la difficulté intriguait et amusait le jeune homme.

D'abord, ils tournèrent autour de la question, en parlant de Mrs. Lemuel Struthers.

– Il est regrettable que les Beaufort l'aient invitée, commença doucement Mrs. Archer, mais Regina subit toujours l'influence de son mari, et Beaufort…

– Certaines nuances échappent à Beaufort, dit Mr. Jackson, en inspectant l'alose et en se demandant pour la millième fois pourquoi la cuisinière de Mrs. Archer calcinait toujours ses grillades.

Newland, qui se posait depuis longtemps la même question, connaissait bien chez son vieil ami cette expression mélancolique.

– Oh ! bien entendu, Beaufort est un homme vulgaire, reprit Mrs. Archer ; mon grand-père Newland disait souvent à ma mère : « Quoi que vous fassiez, ne permettez jamais que ce Beaufort soit présenté à vos filles. » Mais, en tout cas, il a le mérite d'être lié avec des gens du monde, en Angleterre aussi, dit-on. Tout cela est incompréhensible.

Elle s'arrêta, jetant un coup d'œil à Janey. Elle et Janey connaissaient tous les détails du mystère Beaufort, mais en public Mrs. Archer persistait à prétendre que le sujet n'était pas convenable pour les jeunes filles.

– Mais cette Mrs. Struthers, qui est-elle, dites-vous, Sillerton ?

– Elle sort d'une mine, ou plutôt d'une buvette de mineurs. Puis elle a fait une tournée de « tableaux vivants » en Nouvelle-Angleterre, et lorsque la police s'en est mêlée, elle s'est mise avec…

Mr. Jackson, à son tour, regarda Janey, dont les larges paupières commencèrent à battre. Tout cela était nouveau pour elle.

– Et puis, poursuivait Mr. Jackson (pourquoi permettait-on au maître d'hôtel de couper les concombres avec un couteau d'acier ?), et puis, vint Lemuel Struthers. Il paraît que son agent de publicité s'est servi de la tête de la jeune femme pour ses affiches de cirage. Vous savez qu'elle a des cheveux très noirs, genre égyptien. En tout cas, Struthers a fini par l'épouser.

La manière dont Mr. Jackson faisait valoir chaque syllabe de cette phrase contenait un monde d'insinuations.

– Oh ! au point où nous en sommes aujourd'hui, cela n'a pas d'importance ! dit Mrs. Archer avec indifférence.

En ce moment, pour les dames, l'intérêt n'était pas là : le sujet d'Ellen Olenska était trop nouveau, trop passionnant pour ne pas les absorber toutes. En réalité, le nom de Mrs. Struthers avait été lancé dans la conversation uniquement pour permettre à Mrs. Archer d'ajouter : « Et la nouvelle cousine de Newland était au bal ? »

Il y avait une petite pointe d'ironie dans l'allusion à son fils. Archer le comprenait et s'y attendait. Mrs. Archer, qui donnait rarement une entière approbation aux événements de ce bas monde, trouvait les fiançailles de son fils parfaitement satisfaisantes. Elle en était particulièrement heureuse « à cause de cette affaire absurde avec Mrs. Rushworth », avait-elle confié à Janey, faisant allusion à ce qui semblait encore à Newland une affreuse tragédie, dont son âme garderait toujours le souvenir et la blessure. Il n'y avait, à aucun point de vue, de meilleur parti à New York que May Welland. Bien entendu, un tel mariage n'apportait à Newland que ce qu'il était en droit d'espérer ; mais les jeunes gens sont si sots et si déconcertants, et certaines femmes tellement séduisantes et dénuées de scrupules, que c'était un miracle de voir son fils doubler victorieusement le cap des Sirènes pour entrer dans le port d'un mariage irréprochable.

Tout cela, Mrs. Archer le sentait, et son fils savait qu'elle le sentait, mais il comprenait aussi qu'elle avait été troublée par l'annonce prématurée des fiançailles, ou plutôt par la raison qui l'avait dictée ; c'est pourquoi, étant après tout un maître tendre et indulgent, il était resté à la maison ce soir-là.

– Ce n'est pas que je critique l'esprit de corps des Mingott ; mais je ne vois pas pourquoi les fiançailles de Newland seraient mêlées aux faits et gestes de « cette Olenska », se plaignait Mrs. Archer à Janey, seul témoin des légers écarts qui se produisaient dans la parfaite urbanité de sa mère.

Chez Mrs. Welland, son attitude avait été parfaite (en fait de tenue, personne ne la surpassait), mais Newland savait – et sa fiancée l'avait sûrement deviné – que tout le temps de la visite, la mère et la fille étaient sur le « qui-vive », dans l'attente d'une intrusion possible de Mme Olenska, et quand ils eurent pris congé, Mrs. Archer s'était permis de dire à son fils : « J'ai été contente qu'Augusta fût seule à nous recevoir. »

Ces manifestations de trouble intérieur trouvaient Newland d'autant plus sensible qu'il était lui-même d'avis que les Mingott étaient allés un peu loin. Cependant, comme les règles de leur code s'opposaient à ce que la mère et le fils fissent allusion au sujet qui les préoccupait, Archer avait simplement répondu : « Il faut passer par la période des réunions de famille quand on va se marier. Le mieux est de s'en débarrasser le plus vite possible. » Et sa mère s'était contentée de serrer un peu les lèvres sous le voile en dentelle qui tombait de sa capeline en velours gris, garnie de raisins givrés.

Sa revanche, Archer le savait, sa revanche légitime, serait, ce soir-là, de faire jaser Mr. Jackson sur la comtesse Olenska, et lui, Archer, ayant fait son devoir en public comme futur parent des Mingott, ne voyait aucun inconvénient à entendre discuter sur la dame dans l'intimité, encore que le sujet commençât de l'ennuyer.

Mr. Jackson avait pris une tranche de filet tiède que le maître d'hôtel lui avait servie d'un air morose et sceptique, et avait refusé la sauce aux champignons après l'avoir flairée imperceptiblement. Il paraissait découragé, affamé, et Archer fit la réflexion que, probablement, il finirait son repas en parlant d'Ellen Olenska. Mr. Jackson se renversa sur sa chaise et regarda les portraits des Archer, Newland et Van der Luyden, dans leurs cadres sombres sur les murs sombres.

– Comme votre grand-père Archer prenait plaisir à un bon dîner, mon cher Newland ! dit-il, les yeux sur le portrait d'un jeune homme dodu, à poitrine bombée, cravate haute et habit bleu, qui se détachait entre les colonnes blanches d'une maison de campagne. Eh bien ! Eh bien ! continua-t-il, je voudrais savoir ce qu'il aurait dit de tous ces mariages étrangers !

Mrs. Archer ne releva pas cette allusion à la cuisine ancestrale, et Mr. Jackson ajouta délibérément : « Non, elle n'était pas au bal. »

– Ah ! murmura Mrs. Archer d'un ton qui voulait dire : « Elle a eu cette décence. »

– Peut-être les Beaufort ne la connaissent-ils pas, suggéra Janey avec une malice naïve.

Mr. Jackson fit claquer sa langue, comme s'il goûtait un invisible madère.

– Mrs. Beaufort, peut-être ; mais Beaufort la connaît certainement, car tout New York a pu la voir cet après-midi, remontant avec lui la Cinquième Avenue.

– Miséricorde ! murmura Mrs. Archer, s'apercevant évidemment qu'il était vain d'expliquer par de la délicatesse les faits et gestes des étrangers.

– Porte-t-elle un chapeau rond ou une capeline dans l'après-midi ? hasarda Janey. Je sais qu'à l'Opéra elle avait une robe de velours foncé sans garnitures, et tout à fait plate, comme une chemise de nuit.

– Janey ! dit sa mère, et Miss Archer rougit en essayant de prendre un air assuré.

– En tout cas, c'était de meilleur goût de ne pas aller au bal, continua Mrs. Archer.

Un esprit pervers poussa son fils à expliquer :

– Je ne crois pas que ce soit pour elle une question de tact ; May m'avait dit qu'elle devait y aller, mais que la robe en question n'était pas assez brillante pour le bal.

Mrs. Archer sourit, voyant sa pensée confirmée.

– Pauvre Ellen ! fit-elle, ajoutant avec compassion : Il faut tenir compte de l'éducation excentrique que lui a donnée Medora Manson. Qu'attendre d'une jeune fille à qui l'on a permis de porter une robe de satin noir le soir de son premier bal ?

– Ah ! je me la rappelle bien dans cette robe ! dit Mr. Jackson, et il ajouta : Pauvre fille ! du ton d'un homme qui, tout en se plaisant au souvenir de cette vision, comprenait ce qu'il en fallait augurer.

– C'est étrange, remarqua Janey, qu'elle ait gardé un vilain nom comme Ellen. Je l'aurais changé pour Elaine.

Elle promena son regard autour de la table pour juger de l'effet de ses paroles.

Son frère se mit à rire :

– Pourquoi Elaine ?

– Je ne sais pas : c'est plus polonais, plus frappant…

– Plus frappant ? Ce ne doit pas être précisément ce qu'elle désire ! dit Mrs. Archer d'un ton un peu hautain.

– Pourquoi pas ? demanda son fils, soudain discuteur. Pourquoi ne se ferait-elle pas remarquer si c'est son bon plaisir ? Pourquoi se dissimulerait-elle comme une femme déshonorée ? Elle est « la pauvre Ellen », parce qu'elle a eu la mauvaise chance de faire un détestable mariage ; mais je ne vois pas que ce soit une raison pour se couvrir la tête de cendres, comme si c'était elle qui fût coupable.

– Je suppose, dit posément Mr. Jackson, que c'est le point de vue qu'adoptent les Mingott.

Le jeune homme rougit.

– Mon avis ne dépend pas du leur, si c'est cela que vous voulez dire, monsieur. Mme Olenska a mené une existence malheureuse, cela ne la met pas hors la loi.

– Il y a certaines histoires, commença Mr. Jackson, jetant un coup d'œil du côté de Janey.

– Oh ! je sais, le secrétaire ! releva le jeune homme. Ne soyez pas absurde, mère, Janey n'est pas une enfant. On dit, n'est-ce pas, continua-t-il, que le secrétaire l'a aidée à quitter son butor de mari, qui la tenait, pour ainsi dire, prisonnière ? Eh bien ! après ? J'espère qu'il n'y a pas un homme parmi nous qui n'en ferait autant.

Mr. Jackson jeta par-dessus son épaule un coup d'œil au morose maître d'hôtel, pour demander :

– Peut-être, cette sauce, après tout… seulement un petit peu…

Puis, s'étant servi, il remarqua :

– On m'a dit qu'elle cherchait une maison. Elle a l'intention de s'établir ici.

– Il paraît qu'elle a demandé le divorce, dit Janey, audacieuse.

– J'espère qu'elle l'obtiendra ! fit Archer.

Le mot était tombé comme une bombe dans la paisible salle à manger. Mrs. Archer arqua ses sourcils délicats, d'une manière qui signifiait : « Le maître d'hôtel ! » et le jeune homme, comprenant, se mit à raconter sa visite à la vieille Mrs. Mingott.

Après le dîner, selon la coutume de la maison, Mrs. Archer et Janey montèrent, en traînant derrière elles leurs longues draperies de soie, jusqu'au salon d'en haut, tandis que les messieurs restaient en bas pour fumer. Sous la lampe coiffée d'un globe gravé, se faisant face, de part et d'autre d'une table à ouvrage en bois de rose, elles se mirent à travailler chacune à un bout d'une bande de tapisserie destinée au futur salon de la jeune Mrs. Newland Archer.

Pendant que ce rite s'accomplissait, Newland installait Mr. Jackson dans un fauteuil près du feu, dans la bibliothèque gothique, et lui tendait un cigare. Mr. Jackson s'enfonça dans le fauteuil avec satisfaction. Il alluma le cigare sans défiance ; c'était Newland qui le pourvoyait en cigares. Étendant devant le feu ses maigres chevilles, il dit :

– Vous prétendez que le secrétaire l'a simplement aidée à s'enfuir ? Mon cher, c'est entendu ; mais il l'y aidait encore un an plus tard, car quelqu'un les a rencontrés vivant ensemble à Lausanne.

– Vivant ensemble ? Eh bien ! pourquoi pas ? Qui a le droit de refaire sa vie, si ce n'est elle ? Je suis écœuré de l'hypocrisie qui veut enterrer vivante une jeune femme parce que son mari lui préfère des cocottes.

Il se retourna avec colère, allumant son cigare.

– Les femmes devraient être libres, aussi libres que nous le sommes, déclara-t-il, faisant une découverte dont il ne pouvait, dans son irritation, mesurer les redoutables conséquences.

Mr. Sillerton Jackson se rapprocha encore du feu et fit entendre un sifflotement sardonique.

– Mon Dieu ! dit-il après une pause, Olenski partage évidemment votre manière de voir, car je n'ai jamais entendu dire qu'il ait fait le moindre effort pour retrouver sa femme.

6

Après que Mr. Jackson eut pris congé, et que les dames furent montées se coucher, Newland Archer regagna son cabinet au deuxième étage. Une main vigilante avait, comme de coutume, entretenu le feu, préparé la lampe. La chambre, avec ses rangées de livres, ses murs où pendaient des reproductions de tableaux célèbres, sa cheminée drapée de velours rouge et garnie de statuettes d'escrimeurs, était accueillante et intime.

Comme il se laissait choir dans son fauteuil près du feu, son regard tomba sur une grande photographie de May Welland, que la jeune fille lui avait donnée aux premiers jours de leur idylle, et qui remplaçait maintenant sur son bureau tous les autres portraits féminins dont il avait jadis été orné. Avec une sorte de terreur respectueuse il contempla le front pur, les yeux sérieux, la bouche innocente et gaie de la jeune créature qui allait lui confier son âme. Ce produit redoutable du système social dont il faisait partie, et auquel il croyait : la jeune fille qui, ignorant tout, espérait tout, lui apparaissait maintenant comme une étrangère. Encore une fois, il se rendit compte que le mariage n'était pas le séjour dans un port tranquille, mais un voyage hasardeux sur de grandes mers.

Le cas de la comtesse Olenska avait troublé en lui de vieilles convictions traditionnelles. Son exclamation, « Les femmes doivent être libres, aussi libres que nous », avait touché la racine d'un problème considéré dans son monde comme inexistant. Il savait que les femmes « bien élevées », si lésées qu'elles fussent dans tous leurs droits, ne revendiqueraient jamais le genre de liberté auquel il faisait allusion ; et les hommes se trouvaient, dans la chaleur de l'argumentation, d'autant plus disposés à la leur accorder. De telles générosités verbales n'étaient qu'un plaisant déguisement des inexorables conventions qui réglementaient le milieu où il vivait. Néanmoins, il serait tenu à défendre, chez la cousine de sa fiancée, une liberté que jamais il n'accorderait à sa femme, si un jour elle venait à la revendiquer. Le dilemme ne se présenterait évidemment jamais, puisqu'il n'était pas un grand seigneur débauché, ni May une sotte comme la pauvre Gertrude Lefferts. Mais Newland Archer se représentait aisément que le lien entre lui et May pourrait se relâcher pour des raisons plus subtiles, et non moins profondes. Que savaient-ils vraiment l'un de l'autre, puisqu'il était de son devoir, à lui, en galant homme, de cacher son passé à sa fiancée, et à celle-ci de n'en pas avoir ? Qu'arriverait-il si un jour, pour des causes imprévues, ils en venaient à ne plus se comprendre, à se lasser, à s'irriter mutuellement ? Passant en revue, parmi les ménages de ses amis, ceux qu'on disait heureux, il n'en trouva pas un qui réalisât même de loin la camaraderie tendre et passionnée qu'il imaginait dans une intimité permanente avec May Welland. Il comprit que cet idéal de bonheur supposerait de sa part à elle une expérience, une adaptabilité d'esprit, une liberté de jugement que son éducation lui avait soigneusement refusées ; et il frissonna en songeant qu'un jour leur union, comme tant d'autres, pourrait se réduire à une morne association d'intérêts matériels, soutenue par l'ignorance d'un côté et l'hypocrisie de l'autre. Lawrence Lefferts se présentait à son esprit comme étant le mari qui avait le mieux réussi à tirer de ce genre d'association tous les bénéfices qu'il comportait. Devenu le grand prêtre du bon ton, il avait si bien façonné sa femme à sa convenance que, malgré ses liaisons affichées, elle se plaignait en souriant du « puritanisme de Lawrence », et baissait pudiquement les yeux quand on faisait allusion devant elle aux deux ménages de Julius Beaufort.

Archer se dit qu'il n'était pas un grand imbécile comme Larry Lefferts, ni May une oie blanche comme la pauvre Gertrude ; mais s'ils étaient plus intelligents, ils avaient pourtant les mêmes principes. En réalité, ils vivaient tous dans un monde fictif, où personne n'osait envisager la réalité, ni même y penser. Ainsi, Mrs. Welland, qui savait parfaitement pourquoi Archer la pressait d'annoncer ses fiançailles chez les Beaufort, et qui n'attendait rien moins du jeune homme, avait fait semblant de s'y opposer, et de n'agir que contrainte et forcée.

La jeune fille, centre de ce système de mystification soigneusement élaboré, se trouvait être, par sa franchise et sa hardiesse même, une énigme encore plus indéchiffrable. Elle était franche, la pauvre chérie, parce qu'elle n'avait rien à cacher ; confiante, parce qu'elle n'imaginait pas avoir à se garder ; et sans autre préparation, elle devait être plongée, en une nuit, dans ce qu'on appelait « les réalités de la vie ».

Newland était sincèrement, mais paisiblement, épris. Il se délectait dans la beauté radieuse de sa fiancée, sa santé exubérante, son adresse au tennis et à cheval. Sous sa direction, elle s'était même essayée à la lecture, et déjà elle était assez avancée pour se moquer avec lui de la fade sentimentalité des *Idylles* de Tennyson, mais non pour goûter la beauté d'*Ulysse* et des *Lotophages*. Elle était droite, fidèle et vaillante, et Archer s'imaginait même qu'elle possédait le sens de l'ironie, puisqu'elle ne manquait jamais de rire à ses plaisanteries. Enfin, il croyait deviner, dans cette nature innocente et fraîche, une ardeur qu'il avait la joie d'éveiller.

Néanmoins, ayant fait pour la centième fois le tour de cette âme succincte, il revint découragé à la pensée que cette pureté factice, si adroitement fabriquée par la conspiration des mères, des tantes, des grands-mères, jusqu'aux lointaines aïeules puritaines, n'existât que pour satisfaire ses goûts personnels, pour qu'il pût exercer sur elle son droit de seigneur, et la briser comme une image de neige. Cette idée lui oppressait le cœur.

De telles réflexions étaient sans doute habituelles aux jeunes gens à l'approche de leur mariage ; mais Newland Archer ne ressentait ni la componction ni l'humilité dont elles s'accompagnent souvent. Il n'arrivait pas à déplorer – comme si souvent les héros de Thackeray (et cela l'exaspérait) – de n'avoir pas un passé sans tache à offrir à sa fiancée. S'il avait eu la même éducation qu'elle, ils n'eussent pas été plus préparés à affronter les épreuves et les vicissitudes de la vie que deux nouveau-nés. En réalité, hors son plaisir et la satisfaction de sa vanité, il ne pouvait trouver aucune raison valable pour refuser à sa fiancée une liberté d'expérience égale à la sienne.

De telles pensées, à un tel moment, devaient nécessairement lui traverser l'esprit ; mais il se rendait compte que leur persistance et leur précision étaient dues à l'arrivée inopportune de la comtesse Olenska. Au moment de ses fiançailles, au moment des pensées pures et des espérances sans nuages, il était pris dans les répercussions d'un scandale, et ce scandale soulevait des problèmes sociaux qu'il aurait préféré laisser dormir. « Au diable cette Ellen Olenska ! » grogna-t-il, en recouvrant son feu et en se préparant à se coucher. Pourquoi sa destinée serait-elle mêlée à celle de la pauvre Ellen ? Mais il sentait vaguement qu'il commençait seulement à mesurer les risques du cousinage que ses fiançailles lui imposaient.

Peu de jours après, l'orage éclata.

Les Lovell Mingott devaient donner un dîner de cérémonie pour la nouvelle arrivée : ce qui impliquait régulièrement trois domestiques en extra, deux plats pour chaque service, et un sorbet avant le rôti. Les invitations portaient en tête : « Pour rencontrer la comtesse Olenska », selon la coutume américaine qui traite les étrangers comme des princes, ou tout au moins comme leurs ambassadeurs.

Les convives avaient été triés avec un discernement où les initiés pouvaient reconnaître la main résolue de Catherine la Grande. Avec les Selfridge Merry, qui étaient de toutes les fêtes, les Beaufort, avec lesquels il y avait un lien de parenté, Mr. Jackson et sa sœur Sophy – qui se rendait toujours là où son frère le désirait –, Mrs. Lovell avait invité quelques jeunes ménages des plus élégants et des plus corrects, tels que les Lawrence Lefferts, Mrs. Rushworth Lefferts (la jolie veuve), les Harry Thorley, les Reggie Chivers et le jeune Morris Dagonet et sa femme, née Van der Luyden. Les invités étaient parfaitement assortis, tous faisant partie de la même bande qui, pendant la longue saison d'hiver, dînait et dansait ensemble inlassablement.

Quarante-huit heures après que les invitations furent lancées, on sut que tout le monde avait refusé. Seuls les Beaufort, le vieux Sillerton Jackson et sa sœur acceptaient. L'affront s'aggravait du fait que les Reggie Chivers, eux-mêmes apparentés aux Mingott, y participaient ; et aussi, de la forme identique des réponses, qui exprimaient les regrets des invités sans alléguer d'engagement antérieur.

La société de New York était alors trop restreinte pour que tout le monde – y compris les cochers, les maîtres d'hôtel et les cuisiniers – ne sût pas exactement quels soirs chacun était libre. Les invités de Mrs. Mingott pouvaient donc rendre cruellement nette leur volonté de ne pas rencontrer la comtesse Olenska.

Le coup était inattendu ; mais les Mingott, selon leur habitude, le reçurent sans broncher. Mrs. Lovell Mingott en dit un mot à Mrs. Welland, qui en parla à Newland Archer, lequel, furieux, s'adressa immédiatement à sa mère. Celle-ci, après un mouvement de résistance secrète, céda, comme toujours, aux instances de son fils – et embrassant aussitôt sa cause avec d'autant plus d'énergie qu'elle avait d'abord hésité, mit son chapeau à brides de velours gris, et déclara :

– Je vais aller voir Louisa Van der Luyden.

Dans la jeunesse de Newland Archer, la société de New York pouvait être comparée à une petite pyramide solide et glissante où aucune fissure apparente ne s'était encore produite.

La base, formée par ce que Mrs. Archer appelait « des gens modestes », se composait d'une majorité de familles honorables, telles que les Spicer, les Lefferts, les Jackson, qui s'étaient élevées au-dessus de leur milieu par des alliances avec les clans dirigeants. Mrs. Archer l'affirmait souvent : on n'était plus aussi difficile qu'autrefois et, avec la vieille Catherine tenant un bout de la Cinquième Avenue, et Julius Beaufort l'autre, on avait perdu le respect des anciennes traditions.

Sur ces fondements solides, mais sans éclat, la pyramide s'élevait en diminuant vers le sommet, composée d'un bloc compact et brillant représenté par le groupe des Newland, Mingott, Chivers et Manson. Beaucoup de gens croyaient que ces familles atteignaient le sommet de la pyramide, mais elles-mêmes, au moins les personnes de la génération de Mrs. Archer, savaient qu'aux yeux d'un généalogiste sévère un petit nombre de privilégiés pouvaient seuls prétendre à cette éminence.

– Ne me parlez pas, disait Mrs. Archer à ses enfants, de ce que disent les journalistes sur l'aristocratie de New York. S'il en est une, ni les Manson ni les Mingott n'en sont, pas plus que les Newland et les Chivers. Nos grands-pères et nos arrière-grands-pères n'étaient que de respectables commerçants anglais, hollandais, venus aux colonies pour faire fortune, et qui réussirent au-delà de leurs espérances. Il est vrai qu'un de vos arrière-grands-pères a signé la Déclaration de l'Indépendance et qu'un autre, général dans l'état-major de Washington, a reçu l'épée du général Burgoyne après la bataille de Saratoga. Ce sont là des distinctions dont on peut être fier, mais qui n'ont rien à voir avec le rang et la classe. New York a toujours été une communauté commerciale, où trois familles à peine peuvent se réclamer d'une origine aristocratique dans le sens réel du mot.

Tout le monde savait quels étaient ces privilégiés : les Dagonet de Washington Square, qui descendaient d'une vieille famille anglaise alliée aux Fox ; les Lanning, qui s'étaient entre-alliés avec les descendants du comte de Grasse, et les Van der Luyden, descendants directs du premier gouverneur hollandais de New York, et apparentés depuis plusieurs générations aux aristocraties française et anglaise.

Les Lanning n'étaient plus représentés que par deux vieilles demoiselles : heureuses parmi leurs souvenirs du passé, elles vivaient entourées de portraits de famille et de solides meubles en acajou du XVIIIe siècle. Les Dagonet formaient un clan considérable, allié aux familles les plus honorables de Baltimore et de Philadelphie ; mais les Van der Luyden, qui étaient au-dessus d'eux tous, disparaissaient dans une sorte de pénombre ultra-terrestre, d'où seules émergeaient les deux figures de Mr. et de Mrs. Henry Van der Luyden.

Mrs. Henry Van der Luyden était née Louisa Dagonet. Sa mère avait été la petite-fille du colonel du Lac, d'une ancienne famille de l'île de Jersey. Après s'être battu sous Cornwallis, il s'était fixé, la guerre finie, dans le Maryland, avec sa jeune femme, Lady Angelica Trevenna, cinquième fille du Earl de Saint-Austrey. Les liens de famille entre les Dagonet et les du Lac, et leurs aristocratiques parents gallois, étaient toujours restés étroits et cordiaux. Mr. et Mrs. Van der Luyden avaient séjourné plus d'une fois chez le duc de Saint-Austrey, chef de la famille, dans sa propriété du pays de Galles, et le duc avait souvent manifesté l'intention de leur rendre leur visite – sans la duchesse, qui redoutait la traversée.

Mr. et Mrs. Van der Luyden partageaient leur temps entre Trevenna, leur terre dans le Maryland, et Skuytercliff, leur grand domaine sur l'Hudson. Ce domaine avait été accordé par le gouvernement hollandais au premier gouverneur de la colonie, en récompense de ses services, et Mr. Van der Luyden portait encore le titre de « Patroon », titre comprenant des droits seigneuriaux et qui avait été conféré par la compagnie de colonisation néerlandaise, vers le milieu du XVIIe siècle, aux premiers propriétaires sur l'Hudson. Le pompeux hôtel des Van der Luyden dans Madison Avenue n'était que rarement habité, et ne s'ouvrait qu'aux intimes pendant leurs brèves apparitions à New York.

– Je voudrais que tu m'accompagnes, Newland, lui dit tout à coup sa mère, au moment de monter dans le coupé « Brown ». Louisa a beaucoup d'affection pour toi : et puis, c'est à cause de May que je fais cette démarche. Si nous ne nous tenons pas entre nous, c'est l'effondrement de la société.

7

Mrs. Henry Van der Luyden écouta en silence le récit de sa cousine.

Mrs. Van der Luyden était toujours silencieuse : mais on savait que, peu confiante par nature et par éducation, elle était néanmoins très bonne pour ceux auxquels elle était vraiment attachée. On avait beau être de ceux-là, on n'en sentait pas moins un froid descendre des hauts lambris blancs du salon de Madison Avenue, où les fauteuils de brocart n'étaient débarrassés de leurs housses que pour le passage des maîtres, tandis que le trumeau doré de la cheminée et le magnifique cadre du portrait de Lady Angelica du Lac, par Gainsborough, restaient toujours voilés de gaze.

Le portrait de Mrs. Van der Luyden, en robe de velours noir garnie de point de Venise, faisait face à celui de la belle aïeule. Ce tableau, peint par Huntington, le peintre attitré de l'aristocratie new-yorkaise, passait pour « aussi beau qu'un Cabanel », et, malgré vingt ans écoulés, il était toujours d'une ressemblance parfaite. Assise sous sa propre effigie, Mrs. Van der Luyden aurait pu passer pour la sœur jumelle de la jeune femme blonde légèrement appuyée sur un fauteuil doré devant un rideau de reps vert. Mrs. Van der Luyden continuait à porter du velours noir, garni de point de Venise quand elle allait dans le monde, ou plutôt – car elle ne dînait jamais en ville – quand elle ouvrait ses salons. Ses cheveux blonds, qui formaient sur son front étroit une série de pointes lisses à moitié superposées, s'étaient décolorés sans grisonner, et le nez droit séparant ses pâles yeux trop rapprochés était seulement un peu plus pincé qu'au temps du portrait. Elle rappelait toujours à Newland Archer un de ces corps pris dans les glaciers, qui gardent miraculeusement les couleurs de la vie.

Comme toute sa famille, le jeune homme estimait beaucoup Mrs. Van der Luyden, mais il était plus intimidé par sa douceur glaciale que par la mine renfrognée de certaines vieilles tantes de sa mère, vieilles filles acariâtres qui disaient toujours « non » par principe, avant de savoir de quoi il s'agissait.

L'attitude de Mrs. Van der Luyden ne révélait jamais rien sur sa manière de penser ; elle écoutait toujours avec bienveillance ; puis, ses lèvres minces esquissant un vague sourire, elle laissait tomber la phrase pour ainsi dire invariable : « Il faut que j'en parle avec mon mari. »

Le mari et la femme étaient si parfaitement semblables qu'Archer se demandait comment, après quarante ans d'intimité conjugale, ces deux êtres pouvaient se dissocier suffisamment pour être jamais d'un avis différent. Mais comme aucun d'eux ne prenait une décision sans la faire précéder de ce mystérieux conclave, Mrs. Archer et son fils, ayant soumis leur cas, attendaient avec résignation l'énoncé de la phrase habituelle.

Cependant, contrairement à toutes les règles établies, Mrs. Van der Luyden les surprit en étendant sa longue main vers le cordon de sonnette.

– Je voudrais que Henry fût mis au courant de ce que vous venez de me dire, dit-elle. Puis elle ajouta gravement, s'adressant au valet de pied : Si Mr. Van der Luyden a fini de lire son journal, priez-le de bien vouloir venir.

Apparit° Van der Luyden

Elle prononça la phrase « lire son journal » sur le ton qu'aurait pris la femme d'un ministre pour dire que son mari présidait le Conseil. Ce n'était pas par arrogance qu'elle parlait ainsi, mais parce que dans son entourage on avait toujours attribué une importance rituelle au moindre geste de Mr. Van der Luyden.

Il était évident qu'elle considérait l'incident comme aussi grave que Mrs. Archer. Cependant, craignant de s'être trop avancée, elle ajouta en souriant : « Henry est toujours heureux de vous voir, ma chère Adeline ; et il tiendra à féliciter Newland. »

Les portes à deux vantaux se rouvrirent pour laisser paraître Mr. Van der Luyden. Grand, maigre, cinglé dans sa redingote gris fer, il avait le même nez droit que sa femme, les mêmes cheveux décolorés, la même expression d'amabilité glacée : seuls les yeux étaient gris pâle, au lieu d'être d'un bleu effacé.

Mr. Van der Luyden salua sa cousine avec affabilité, et félicita Newland dans des termes calqués sur ceux dont sa femme s'était servie. Puis il s'installa dans un des fauteuils de brocart avec la simplicité d'un souverain régnant.

– Je venais de finir le *Times*, dit-il, en joignant ensemble l'extrémité de ses longs doigts. Lorsque je suis à New York, mes matinées sont si chargées que je trouve plus commode de lire le journal après le déjeuner.

– C'est certainement une bonne habitude, approuva Mrs. Archer. Mon oncle Egmont disait même qu'il trouvait plus excitant de ne lire les journaux du matin qu'après le dîner.

– Oui, mon cher père avait horreur de se presser. Mais nous vivons maintenant dans un mouvement vertigineux, dit Mr. Van der Luyden sur un ton mesuré, parcourant d'un regard satisfait le salon envoilé qui paraissait à Newland Archer une si parfaite image de l'existence de ses propriétaires.

– J'espère que vous aviez fini la lecture du journal, Henry ? demanda sa femme avec une tendre sollicitude.

– Oui, oui, assura-t-il en souriant.

– Alors, je voudrais qu'Adeline vous dise…

– Oh ! c'est une affaire qui concerne surtout Newland, dit Mrs. Archer.

Et elle recommença le récit de l'affront infligé à Mrs. Mingott.

– Aussi, termina-t-elle, Augusta Mingott et Mary Welland ont jugé nécessaire, à cause surtout des fiançailles de Newland, que vous et Henry soyez informés.

– Ah ! dit Mr. Van der Luyden.

Il y eut un long silence, pendant lequel le tic-tac de la pendule monumentale en bronze doré, placée sur la cheminée, résonna comme des coups de canon. Archer contemplait, avec le sentiment de leur majesté, ces deux silhouettes effacées, assises côte à côte dans une sorte de dignité royale, reste d'une autorité héréditaire. Le sort les obligeait à rester les arbitres sociaux de leur petit monde, la dernière cour d'appel du protocole mondain, alors qu'ils eussent préféré vivre dans la simplicité et la réclusion, entretenant leurs beaux jardins de Skuytercliff et faisant, le soir, des patiences.

Ce fut Mr. Van der Luyden qui rompit le silence.

– Vous croyez vraiment que toute cette histoire vient d'une intervention de Lawrence Lefferts ? demanda-t-il en s'adressant à Archer.

– J'en suis certain. Larry Lefferts s'est compromis encore un peu plus que d'habitude dernièrement… ma cousine Louisa permettra que je m'explique. Il a eu une intrigue assez raide avec la femme du facteur de son village, et vous savez que chaque fois que la pauvre Gertrude commence à avoir des soupçons, et qu'il a peur d'un scandale, il suscite une histoire comme celle de la comtesse Olenska, pour affirmer qu'il a des principes. Il crie sur les toits que c'est une impertinence d'inviter sa femme à rencontrer une personne compromise : il se sert de la comtesse comme d'un paratonnerre. Je vous assure que ce n'est pas la première fois.

– Mon Dieu, les Lefferts ! dit Mr. Van der Luyden avec un doux mépris.

– Les Lefferts ! répéta, en écho, Mrs. Archer. Que dirait mon oncle Egmont, s'il pouvait savoir que Lawrence Lefferts se permet de formuler une opinion sur la situation sociale de quelqu'un ? Ça nous montre où nous allons !

– Espérons que nous n'y sommes pas encore ! dit Mr. Van der Luyden d'une voix ferme.

– Ah ! si seulement vous alliez plus souvent dans le monde, Louisa et vous ! soupira Mrs. Archer.

Instantanément elle eut conscience de sa bévue. Les Van der Luyden étaient très sensibles à toute critique au sujet de leur existence retirée. Par nature timides et réservés, ayant peu de goût pour le rôle d'arbitres suprêmes du bon ton que la destinée leur avait dévolu, ils ne demandaient qu'à se cacher dans la sylvestre solitude de Skuytercliff, et c'était seulement par acquit de conscience qu'ils venaient parfois à New York.

Newland Archer vint au secours de sa mère :

– Tout le monde sait ce que vous représentez, vous et ma cousine Louisa. C'est pourquoi Mrs. Mingott a jugé qu'elle ne devait pas permettre qu'un tel affront fût infligé à la comtesse Olenska sans que vous en soyez avisés.

Mr. et Mrs. Van der Luyden se concertèrent du regard.

– C'est le principe que je n'admets pas, dit Mr. Van der Luyden. Tant qu'une famille de notre milieu soutient un de ses membres, on doit considérer la question comme résolue.

– C'est mon avis, dit sa femme, comme si elle apportait une idée nouvelle.

– Je n'aurais jamais cru, continua Mr. Van der Luyden, que les choses en seraient arrivées là. (Il s'arrêta, regardant de nouveau sa femme.) Il me revient que la comtesse Olenska est presque des nôtres, par le premier mariage de Medora Manson ; en tout cas, elle le deviendra par le mariage de Newland. (Il se retourna vers le jeune homme :) Avez-vous lu le *Times* de ce matin, Newland ?

– Mais oui, mon cousin, répondit Newland, qui parcourait tous les matins une demi-douzaine de journaux en prenant son café.

Le mari et la femme se regardèrent encore. Leurs yeux pâles s'interrogèrent dans une consultation prolongée ; puis le visage de Mrs. Van der Luyden s'éclaira d'un léger sourire. Elle avait compris, et elle approuvait.

Mr. Van der Luyden se retourna vers Mrs. Archer.

– Voulez-vous, chère Adeline, avoir la bonté de dire à Mrs. Mingott que si la santé de Louisa lui permettait de dîner en ville, nous eussions été heureux de remplacer les Lefferts à son dîner ? (Il s'arrêta pour laisser à cette ironie toute sa portée :) Comme vous le savez, cela est impossible. (Mrs. Archer fit entendre un assentiment sympathique.) Mais Newland me dit qu'il a lu le *Times* de ce matin ; il sait donc, probablement, que le parent de Louisa, le duc de Saint-Austrey, arrive la semaine prochaine à New York. Il vient pour engager son *sloop* dans les courses pour la Coupe internationale l'été prochain, et aussi pour prendre part à une petite chasse aux canards à Trevenna. (Mr. Van der Luyden s'arrêta encore, puis continua avec une bienveillance croissante :) Avant de l'emmener à Trevenna, nous invitons quelques amis pour le rencontrer : un petit dîner suivi d'une réception. Je suis sûr que Louisa sera aussi heureuse que moi, si la comtesse Olenska veut bien venir dîner ce soir-là.

Il se leva, s'inclina devant sa cousine avec une affabilité cérémonieuse, et ajouta :

– Je crois que Louisa m'autorise à dire qu'elle ira porter elle-même l'invitation en sortant tout à l'heure, avec nos cartes, bien entendu, avec nos cartes.

À ces mots, Mrs. Archer sut comprendre que les grands chevaux bai bruns qui ne devaient jamais attendre étaient déjà à la porte. Elle se leva, murmurant de hâtifs remerciements. Le regard de Mrs. Van der Luyden était celui d'Esther triomphante aux pieds d'Assuérus. Mais son mari leva la main avec un sourire.

– Vous n'avez pas de remerciements à m'adresser, chère Adeline. De pareilles choses ne doivent pas se passer à New York, et ne se passeront pas tant que je pourrai les empêcher, prononça-t-il avec une mansuétude souveraine, en dirigeant ses cousins vers la porte.

Deux heures après, tout le monde savait que la grande calèche à huit ressorts dans laquelle Mrs. Van der Luyden prenait l'air en toutes saisons avait été vue à la porte de la vieille Mrs. Mingott, chez laquelle des cartes et une lettre avaient été déposées. Et ce même soir, à l'Opéra, Mr. Sillerton Jackson put certifier que la lettre contenait une invitation pour la comtesse Olenska au dîner que donnaient les Van der Luyden, la semaine suivante, en l'honneur du duc de Saint-Austrey.

Dans la loge du cercle, quelques jeunes gens échangèrent un sourire à cette nouvelle, et jetèrent un coup d'œil malicieux du côté de Lawrence Lefferts, qui, nonchalamment assis sur le devant de la loge, tirait sa longue moustache blonde et dit avec autorité, quand la diva s'arrêta :

– Aucune autre que la Patti ne devrait se risquer dans *La Sonnambula*.

8

On fut généralement d'accord à New York pour trouver que la comtesse Olenska avait perdu sa beauté.

Newland Archer n'était qu'un collégien quand elle était venue à New York pour la première fois, petite fille de neuf à dix ans, jolie, primesautière. Ses parents, qui avaient toujours mené une vie errante, étaient morts quand elle était tout enfant. Elle avait alors été recueillie par sa tante Medora Manson, une voyageuse aussi, qui revenait à New York pour s'y fixer.

La pauvre Medora, après ses déplacements répétés, revenait toujours à New York pour s'y fixer, chaque fois dans une habitation plus modeste, et amenant toujours avec elle soit un nouvel époux, soit un enfant d'adoption. Puis, après un certain temps, elle se séparait toujours de son mari ou se querellait avec sa pupille ; après quoi, se défaisant à perte de sa maison, elle recommençait à courir le monde. Comme sa mère était une Bushworth, et comme son dernier et malheureux mariage l'avait enchaînée à un des « Chivers fous », New York se montrait plutôt indulgent pour elle. Cependant on déplorait de voir confiée à cette extravagante la petite Ellen, dont les parents, en dépit de leur goût pour la vie vagabonde, avaient été très aimés à New York.

On se montrait bien disposé en faveur de la petite, quoique son teint éclatant et ses boucles indociles lui donnassent un air de gaieté un peu choquant chez une enfant qui aurait dû porter encore le deuil de ses parents. C'était une des aberrations de Medora que d'en prendre à son aise avec les rites du deuil américain, si stricts à cette époque, et quand elle débarqua du paquebot après la mort des parents d'Ellen, sa famille fut scandalisée de voir que le voile de crêpe qu'elle portait pour le deuil de son frère était de plusieurs centimètres plus court que celui de ses belles-sœurs. Quant à Ellen, sa robe de mérinos rouge et son collier d'ambre lui donnaient l'air d'une petite bohémienne.

Mais New York s'était risqué depuis si longtemps aux singularités de Medora que quelques vieilles dames seulement hochaient la tête devant les couleurs éclatantes qu'on faisait porter à Ellen. La plupart de ses parents subissaient le charme de ce visage animé, de cette nature vive. C'était une petite créature familière et hardie. Amusante avec ses questions imprévues et ses réflexions précoces, elle déployait quelques menus talents, dansant la danse du châle, et chantant des chansons populaires de Naples. La folle Medora s'appelait, de son vrai nom, Mrs. Thorley Chivers ; mais, ayant reçu un titre papal, elle avait abandonné le nom de son premier mari pour celui de marquise Manson : ainsi, en Italie, expliquait-elle, elle devenait la Marchesa Manzoni. Sous sa direction, la petite fille reçut une éducation peu banale. Elle dessina (chose inouïe) d'après le modèle, et apprit à tenir la partie de piano dans des quatuors avec des artistes de profession. Tout cela ne menait à rien de bon, et lorsque, quelques années plus tard, le pauvre Chivers finit par mourir dans une maison d'aliénés, sa veuve, affublée d'étranges voiles, replia sa tente et partit avec Ellen, devenue une grande fille maigre avec des yeux éblouissants. Pendant quelque temps, on n'entendit plus parler des deux femmes ; puis arriva la nouvelle du mariage d'Ellen avec un noble Polonais, portant un nom historique, puissamment riche, qu'elle avait rencontré à un bal des Tuileries et qu'on disait avoir des installations princières à Paris, à Nice et à Florence, un yacht à Cowes et des chasses en Transylvanie. Elle disparut dans une sorte d'apothéose et lorsque, peu d'années après, la pauvre Medora revint encore à New York, désemparée, désargentée, en deuil d'un troisième mari et en quête d'une installation encore plus modeste, on se demanda pourquoi sa nièce, si riche, n'avait rien pu faire pour elle. On apprit bientôt que le mariage d'Ellen se terminait en désastre et qu'elle-même rentrait dans sa patrie pour chercher parmi les siens le repos et l'oubli.

Archer repassait ces événements dans sa mémoire en voyant la comtesse Olenska faire son entrée dans le salon des Van der Luyden, le soir du fameux dîner. L'épreuve était solennelle et il se demandait, avec un peu d'inquiétude, comment elle la soutiendrait. Arrivée assez tard, une main encore dégantée et rattachant un bracelet à son poignet, elle entra sans hâte ni embarras dans ce salon où la compagnie la plus choisie de New York se trouvait assemblée en aréopage.

Elle s'arrêta au milieu de la pièce et promena ses regards autour d'elle, le sourire des yeux contrastant avec le pli des lèvres. Intérieurement, Newland Archer contesta le verdict général porté contre la beauté de la jeune femme. À la vérité, sa radieuse jeunesse s'était évanouie, ses joues animées avaient pâli, sa taille s'était amincie, elle paraissait un peu plus âgée que les trente ans qu'elle devait avoir. Mais il y avait en elle ce je ne sais quoi de dominateur que donne la beauté, le port de tête était assuré, et dans la liberté du regard se lisait la conscience de son pouvoir. Avec cela, la comtesse Olenska avait plus de vraie simplicité que la plupart des femmes présentes ; aussi, comme le dit plus tard Janey, on fut déçu de ne pas lui trouver ce dernier cri d'élégance que New York appréciait par-dessus tout. New York s'attendait à quelque chose de beaucoup plus sensationnel de la part d'une personne qui avait traversé un drame.

Le dîner fut une cérémonie impressionnante. Ce n'était déjà pas une petite affaire que de dîner chez les Van der Luyden ; mais y dîner avec un duc qui était leur cousin devenait presque une solennité religieuse. Archer aimait à penser que seul un vieux New-Yorkais pouvait apprécier la nuance qu'il y avait pour New York entre un simple duc et un duc parent des Van der Luyden. Excepté dans le monde des Struthers, New York accueillait avec indifférence, quand ce n'était pas avec une hauteur ombrageuse, les nobles de passage ; mais lorsqu'ils se présentaient sous de tels auspices, ils étaient reçus avec la dernière cordialité : on voyait en eux non le personnage du Gotha, mais de nobles parents dont on suivait encore les traditions.

Si Archer chérissait son vieux New York, c'est qu'il était sensible à toutes ces nuances, même quand il en souriait avec quelque ironie.

Les Van der Luyden avaient fait de leur mieux pour entourer la circonstance de solennité. Ils avaient sorti les Sèvres des du Lac, l'argenterie George II des Trevenna, le service de la Compagnie des Indes, et les magnifiques assiettes « Crown Derby ». Mrs. Van der Luyden ressemblait plus que jamais à un Cabanel, et Mrs. Archer avait au cou les émeraudes de sa grand-mère enchâssées dans des marguerites de perles ; elle évoquait ainsi pour son fils les miniatures d'Isabey. Toutes les dames étaient parées de leurs plus beaux bijoux dont les montures, pour la plupart un peu lourdes et démodées, s'harmonisaient à l'atmosphère générale. La vieille Miss Lanning portait les camées de sa mère et un grand châle de style espagnol.

La comtesse Olenska était la seule jeune femme. Cependant, en examinant les visages des dames mûres avec leurs colliers de perles et leurs panaches de plumes, Archer fut frappé de les voir si enfantins, comparés à celui d'Ellen Olenska. Il pensait avec un frisson à ce qu'elle avait dû traverser pour en revenir avec ces yeux-là !

Le duc de Saint-Austrey, assis à la droite de la maîtresse de maison, était naturellement le personnage important du dîner. Si d'ailleurs la comtesse Olenska était moins brillante qu'on ne l'avait espéré, le duc, lui, avait l'air totalement insignifiant. Il n'était pas venu, comme un précédent visiteur ducal, en veste de chasse ; mais son habit était si défraîchi, si déformé, il le portait avec si peu d'élégance, courbé sur sa chaise, sa vaste barbe couvrant le plastron de sa chemise, qu'il n'avait pas l'air en tenue de soirée. Court, hâlé, le dos rond, les yeux petits, le sourire aimable, il parlait peu et d'une voix si basse qu'en dépit des silences attentifs ce qu'il disait n'était entendu que de ses plus proches voisins.

Quand les hommes rejoignirent les dames après le dîner, le duc piqua droit sur la comtesse Olenska, s'installa près d'elle, et tous deux se plongèrent dans une conversation amicale. Ni l'un ni l'autre ne sembla se douter que le duc aurait dû, d'abord, présenter ses hommages à Mrs. Lovell Mingott et à Mrs. Headley Chivers, et la comtesse entretenir cet aimable hypocondriaque, Mr. Urban Dagonet de Washington Square, qui faisait fléchir pour elle sa régie immuable de refuser toute invitation à dîner entre les mois de janvier et d'avril. Le duc et la comtesse bavardèrent pendant près de vingt minutes ; puis la comtesse se leva et, traversant seule la vaste pièce, elle alla s'asseoir près de Newland. L'étiquette à New York voulait qu'une dame attendît, immobile comme une idole ; c'était aux hommes à se succéder à ses côtés. Sans doute elle ignorait cette régie. Elle s'assit, avec une aisance parfaite, dans le coin du canapé près d'Archer et posa sur lui son chaud regard.

– Parlez-moi de May, dit-elle.

Au lieu de lui répondre, il demanda :

– Vous connaissiez déjà le duc ?

– Oui, nous le voyions tous les hivers à Nice. Il aime beaucoup le jeu. Il venait souvent à la maison. (Elle dit cela le plus naturellement du monde, comme elle eût dit : « Il aime beaucoup la pêche à la ligne. » Et, non moins naturellement, elle ajouta :) C'est, je crois bien, l'homme le plus ennuyeux que j'aie jamais rencontré.

Cette réflexion plut tellement au jeune homme qu'elle dissipa sa légère contrariété : c'était amusant de rencontrer une femme qui trouvait ennuyeux le duc et qui osait le dire ! Il aurait voulu la questionner, plonger dans sa vie passée, que des paroles prononcées négligemment avaient éclairée de lueurs furtives. Mais il eut peur de toucher à des souvenirs troublants, et déjà elle était revenue à son premier sujet.

– May est adorable ! Je n'ai pas vu à New York une jeune fille aussi jolie et intelligente. Je pense que vous en êtes très amoureux…

Newland rougit et se mit à rire :

– Naturellement.

Elle le regarda, songeuse :

– Croyez-vous, dit-elle, qu'il y ait une limite à l'amour ?

– À l'amour ? S'il en est une, je ne l'ai pas trouvée.

Elle rayonna de sympathie :

– Alors, c'est réellement et sincèrement un roman ?

– Le plus romanesque des romans.

– Voilà qui est délicieux ! Et vous avez trouvé cela vous deux tout seuls ? Ce n'est pas un arrangement qu'on a fait pour vous ?

Archer la regarda avec stupeur :

– Avez-vous oublié, dit-il, qu'en Amérique nous arrangeons nos mariages nous-mêmes ?

Elle rougit violemment et Newland regretta ses paroles.

– Oui, répondit-elle, j'avais oublié. Il faut m'excuser. Je ne me rappelle pas toujours que les mariages, si affreux là d'où je viens, sont beaux et purs ici.

Ses yeux s'abaissèrent sur son éventail en plumes d'aigle, et Newland vit trembler ses lèvres.

– Pardonnez-moi ! dit-il impétueusement ; mais, ici, vous êtes au milieu d'amis, vous le savez.

– Oui, je le sais, je le sens, partout où je vais. C'est pourquoi je suis revenue. Je veux tout oublier, redevenir une parfaite Américaine, comme les Mingott, les Welland, vous et votre charmante mère… et toutes ces personnes si aimables qui sont ici ce soir. Ah ! voilà May qui arrive. Vous devez être pressé d'aller la rejoindre, ajouta-t-elle, mais sans bouger, les yeux de nouveau fixés sur le jeune homme.

Les invités de la soirée commençaient à remplir les salons. Archer suivit le regard de la comtesse Olenska : il vit May qui entrait avec sa mère. Grande, élancée, dans sa robe blanche ceinturée d'argent, avec ses cheveux couronnés de fleurs d'argent, c'était Diane en personne.

– J'ai tant de rivaux, dit Archer. Voyez comme elle est déjà entourée ! Voilà le duc qui se fait présenter.

– Restez encore un peu avec moi, dit la comtesse Olenska à voix basse, et de son éventail elle effleura le genou du jeune homme.

Ce n'était qu'un léger frôlement, mais qui le fit tressaillir.

– Vous permettez que je reste ? répondit-il sur le même ton, sachant à peine ce qu'il disait.

Mais le maître de la maison s'avançait, suivi du vieux Mr. Urban Dagonet. La comtesse les accueillit avec un sourire grave, et Archer, sous le regard de Mr. Van der Luyden, se leva.

Mme Olenska lui tendit la main :

– C'est entendu. Demain, après cinq heures. Je vous attendrai, dit-elle.

Puis elle fit place à Mr. Dagonet auprès d'elle.

Archer répéta : « Demain. » Pourtant, ils n'avaient pas pris rendez-vous et, durant leur conversation, la comtesse n'avait pas témoigné qu'elle désirât le revoir.

En s'éloignant, il vit Lawrence Lefferts qui s'approchait pour présenter sa femme. Gertrude Lefferts, très empressée, disait avec son large sourire insipide :

– Je crois me rappeler que nous allions ensemble au cours de danse quand nous étions petites.

Derrière elle, attendant leur tour de se nommer à la comtesse, Archer reconnut nombre de couples récalcitrants qui avaient refusé de la rencontrer chez Mrs. Lovell Mingott. Comme le disait Mrs. Archer : « Quand les Van der Luyden veulent donner une leçon, ils savent s'y prendre. Ce qui est dommage, c'est qu'ils le fassent si rarement. »

Newland sentit une main sur son bras et vit Mrs. Van der Luyden, qui le regardait du haut de sa splendeur, dans l'éclat de sa robe de velours et de ses diamants de famille.

– Comme vous avez été bon, Newland, de vous occuper ainsi de Mme Olenska ! J'ai dit à votre oncle Henry qu'il était temps d'aller vous relayer.

Archer répondit par un vague sourire ; elle ajouta, aimable :

– Je n'ai jamais vu May plus en beauté. Le duc est d'avis que nous n'avons pas de plus ravissante jeune fille.

9

« Après cinq heures », avait dit la comtesse Olenska. À cinq heures et demie, Archer sonnait à la porte d'une maison d'aspect modeste, dont la façade lézardée se dissimulait sous une glycine géante enroulée autour d'un étroit balcon. Mme Olenska avait loué cette maison, tout au bas de la Vingt-Troisième Rue, à la vagabonde Medora.

C'était choisir un bizarre quartier. Des petites couturières, des empailleurs d'oiseaux exotiques, des « gens qui écrivaient », étaient les plus proches voisins de la comtesse Olenska. Plus loin, Archer reconnut, au fond d'une allée pavée, une maison délabrée en bois que Winsett, un journaliste qu'il rencontrait quelquefois, lui avait dit habiter. Winsett n'invitait personne chez lui, mais il avait indiqué sa demeure à Archer au cours d'une promenade nocturne, et ce dernier s'était demandé, avec un petit frisson, si, dans les autres capitales, les hommes de lettres étaient aussi pauvrement logés.

La maison devant laquelle Archer s'était arrêté ne se distinguait des autres que par son badigeon un peu plus frais ; et le jeune homme se dit que le comte Olenski avait dû dépouiller sa femme de sa fortune aussi bien que de ses illusions.

Archer avait passé une journée maussade. Après le déjeuner chez les Welland, il avait espéré emmener May faire une promenade dans Central Park, l'avoir à lui, lui dire combien elle avait été ravissante la veille, au bal, combien il était fier d'elle, et la presser de faire hâter leur mariage. Mais Mrs. Welland lui avait doucement rappelé que la tournée des visites de famille était loin d'être achevée ; et, quand il manifesta son désir d'écourter les fiançailles, elle fronça les sourcils et soupira :

– Songez donc, mon ami, douze douzaines de tout – et brodées à la main !

Dans le grand landau de famille, ils roulèrent d'une porte à l'autre. Archer, la tournée accomplie, se sépara de sa fiancée avec le sentiment d'avoir été montré comme un captif dans un « triomphe ». À la pensée que son mariage ne serait célébré qu'à l'automne, et qu'il continuerait d'ici là à mener le même genre de vie, il se sentit de plus en plus déprimé.

– Demain, lui rappela Mrs. Welland comme il partait, nous ferons les Chivers et les Dallas.

Évidemment, on rendait visite aux deux familles dans l'ordre alphabétique, et on n'en était encore qu'au premier quart de l'alphabet.

Archer s'était proposé de dire à May que la comtesse Olenska l'avait prié d'aller la voir ce jour-là ; mais, dans les courts moments où il se trouva seul avec sa fiancée, il eut des sujets de conversation plus pressants. Et puis, il trouva un peu ridicule de faire allusion à l'invitation de Mme Olenska. Il savait que May désirait qu'il fût aimable avec sa cousine ; n'était-ce pas pour déférer à ce désir qu'on avait avancé l'annonce de leurs fiançailles ?

Au moment d'entrer chez Mme Olenska, sa curiosité était vivement éveillée. La façon imprévue dont elle l'avait invité à venir la voir l'intriguait. Il fut reçu par une servante au teint doré, dont la poitrine bombée était recouverte d'un fichu à couleurs vives ; une Sicilienne, pensa Archer. Elle l'accueillit en souriant et ne répondit à ses questions que par un signe de tête ; puis elle le fit entrer dans un salon au plafond bas, où pétillait un feu de bois. La pièce était vide, et Archer se demanda si la servante était allée à la recherche de sa maîtresse, ou si, n'ayant pas compris ce qu'il était venu faire, elle l'avait peut-être pris pour l'horloger : il vit, en effet, que l'unique pendule ne marchait pas. Il savait que les races méridionales communiquent entre elles par gestes, et fut mortifié de n'avoir rien compris aux signes et aux sourires de la femme de chambre. Enfin, elle revint avec une lampe, et Archer, étant parvenu à combiner une phrase tirée de Dante et de Pétrarque, provoqua cette réponse : *La signora è fuori, ma verrà subito.*

Cependant, à la clarté de la lampe, se révélait à lui le charme enveloppant et discret de ce salon, si différent de ceux auxquels il était habitué ! On lui avait dit que la comtesse Olenska avait rapporté avec elle quelques meubles, « débris du naufrage », disait-elle. C'étaient, sans doute, ces tables légères en marqueterie, ce petit bronze grec sur la cheminée, et les deux bandes de damas rouge clouées sur le papier décoloré du mur et faisant fond à des tableaux vaguement italiens, dans de vieux cadres dédorés.

Newland Archer se piquait d'être connaisseur en art italien. Son adolescence avait été saturée de Ruskin, et il avait lu les derniers ouvrages de John Addington Symonds, *L'Euphorion* de Vernon Lee, les essais de P.-G. Hamerton, et un nouveau volume, dont on parlait beaucoup, *La Renaissance*, de Walter Pater. Il parlait avec aisance de Botticelli, avec une légère condescendance de Fra Angelico ; mais les tableaux de Mme Olenska le déconcertaient, car ils ne ressemblaient à rien de ce qu'il avait accoutumé de voir et, par conséquent, de comprendre, quand il voyageait en Italie. Peut-être ses dons d'observation étaient-ils diminués du fait qu'il se trouvait seul dans cette mystérieuse maison où, apparemment, personne ne l'attendait. Il regrettait de n'avoir pas parlé à May de l'invitation de la comtesse Olenska, et était un peu troublé par la pensée que sa fiancée pouvait arriver inopinément et le trouver installé seul au coin du feu à cette heure intime du crépuscule d'hiver.

Mais puisqu'il s'était rendu à l'invitation, il n'avait plus qu'à attendre, les pieds au feu. L'atmosphère de ce salon était si particulière ! Certes, il avait déjà vu des pièces tendues de damas rouge et de tableaux de l'école italienne : ce qui le frappait, c'était la façon dont Mme Olenska, à l'aide de deux ou trois vieux bibelots, et de quelques mètres de damas rouge, avait su donner un accent personnel à cette pauvre pièce misérablement meublée. Il essaya d'en analyser le mystère. Était-ce le savant agencement des tables et des chaises, ou le fait de n'avoir mis que deux roses rouges dans le vase – où toute autre main en eût fourré une douzaine ? Était-ce enfin le vague parfum flottant dans l'air, qui donnait à cette pièce une atmosphère à la fois si exotique et si intime ? Le parfum surtout l'intriguait, car ce n'était ni du « White Rose », ni de la « Violette de Parme », mais une odeur qui faisait rêver à des bazars lointains, à l'ambre gris, au café turc et aux pétales de roses desséchées.

Il essaya de se figurer ce que serait le salon de May. Très généreux, Mr. Welland avait déjà en vue une maison de la Trente-Neuvième Rue. On jugeait le quartier un peu éloigné, mais la maison, toute neuve, était construite en pierres d'un jaune verdâtre que les jeunes architectes commençaient à employer pour réagir contre les pierres brunes dont le ton uniforme faisait de New York une vaste glace au chocolat. Et la plomberie était parfaite. Archer aurait préféré remettre à plus tard le choix de l'installation ; mais les Welland, tout en approuvant que la lune de miel se passât en Europe – et se prolongeât même par un hiver en Égypte –, insistaient sur la nécessité, pour le jeune ménage, de trouver une maison prête au retour. Archer sentait que son sort était fixé. Pour le reste de ses jours, il monterait les marches en pierres jaune verdâtre, et traverserait le « vestibule pompéien », pour arriver à l'antichambre lambrissée de bois clair ; mais son imagination s'arrêtait là. Il savait que le salon, à l'étage supérieur, avait une grande baie vitrée ; mais il ne pouvait se figurer quel parti May en tirerait. Elle supportait sans difficulté les capitonnages violets et jaunes du salon de ses parents, ses tables en imitation de Boule, ses vitrines dorées remplies de Saxe moderne : pourquoi supposer qu'elle désirât chez elle autre chose ? Le jeune homme se consola à l'idée d'arranger lui-même son cabinet de travail, qu'il meublerait de ces nouveaux meubles anglais genre « pré-raphaélite », avec de solides bibliothèques sans portes vitrées.

La servante revint, ferma les rideaux, tisonna le feu, répéta en souriant : *Verrà, verrà.* Quand elle fut partie, Archer se leva et commença à marcher à travers la pièce. Attendrait-il plus longtemps ? Sa position devenait assez ridicule. Peut-être avait-il mal compris Mme Olenska ; peut-être n'avait-elle pas eu l'intention de l'inviter…

De la rue silencieuse monta le bruit sec des sabots d'un cheval. Une voiture s'arrêta et Archer entendit une portière qui s'ouvrait. En écartant les rideaux, il vit, à la lueur du réverbère, Julius Beaufort qui aidait Mme Olenska à descendre de son petit coupé anglais.

Beaufort, le chapeau à la main, disait quelque chose à la jeune femme, qui parut répondre négativement. Ils se serrèrent la main ; le banquier sauta dans la voiture, et Mme Olenska monta lentement les marches du perron.

Elle entra dans le salon sans paraître surprise d'y trouver Archer. La surprise était un sentiment auquel elle semblait rarement s'abandonner.

– Ma petite cabane vous plaît-elle ? demanda-t-elle en souriant. Pour moi, c'est le Paradis !

Tout en parlant, elle dénouait son chapeau à brides et l'envoya rejoindre sur une chaise son long manteau.

– Vous l'avez arrangé avec un goût exquis, répondit Archer, rougissant de la banalité du propos.

Il se sentait comme emprisonné dans le convenu par son désir même de dire quelque chose de frappant.

– C'est bien insignifiant ! Ma famille méprise mon petit refuge. En tout cas, c'est moins triste que chez les Van der Luyden !

Archer fut ébloui de tant d'audace : on aurait trouvé peu d'esprits assez subversifs pour traiter de triste l'imposante demeure des Van der Luyden. Les privilégiés qui y pénétraient, avec un léger frisson, étaient d'accord pour louer l'élégance des salons. Archer était ravi que la comtesse Olenska eût traduit ouvertement l'impression générale.

– Ce que vous avez fait ici est délicieux, répéta-t-il.

– Je l'avoue, j'aime cette petite maison ; mais c'est surtout, je crois, parce qu'elle est dans mon pays, à New York, et… et que j'y suis seule.

Elle parlait si bas qu'il entendit à peine la fin de la phrase. Embarrassé, il répondit :

– Vous aimez tant être seule ?

– Oui, puisque mes amis m'empêchent de sentir ma solitude… (Elle s'assit près du feu et ajouta :) Nastasia nous apportera le thé. (Puis, faisant signe à Archer de reprendre sa place :) Je vois que vous avez déjà choisi votre coin.

Renversée dans un fauteuil, elle croisa les bras derrière la tête, et regarda le feu, les yeux mi-clos.

– C'est l'heure que je préfère, dit-elle ; et vous ?

Archer crut devoir au sentiment de sa dignité de demander :

– Je craignais que vous n'eussiez oublié l'heure. Beaufort vous a sans doute retardée.

Elle prit un air amusé.

– Que voulez-vous dire ? Avez-vous attendu longtemps ? Mr. Beaufort m'a menée voir un tas de maisons, puisqu'on a décidé que je ne devais pas rester dans celle-ci.

Elle avait l'air de se désintéresser et de Beaufort et de son visiteur, et continua :

– Je n'ai jamais vu une ville où l'on ait plus de répugnance à habiter les quartiers excentriques. Quelle importance cela a-t-il ? On m'a dit que cette rue est très convenablement habitée.

– Elle n'est pas à la mode.

– À la mode ? Attachez-vous tant d'importance à la mode ? Pourquoi ne pas se faire sa mode à soi ? Peut-être ai-je toujours vécu avec trop d'indépendance. En tout cas, je veux faire ce que vous faites tous : je veux sentir de l'affection et de la sécurité autour de moi.

Il fut ému, comme la veille quand elle lui avait parlé de son désir d'être guidée.

– Voilà justement ce que souhaitent vos amis. Il n'y a rien à craindre à New York, ajouta-t-il avec une pointe de sarcasme.

– Oui, n'est-ce pas ? On en a l'impression, s'écria-t-elle, sans saisir l'ironie. C'est comme aller en vacances, quand on a été une bonne petite fille qui a bien fait tous ses devoirs.

La comparaison ne plut pas à Newland. Il voulait bien parler de New York sur un ton cavalier, mais il n'aimait pas que d'autres prissent la même liberté. Il se demandait si Ellen ne commençait pas à comprendre que la société de New York était une redoutable machine qui avait été bien près de la broyer. Le dîner des Lovell Mingott, retapé *in extremis*, fait de pièces et morceaux pris à différents milieux sociaux, aurait dû lui apprendre le péril auquel elle avait échappé. Elle n'avait jamais compris le danger, ou elle l'avait perdu de vue dans le triomphe de la soirée des Van der Luyden. Archer inclinait à la première supposition, et l'idée que, pour la jeune femme, les distinctions sociales de New York n'existaient pas encore l'agaçait vaguement.

– Hier soir, dit-il, tout New York se pressait pour vous faire honneur. Les Van der Luyden ne font pas les choses à moitié.

– Les aimables gens ! Leur réunion était si charmante ! Tout le monde paraît avoir pour eux tant d'estime !

Les termes semblaient peu appropriés : les mêmes eussent convenu pour un goûter chez la chère vieille Miss Lanning.

– Les Van der Luyden, dit pompeusement Archer, disposent d'une grande influence sur la société de New York. Malheureusement, à cause de la santé de Mrs. Van der Luyden, ils reçoivent très rarement.

Elle dégagea ses mains de dessus sa tête et attacha sur Archer des yeux pensifs.

– N'est-ce pas là, la raison ?...

– La raison ?...

– De leur grande influence... qu'ils se fassent si rares !

Il rougit un peu, la regarda fixement, puis soudain il comprit la portée de cette remarque. D'un seul coup elle avait frappé les Van der Luyden, et ils s'écroulaient ! Il rit et les sacrifia.

Nastasia apporta le thé avec des tasses japonaises sans anses, et des assiettes couvertes. Elle plaça le plateau sur une table basse auprès de la comtesse Olenska.

– Vous m'expliquerez tout : vous me direz tout ce que je dois savoir, continua-t-elle, en s'approchant pour lui offrir une tasse de thé.

– C'est vous qui m'expliquerez, vous qui ouvrez mes yeux à des choses que je regarde depuis si longtemps que je finis par ne plus les voir !

Elle détacha de son bracelet un petit porte-cigarettes en or, le lui tendit, et prit elle-même une cigarette.

– Alors, nous pouvons nous aider mutuellement. Mais c'est surtout moi qui ai besoin de secours. Dites-moi exactement ce que je dois faire.

Il fut sur le point de lui dire : « Ne vous montrez pas en voiture avec Beaufort » ; mais il était trop pénétré par l'atmosphère de la chambre, qui était son atmosphère à elle, pour risquer cet avis. C'eût été comme de dire à quelqu'un, au moment où il achète des parfums à Samarcande, qu'il est nécessaire de s'approvisionner de vêtements chauds pour passer l'hiver à New York. New York semblait beaucoup plus loin que Samarcande, et si vraiment ils devaient s'entraider, elle lui rendait le premier de leurs services mutuels en lui faisant voir sa ville natale objectivement. Vu ainsi, comme par le gros bout d'un télescope, New York semblait singulièrement petit et distant : c'est ainsi qu'on l'aurait vu de Samarcande.

Une flamme jaillit des bûches, et la comtesse Olenska, se penchant en avant, tendit ses mains fines si près du feu qu'une fine auréole entoura l'ovale de ses ongles. La lumière soudaine fit rougir les boucles échappées des nattes sombres de la jeune femme et rendit plus pâle encore la pâleur de son visage.

– Il y a assez de monde pour vous dire ce que vous devez faire, reprit Archer avec une secrète envie.

– Mes tantes ? Et ma chère vieille grand-mère ?... Elles m'en veulent un peu de m'être émancipée, ma pauvre grand-mère surtout. Elle aurait voulu me garder avec elle ; mais j'avais besoin d'être libre.

Archer fut abasourdi par cette façon légère de s'exprimer sur la formidable Catherine, et ému à la pensée de ce qui avait pu donner à Mme Olenska cette soif d'une liberté qui comportait tant de solitude. Mais l'image de Beaufort l'irritait.

– Je crois comprendre ce que vous éprouvez, dit-il. Votre famille vous conseillera, vous expliquera les différences, vous montrera la voie.

Elle releva ses fins sourcils.

– New York est-il un tel labyrinthe ? Je le croyais tout droit d'un bout à l'autre, comme la Cinquième Avenue, et avec toutes ses rues numérotées. (Elle sembla deviner, chez le jeune homme, une légère désapprobation, et ajouta, avec ce sourire qui illuminait tout son visage :) Si vous saviez comme je l'aime, précisément à cause de cela : toutes ces lignes droites, dans tous les sens, avec toutes ces grandes étiquettes honnêtes sur chaque chose !

Il saisit la balle au bond.

– On peut mettre des étiquettes sur les choses, pas sur les personnes.

– Peut-être. Sans doute je simplifie trop : mais vous m'avertirez quand je me tromperai. (Elle se tourna vers lui.) Il n'y a que deux personnes ici qui puissent me renseigner : vous et Mr. Beaufort.

Archer fut un peu saisi d'entendre accoler son nom à celui de Beaufort. Mais il songea à l'atmosphère malsaine où Ellen avait vécu : il pensa qu'il devait profiter de la confiance qu'elle lui témoignait pour lui montrer Beaufort et tout ce qu'il représentait sous son jour véritable, et lui en inspirer le dégoût.

Il répondit doucement :

– Je comprends : mais tout d'abord, gardez l'appui de vos vieux amis, de femmes comme votre grand-mère Mingott, Mrs. Welland, Mrs. Van der Luyden. Elles vous aiment, vous admirent, désirent vous aider.

Elle hocha la tête et soupira :

– Oh ! je sais, je sais. Elles veulent m'aider, mais à la condition de ne rien entendre qui leur déplaise. Ma tante Welland me l'a dit en propres termes. On ne désire donc pas savoir la vérité ici ? La solitude, c'est de vivre parmi tous ces gens aimables qui ne vous demandent que de dissimuler vos pensées.

Elle cacha sa figure dans ses mains et Archer vit ses minces épaules secouées par un sanglot.

– Madame Olenska ! Je vous en prie… Ellen, supplia-t-il, en se levant et se penchant sur elle.

Il prit une de ses mains, la serra, la caressa comme celle d'un enfant, pendant qu'il murmurait des mots de réconfort. Mais elle se libéra, et leva sur lui des yeux encore pleins de larmes.

– Ici, on ne pleure pas ; au Paradis, il n'y a pas de raison de pleurer, dit-elle, en rajustant ses tresses, et se penchant, déjà souriante, au-dessus de la bouilloire.

Archer se disait en tremblant que deux fois il l'avait appelée « Ellen » et qu'elle ne l'avait pas remarqué. Bien loin, comme par le petit bout de la lorgnette, il aperçut la blanche image, estompée, de May Welland, à New York.

Tout à coup, Nastasia passa la tête, dit quelques mots à voix basse. Mme Olenska, la main encore dans ses cheveux, poussa une exclamation, un vif « *già ! già !* » et le duc de Saint-Austrey entra, pilotant une grosse dame, coiffée d'une perruque noire surmontée de plumes rouges : d'abondantes fourrures l'emmitouflaient.

– Ma chère comtesse, je vous ai amené une de mes vieilles amies, Mrs. Struthers. On ne l'avait pas invitée à la soirée d'hier, et elle désire vous connaître.

Mme Olenska s'avança, avec des paroles de bienvenue, vers le singulier couple. Elle ne sembla pas trouver insolite la liberté que prenait le duc en lui amenant ainsi une étrangère. Le duc lui-même semblait trouver cela parfaitement naturel.

– J'ai tant désiré faire votre connaissance, ma chère ! s'écria Mrs. Struthers, d'une voix sonore qui s'accordait avec ses plumes éclatantes et avec sa perruque aux reflets métalliques.

– Je veux connaître tous ceux qui sont jeunes, intéressants et charmants. Le duc me dit que vous aimez la musique. N'est-ce pas, mon cher duc ? Vous êtes pianiste vous-même, je crois. Alors voulez-vous venir demain entendre Joachim ? Je reçois tous les dimanches. C'est le jour où New York ne sait que faire ; alors je lui dis : « Venez, amusez-vous ! » Le duc a pensé que vous seriez attirée par Joachim. Vous retrouverez beaucoup d'amis.

Le visage de Mme Olenska s'illumina de plaisir.

– Comme c'est aimable ! Comme le duc est bon d'avoir pensé à moi ! Je serai trop heureuse de venir.

Elle avança un fauteuil près de la table à thé et Mrs. Struthers s'y installa béatement.

– Voilà qui est convenu, ma chère ; et amenez ce jeune homme avec vous.

Mrs. Struthers tendit à Archer une main cordiale.

– Excusez-moi, je ne peux pas retrouver votre nom ; mais je suis sûre de vous avoir déjà rencontré. J'ai rencontré tout le monde, ici, à Paris, ou à Londres. Êtes-vous dans la diplomatie ? Tous les diplomates viennent chez moi. Vous aussi, vous aimez la musique ? Mon cher duc, ne manquez pas de l'amener.

Archer remercia et prit congé ; il se sentait gêné comme un écolier. Au surplus, il ne regrettait pas que sa visite eût été interrompue par cette entrée inopinée : si seulement elle s'était produite un peu plus tôt, elle lui aurait épargné une dépense d'émotion bien inutile.

Dehors, il se rappela qu'il était à New York et il eut l'impression que May Welland se rapprochait de lui. Il se dirigea vers sa fleuriste habituelle pour envoyer à la jeune fille la corbeille de muguets qu'à sa grande confusion il avait oublié de commander le matin. Après avoir écrit un mot sur une carte, comme il attendait une enveloppe, il parcourut des yeux la boutique fleurie, et son regard fut attiré par un bouquet de roses jaunes. Il n'en avait jamais vues d'un jaune aussi doré, aussi lumineux.

Son premier mouvement fut de les envoyer à May au lieu des muguets. Mais ces fleurs ne seyaient pas à la jeune fille : elles avaient quelque chose de trop riche, de trop fort, dans leur chaud éclat. Presque sans savoir ce qu'il faisait, dans une brusque saute d'humeur, Newland fit signe à la fleuriste de mettre les roses dans un long carton, et glissa une carte dans une seconde enveloppe, sur laquelle il inscrivit le nom de la comtesse Olenska. Puis, au moment de s'en aller, il retira la carte, laissa l'enveloppe vide sur la boîte.

– Portez-les tout de suite, fit-il, en désignant les roses.

10

Le lendemain, après le déjeuner, Archer put obtenir de May qu'elle vînt avec lui faire une promenade dans Central Park. C'était un dimanche et, selon la vieille coutume de New York, elle devait accompagner ses parents à l'église matin et après-midi ; mais Mrs. Welland ferma les yeux sur cette infraction aux usages, car, le matin même, elle avait obtenu de sa fille de se plier aux longues fiançailles qui permettraient de constituer un trousseau brodé à la main, et comptant le nombre de douzaines nécessaires.

Le temps était exquis. Le long du mail, la voûte des branches dépouillées se dessinait sur un fond de lapis, au-dessus d'une couche de neige étincelante. Les couleurs de May s'avivaient dans le froid, comme celles d'un jeune érable à la première gelée. Archer, fier des regards qu'elle attirait, oubliait ses perplexités secrètes dans la joie de la regarder.

– C'est une sensation délicieuse de s'éveiller le matin en respirant l'odeur des muguets ! dit-elle en souriant.

– Pardonnez-moi, si, hier, votre bouquet est arrivé en retard ; je n'avais pas eu le temps de passer chez la fleuriste le matin, répondit-il.

– C'est la preuve que vous les choisissez vous-même chaque jour. Pour rien au monde je ne voudrais que votre bouquet arrivât toujours à la même heure, comme un professeur de piano, car je saurais alors que vous l'avez commandé d'avance une fois pour toutes. Ainsi avait fait Lawrence Lefferts, lorsqu'il s'est fiancé avec la pauvre Gertrude.

– Ça leur ressemble, dit Archer, enchanté de cette fine remarque.

Et il se sentit assez sûr de lui-même pour ajouter :

– Quand je vous ai envoyé des muguets hier, j'ai vu quelques belles roses jaunes, et je les ai fait porter à la comtesse Olenska. Ai-je bien fait ?

– Comme c'est gentil ! Cela lui fait tant de plaisir quand on pense à elle ! Ce qui m'étonne, c'est qu'elle n'ait pas parlé de vos roses. Elle a déjeuné avec nous ce matin, et nous a dit que Mr. Beaufort lui avait envoyé de magnifiques orchidées et que Mr. Van der Luyden avait fait venir pour elle de Skuytercliff toute une corbeille d'œillets. Il semble que ce soit nouveau pour elle de recevoir des fleurs. N'en envoie-t-on pas en Europe ? Elle trouve que c'est une coutume charmante.

« Mes fleurs auront été éclipsées par celles de Beaufort ! » songea Archer, légèrement piqué. Puis il se souvint qu'il n'avait pas joint sa carte à l'envoi des roses, et regretta d'en avoir parlé. Il était sur le point de dire : « Je suis allé voir votre cousine hier », mais il hésita. Si Mme Olenska avait passé sa visite sous silence, mieux valait faire comme elle. Tout cela prenait un air de mystère qu'Archer n'aimait qu'à moitié. Pour changer de sujet, il se mit à parler de leur mariage, de leur avenir, et de l'obstination de Mrs. Welland à prolonger le temps des fiançailles.

– Rappelez-vous qu'Isabelle et Reggie Chivers ont été fiancés deux ans, Grace et Thorley près d'un an et demi ! Et puis, est-ce que nous ne sommes pas très bien comme nous sommes ?

C'était la réponse classique de toute jeune fiancée. Archer s'en voulait de la trouver un peu puérile dans la bouche de May, qui avait près de vingt-deux ans. Et il se demandait à quel âge les femmes « bien élevées » commençaient à penser par elles-mêmes.

– Nous pourrions faire beaucoup mieux que d'attendre : être ensemble tout à fait, voyager.

La figure de la jeune fille s'illumina : elle avoua qu'elle adorait les voyages. Mais sa mère ne comprendrait pas qu'on puisse désirer ne pas faire comme tout le monde.

– Mais ne pas faire comme tout le monde, c'est justement ce que je veux ! insista l'amoureux.

– Vous êtes si original ! dit-elle, avec un regard d'admiration.

Une sorte de découragement s'empara du jeune homme. Il sentait qu'il prononçait exactement toutes les paroles que l'on attend d'un fiancé, et qu'elle faisait toutes les réponses qu'une sorte d'instinct traditionnel lui dictait – jusqu'à lui dire qu'il était original.

– Original ? Nous sommes tous aussi pareils les uns aux autres que ces poupées découpées dans une feuille de papier plié. Ne pourrions-nous pas être un peu nous-mêmes, May ?

Ils s'étaient arrêtés l'un en face de l'autre, excités par la discussion. May le regardait, les yeux brillants.

– Mon Dieu ! Vous voulez donc m'enlever ?

– Je ne demande pas mieux !

– Comme vous m'aimez, Newland ! Je suis si heureuse. Nous ne pouvons pourtant pas agir comme des amoureux de roman, dit-elle en riant.

– Pourquoi pas ? Pourquoi pas ?

Elle parut un peu contrariée de son insistance. Elle sentait très bien que ce qu'il voulait était impossible, mais visiblement elle ne trouvait pas de raison à lui opposer.

– Je ne suis pas assez forte pour discuter avec vous ; mais ne serait-ce pas – comment dire ? – « mauvais genre » ? suggéra-t-elle doucement.

Elle avait conscience d'avoir énoncé l'argument sans réplique.

– Avez-vous si peur de paraître « mauvais genre » ?

– Mais oui, j'en serais fâchée. Et vous aussi, ajouta-t-elle, légèrement piquée.

Il restait silencieux, frappant nerveusement le bout de sa bottine avec sa canne. Il sentait qu'après tout elle avait trouvé le vrai moyen de clore l'incident. Elle reprit, rassurée :

– Vous ai-je dit que j'avais montré ma bague à Ellen ? Elle assure qu'elle n'a jamais vu une aussi jolie monture. Il n'y a rien de pareil rue de la Paix. Vous êtes tellement artiste, Newland !...

Le jour suivant, pendant qu'Archer, avant le dîner, fumait un cigare dans la bibliothèque, Janey vint le trouver. Archer, comme presque tous les jeunes gens de son monde, avait fait son droit, et avait maintenant un emploi dans l'étude d'un avocat distingué. Il était revenu de l'étude ce jour-là d'assez mauvaise humeur, vaguement déprimé, et obsédé par l'idée que jusqu'à la fin de sa vie il ferait vraisemblablement toujours la même chose à la même heure, et dans le même cadre.

« Monotonie !... monotonie !... » soupira-t-il. Ce mot l'obsédait. En rentrant, ce soir-là, il ne s'était pas arrêté au cercle comme d'habitude. À la vue des grandes fenêtres derrière lesquelles les mêmes figures connues, coiffées des mêmes chapeaux hauts de forme, se montraient toujours à la même heure, le courage lui avait manqué. Il devinait non seulement ce dont on parlait, mais comment chacun en parlait. Le duc de Saint-Austrey était naturellement le thème principal des conversations ; et sans doute on ne manquerait pas d'épiloguer sur l'apparition, dans la Cinquième Avenue, d'une demoiselle aux cheveux teints, dans un petit coupé jaune canari attelé de deux cobs noirs – et Beaufort en porterait la responsabilité. En effet « ces personnes », comme on les appelait dans le milieu de Mrs. Archer, étaient rares à New York, et aucune d'elles, jusqu'à présent, n'avait osé se montrer dans sa propre voiture. Aussi, la veille, le coupé jaune ayant croisé l'attelage de Mrs. Lovell Mingott, celle-ci avait à l'instant même donné l'ordre à son cocher de rentrer. Dire que cela aurait aussi bien pu arriver à Mrs. Van der Luyden ! se disaient les douairières en frissonnant d'horreur. Archer croyait entendre Lawrence Lefferts prophétisant la débâcle de la société...

Il leva brusquement la tête à l'entrée de sa sœur, puis, sans faire attention à elle, se replongea dans sa lecture. C'était le *Chastelard* de Swinburne, qu'on venait de lui envoyer de Londres.

Janey s'approcha du bureau chargé de livres, ouvrit un volume des *Contes drolatiques*, fit la moue sur le vieux français et soupira :

– Quelles choses sérieuses tu lis !

Elle continuait à rôder autour de lui avec une mine mystérieuse ; énervé par son mutisme, il finit par lui demander :

– Tu as quelque chose à me dire ?

– Oui. Maman est très fâchée.

– Fâchée ? Contre qui ? À propos de quoi ?

– Miss Sophy Jackson sort d'ici. Elle a dit que son frère viendrait après le dîner. Elle n'a pas voulu raconter grand-chose, son frère le lui a défendu ; il veut nous donner tous les détails lui-même. Il est maintenant chez notre cousine Van der Luyden.

– Pour l'amour du ciel, ma chère, de quoi s'agit-il ? Il faudrait être le bon Dieu pour comprendre tes énigmes.

– Allons, Newland, ne plaisante pas ; maman a déjà assez de chagrin que tu n'ailles pas à l'église.

Avec un geste agacé, il se replongea dans son livre.

– Newland ! Écoute donc. Ton amie Mme Olenska était à la soirée de Mrs. Lemuel Struthers hier soir ; elle y est allée avec le duc et Mr. Beaufort.

À ce nom, une colère irraisonnée s'empara du jeune homme. Il affecta de rire :

– Eh bien ? Après ? Je savais qu'elle comptait y aller.

Les yeux de Janey sortaient de leurs orbites.

– Comment ? Tu le savais, et tu n'as pas essayé de l'empêcher, de l'avertir ?

– L'empêcher ? L'avertir ? (Il rit de nouveau.) Et de quel droit ? Ce n'est pas avec la comtesse Olenska que je suis fiancé !

Ces paroles lui sonnèrent étrangement aux oreilles.

– Tu te maries dans sa famille.

– Oh ! la famille ! la famille ! railla-t-il.

– Newland ! Est-ce que tu ne te soucies pas de la famille ?

– Pas pour un liard !

– Ni de ce que pensera notre cousine Van der Luyden ?

– Pas pour un centime… si elle a des idées saugrenues de vieille fille.

– Mais maman n'a pas des idées de vieille fille, dit sa sœur d'un air pincé.

Il aurait voulu crier : « Si ! elle en a, et aussi les Van der Luyden, et nous tous, dès que la réalité nous effleure. » Mais il vit le long et doux visage de Janey s'assombrir et il regretta la peine inutile qu'il venait de lui infliger.

– Tant pis pour la comtesse Olenska ! Ne fais pas la sotte, ma petite Janey ! Je ne suis pas le tuteur de la belle Ellen !

– Non ; mais tu as demandé aux Welland d'avancer l'annonce de tes fiançailles, afin que nous puissions la soutenir ; et c'est seulement pour faire plaisir à maman que la cousine Louisa l'a invitée à dîner.

– Eh bien ! Quel mal y avait-il à l'inviter ? C'était la plus jolie femme du salon ; grâce à elle, le dîner a été un peu moins morne que ne le sont en général les banquets Van der Luyden.

– Tu sais que cousin Henry l'a invitée pour te faire plaisir, que c'est lui qui a obtenu de notre cousine de la recevoir ; et maintenant les voilà si bouleversés en apprenant qu'elle est allée chez Mrs. Struthers qu'ils retournent à Skuytercliff dès demain. Je crois, Newland, que tu feras bien de descendre au salon. Tu sembles ne pas comprendre ce que maman éprouve.

Newland trouva sa mère dans le salon, penchée sur son métier. Elle leva sur lui un regard troublé, et demanda :

– Janey t'a dit ?

– Oui. (Il sourit.) Mais je ne trouve pas que ce soit très sérieux.

– Le fait d'avoir froissé nos cousins ?

– Le fait qu'ils peuvent se sentir froissés parce que la comtesse Olenska a été chez une femme qu'ils trouvent commune !

– Ils ne sont pas seuls de cet avis.

– Eh bien ! oui, d'accord, elle est commune ; mais on fait chez elle de la bonne musique, et ses réceptions du dimanche apportent une distraction à des gens qui meurent d'ennui.

– De la bonne musique ? Tout ce que je sais, c'est qu'il y avait chez elle, dimanche dernier, une créature qui est montée sur la table, et qui a chanté des choses comme celles qu'on chante dans les endroits où tu vas à Paris. On a fumé, et bu du champagne.

– Eh bien, après ? Tout cela est arrivé, et le monde continue à tourner.

– Je ne suppose pas, mon enfant, que tu défendes sérieusement la manière française de passer le dimanche ?

– Je vous ai souvent entendu, maman, vous plaindre de la tristesse maussade des dimanches à Londres, quand nous y étions !

– New York n'est ni Paris ni Londres.

– Ah, fichtre non ! soupira Archer.

– Tu veux dire sans doute que notre société est moins amusante que celle des villes d'Europe ? Peut-être as-tu raison ; mais nous sommes d'ici, et, quand on vient parmi nous, on doit respecter nos habitudes. Ellen Olenska surtout, puisqu'elle est revenue dans son pays pour échapper à la vie dissipée des sociétés plus brillantes.

Newland ne répondant pas, sa mère s'aventura à dire, après un moment de silence :

– Je vais mettre mon chapeau, et te demanderai de m'accompagner chez Louisa. Je veux la voir un instant avant le dîner.

Archer fronça le sourcil, mais elle insista, conciliante :

– J'ai pensé que tu pourrais lui expliquer ce que tu viens de me dire : que la société à l'étranger est différente, qu'on y est moins collet monté, que la comtesse Olenska n'a peut-être pas cru froisser mes sentiments. Ce serait, tu sais, mon chéri, ajouta-t-elle avec une inconsciente habileté, dans l'intérêt même de Mme Olenska.

– Chère maman, je ne vois vraiment pas en quoi cette affaire nous regarde. Le duc a mené Mme Olenska chez Mrs. Struthers ? Le fait est qu'il était venu voir Mme Olenska avec Mrs. Struthers. J'étais là. Si les Van der Luyden veulent se disputer avec quelqu'un, le véritable coupable est sous leur toit.

– Se disputer ?... Newland ! Quelle expression ! Notre cousin, se disputer ? Et puis, le duc est un étranger, et leur hôte. Les étrangers ne connaissent pas nos habitudes. Comment les connaîtraient-ils ? Tandis que la comtesse Olenska est une New-Yorkaise, et devrait avoir égard aux sentiments de New York.

– Eh bien, puisqu'il leur faut une victime, je vous permets de leur livrer la comtesse Olenska, s'écria Archer. Je ne me soucie pas du tout de m'offrir en holocauste pour expier les crimes de Mme Olenska.

– Naturellement tu es tout entier du côté Mingott, répondit la mère d'un ton qui trahissait son irritation intérieure.

Le maître d'hôtel ouvrit les portières du salon et annonça : « Monsieur Henry Van der Luyden. »

Mrs. Archer piqua son aiguille et repoussa sa chaise d'un geste nerveux.

– Une autre lampe, ordonna-t-elle au domestique, pendant que Janey se penchait sur sa mère pour lui rajuster son bonnet de dentelle.

Mr. Van der Luyden apparut sur le pas de la porte, et Newland Archer s'avança pour le recevoir.

– Nous parlions justement de vous, mon cousin, dit-il.

Mr. Van der Luyden sembla déconcerté par ces paroles. Il retira son gant pour serrer la main des dames, et lissa son haut-de-forme avec un peu d'embarras, pendant que Janey avançait un fauteuil.

Archer continua en souriant :

– Et de la comtesse Olenska…

Mrs. Archer pâlit.

– Une femme charmante ! Je sors de chez elle, dit Mr. Van der Luyden, rasséréné.

Il s'assit, déposa ses gants et son chapeau à côté de son fauteuil, selon le vieil usage, et continua :

– Elle a un véritable don pour arranger les fleurs. Je lui avais envoyé quelques œillets de Skuytercliff, et j'ai été émerveillé de la façon dont elle les a groupés. Au lieu de les masser en gros bouquets comme notre jardinier-chef, elle les avait dispersés, je ne saurais pas dire comment. Le duc m'avait prévenu ; il m'avait dit : « Allez voir avec quel goût elle a meublé son salon ! » Et c'est vrai. J'aurais bien voulu lui mener Louisa, si le quartier n'était pas si bohème.

– À vrai dire, poursuivit Mr. Van der Luyden, appuyant sur son pantalon gris sa main décolorée, alourdie par la grande bague du Patroon, à vrai dire, j'étais allé la remercier du mot charmant qu'elle m'avait écrit à propos de mes fleurs, et aussi – mais ceci entre nous –, pour lui donner un avertissement amical sur l'inconvénient de se faire mener dans le monde par le duc. Je ne sais pas si vous en avez entendu parler.

Mrs. Archer prit un air naïf :

– Le duc l'a-t-il menée dans le monde ?

– Eh, oui ! Vous savez ce que sont ces grands seigneurs anglais : tous les mêmes. Louisa et moi aimons beaucoup notre cousin, mais on ne peut s'attendre à ce que des gens habitués à la vie des cours tiennent compte de nos petites distinctions républicaines. Le duc va où il s'amuse.

Mr. Van der Luyden fit une pause, mais personne ne prit la parole.

– Il l'a menée, paraît-il, hier soir chez Mrs. Lemuel Struthers. Sillerton Jackson est venu tout à l'heure nous raconter cette sotte histoire, et Louisa en a été un peu troublée. J'ai pensé que le plus court serait d'aller tout droit chez Mme Olenska et de lui expliquer, très amicalement, ce que nous pensons à New York. Il m'a semblé que je le pouvais sans indiscrétion, car le soir où elle a dîné chez nous, elle m'avait laissé entendre qu'elle accepterait mes conseils avec quelque gratitude. Et c'est ce qu'elle a fait.

Mr. Van der Luyden regarda autour de lui. À défaut d'un air de satisfaction que ne pouvait revêtir un visage aussi distingué, il eut un sourire de sereine bienveillance, que le visage de Mrs. Archer se fit un devoir de refléter.

– Comme vous êtes bons tous les deux, mon cher Henry ! Newland sera particulièrement touché de ce que vous avez fait là pour lui et la chère May.

Elle jeta un regard à son fils, qui dit aussitôt :

– Je vous suis très reconnaissant, mon cousin ; mais j'étais sûr que Mme Olenska vous plairait.

Mr. Van der Luyden le regarda avec une extrême affabilité.

– Je n'invite jamais chez moi, mon cher Newland, les gens qui ne me plaisent pas. Je viens de le dire à Sillerton Jackson. (Puis, ayant jeté un coup d'œil à la pendule, il se leva et ajouta :) Mais Louisa m'attend. Nous dînons de bonne heure pour mener le duc à l'Opéra.

Quand les portières se furent refermées sur leur cousin, le silence tomba sur la famille Archer.

– Bonté du ciel ! Que tout cela est romanesque ! finit par s'écrier Janey.

Personne n'avait jamais su ce que voulaient dire ses brusques sorties, et sa famille avait depuis longtemps renoncé à y rien comprendre. Mrs. Archer secoua la tête en soupirant.

– Espérons que tout tournera pour le mieux, dit-elle, d'un ton qui signifiait visiblement le contraire. Newland, il faut que tu restes à la maison pour voir Sillerton Jackson quand il viendra ce soir. Je ne saurais vraiment que lui dire.

– Ma pauvre maman ! Mais il ne viendra pas, dit son fils en riant, et en se penchant pour poser un baiser sur le front inquiet de sa mère.

11

Environ quinze jours plus tard, Archer, assis, inoccupé et distrait, devant son bureau du cabinet « Letterblair, Lamson et Low », avocats à la cour, fut demandé par Mr. Letterblair.

Le vieux Mr. Letterblair, le conseil accrédité de la haute société de New York depuis trois générations, trônait derrière son bureau d'acajou en proie à une évidente perplexité. Le voyant caresser ses favoris blancs, passer ses doigts dans ses cheveux en broussaille au-dessus de ses gros sourcils froncés, son jeune associé le comparait, peu respectueusement, au médecin de famille auprès d'un malade dont les symptômes se refusent à tout diagnostic.

– Cher monsieur (Mr. Letterblair, très cérémonieux, disait toujours « monsieur » à son jeune associé), je vous ai fait demander à propos d'une petite affaire, une affaire dont, pour le moment, je préfère ne pas parler à Mr. Lamson ni à Mr. Low. (Il se renversa sur sa chaise, le front ridé.) Pour des raisons de famille, continua-t-il. (Archer leva la tête.) La famille Mingott, dit Mr. Letterblair, avec un sourire significatif et en s'inclinant. Mrs. Manson Mingott m'a fait demander hier. Sa petite-fille, la comtesse Olenska, désire plaider en divorce contre son mari. Certains documents m'ont été remis.

(Il s'arrêta et tapota sur son bureau.) En raison de vos projets d'alliance avec la famille, je voudrais vous consulter, étudier le cas avec vous, avant d'aller plus loin.

Archer sentit le sang lui monter au visage. Depuis sa visite à la comtesse Olenska, il ne l'avait vue qu'une fois, à l'Opéra, dans la loge des Mingott. Et, dans cet intervalle, l'image de la jeune femme s'était atténuée dans son esprit, tandis que May Welland y reprenait légitimement le premier plan. Il n'avait pas entendu parler du divorce de Mme Olenska depuis l'allusion faite en passant par Janey, et dont il n'avait tenu aucun compte. Théoriquement, il était presque aussi hostile que sa mère à l'idée du divorce et il en voulait à Mr. Letterblair (sans doute poussé par la vieille Catherine Mingott) de se montrer ainsi disposé à le mêler à l'affaire. Les hommes de la famille étaient assez nombreux, et lui-même n'était pas encore un Mingott.

Il attendit que son chef continuât. Mr. Letterblair ouvrit un tiroir et en tira une liasse de papiers.

– Si vous voulez parcourir ces documents ?...

Archer s'en défendit :

– Excusez-moi, monsieur, mais précisément à cause de mes projets d'alliance, je préfère que vous consultiez Mr. Low ou Mr. Lamson.

Mr. Letterblair parut surpris et légèrement froissé. Généralement un jeune associé ne rejetait pas de telles ouvertures. Il s'inclina.

– Je respecte votre scrupule, monsieur ; mais, dans le cas présent, je crois que la vraie délicatesse vous oblige à faire ce que je vous demande. La proposition, du reste, ne vient pas de moi, mais de Mrs. Manson Mingott et de son fils. J'ai vu Lovell Mingott, et aussi Mr. Welland ; ils vous ont tous désigné.

Archer eut un mouvement d'irritation. Depuis quinze jours, il s'était laissé porter par les événements. La beauté, le charme de May lui avaient fait oublier la pression des chaînes Mingott. Le commandement de la vieille Mrs. Mingott lui rappela tout ce que le clan se croyait en droit d'exiger d'un futur gendre : il se rebiffa.

– C'est l'affaire de ses oncles.

– Ses oncles s'en sont occupés : la question a été examinée par la famille. Tous sont opposés au désir de la comtesse, mais elle tient ferme, et insiste pour avoir un avis juridique.

Le jeune homme gardait le silence. Il n'avait pas ouvert le paquet qu'il tenait toujours à la main.

– Est-ce qu'elle veut se remarier ?

– On le suppose ; mais elle le nie.

– Alors ?

– Vous m'obligerez, Mr. Archer, en parcourant d'abord ces papiers. Ensuite, quand nous aurons examiné la question ensemble, je vous dirai mon opinion.

Archer sortit, emportant à contrecœur les documents. Depuis leur dernière rencontre, les circonstances l'avaient aidé à se libérer de la pensée de Mme Olenska. Les instants passés au coin de la cheminée les avaient amenés à une intimité momentanée, que l'arrivée du duc de Saint-Austrey, pilotant Mrs. Lemuel Struthers, et si bien accueilli par la comtesse, avait interrompue assez à propos. Deux jours plus tard, Archer avait assisté à la comédie de la rentrée en grâce de la jeune femme auprès des Van der Luyden. Il s'était dit, avec une pointe d'aigreur, qu'une femme, qui, par ses remerciements à propos d'un bouquet de fleurs, avait su toucher le vieux et important personnage qu'était Mr. Van der Luyden, n'avait nul besoin ni des consolations ni de l'appui moral d'un jeune homme d'aussi petite envergure que lui, Newland Archer.

Ces considérations ironiques rendaient quelque lustre aux ternes vertus domestiques. Impossible d'imaginer May Welland étalant ses affaires privées et répandant ses confidences parmi des étrangers ! Jamais elle ne lui sembla plus fine et plus charmante que dans la semaine qui suivit. Il s'était même résigné aux longues fiançailles, depuis qu'elle avait trouvé à lui opposer un argument qui l'avait désarmé. « Vous savez que vos parents vous ont toujours cédé depuis votre enfance », avait-il dit. Elle, avec son clair regard, lui avait répondu : « C'est bien pour cela qu'il me serait dur de leur refuser la dernière chose qu'ils aient à me demander, avant que je ne les quitte. » C'était la note du vieux New York : c'était celle qu'il aimerait toujours à retrouver chez sa femme.

Les documents dont il prit connaissance ne lui apprirent pas grand-chose mais le plongèrent dans un courant d'idées pénibles. C'était un échange de lettres entre l'avocat du comte Olenski et l'étude parisienne à laquelle la comtesse avait confié la défense de ses intérêts financiers. Il y avait aussi une courte lettre du comte à sa femme. Après l'avoir lue, Archer se leva, serra les papiers dans leur enveloppe et rentra dans le bureau de Mr. Letterblair.

– Voici les lettres, monsieur. C'est entendu, je verrai la comtesse Olenska, dit-il, d'une voix nerveuse.

– Je vous remercie, Mr. Archer. Êtes-vous libre ce soir ? Venez dîner ; nous causerons ensuite, pour le cas où vous voudriez voir notre cliente dès demain.

Newland Archer rentra directement chez lui. C'était une soirée d'une lumineuse transparence : une lune jeune et candide montait au-dessus des toits. Archer voulait imprégner son âme de cette pure splendeur, et ne parler à personne jusqu'au moment de son rendez-vous avec Mr. Letterblair. Depuis la lecture des lettres, il avait compris qu'il fallait qu'il vît lui-même Mme Olenska, afin d'éviter que les secrets de la jeune femme ne fussent exposés devant d'autres. Une grande vague de compassion avait eu raison de son indifférence. Ellen Olenska se présentait à lui comme une créature malheureuse et sans défense, qu'on devait, à tout prix, empêcher d'entreprendre une lutte dont elle ne sortirait que plus meurtrie.

Elle avait dit que Mrs. Welland désirait qu'elle passât sous silence tout ce qu'il pouvait y avoir de « pénible » dans son passé. L'innocence de New York n'était-elle donc qu'une simple attitude ? Sommes-nous des pharisiens ? se demanda Archer. Pour la première fois, il fut amené à réfléchir sur les principes qui l'avaient jusque-là dirigé. Il passait pour un jeune homme qui ne craignait pas de se compromettre : son flirt avec cette pauvre petite Mrs. Thorley Rushworth lui avait donné quelque prestige romanesque. Mais Mrs. Rushworth était de la catégorie des femmes un peu sottes, frivoles, éprises de mystère : le secret et le danger d'une intrigue l'avaient plus intéressée que les mérites de celui qui avait été son amant. Newland avait beaucoup souffert de cette constatation : il y trouvait, maintenant, presque un soulagement. L'aventure, en somme, ressemblait à celles que les jeunes gens de son âge avaient tous traversées et dont ils étaient sortis la conscience calme, convaincus qu'il y a un abîme entre les femmes qu'on aime d'un amour respectueux et les autres. Ils étaient encouragés dans cette manière de voir par leurs mères, leurs tantes et autres parentes : toutes pensaient comme Mrs. Archer que, dans ces affaires-là, les hommes apportent sans doute de la légèreté, mais qu'en somme la vraie faute vient toujours de la femme.

Archer commença à soupçonner que, dans la vie compliquée des vieilles sociétés européennes, riches, oisives, faciles, les problèmes d'amour étaient moins simples, moins nettement catalogués. Il n'était sans doute pas impossible d'imaginer, dans ces milieux indulgents, des cas où une femme sensible et délaissée se laisserait entraîner par la force des circonstances à nouer un de ces liens que la morale réprouve.

Arrivé chez lui, il écrivit un mot à la comtesse Olenska pour lui demander à quelle heure elle pourrait le recevoir le lendemain. Elle répondit que, partant le lendemain matin pour Skuytercliff, jusqu'au dimanche soir, elle ne pourrait l'attendre que le jour même ; il la trouverait seule après dîner. Archer sourit en pensant qu'elle finirait la semaine dans la majestueuse solitude de Skuytercliff, mais aussitôt après il se dit que, là plus qu'ailleurs, elle souffrirait de se trouver parmi des gens résolument fermés à tout ce qui est « pénible ».

Il arriva à sept heures chez Mr. Letterblair, heureux d'avoir un prétexte pour se rendre libre aussitôt après le dîner. Il s'était fait une opinion personnelle d'après les documents qui lui avaient été confiés, et il ne tenait pas spécialement à la communiquer à son chef. Mr. Letterblair était veuf : ils dînèrent seuls dans une pièce sombre, sur les murs de laquelle on voyait des gravures jaunies représentant « La mort de Chatham » et « Le Couronnement de Napoléon ». Sur le buffet, entre de beaux coffrets cannelés du XVIIIe siècle, se trouvait une carafe de Haut-Brion et une autre du vieux porto des Lanning (don d'un client). Le prodigue Tom Lanning avait déconsidéré sa famille en vendant sa cave un an ou deux avant sa mort mystérieuse et suspecte à San Francisco. Ce dernier incident avait été moins humiliant pour les siens que la vente de sa cave.

Après un potage velouté aux huîtres, on servit une alose aux concombres, suivie d'un dindonneau entouré de beignets de maïs, auquel succéda un canard sauvage avec une mayonnaise de céleris et de la gelée de groseille. Mr. Letterblair, qui déjeunait de thé et d'un sandwich, dînait copieusement et sans hâte ; il insista pour que son hôte fît de même. La nappe enlevée, les cigares s'allumèrent, et Mr. Letterblair, se renversant sur sa chaise, poussa le porto vers Archer. Chauffant son dos au feu, il dit :

– Toute la famille est contre le divorce, et je crois qu'elle a raison.

Archer se sentit immédiatement d'un avis opposé.

– Pourtant, si jamais un cas s'est présenté…

– Qu'y gagnerait-elle ?… *Elle* est ici, *il* est là ; l'Atlantique est entre eux. Elle ne retrouvera pas un dollar de plus que ce qu'il lui a rendu volontairement. Les clauses de cet abominable contrat français y ont mis bon ordre. À tout prendre, Olenski a agi généreusement. Il pouvait la renvoyer sans un sou.

Le jeune homme le savait : il resta silencieux.

– Il paraît cependant, continua Mr. Letterblair, qu'elle n'attache pas d'importance à l'argent ; alors, comme le dit la famille, pourquoi ne pas laisser les choses comme elles sont ?

Quand Archer était arrivé chez Mr. Letterblair il était en parfait accord de vues avec lui ; mais, dans la manière dont ce vieillard égoïste, bien nourri, suprêmement indifférent, exposait la question, il croyait entendre la voix pharisaïque de la société, ne songeant qu'à se barricader contre tout ce qui pouvait être « pénible ».

– Il me semble que c'est à la comtesse Olenska de décider, dit-il sèchement.

– Hum !… Avez-vous pensé aux conséquences, si elle se décidait pour le divorce ?

– Vous voulez dire la menace de son mari ?… De quel poids peut-elle être ?… Simple vengeance d'un mauvais drôle.

– S'il se défendait sérieusement, il pourrait sortir des choses pénibles.

– *Pénibles !…* dit Archer avec ironie.

Mr. Letterblair le regarda d'un air étonné et le jeune homme, renonçant à faire comprendre sa pensée, acquiesça par un signe de tête, pendant que son chef continuait :

– Un divorce est toujours une chose pénible. Vous en convenez ?

– En effet… dit Archer.

– Alors, je compte sur vous, les Mingott comptent sur vous, pour user de votre influence sur Mme Olenska et la détourner de ce projet.

Archer hésita.

– Je ne puis m'engager avant d'avoir vu la comtesse Olenska.

– Mr. Archer, je ne vous comprends pas. Voulez-vous vous marier dans une famille qui est sous le coup d'un scandale ?

– Je ne vois pas que mon mariage ait rien à faire là-dedans.

Mr. Letterblair déposa son verre de porto et regarda son jeune associé d'un air inquiet. Archer comprit que Mr. Letterblair allait peut-être lui retirer l'affaire. Mais maintenant que la cause lui avait été confiée, il prétendait la garder ; et il s'appliqua à rassurer le méthodique vieillard qui représentait la conscience légale des Mingott.

– Vous pouvez être sûr, monsieur, que je ne m'avancerai pas avant de vous en avoir référé. Je voulais seulement dire que je préférerais réserver mon jugement jusqu'à ce que j'aie entendu Mme Olenska.

Mr. Letterblair approuva de la tête une discrétion digne de la meilleure tradition de New York, et le jeune homme, prétextant un engagement, prit congé.

12

La coutume de faire des visites le soir, après le dîner, prévalait encore à New York, malgré la jeune coterie de gens chic qui la trouvait ridicule. Comme il descendait lentement la Cinquième Avenue, Archer remarqua, dans la grande voie déserte, une file de voitures qui stationnaient devant la maison des Reggie Chivers ; il se souvint qu'ils donnaient ce soir-là un dîner en l'honneur du duc. Traversant Washington Square, il vit un monsieur âgé, en pardessus et cache-nez, gravir un perron et disparaître dans un vestibule éclairé : c'était le vieux Mr. du Lac qui allait voir ses cousins Dagonet. Ensuite il aperçut, au tournant de la Dixième Rue, Mr. Lamson, de son étude, qui allait rendre visite aux vieilles Misses Lanning. Un peu plus loin, dans la Cinquième Avenue, Beaufort se montra sur le pas de sa porte, vivement silhouetté par la lumière de l'antichambre. Il monta dans son coupé et partit dans une direction mystérieuse. Ce n'était pas un soir d'opéra, personne ne recevait : donc la sortie de Beaufort devait être clandestine. Archer évoqua aussitôt une petite maison située au-delà de Lexington Avenue, qui s'était récemment ornée de rideaux enrubannés et de caisses fleuries. Devant la porte nouvellement repeinte, on voyait souvent stationner le coupé jaune serin de Miss Fanny Ring.

Au-delà de la glissante pyramide qui composait le monde de Mrs. Archer, s'étendait la région hétéroclite où vivaient des artistes, des musiciens et des « gens qui écrivent ». Ces échantillons épars de l'humanité n'avaient jamais essayé de s'amalgamer avec la société. En dépit de leur originalité, on les disait pour la plupart dignes d'estime ; mais ils préféraient rester entre eux. Medora Manson, dans ses jours de prospérité, avait fondé un « salon littéraire » ; mais il s'était éteint de lui-même, faute de gens de lettres pour le fréquenter.

D'autres avaient fait la même tentative. Chez Mrs. Blenker, femme bouillonnante et bavarde, mère de trois filles à sa ressemblance, on rencontrait le grand acteur tragique Edwin Booth, Adelina Patti, William Winter, le critique dramatique, l'acteur anglais George Rignold, des éditeurs, des critiques littéraires et musicaux. Mrs. Archer et son groupe éprouvaient une certaine timidité vis-à-vis de ces personnes. Elles étaient d'espèce particulière, difficiles à classer ; on ne connaissait pas l'arrière-plan de leurs vies et de leurs esprits. La littérature et les arts étaient hautement appréciés dans l'entourage des Archer ; et Mrs. Archer s'évertuait toujours à expliquer à ses enfants combien la société était plus agréable à l'époque où elle comprenait des gens de lettres comme Washington Irving, Fitz Greene Halleck et l'auteur de *The Culprit Fay.* Les plus célèbres auteurs de cette génération avaient été des « gentlemen ». Peut-être les inconnus qui leur avaient succédé étaient-ils d'aussi honnêtes gens ; mais leur origine, leur tenue, leurs tignasses incultes, leurs relations avec les acteurs et les chanteurs empêchaient de les classifier d'après le critérium du vieux New York.

– Quand j'étais jeune fille, disait Mrs. Archer, nous connaissions tous les gens qui habitaient entre la Battery et Canal Street. Les gens qu'on connaissait étaient seuls à avoir leur voiture : rien n'était plus facile que de situer quelqu'un. Maintenant, on ne sait plus – et on aime autant ne pas savoir.

Peu embarrassée de préjugés, indifférente aux fines distinctions sociales, la vieille Mrs. Mingott aurait pu relier les deux milieux ; mais elle n'ouvrait jamais un livre, ne regardait jamais un tableau ; et la musique lui rappelait seulement les soirées de gala aux Italiens, à l'époque de ses triomphes aux Tuileries. Beaufort aussi, qui la valait en audace, aurait pu essayer de combler le fossé ; mais ses talons somptueux, ses laquais en culottes intimidaient la race artistique. De plus, aussi peu cultivé que Mrs. Mingott, il considérait les écrivains comme des pourvoyeurs salariés, préposés au plaisir des riches, et son opinion n'avait jamais été mise en question par quelqu'un d'assez riche pour l'influencer.

Newland Archer avait toujours accepté cet état de choses comme faisant partie de la structure de son univers. Il savait qu'il y avait, dans la vieille société européenne, des milieux où les peintres, les poètes, les romanciers, les hommes de science et même les grands acteurs étaient aussi recherchés que des princes. Il aimait à se figurer quel avait dû être le plaisir de vivre dans des salons où l'on s'entretenait avec ses auteurs favoris : Thackeray, Browning, William Morris, Mérimée (dont les *Lettres à une inconnue* étaient un de ses livres préférés). Mais à New York, quel rêve irréalisable ! Archer connaissait personnellement la plupart des écrivains, musiciens et peintres de sa ville natale. Il les rencontrait au Century Club, ou dans les petits cercles littéraires et musicaux qui commençaient à naître. S'il les voyait avec plaisir dans ces milieux-là, il n'en était pas de même chez les Blenker, où ils se trouvaient mêlés à des femmes du monde aussi ferventes que mal fagotées, qui les exhibaient comme des curiosités. Même après ses conversations les plus intéressantes avec Ned Winsett, Archer gardait l'impression que, si son monde à lui était bien restreint, le leur l'était encore davantage, et que le seul moyen de les élargir l'un et l'autre serait d'arriver à les fondre ensemble.

Tout en réfléchissant ainsi, il essayait de se figurer le milieu où la comtesse Olenska avait vécu, avait souffert, avait aussi, peut-être, goûté de mystérieuses joies. Comme elle avait ri en lui racontant que sa grand-mère Mingott et les Welland s'opposaient à son installation dans un quartier bohème abandonné aux « gens qui écrivent » ! En réalité, ce que sa famille désapprouvait, c'était l'originalité d'aller habiter un quartier si peu élégant ; mais cette nuance lui échappait, et elle pensait que la littérature était considérée comme compromettante.

Elle, au contraire, n'en avait pas peur, à en juger par les livres qu'on voyait épars dans son salon (à New York, on ne laissait pas traîner de livres dans un salon). La plupart de ces livres étaient des romans, mais qui avaient cependant éveillé l'attention d'Archer par des noms nouveaux : Paul Bourget, Huysmans, les frères Goncourt. Il pensait à tout cela en approchant de la porte de Mme Olenska. Il sentait qu'elle était femme à changer en lui toute l'échelle des valeurs, et comprit qu'il serait forcé de se plier à des points de vue incroyablement nouveaux s'il voulait lui être utile dans ses difficultés présentes.

Nastasia ouvrit la porte en souriant d'un air mystérieux. Sur le banc de l'antichambre étaient posés une pelisse de zibeline, un chapeau marqué aux initiales « J. B. » et un foulard de soie blanche. Ces élégants articles appartenaient indiscutablement à Julius Beaufort.

Archer était furieux, si furieux qu'il fut sur le point de griffonner un mot sur sa carte et de s'en aller ; mais il se rappela qu'en écrivant à Mme Olenska il avait, par excès de discrétion, omis de lui dire qu'il désirait la voir seule. Il ne devait donc s'en prendre qu'à lui si elle avait du monde. Il entra dans le salon, résolu à faire sentir à Julius

Beaufort que sa présence était inopportune, et à rester le dernier.

Le banquier se tenait debout devant le feu. Derrière lui, deux candélabres de cuivre, garnis de cierges en cire jaunâtre, retenaient la broderie ancienne dont s'ornait la cheminée. Beaufort plastronnait, les épaules effacées, le poids du corps portant sur un de ses grands pieds, et regardait, en souriant, leur hôtesse assise sur un canapé près de la cheminée. Une table couverte de fleurs formait paravent derrière le canapé ; et sur le fond d'orchidées et d'azalées, que Newland reconnut pour venir des serres de Beaufort, Mme Olenska se tenait à demi étendue, la tête appuyée sur sa main, laissant voir, par une large manche ouverte, un bras nu jusqu'au coude.

L'usage voulait que les dames qui recevaient le soir portassent de « simples robes de dîner », c'est-à-dire une armure de soie baleinée, légèrement décolletée, avec des ruches de dentelles remplissant l'échancrure du corsage et des manches étroites découvrant tout juste assez de poignet pour laisser voir un bracelet en or étrusque ou un lien de velours noir. Mais Mme Olenska, insoucieuse de la tradition, était vêtue d'un long fourreau de velours rouge, bordé autour du cou d'une haute fourrure noire. Archer se rappela avoir vu, lors de son dernier séjour à Paris, un portrait du nouveau peintre Carolus Duran (dont les tableaux faisaient sensation au Salon), qui représentait une dame audacieusement habillée d'une robe fourreau, le cou niché dans la fourrure. Il y avait quelque chose de pervers et de provocant dans l'idée de porter des fourrures en plein salon surchauffé, et dans la combinaison d'un cou emmitouflé avec des bras nus ; mais, sans conteste, l'effet était agréable.

– Seigneur !... Trois jours entiers à Skuytercliff !... disait Beaufort de sa forte voix sarcastique, comme Archer entrait. Vous ferez bien d'emporter vos fourrures, et votre boule d'eau chaude aussi.

– Comment ! la maison est si froide ?… demanda-t-elle, tendant sa main gauche à Archer, qui eut l'impression qu'elle s'attendait à ce qu'il la baisât.

– Non, mais la bonne dame l'est ! dit Beaufort en saluant négligemment le jeune homme par un signe de tête.

– Moi, je la trouve si aimable ! Elle est venue m'inviter elle-même. Grand-mère dit que je ne dois pas manquer d'y aller.

– Grand-mère le dit, c'est tout naturel. Mais moi je dis que c'est une honte que vous manquiez le petit souper que j'ai arrangé pour vous chez Delmonico, dimanche prochain, avec Campanini, Scalchi, et un tas de gens amusants.

– Ah !… Je suis bien tentée !… À part la dernière soirée de Mrs. Struthers, je n'ai pas rencontré un seul artiste depuis que je suis ici.

– Quel genre d'artistes voulez-vous dire ?… Je connais un ou deux peintres, de charmants garçons que je peux vous amener si vous le permettez, dit vivement Archer.

– Des peintres ?… Y a-t-il des peintres à New York ?… demanda Beaufort, d'un ton qui impliquait que, puisqu'il n'achetait pas leurs peintures, les peintres n'existaient pas.

Mme Olenska répondit à Archer avec son sourire grave :

– Ce serait charmant ; mais je pensais à des artistes dramatiques, à des chanteurs, des acteurs, des musiciens. La maison de mon mari en était toujours pleine.

Elle prononça les mots « mon mari » comme s'ils ne rappelaient aucun souvenir douloureux, et d'une voix qui paraissait presque soupirer sur les délices perdues de sa vie conjugale. Archer se demandait si c'était la légèreté ou la dissimulation qui lui permettait de faire si aisément allusion à un passé dont elle cherchait, au moment même, à s'émanciper au risque de perdre sa réputation.

– Je trouve, continua-t-elle, que l'imprévu ajoute au plaisir. C'est peut-être une erreur que de voir les mêmes personnes tous les jours.

– C'est bien ennuyeux en tout cas !... New York meurt d'ennui ! bougonna Beaufort. Et quand j'essaie de l'animer pour vous, vous me lâchez !... Écoutez ! Pensez-y !... Nous ne pouvons rien arranger après dimanche, car Campanini part la semaine prochaine pour chanter à Baltimore et Philadelphie. J'ai un salon particulier, et un piano Steinway, et ils feront de la musique toute la nuit.

– Comme ce serait délicieux !... Puis-je réfléchir, et vous écrire demain ?

Elle parlait en souriant, mais il y avait dans le ton de ses paroles une imperceptible invite à prendre congé. Beaufort s'en rendit compte ; n'étant pas habitué à être éconduit, il resta devant elle, un pli obstiné entre les yeux.

– Pourquoi pas maintenant ?

– C'est trop grave pour se décider comme cela, à cette heure tardive.

– Vous trouvez qu'il est tard ?

Elle répondit froidement :

– Oui, parce que j'ai encore à parler affaires avec Mr. Archer.

– Ah ! dit Beaufort d'un ton cassant.

Il eut un léger mouvement d'épaules, prit la main de la jeune femme, qu'il baisa avec aisance, et, s'adressant à Archer du pas de la porte :

– Newland, si vous pouvez persuader la comtesse de rester en ville, vous êtes du souper, c'est entendu.

Puis il partit de son pas lourd et arrogant.

Archer se figura que Mr. Letterblair avait prévenu Mme Olenska de sa visite ; la première question que lui adressa ta jeune femme le détrompa :

– Vous connaissez des peintres, alors ?... Vous vivez dans leur milieu ?

– Pas précisément. Les artistes ici ne forment pas un milieu. On les tient plutôt en marge.

– Vous aimez beaucoup les arts ?

– Beaucoup... Quand je vais à Paris ou à Londres, je ne manque pas une exposition... J'essaie de me tenir au courant.

Elle regarda le bout de la petite bottine de satin qui sortait de ses longues draperies.

– Je les aimais beaucoup aussi... Ils remplissaient ma vie... Mais je veux essayer de ne plus y penser... Je veux rompre tout à fait avec ma vie passée ; devenir comme tout le monde ici.

Archer rougit.

– Vous ne serez jamais comme tout le monde.

– Ne dites pas cela !... Si vous saviez combien j'ai horreur d'être différente !

Penchée en avant, le masque tragique, elle sembla perdue dans quelque rêverie lointaine.

– Je veux tout oublier, répéta-t-elle.

– Je sais ; Mr. Low me l'a dit.

– Ah ?

– C'est pour cela que je suis venu...

Elle parut un peu surprise, mais sa figure s'éclaira :

– Ainsi, je puis vous parler de mon affaire, au lieu d'en parler à Mr. Low ?... Ce sera tellement plus facile !

L'intonation de la jeune femme le toucha et il prit confiance. Il comprit qu'elle n'avait prétexté une conversation d'affaires que pour congédier Beaufort, et d'avoir fait congédier Beaufort était pour lui presque un triomphe.

– Je suis venu pour que nous en parlions, reprit-il.

La comtesse Olenska restait silencieuse, la tête appuyée sur un bras, le visage pâle, comme éteint par le rouge éclatant de sa robe. Archer fut touché de son expression pathétique, d'autant plus émouvante que la jeune femme avait complètement perdu son air d'aisance et de domination.

« Maintenant, nous arrivons aux dures réalités », pensa-t-il, éprouvant le même recul instinctif qu'il avait si souvent critiqué chez sa mère et chez ses contemporaines. Qu'il avait peu l'expérience de ces situations anormales ! Leur vocabulaire même était inusité pour lui et semblait n'appartenir qu'au roman ou au théâtre. Devant ce qui se préparait, il se sentait aussi gauche et embarrassé qu'un petit garçon.

Après un silence Mme Olenska s'écria brusquement :

– Je veux être libre !... Je veux que tout le passé soit effacé !

– Je comprends votre désir.

Le visage de la jeune femme s'anima :

– Alors vous m'aiderez ?

– D'abord, hésita-t-il,... peut-être aurais-je besoin d'en savoir un peu plus.

Elle sembla surprise.

– Vous savez ce qu'était mon mari... ce qu'était ma vie avec lui ?

Il fit un signe d'assentiment.

– Eh bien, alors... que faut-il de plus ?... De telles choses sont-elles tolérées ici ?... Je suis protestante ; notre Église ne défend pas le divorce dans un cas comme le mien...

– Non, certainement.

Tous deux retombèrent dans le silence. La lettre du comte Olenski était entre eux comme un spectre. Cette lettre n'avait qu'une demi-page, et n'était, comme Archer l'avait dit à Mr. Low, qu'une vague accusation de coquin exaspéré. Mais quelle part de vérité enfermait-elle ? Seule la femme du comte Olenski aurait pu le lui dire.

– J'ai parcouru les documents que vous avez remis à Mr. Letterblair, dit-il enfin.

– Eh bien… peut-on rien voir de plus abominable ?

– Non, certes.

Elle changea légèrement de position, abritant ses yeux avec sa main.

– Vous savez sans doute, continua Archer, que si votre mari veut se défendre comme il vous en menace…

– Eh bien ?…

– Il peut dire des choses – des choses qui pourraient être désagréables pour vous, les dire publiquement. Elles risqueraient de courir le monde, de vous blesser, si…

– Si ? dit-elle dans un souffle.

– Je veux dire : si peu fondées qu'elles soient.

Elle garda longtemps le silence, si longtemps que, ne voulant pas fixer les yeux sur son visage, qu'elle abritait toujours, Archer eut le temps d'imprimer dans son esprit la forme exacte de son autre main, celle qui reposait sur son genou, et tous les détails des trois bagues qu'elle portait. Parmi ces bagues, il remarqua qu'il n'y avait pas d'alliance.

– Mais ses accusations, même publiques, quel mal pourraient-elles me faire ici ?

Il fut près de s'écrier : « Ma pauvre enfant ! plus de mal ici qu'ailleurs ! » Mais il répondit, d'un ton qui résonna à ses oreilles comme la voix de Mr. Letterblair :

– La société de New York est un monde bien petit auprès de celui où vous avez vécu… et il est mené, ce petit monde, par quelques personnes qui ont… des idées un peu arriérées… Nos idées sur le mariage et le divorce tout particulièrement… Notre législation favorise le divorce… nos habitudes sociales ne l'admettent pas.

– En aucun cas ?

– Elles ne l'admettent pas, si une femme, même calomniée, même irréprochable, a la moindre apparence contre elle, si elle s'est exposée à la critique en prenant une attitude qui ne rentre pas dans les conventions habituelles, si sa conduite prête à des insinuations…

La comtesse Olenska baissait la tête : Archer attendit, espérant un éclair d'indignation, tout au moins une brève parole de dénégation… Rien ne vint. Une petite pendule de voyage ronronnait ; une bûche se brisa, faisant jaillir une gerbe d'étincelles ; toute la chambre, calme et immobile, semblait attendre en silence avec Archer.

– Oui, murmura-t-elle enfin, c'est ce que ma famille me dit. (Il tressaillit légèrement.) « Notre » famille, corrigea-t-elle, et Archer rougit. Car vous serez bientôt mon cousin.

– Je l'espère.

– Et vous partagez leur point de vue ?

Archer se leva, marcha dans la chambre, fixa un regard vague sur les tableaux accrochés sur le vieux damas rouge, et revint près d'elle d'un pas indécis. Comment pouvait-il dire : « Oui… Si ce que votre mari avance est vrai ou si vous n'avez pas un moyen de le réfuter. »

– Vous le partagez ? insista-t-elle, comme il hésitait encore.

Il regarda le feu :

– Franchement, que gagneriez-vous qui pût compenser la possibilité, la certitude d'être mal vue de tout le monde ?

– Mais… ma liberté : n'est-ce rien ?

Au même instant, une pensée traversa l'esprit d'Archer comme un jet de lumière. L'accusation de la lettre était-elle fondée, Ellen espérait-elle épouser le complice de sa faute ? Comment lui dire, si elle caressait ce projet, que les lois de l'État s'y opposaient formellement ? Le simple soupçon qu'elle pût avoir cette pensée lui durcissait le cœur.

– N'êtes-vous pas libre ?… Que peut-on contre vous ? Mr. Letterblair m'a dit que la question financière était réglée.

– Oui, dit-elle avec indifférence.

– Alors, est-ce que cela vaut la peine de risquer des choses infiniment désagréables et douloureuses ?… Pensez aux journaux, à leurs vilenies… C'est stupide, c'est injuste ; mais comment changer la société ?

– En effet, acquiesça-t-elle, mais d'une voix si faible et si désolée qu'il sentit soudain le remords de ses mauvaises pensées.

– L'individu, dans ces cas-là, est presque toujours sacrifié à l'intérêt collectif ; on s'accroche à toute convention qui maintient l'intégrité de la famille, protège les enfants, s'il y en a, divaguait-il, déversant le stock de phrases qui lui venait aux lèvres dans son intense désir de couvrir l'affreuse réalité que le silence de la jeune femme semblait avoir mise à nu.

Puisqu'elle ne voulait pas, ou ne *pouvait* pas, dire le seul mot qui aurait éclairci l'horizon, le désir d'Archer était de ne pas lui laisser deviner qu'il avait pénétré son secret. Mieux valait se tenir à la surface, à la manière prudente du vieux New York, que de risquer de découvrir une blessure qu'il ne pouvait guérir.

– C'est mon devoir, continua-t-il, de vous aider à voir la situation comme les personnes qui vous aiment le plus : les Mingott, les Welland, les Van der Luyden, tous vos amis et vos parents… Si je ne vous disais pas comment ils la jugent, ce ne serait pas loyal de ma part.

Il parlait avec insistance, dans son ardeur à remplir ce silence béant.

Elle répondit lentement :

– Non, ce ne serait pas loyal.

Le feu s'était réduit en cendres, et une des lampes se mit à baisser. Mme Olenska se leva, la remonta, et revint près de la cheminée, mais sans se rasseoir. En restant debout, elle semblait signifier qu'ils n'avaient plus rien à se dire ; Archer se leva aussi.

– Je ferai ce que vous désirez, dit-elle brusquement.

Le sang monta au front d'Archer. Déconcerté par la soudaineté de son triomphe, il s'empara maladroitement des deux mains de la jeune femme :

– Je… Je voudrais tant vous aider !…

– Mais c'est bien ce que vous faites… Bonsoir, mon cousin.

Il posa ses lèvres sur les mains glacées de la jeune femme. Mais elle les retira. Archer endossa son pardessus et se plongea dans la nuit d'hiver, la tête bouillonnante de toute l'éloquence qu'il n'avait pas dépensée.

13

La salle était bondée au théâtre Wallack.

On jouait *The Shaughraun*, avec Dion Boucicault dans le premier rôle, Harry Montague et Ada Dyas dans les rôles des amoureux. La réputation de l'admirable troupe anglaise était à son apogée, et *The Shaughraun* faisait toujours salle comble. Au poulailler, l'enthousiasme était sans borne ; dans les fauteuils et dans les loges, on souriait un peu des sentiments rebattus et des situations sensationnelles, mais on ne s'en amusait pas moins.

Un épisode, surtout, ravissait la salle : c'était celui où Harry Montague, après une scène douloureuse et presque muette, disait adieu à Ada Dyas. L'actrice se tenait près de la cheminée, regardant le feu. Elle était vêtue d'une robe de cachemire gris, qui moulait sa taille et tombait en longs plis jusqu'à ses pieds. Autour du cou, elle portait un ruban de velours noir, dont les bouts pendaient en arrière. Lorsque le jeune homme la quittait, elle restait, les bras appuyés sur la cheminée, la tête dans les mains. Arrivé sur le pas de la porte, Harry Montague s'arrêtait pour la regarder encore ; puis il revenait, prenait un des bouts du ruban de velours, le portait à ses lèvres et quittait la pièce sans que la jeune femme eût fait un mouvement. Le rideau tombait sur cet adieu muet.

C'était pour cette scène que Newland Archer aimait revoir *The Shaughraun*. Il trouvait admirables les adieux de Montague et d'Ada Dyas ; cela lui rappelait ses meilleurs souvenirs de Bressant et de Croisette à Paris, ou de Madge Robertson et Kendall à Londres. Dans leur douleur inexprimée, ces adieux le remuaient autrement que les accents les plus pathétiques des comédiens en renom.

Ce soir-là, cette petite scène lui parut spécialement poignante ; elle évoquait le congé qu'il avait pris de Mme Olenska après leur entretien confidentiel, quelque dix jours auparavant.

Et pourtant, il y avait aussi peu de ressemblance entre les situations qu'entre les personnes. Newland ne prétendait guère à la beauté romantique du jeune acteur anglais, et Miss Dyas était une grande femme aux cheveux roux, dont la haute stature et la figure plutôt laide ne rappelaient en rien la grâce plaintive d'Ellen Olenska. Archer et Mme Olenska n'étaient pas davantage deux amoureux désolés qui se séparent en silence, mais un avocat et sa cliente se disant au revoir après une conversation d'où celui-là remportait sur le cas de celle-ci l'impression la plus douteuse. Où donc était l'analogie qui faisait battre le cœur du jeune homme ? Était-il au pouvoir de Mme Olenska de suggérer des possibilités tragiques et troublantes ? La jeune femme, avec son passé mystérieux et exotique, semblait née pour le drame et la passion. Archer avait toujours pensé que le hasard et les circonstances ne jouent qu'une faible part dans la destinée de chacun de nous ; les êtres sont menés par leur nature ; chez Mme Olenska la nature allait au dramatique, Archer le sentait. La tranquille, presque passive jeune femme était comme vouée à une vie hasardeuse, quelque peine qu'elle prît pour l'éviter ou s'en éloigner. C'était précisément son calme résigné qui permettait de deviner l'orage devant lequel elle avait fui. Les choses qu'elle acceptait comme naturelles donnaient la mesure de celles contre lesquelles elle se révoltait.

Archer l'avait quittée avec la conviction que l'accusation du comte Olenski n'était pas sans fondement. Le personnage mystérieux qui figurait dans le passé de Mme Olenska, le « secrétaire du comte », comme disait le document, avait sans doute reçu sa récompense après l'avoir aidée dans sa fuite. La vie à laquelle elle avait voulu échapper était intolérable. Elle était jeune, elle avait peur, elle était désespérée. Avait-elle été reconnaissante à son sauveur ? Cette gratitude la mettait, aux yeux de la loi et du monde, de pair avec son abominable mari. Archer le lui avait expliqué, comme son devoir le voulait, ajoutant qu'à New York, si les cœurs étaient simples et bons, elle ne devait cependant pas, sur ce chapitre, compter sur leur indulgence.

Il avait trouvé infiniment pénible de constater la facilité avec laquelle elle avait accepté sa décision. La faiblesse qu'elle avait tacitement avouée la mettait à la merci de Newland ; il se sentait attiré vers elle par d'obscurs sentiments de jalousie et de pitié. Il était heureux que ce fût à lui qu'elle eût révélé son secret, plutôt que de le confier à la froide enquête de Mr. Letterblair, ou à la curiosité embarrassée des siens. Il se chargea du soin de faire savoir à la famille qu'ayant reconnu l'inutilité de ses démarches, elle avait renoncé au divorce ; et tous s'empressèrent de ne plus penser aux choses « pénibles » dont ils avaient été menacés.

– J'étais sûre que Newland arrangerait cela, disait Mrs. Welland en parlant de son futur gendre.

Et la vieille Mrs. Mingott, qui avait convoqué Archer pour un entretien confidentiel, lui avait fait ses compliments, en ajoutant :

– La petite sotte ! Je lui avais bien dit que c'était une bêtise : vouloir se faire passer pour Ellen Mingott, devenir une sorte de vieille fille, quand elle a la chance d'être mariée et comtesse !

La scène d'amour entre les acteurs avait rappelé avec une telle acuité au jeune homme sa dernière conversation avec Mme Olenska que, lorsque le rideau tomba sur la séparation des deux amants, il sentit les larmes lui monter à la gorge et il se leva pour quitter le théâtre.

En se retournant, il aperçut la jeune femme dont il avait l'esprit rempli, assise dans une loge, avec les Beaufort et d'autres invités. Depuis leur dernière entrevue, il avait évité de la rencontrer ; mais comme Mrs. Beaufort, le reconnaissant, lui faisait un petit signe d'invitation, il fut obligé de se rendre dans la loge.

Les hommes lui firent place, et après quelques mots échangés avec Mrs. Beaufort, qui tenait à montrer sa beauté, mais non à causer, Archer alla s'asseoir derrière Mme Olenska. Mr. Jackson, installé près de Mrs. Beaufort, lui faisait, à mi-voix, le récit de la soirée du dimanche précédent chez Mrs. Lemuel Struthers (quelques personnes disaient qu'on y avait dansé). Mrs. Beaufort écoutait ce minutieux récit avec son impeccable sourire, la tête tournée de façon à être vue de profil par les fauteuils d'orchestre. Mme Olenska se retourna vers Archer et lui dit, à voix basse :

– Croyez-vous qu'il lui enverra un bouquet de roses jaunes demain matin ?

Archer rougit et son cœur battit violemment. Il n'était allé que deux fois chez Mme Olenska et chaque fois il lui avait envoyé un bouquet de roses jaunes, mais sans y joindre de carte. Elle n'avait jusqu'alors fait aucune allusion aux fleurs, et ne semblait pas soupçonner leur provenance. Maintenant, non seulement elle y faisait une allusion, mais elle l'associait à la tendre séparation des amants de la scène : Newland en fut ému et troublé.

– Je m'en allais pour emporter le souvenir de cette scène, dit-il.

À sa grande surprise, il vit pâlir la jeune femme. Elle porta les yeux sur la jumelle de nacre que tenaient ses mains finement gantées, et dit après un silence :

– Que faites-vous pendant l'absence de May ?

– Je m'absorbe dans mon travail, répondit-il, un peu froissé de la question.

Selon une habitude prise depuis longtemps, les Welland étaient partis la semaine précédente pour Saint-Augustin, en Floride, où ils passaient la fin de l'hiver. Mr. Welland était convaincu qu'il avait les bronches délicates. C'était un homme de nature douce et silencieuse ; il n'avait pas d'opinions personnelles, mais, en revanche, il avait des habitudes. Nul ne devait y contrevenir : sa femme et sa fille étaient donc obligées de l'accompagner dans le Midi. Il fallait que partout où il se rendait, il retrouvât son milieu habituel : sans Mrs. Welland, il n'aurait su ni mettre la main sur ses brosses ni se procurer des timbres.

Tous les membres de cette famille s'adoraient entre eux. Jamais Mrs. Welland ni sa fille n'auraient admis l'idée que Mr. Welland pût aller seul à Saint-Augustin, et les fils, empêchés par leurs occupations de s'absenter pendant l'hiver, allaient le rejoindre à Pâques pour revenir avec lui.

Archer ne pouvait discuter la nécessité où May se trouvait d'accompagner son père. Le médecin de famille des Mingott avait attaché sa réputation à une pneumonie que Mr. Welland n'avait jamais eue, et il exigeait le séjour à Saint-Augustin. Les fiançailles de May n'auraient dû être annoncées qu'après le retour de Floride, et le fait qu'on avait été amené à les annoncer plus tôt ne changeait en rien les plans de Mr. Welland. Archer aurait aimé se joindre aux voyageurs, vivre pour quelques semaines au soleil, canoter et se promener avec sa fiancée ; mais lui aussi était tenu par les usages et les conventions. Ses devoirs professionnels n'étaient guère accablants ; néanmoins tout le clan Mingott se fût étonné s'il avait demandé un congé au milieu de l'hiver ; et il avait accepté le départ de May avec la résignation qui allait certainement devenir un des principaux éléments de sa vie d'homme marié.

Il sentait que, sous ses paupières baissées, Mme Olenska le regardait.

– J'ai fait ce que vous désirez – ce que vous m'avez conseillé, dit-elle sans préambule.

– Ah !... J'en suis heureux, répondit-il, embarrassé qu'elle abordât ce sujet à un pareil moment.

– Je me suis rendu compte que vous aviez raison, continua-t-elle, un peu haletante. Mais la vie est parfois difficile... troublante...

– Je sais !

– Je voulais vous dire que j'ai reconnu que vous aviez raison, et que je vous en ai de la gratitude, acheva-t-elle, en portant vivement sa lorgnette à ses yeux.

La porte de la loge s'ouvrit et laissa passer les éclats de voix de Beaufort.

Archer se leva, et sortit du théâtre.

La veille, il avait reçu une lettre de May Welland dans laquelle, avec une candeur caractéristique, elle lui demandait d'être « bon pour Ellen » en son absence... « Elle vous aime et vous admire beaucoup. Elle dissimule sa tristesse, mais elle est isolée et malheureuse. Je ne crois pas que grand-mère la comprenne, ni mon oncle Lovell Mingott. Ils la croient beaucoup plus mondaine qu'elle ne l'est réellement. Je comprends bien, quoi qu'en dise la famille, que New York doit lui sembler triste. Je crois qu'elle est habituée à beaucoup de plaisirs que nous n'avons pas : à entendre de la belle musique, à voir des expositions, à rencontrer les célébrités, les artistes et les auteurs, tous les gens intelligents que vous admirez. Grand-mère ne peut pas se mettre dans la tête qu'elle a besoin d'autre chose que de dîner en ville et d'être bien habillée. Pour moi, je ne vois à New York que vous qui puissiez l'entretenir des choses qui l'intéressent vraiment. »

Sa May si sage ! Comme il l'aimait pour cette lettre ! Mais il n'avait pas eu l'intention de suivre ses avis. D'abord il était trop occupé, ensuite il ne tenait pas à jouer trop ostensiblement le rôle de protecteur de Mme Olenska. Elle savait se garder toute seule beaucoup mieux que ne le croyait la candide May. Elle avait Beaufort à ses pieds, Mrs. Van der Luyden planait au-dessus d'elle comme une divinité protectrice, et de nombreux candidats attendaient leur tour de se déclarer ses défenseurs. Néanmoins, il ne voyait jamais la jeune femme, n'échangeait jamais un mot avec elle, sans se rendre compte que, dans sa naïveté, May avait deviné bien des choses : Ellen Olenska souffrait de sa solitude.

14

Dans le vestibule du théâtre, Archer tomba sur son ami Ned Winsett ; le seul, parmi ceux que Janey appelait ses « amis intellectuels », avec lequel il aimât, parfois, vraiment s'entretenir.

Il avait aperçu, dans la salle, le dos voûté et râpé de l'écrivain, et surpris un moment son regard plongeant dans la loge des Beaufort. Les deux hommes échangèrent une poignée de main, et Winsett proposa d'aller prendre un bock dans une petite brasserie allemande au coin de la rue. Archer, qui n'était pas en veine d'épanchement, déclina l'invitation : il avait à travailler.

– Vous avez raison, dit Winsett, allons travailler.

Ils déambulèrent ensemble.

– En réalité, reprit Winsett, ce que je voulais savoir, c'est le nom de cette dame brune dans votre loge. Elle était avec les Beaufort, n'est-ce pas ?

Archer eut un mouvement d'inquiétude. Pourquoi diable Ned Winsett voulait-il savoir le nom d'Ellen Olenska ? Cela ne lui ressemblait pas de faire ainsi le curieux ; mais Archer se souvint que Winsett était journaliste.

– Vous n'allez pas l'interviewer, j'espère ? dit-il en riant.

– Pas pour mon journal, mais peut-être pour moi-même. Figurez-vous qu'elle est ma voisine : drôle de quartier pour une femme élégante ! Et elle a été si bonne pour mon petit garçon ! L'enfant avait dégringolé du perron dans la cour, et s'était fait une mauvaise écorchure. Elle s'est précipitée pour le relever, et, tête nue, elle nous l'a rapporté dans ses bras après lui avoir fait un beau pansement. Elle était si belle et si touchante que ma femme en a oublié de lui demander son nom.

Le cœur d'Archer s'émut. C'était bien d'Ellen de s'être ainsi précipitée, tête nue, portant l'enfant dans ses bras.

– Votre voisine s'appelle la comtesse Olenska : c'est une petite-fille de la vieille Mrs. Mingott.

– Fichtre ! Une comtesse ! fit Winsett. Je ne les aurais pas crues aussi aimables. Les Mingott ne le sont pas.

– Ils le seraient, si vous les y encouragiez.

Allons ! C'était là leur vieille controverse : la mauvaise volonté obstinée des « intellectuels » à fréquenter le monde élégant. Archer renonça à poursuivre cette éternelle discussion.

– Je me demande, dit Winsett, comment une comtesse a pu s'installer dans notre affreux quartier.

– Parce qu'elle se moque bien du quartier : elle passe devant nos petites catégories sociales sans même s'en apercevoir.

– Hum !... Elle a sans doute fréquenté une société moins fermée, commenta Winsett... Je vous quitte... À bientôt.

Archer le suivit des yeux, ruminant ses dernières paroles. Ce Winsett, il avait ainsi ses éclairs... il voyait... il était intéressant. Archer se demandait comment, à un âge qui pour la plupart des hommes est celui de la lutte, il se résignait à une vie si médiocre. Winsett avait une femme et un enfant, mais Archer ne les connaissait pas. Les deux hommes se rencontraient soit au Century Club, soit au restaurant avec d'autres journalistes ou à la brasserie allemande. Il avait laissé entendre à Archer que sa femme était confinée à la maison : cela pouvait aussi bien vouloir dire qu'elle était souffrante, ou qu'elle n'avait pas l'habitude du monde, ou, peut-être, qu'elle n'avait pas de robe pour y aller. Winsett lui-même témoignait d'une horreur farouche pour les usages « du monde ». Archer, qui trouvait plus propre et plus confortable de se mettre en habit tous les soirs, ne s'était jamais rendu compte que la propreté et le confortable sont les deux choses les plus coûteuses d'un médiocre budget. L'attitude de Winsett lui semblait faire partie de l'insupportable pose des « bohèmes ».

Mais Winsett lui offrait un stimulant intellectuel, et, dès qu'il apercevait sa figure maigre et barbue, aux yeux mélancoliques, il engageait avec lui la conversation. Ce n'était pas par goût que Winsett était journaliste : né malencontreusement dans un monde fermé aux lettres, il avait une vraie vocation d'écrivain. Après avoir publié un petit livre exquis de critique littéraire, dont cent vingt exemplaires seulement avaient été vendus et trente donnés, il avait abandonné sa véritable voie et pris une situation de petit rédacteur dans un magazine féminin où les réclames se mêlaient aux patrons de robes, aux romans d'amour et aux affiches de boissons antialcooliques.

Sur le sujet des *Hearth-Fires* (c'était le titre du magazine) l'ironie de Winsett était inépuisable ; cependant derrière cette gaieté se cachait l'amertume d'un homme, jeune encore, qui avait lutté et se déclarait vaincu. En causant avec Winsett, Archer constatait le vide, l'inutilité de sa propre vie ; mais celle de Winsett était plus vide et plus inutile encore.

– Je suis fini, c'est entendu, avait dit un jour Winsett, je ne tiens qu'un article, et il n'a pas cours ici... Mais vous, vous êtes libre, vous êtes riche. Pourquoi renoncer ? Il n'y a qu'un avenir : la politique !

Archer se mit à rire. Cette parole lui avait permis de mesurer encore une fois la distance qui séparait sa classe à lui de celle de Winsett. En Amérique, un « gentleman » n'entre pas dans la politique. Ne pouvant expliquer cela à Winsett, Archer répondit évasivement :

– Est-ce que vous voyez un homme propre dans la politique ? Ils n'ont pas besoin de nous !

– Qui cela, *ils* ? Pourquoi n'êtes-vous pas, vous, les gentlemen, tous ensemble à leur place ?

Archer eut un sourire de condescendance. Inutile de prolonger la discussion ! On ne connaissait pas trop la triste fin des rares gentlemen qui avaient sali leurs manchettes dans les affaires municipales ou dans la politique d'État. Ce n'était plus possible. Le pays appartenait aux nouveaux riches et aux émigrants : les gens comme il faut devaient s'en tenir aux sports ou à la culture.

– La culture ?... Oui... Si nous en avions une ! Mais la vie intellectuelle ici meurt d'inanition. Elle ne se nourrit que des restes de la tradition européenne qu'ont apportée vos arrière-grands-pères. Vous n'êtes qu'une pauvre petite minorité ; vous n'avez pas de centre, pas de concurrence, pas de clientèle. Vous êtes comme un portrait resté accroché au mur dans une maison abandonnée. Vous n'aboutirez jamais à rien, tant que vous ne vous mettrez pas en bras de chemise et que vous ne descendrez pas dans la rue. Ça ou émigrer. Ah Dieu ! Si je pouvais émigrer !

Archer n'insista pas et ramena la conversation sur les livres : là, Winsett, éclectique, était toujours intéressant. Émigrer ! Comme si un « gentleman » pouvait abandonner son pays ! C'était aussi impossible que de se mêler à la politique. Un « gentleman » restait chez lui tout simplement et s'abstenait. Mais on ne ferait pas comprendre cela à Winsett.

Le lendemain matin, Archer parcourut en vain la ville à la recherche de roses jaunes, et arriva en retard à son étude. Il se rendit compte que son absence était passée inaperçue. Quel inutile assujettissement ! Pourquoi n'était-il pas en ce moment sur les sables de Saint-Augustin avec May Welland ? Dans les vieilles études, comme celle qui avait à sa tête Mr. Letterblair, il y avait toujours deux ou trois jeunes gens riches, sans ambition professionnelle, qui s'asseyaient quelques heures chaque jour devant un bureau. Ainsi, pour le monde, pour leur famille, ils étaient « occupés ». Aucun de ces jeunes gens n'avait la prétention de gagner de l'argent, ni même le désir d'avancer dans sa profession, et il leur suffisait de savoir que dans les nobles travaux du droit, ils ne dérogeaient pas.

Archer frissonnait à la pensée que lui-même pourrait en être là. Il résistait à la stagnation, il passait ses vacances à voyager, il cultivait les « intellectuels », il essayait de se « tenir au courant », comme il l'avait dit un jour à Mme Olenska. Mais une fois marié, que deviendrait cette étroite marge que se réservait sa personnalité ? Combien d'autres, avant lui, avaient rêvé son rêve, qui graduellement s'étaient enfoncés dans les eaux dormantes de la vie fortunée !

Du cabinet de Mr. Letterblair, il envoya un mot à Mme Olenska, lui demandant si elle pouvait le recevoir dans l'après-midi. Au cercle, il ne trouva pas de réponse, et n'en reçut pas le jour suivant. Ce silence l'humilia : le lendemain matin, il vit un superbe bouquet de roses jaunes à la devanture d'un fleuriste, mais s'abstint de l'envoyer. Le troisième jour enfin, il reçut par la poste quelques lignes de Mme Olenska. À son grand étonnement, elles étaient datées de Skuytercliff, où les Van der Luyden s'étaient retirés aussitôt après avoir embarqué le duc. « Je me suis évadée, écrivait-elle brusquement et sans préambule, le lendemain du jour où je vous ai rencontré au théâtre. Je voulais être tranquille, réfléchir. Vous aviez raison de me dire toute la bonté de mes hôtes. Je me sens en sécurité ici. Je voudrais que vous y fussiez avec nous. » Elle terminait par une formule banale, sans allusion à la date de son retour.

Le ton de la lettre surprit le jeune homme. De quoi Mme Olenska s'évadait-elle, et pourquoi avait-elle besoin de se sentir en sécurité ? Il pensa d'abord que quelque nouveau danger venu d'Europe pouvait planer sur elle ; puis il réfléchit qu'elle avait peut-être dans sa manière d'écrire quelque exagération pittoresque. Du reste, elle devait être capricieuse et se fatiguer facilement de ce qui la divertissait un moment.

Il souriait à la pensée des Van der Luyden l'amenant une seconde fois à Skuytercliff, et cette fois pour un temps indéfini. Les portes de Skuytercliff s'ouvraient rarement, et un cérémonieux week-end était tout ce que pouvaient espérer les privilégiés. Mais Archer avait vu à Paris la délicieuse pièce de Labiche, *Le Voyage de M. Perrichon*, et se rappelait l'attachement tenace et profond de M. Perrichon pour le jeune homme qu'il avait retiré du glacier. Les Van der Luyden avaient retiré Mme Olenska du gouffre où la société de New York avait failli la précipiter et, outre la sympathie qu'elle leur inspirait, ils sentaient couver en eux le désir d'assurer son sauvetage.

Archer, en apprenant le départ de la jeune femme, se rappela aussitôt qu'il venait de refuser une invitation à aller passer le dimanche chez les Reggie Chivers, dans leur propriété à quelques kilomètres de Skuytercliff.

Il en avait assez, depuis longtemps, des parties bruyantes de Highbank, des courses de luge, des promenades en traîneau, des longues marches dans la neige, des flirts innocents et des plaisanteries aussi innocentes, mais plus insipides encore. Il venait de recevoir une caisse de livres nouveaux de son libraire à Londres, et aurait une tranquille journée chez lui avec ses auteurs préférés. Pourtant, tout en froissant entre ses doigts la lettre de Mme Olenska, il alla dans le salon de lecture du cercle, rédigea un télégramme et le fit partir immédiatement. Il savait que Mrs. Reggie avait toujours de la place pour un invité de la dernière heure, et qu'il pouvait compter sur son accueil.

15

Newland Archer arriva chez les Chivers le vendredi soir et exécuta consciencieusement, le lendemain, tous les rites d'un week-end à Highbank.

Le matin, il fit du toboggan avec la maîtresse de maison et les plus allants des invités. Dans la journée, il fit le tour du propriétaire. Après le thé, il parla dans un coin à une jeune fille avec laquelle il avait flirté autrefois et qui venait de se fiancer. Vers minuit, il aida à mettre des poissons rouges dans le lit d'un des invités et à fabriquer un cambrioleur-mannequin dans le cabinet de toilette d'une tante timide. Enfin, il participa à la bataille d'oreillers qui, jusqu'après minuit, bouleversa la maison depuis les chambres d'enfants jusqu'à la cave. Mais le dimanche, il emprunta un traîneau pour aller à Skuytercliff.

La maison de Skuytercliff avait la prétention d'être une villa italienne. Construite par Mr. Van der Luyden en vue de son prochain mariage avec Miss Louisa Dagonet, c'était une grande bâtisse carrée, peinte en blanc et vert pâle, avec un portique corinthien et d'étroits pilastres entre les fenêtres. De la hauteur où elle était placée, une série de terrasses, que bordaient des balustrades surmontées d'urnes, descendait jusqu'à un petit lac à bord d'asphalte, ombragé de conifères pleureurs. À droite et à gauche des terrasses, s'étendaient les fameuses pelouses, parsemées d'arbres de choix, chacun d'une variété différente, et au-delà, de longues rangées de serres. Plus bas, dans un vallonnement, se voyait la petite maison en pierres que le premier « Patroon » avait fait construire sur le terrain qui lui avait été concédé en 1605.

Contre la blanche étendue de neige et le ciel gris d'hiver, la villa italienne avait un aspect assez lugubre. Même en été, elle gardait sa dignité et les plus téméraires plants de cannas ne s'aventuraient jamais à moins de trente pieds de sa façade. Quand Archer sonna, le long tintement sembla se prolonger comme dans un mausolée, et lorsque enfin le maître d'hôtel se présenta, il parut aussi étonné que s'il eût été réveillé de son dernier sommeil. Mais Archer était de la famille : le maître d'hôtel crut pouvoir lui dire que la comtesse Olenska était sortie pour se rendre, avec Mrs. Van der Luyden, aux offices du soir.

– Mr. Van der Luyden, continua le maître d'hôtel, est à la maison ; mais je crois qu'il finit sa sieste ou qu'il lit l'*Evening Post* d'hier. Je l'ai entendu dire ce matin, à son retour de l'église, qu'il lirait l'*Evening Post* après le déjeuner. Si vous le désirez, monsieur, je puis aller voir…

Archer répondit qu'il irait au-devant des dames, et le maître d'hôtel, visiblement soulagé, referma majestueusement la porte.

Un groom mena le traîneau aux écuries et Archer traversa le parc pour gagner la grand-route. Le village de Skuytercliff n'était distant que d'un kilomètre, mais il savait que Mrs. Van der Luyden ne marchait jamais, et qu'il rencontrerait la voiture en chemin. Un instant après, venant d'un sentier qui traversait la route, il aperçut un grand chien devançant une mince silhouette en manteau rouge. Il pressa le pas et Mme Olenska s'arrêta court, avec un sourire de bienvenue.

– Ah ! Vous voilà !

Le manteau rouge lui rendait l'éclat de l'Ellen Mingott d'autrefois. Il rit, lui prenant la main, et répondit :

– Je suis venu pour savoir ce que vous avez voulu fuir…

La figure de la jeune femme s'assombrit :

– Vous le comprendrez tout à l'heure…

La réponse intrigua Archer :

– Qu'avez-vous donc ? Que se passe-t-il ?

D'un petit mouvement qui rappelait celui de Nastasia, Ellen haussa les épaules et dit d'un ton plus léger :

– Marchons ! Le sermon m'a glacée. Et puis maintenant vous êtes là, je n'ai plus peur.

Le sang monta aux tempes du jeune homme ; il saisit un des plis du manteau rouge.

– Ellen ! Qu'y a-t-il ? Dites-le-moi !

– Tout à l'heure. Courons d'abord ; j'ai les pieds gelés, cria-t-elle ; et, ramassant son manteau, elle s'élança sur la neige, suivie du chien qui gambadait autour d'elle.

Archer s'arrêta un moment, ravi de ce bondissement rouge sur la neige ; puis il s'élança à la poursuite de la jeune femme. Ils se rejoignirent, riant et hors d'haleine, devant le portillon qui ouvrait sur le parc.

Elle fixa sur lui son regard :

– Je savais que vous viendriez !

– Cela prouve que vous le désiriez, répondit-il avec une joie secrète.

Le scintillement des arbres givrés remplissait l'air d'une lumière mystérieuse et, comme ils marchaient, la neige durcie semblait chanter sous leurs pas.

– D'où venez-vous ? demanda Mme Olenska. Il le lui expliqua et ajouta :

– J'ai demandé aux Chivers de me recevoir lorsque j'ai reçu votre lettre.

Après un silence, elle dit, avec un imperceptible tremblement dans la voix :

– May vous a demandé de vous occuper de moi ?

– Je n'avais pas besoin qu'on me le demandât…

– Vous me trouvez donc bien visiblement sans défense ! Quelle pauvre créature vous me croyez tous ! Mais les femmes d'ici n'ont donc jamais besoin de secours, pas plus que les bienheureux dans le ciel ?

Il baissa la voix :

– Quelle sorte de secours ?

– Ne me le demandez pas. Je ne parle pas votre langue, répliqua-t-elle avec vivacité.

La réponse le blessa ; il s'arrêta dans le sentier.

– Pourquoi suis-je venu, si vous ne parlez pas ma langue ?

– Oh ! mon ami !

Elle posa légèrement sa main sur le bras du jeune homme. Il la pressa.

– Ellen ! Pourquoi ne pas me dire ce qui est arrivé ?…

Elle haussa de nouveau les épaules :

– Que peut-il arriver dans le Paradis ?

Ils marchèrent quelques instants en silence. Enfin elle dit :

– Je vous l'expliquerai, mais où ? On ne peut pas être seul une minute dans cette maison aux portes toujours ouvertes, où toujours quelque domestique vous apporte le thé, une bûche ou un journal ! Ne peut-on jamais, dans une maison américaine, être un peu seule ? Vous qui êtes si réservés, si discrets, comment se fait-il que vous ayez si peu le sens de l'intimité ?

– Ah ! Vous ne nous aimez pas ! s'écria Archer. Ils passaient devant la maison du vieux « Patroon ».

Sa façade basse, percée de petites fenêtres, était dominée, à la mode hollandaise, par une seule cheminée centrale. Les volets étaient ouverts, et, à travers les vitres, Archer aperçut la lueur d'un feu.

– Tiens ! La maison est ouverte ? dit-il.

Elle s'arrêta :

– Pour aujourd'hui, tout au moins. Je désirais la visiter, et Mr. Van der Luyden a fait allumer du feu, afin que nous puissions y passer en revenant de l'église, ce matin.

Elle monta les marches en courant et tourna la poignée de la porte.

– Elle est encore ouverte. Quelle chance ! Entrez et nous pourrons causer tranquillement. Mrs. Van der Luyden est allée jusqu'à Rhinebeck voir les vieilles tantes, et on ne s'apercevra pas de notre absence.

Il la suivit dans l'étroit couloir. La dépression que lui avaient causée les dernières paroles de la comtesse Olenska fit place à un mouvement de joie. La petite maison intime, avec ses boiseries peintes, ses cuivres où se reflétait le feu, s'ouvrait là pour eux comme par enchantement. Un grand lit de braises luisait encore dans la cheminée de la cuisine, sous un chaudron suspendu à une vieille crémaillère. Des chaises cannées se faisaient face des deux côtés du foyer revêtu de vieilles faïences bleues, et des rangées d'assiettes de Delft ornaient les murs. Archer jeta un fagot dans la cheminée. Mme Olenska, ôtant son manteau, prit une des chaises, et Archer, appuyé à la cheminée, l'interrogea du regard.

– Vous riez maintenant ; mais quand vous m'avez écrit, vous étiez malheureuse, dit-il.

– Oui.

Elle ajouta :

– Je ne peux pas me sentir malheureuse quand vous êtes là…

– Je ne serai pas ici longtemps, observa-t-il sèchement.

– Sans doute. Mais je ne sais pas prévoir ! Je vis dans le moment où je suis heureuse.

Ces mots glissèrent en lui comme une tentation ; pour s'y dérober, il s'éloigna de la cheminée et se mit à regarder les troncs noirs des arbres qui se détachaient sur la neige. Mais il voyait encore, entre lui et les arbres, la jeune femme penchée sur le feu, avec son sourire indolent. Le cœur d'Archer battait en désordre. Était-ce lui qu'elle avait fui ? Avait-elle attendu pour le lui dire qu'ils fussent ensemble seuls dans cette chambre ?

– Ellen, si vraiment je puis vous aider, si réellement vous désiriez ma venue ici, dites-moi ce qu'il y a, dites-moi à qui vous voulez échapper !

Il parlait sans changer de position, sans se retourner pour la regarder. Si le destin devait parler, ce serait ainsi, avec toute l'étendue de cette chambre entre eux, tandis qu'il continuait, par la fenêtre, à regarder la neige.

Longtemps, elle resta silencieuse. Un moment, Archer s'imagina presque entendre qu'elle s'approchait de lui, prête à lui jeter ses bras légers autour du cou. Tout son être palpitait dans l'attente… Soudain il vit un homme vêtu d'un épais pardessus, son col de fourrure relevé, qui s'avançait par le sentier vers la maison. Archer reconnut Julius Beaufort.

– Ah ! cria-t-il, éclatant d'un rire sonore.

Mme Olenska s'était élancée de sa chaise et était venue près de lui, glissant sa main dans la sienne ; mais, après avoir jeté un coup d'œil par la fenêtre, elle pâlit et recula.

– Enfin, je comprends !… dit Archer avec une ironie amère.

– Je ne savais pas qu'il était ici, murmura-t-elle.

Sa main serrait encore celle d'Archer ; mais il s'éloigna d'elle brusquement, et, traversant le vestibule, il ouvrit la porte de la maison.

– Bonjour, Beaufort ! Par ici ! Mme Olenska vous attendait, dit-il.

Beaufort, visiblement contrarié de le trouver avec Mme Olenska, gardait quand même tout son aplomb. Il savait donner aux gens qui le gênaient l'impression qu'ils ne comptaient pas, qu'ils existaient à peine. Toutefois, malgré son air d'assurance habituelle, il ne pouvait effacer le pli qui s'était creusé entre ses yeux. Il semblait bien que Mme Olenska ignorât qu'il dût venir, et pourtant elle avait paru indiquer que cela était possible. La raison qu'il donna de son arrivée fut qu'il avait découvert, la veille au soir, une petite maison délicieuse, qui faisait absolument l'affaire de la jeune femme, mais qui pouvait lui être soufflée d'un moment à l'autre. Il se répandit en reproches agréables : quelle peine elle lui avait donnée en s'enfuyant juste au moment où il avait fait cette trouvaille !

– Si seulement cette nouveauté du téléphone était un peu plus perfectionnée, j'aurais pu vous avertir de loin, et je serais en train de me chauffer les pieds au feu du cercle, au lieu de courir après vous dans la neige, bougonna-t-il, déguisant sous une irritation feinte son réel déplaisir.

Mme Olenska détourna vivement la conversation sur le miracle de pouvoir un jour converser d'une rue à l'autre, ou même – rêve insensé ! – d'une ville à l'autre. Cela amena des souvenirs d'Edgar Poe et de Jules Verne ; et la question du téléphone les conduisit sans encombre jusqu'à la grande maison.

Mrs. Van der Luyden n'étant pas encore revenue, Archer prit congé et remonta dans son traîneau, pendant que Beaufort entrait dans la maison avec Mme Olenska. Malgré l'habitude des Van der Luyden de ne pas encourager les visites imprévues, il pouvait espérer être retenu à dîner, et reconduit à la gare pour le train de neuf heures. Mais c'était tout. Jamais ses hôtes n'auraient pensé à demander à un visiteur venu sans bagages de passer la nuit chez eux ; dans les termes assez froids où ils se trouvaient avec Beaufort, la question ne se posait même pas.

Beaufort le savait et ne devait pas s'en étonner, mais qu'il eût entrepris le long trajet pour une si petite récompense, voilà qui pouvait donner la mesure de son zèle. Il était clair qu'il poursuivait Mme Olenska, et quand il poursuivait une jolie femme, Beaufort n'avait qu'un but. Son intérieur morose l'excédait depuis longtemps ; et les consolations permanentes qu'il s'était octroyées ne l'empêchaient pas de se mettre en quête d'aventures amoureuses dans son monde. Tel était l'homme que Mme Olenska avait fui. Était-elle obsédée par ses importunités ? Doutait-elle d'elle-même, ou encore cette fuite n'était-elle qu'une feinte et son départ de New York une simple manœuvre ? Archer ne le pensait pas. Si peu qu'il eût vu Mme Olenska, il croyait commencer à lire sur son visage, et il avait été témoin de son désarroi à l'apparition soudaine de Beaufort. Mais qu'elle eût fui Beaufort, n'était-ce pas là le danger pour Archer ?

Jugeant Beaufort, et sans doute le méprisant, il était possible néanmoins qu'elle fût attirée vers lui, par tout ce qui composait son prestige : ses relations à New York et à Londres, son commerce familier avec des artistes et des acteurs, son dédain des préjugés locaux. Beaufort était un parvenu sans éducation, mais les circonstances de sa vie et une certaine vivacité d'esprit naturelle rendaient sa conversation plus intéressante que celle d'hommes plus distingués, mais dont l'horizon n'avait jamais débordé New York. Comment une jeune femme revenue d'un monde plus vaste ne serait-elle pas sensible à ce contraste ?

Mme Olenska avait dit à Archer qu'elle et lui ne parlaient pas la même langue, et il sentait que jusqu'à un certain point c'était vrai. Pourtant, cette langue d'Ellen Olenska, Beaufort en connaissait toutes les nuances ; il pouvait lui donner la réplique. Il y avait, dans toute sa mentalité, une certaine ressemblance avec ce que laissait entrevoir la courte lettre du comte Olenski. Cela aurait pu être un désavantage pour lui ; mais Archer ne croyait pas qu'Ellen Olenska dût se dérober nécessairement à tout ce qui lui rappellerait le passé. Elle pouvait, tout en se croyant révoltée contre ce passé, en subir encore le charme.

C'est ainsi que le jeune homme s'efforçait d'analyser, avec une triste impartialité, la situation de Beaufort et de sa victime.

En arrivant chez lui, Archer déballa les livres qui étaient arrivés de Londres. L'envoi contenait de nombreux ouvrages qu'il attendait impatiemment : un nouveau volume de Herbert Spencer, le dernier livre d'Edmond de Goncourt, un roman intitulé *Middlemarch*, dont parlaient les revues. Le jeune homme avait refusé trois invitations à dîner pour jouir de ce régal ; mais tout en tournant les pages, il ne savait pas ce qu'il lisait, et les livres, l'un après l'autre, lui tombèrent des mains. Tout à coup, parmi eux, il avisa un petit volume de vers qu'il avait demandé sur la foi du titre : *The House of Life*. Il l'ouvrit et se trouva plongé dans une atmosphère qu'il n'avait jamais connue dans ses lectures, atmosphère chaude, voluptueuse, et cependant d'une si ineffable tendresse qu'elle donnait à la passion une nouvelle beauté pathétique et obsédante. Toute la nuit, il poursuivit à travers ces pages enchantées la vision d'une femme qui avait le visage de Mme Olenska ; mais quand il s'éveilla le lendemain et qu'il vit les maisons en face de ses fenêtres et pensa au cabinet de Mr. Letterblair, au banc de famille dans Grace Church, l'heure passée dans le parc de Skuytercliff devint aussi irréelle que ses rêves de la nuit.

– Mon Dieu, que tu es pâle, Newland ! observa Janey, en le dévisageant lorsqu'il descendit pour le petit déjeuner ; et sa mère ajouta :

– Newland, mon chéri, j'ai remarqué que tu toussais ces jours-ci. J'espère que tu ne te laisses pas surmener ?

Les deux femmes étaient convaincues que, sous le despotisme de Mr. Letterblair, le jeune homme s'épuisait au travail, et Archer n'avait jamais cru nécessaire de les détromper.

Les jours suivants se traînèrent péniblement. La monotonie de sa vie lui mettait dans la bouche comme un goût de cendres ; par moments, il avait le sentiment d'être enterré vivant. Il ne savait plus rien de Mme Olenska ni de la petite maison. Quand il rencontrait Beaufort au cercle, ils échangeaient un signe de tête silencieux à travers les tables de whist.

Le quatrième jour, il trouva, en rentrant chez lui, un billet ainsi conçu : « Venez tard demain, il faut que je vous explique. Ellen. » Le jeune homme, qui dînait en ville, mit le petit mot dans sa poche. Après le dîner, il se rendit au théâtre, et ce ne fut qu'après minuit, de retour chez lui, qu'il relut lentement cette missive. Il y avait plusieurs manières d'y répondre. Il les étudia toutes, en un examen approfondi, au cours d'une nuit sans sommeil. Celle qu'il choisit fut de faire rapidement sa valise, et de sauter dans le bateau qui partait le lendemain pour Saint-Augustin.

16

Quand Archer descendit la grand-rue sablonneuse de Saint-Augustin, se dirigeant vers la maison qui lui avait été indiquée comme la demeure de Mr. Welland, il aperçut May debout sous un magnolia. Les rayons du soleil doraient ses cheveux, et le jeune homme se demanda pourquoi il avait tant tardé à venir.

La vérité, la réalité, la vraie vie se trouvaient là ! Comment, lui, l'indépendant Archer, s'était-il cru obligé de rester cloué à son bureau par crainte des critiques ?

– Newland, est-il arrivé quelque chose ? s'écria la jeune fille.

Ainsi elle ne devinait pas, elle ne lisait pas dans ses yeux la raison de sa venue ! Mais lorsqu'il répondit : « J'ai voulu vous revoir », elle rougit délicieusement, et cette rougeur effaça la légère déception du jeune homme.

Malgré l'heure matinale, la grand-rue se prêtait mal à un entretien intime, et Archer souhaitait vivement se trouver seul avec May. Les Welland déjeunaient tard : la jeune fille lui proposa une promenade jusqu'au bois d'orangers au-delà de la ville. Elle venait de ramer sur la rivière et le soleil semblait l'avoir prise dans le filet d'or qu'il jetait sur les petites vagues. Sur le brun chaud de sa joue, ses cheveux fous brillaient comme des fils de métal ; ses yeux semblaient plus clairs, presque pâles dans leur transparence. Elle marchait à côté d'Archer de son long pas rythmé, et son visage était empreint de la sérénité vide de pensées que l'on voit aux jeunes athlètes des frises grecques.

Pour les nerfs tendus d'Archer, cette vision était aussi apaisante que le ciel bleu et la rivière paresseuse. Ils s'assirent sous les orangers. Il mit son bras autour d'elle et l'embrassa. C'était boire à une source fraîche sous le soleil. Mais la pression de ses lèvres avait peut-être été plus vive qu'il ne l'avait voulu, car le sang monta à la figure de la jeune fille, et elle recula.

– Qu'y a-t-il ? demanda Newland en souriant.

Elle le regarda, surprise.

– Rien, répondit-elle.

Un léger embarras pesa sur eux ; leurs mains se séparèrent. Newland ne l'avait pas embrassée sur les lèvres depuis leur fugitif baiser dans le jardin d'hiver des Beaufort, et il vit qu'elle était troublée dans son calme d'enfant.

– Racontez-moi ce que vous faites toute la journée, demanda-t-il, croisant ses bras derrière sa tête et rabattant son chapeau sur ses yeux pour les garantir du soleil.

En la faisant parler des choses simples et familières, il allait pouvoir suivre ses propres pensées. Il écouta la douce chronique : baignades, promenades à voile, courses à cheval, réunions dansantes organisées au petit hôtel en l'honneur d'un bateau de guerre. Il y avait quelques personnes agréables de Philadelphie et de Baltimore de passage à l'hôtel et aussi les Selfridge Merry, venus à cause de la bronchite de Kate Merry. On voulait faire un tennis sur le sable ; mais Kate et May seules avaient des raquettes, et presque personne ne savait le jeu. Très occupée, May avait à peine eu le temps d'ouvrir un petit livre que Newland lui avait envoyé la semaine précédente : *Sonnets from the Portuguese* ; mais elle apprenait par cœur le *Last Ride* de Browning, parce que c'était une des premières poésies que son fiancé lui avait lues. Elle lui dit en souriant que Kate Merry n'avait jamais entendu parler de Browning.

Tout à coup, elle se leva :

– On va nous attendre pour le déjeuner !

Ils se hâtèrent de rentrer.

Les Welland campaient, pour l'hiver, dans une petite maison délabrée. Une haie de géraniums et de plumbagos entourait la propriété. Mr. Welland se plaignait du manque de confort à l'hôtel, et, à prix d'or, Mrs. Welland se voyait obligée, d'année en année, d'improviser une installation, amenant de New York des domestiques récalcitrants qu'aidaient les nègres de la localité.

– Les médecins exigent que mon mari soit absolument chez lui, autrement il serait si malheureux que le climat ne lui ferait aucun bien, expliquait-elle chaque hiver.

Mr. Welland, en toute sérénité, devant sa table chargée des friandises les plus variées, disait à Archer :

– Vous voyez, mon cher ami, nous campons... nous campons ! Je dis à ma femme et à May qu'il faut s'accommoder de tout...

Mr. et Mrs. Welland avaient été surpris de l'arrivée de leur futur gendre ; mais celui-ci eut la bonne inspiration de parler d'un mauvais rhume, ce qui sembla à Mr. Welland une raison plus que suffisante pour abandonner tout travail.

– Vous ne serez jamais assez prudent, surtout aux approches du printemps, dit-il en versant du sirop d'érable sur son assiettée de crêpes. Si j'avais été aussi prudent à votre âge, May danserait à New York maintenant, au lieu de passer ses hivers dans un désert avec un malade.

– Mais j'adore être ici, papa. Si Newland pouvait rester, j'aimerais mille fois mieux être ici qu'à New York...

– Newland doit soigner son rhume avant tout, observa Mrs. Welland avec indulgence ; sur quoi le jeune homme se mit à rire, en disant qu'en effet les devoirs professionnels n'avaient aucune importance.

Archer arriva néanmoins, après un échange de télégrammes avec Mr. Letterblair, à faire durer son rhume pendant une semaine. L'indulgence de Mr. Letterblair était due en partie à la solution satisfaisante que son jeune associé avait obtenue dans l'affaire du divorce Olenski. Mr. Letterblair avait fait connaître à Mrs. Welland le service rendu par Mr. Archer à toute la famille, service dont la vieille Mrs. Manson Mingott s'était déclarée particulièrement satisfaite. Et un jour que May était allée faire une promenade avec son père dans l'unique voiture de la localité, Mrs. Welland saisit l'occasion pour aborder un sujet qu'elle évitait toujours en présence de sa fille.

– Je crains que les idées d'Ellen ne soient pas du tout les nôtres ; elle avait à peine dix-huit ans quand Medora Manson l'a emmenée en Europe. Vous vous rappelez qu'elle est apparue en noir le jour de son entrée dans le monde ? Encore une des excentricités de Medora, mais cette fois presque prophétique ! Il y a douze ans de cela, et, depuis, Ellen n'était jamais revenue en Amérique. Rien d'étonnant à ce qu'elle soit si complètement européanisée.

– Mais le divorce n'est pas admis en Europe... La comtesse Olenska a cru se conformer aux usages américains en demandant sa liberté.

C'était la première fois que le jeune homme prononçait le nom de Mme Olenska depuis son retour de Skuytercliff : il se sentit rougir.

Mrs. Welland prit un air irrité :

– Encore un exemple des usages extraordinaires que nous attribuent les étrangers... Ils pensent que nous dînons à deux heures, et que nous favorisons le divorce… C'est pourquoi je trouve ridicule de les recevoir quand ils viennent à New York… Ils acceptent notre hospitalité, retournent chez eux et racontent toujours sur nous les mêmes sottes histoires.

Archer ne répondit pas, et Mrs. Welland continua :

– Nous vous sommes très reconnaissants d'avoir obtenu d'Ellen qu'elle renonce à son projet… Sa grand-mère et son oncle n'avaient pu l'en faire démordre. Tous deux ont écrit que son revirement n'est dû qu'à votre influence… Elle a pour vous une admiration sans bornes… Pauvre Ellen !… Je me demande quel sort l'attend.

« Celui que nous aurons tous travaillé à lui faire, eut-il envie de répondre. Si vous préférez qu'elle soit la maîtresse de Beaufort plutôt que la femme d'un honnête homme, vous faites tout ce qu'il faut pour cela. »

Il songea à ce que Mrs. Welland aurait dit, s'il avait tenu ce propos. Il imaginait la soudaine altération de ce visage placide et ferme qu'une longue maîtrise des détails de la vie matérielle avait marqué d'une apparence d'autorité. Elle gardait une certaine beauté saine qui rappelait celle de May ; et Archer se demandait si sa fiancée n'était pas destinée à cette maturité à la fois lourde et innocente. Oh non ! il ne voulait pas que May eût l'innocence qui se refuse à la fois à l'expérience et à l'imagination.

– Je crois vraiment, continua Mrs. Welland, que si on avait parlé de cette triste histoire dans les journaux, c'eût été le coup de grâce pour mon mari… Je ne sais pas les détails… je n'ai pas voulu les connaître… J'ai refusé à la pauvre Ellen de l'écouter sur ce chapitre… Ayant un malade à soigner, je dois garder mon entrain et ma gaieté… Mais mon mari a été bouleversé : il a fait un peu de fièvre tous les matins, tant que la décision est restée en suspens… C'était sa terreur que sa fille ne vînt à apprendre l'existence de choses pareilles… Vous avez eu naturellement la même préoccupation que nous, cher Newland… nous savions tous que vous pensiez à May !

– Je pense toujours à May, dit le jeune homme, en se levant pour couper court à la conversation.

Il aurait voulu profiter de son entretien avec Mrs. Welland pour la presser d'avancer la date du mariage, mais, ne trouvant pas d'arguments capables de la convaincre, il fut soulagé de voir rentrer May et son père.

Son seul espoir était d'user de son influence sur sa fiancée, et, la veille de son départ, il alla visiter le jardin délabré de la vieille mission espagnole. L'endroit rappelait des sites européens, et May, jolie à ravir sous un chapeau dont les larges bords ombrageaient ses yeux trop pâles, souriait aux descriptions que faisait Newland de Grenade et de l'Alhambra.

– Nous pourrions voir tout cela au printemps et même passer les fêtes de Pâques à Séville, proposa-t-il, exagérant sa demande pour obtenir une plus large concession.

– Les fêtes de Pâques à Séville ! Mais le carême commence dans un mois !

– Enfin, aussitôt après Pâques, afin que nous puissions nous embarquer à la fin d'avril…

Elle sourit à ce rêve, l'assimilant aux aventures merveilleuses décrites dans les poèmes que son fiancé lui lisait à haute voix.

– Continuez, Newland, j'adore vos descriptions !

– Mais pourquoi vous contenter de mes descriptions ?… Pourquoi ne pas voir les lieux mêmes ?

– Nous irons, sûrement, l'année prochaine.

– Pourquoi pas plus tôt ?… insista-t-il.

Elle baissa la tête, se dérobant au regard de son fiancé.

– Pourquoi rêver encore un an ?… Regardez-moi, chérie… Comprenez-vous que je veux que vous soyez ma femme ?

Elle leva sur lui des yeux d'une franchise si limpide qu'il laissa tomber le bras dont il lui enserrait la taille. Mais soudain le regard de May changea, devint profond et indéchiffrable…

– Je ne sais pas si je vous comprends, dit-elle. Pourquoi êtes-vous si pressé ? Est-ce parce que vous n'êtes pas sûr de continuer à m'aimer ?

Archer se leva brusquement :

– Mon Dieu ! peut-être… je ne sais pas, répondit-il avec colère.

May se leva aussi et ils se trouvèrent face à face. Elle semblait grandie, plus femme par la stature et la dignité. Tous deux se turent, comme troublés par le cours imprévu que prenaient leurs propos. Enfin elle dit à voix basse :

– Y a-t-il quelqu'un entre vous et moi ?

– Quelqu'un entre vous et moi ?

Il redisait les mots lentement, comme s'ils n'étaient qu'à moitié intelligibles, et qu'il eût besoin, pour les comprendre, de les répéter. May parut frappée par cette hésitation, car elle ajouta, d'une voix plus grave :

– Parlons franchement, Newland… J'ai eu le sentiment quelquefois que vous aviez changé envers moi, particulièrement depuis que nos fiançailles sont officielles.

– Ma chérie ! Quelle folie ! s'écria-t-il en se ressaisissant.

– Si c'est une folie, cela ne nous fera aucun mal d'en parler. (Elle s'arrêta, puis ajouta, en relevant la tête avec un de ces gestes empreints de noblesse qui la caractérisaient :) Et même si c'était vrai, pourquoi n'en parlerions-nous pas ?… Vous pouvez bien vous être trompé !

Il baissa la tête, regardant l'ombre des feuilles sur le chemin ensoleillé :

– Si je m'étais trompé, pourquoi vous supplierais-je de hâter notre mariage ?

Elle abaissa son regard, suivant du bout de son ombrelle le dessin des feuilles sur le chemin, et cherchant visiblement ses paroles.

– Vous pourriez désirer, une fois pour toutes, trancher la situation… C'est un moyen.

Sa calme lucidité étonna Archer ; mais sous les grands bords du chapeau, il vit la pâleur du visage, et remarqua un léger frémissement des narines au-dessus des lèvres immobiles et résolues.

– Expliquons-nous, ma chérie, dit-il, se rasseyant.

Elle s'assit à côté de lui et continua :

– Ne croyez pas que les jeunes filles soient aussi ignorantes que l'imaginent leurs parents… On écoute, on observe ; on a ses sentiments et ses idées… Longtemps avant que vous vous soyez déclaré, j'ai su que vous vous étiez occupé de quelqu'un… Tout le monde en parlait à Newport il y a deux ans… Je vous ai vus une fois ensemble sous la véranda, vous et elle, à un bal… Quand elle est rentrée au salon, elle était triste et m'a fait de la peine… Je m'en suis souvenue après, quand nous avons été fiancés.

Sa voix s'éteignit dans un murmure, elle serrait et desserrait ses mains sur le manche de son ombrelle. Le jeune homme les prit, les pressant légèrement ; son cœur se dilatait dans un soulagement ineffable.

– Chère enfant ! Est-ce là ce qui vous troublait ? Si seulement vous saviez la vérité !

Elle releva vivement la tête :

– Il y a donc, à propos de vous, une vérité que j'ignore ? Que je ne sais pas ?

Il continuait à tenir ses mains.

– La vérité, je veux dire, à propos de cette vieille histoire dont vous parlez.

– Mais c'est ce que je veux savoir, Newland, ce que j'ai le droit de savoir… Je ne voudrais pas devoir mon bonheur à un tort, à une déloyauté envers une autre, et je veux croire que vous partagez mon sentiment… Comment pourrions-nous commencer la vie ainsi ?

Le visage de la jeune fille avait revêtu un air de si tragique résolution qu'il se sentit près de se prosterner à ses pieds.

– Je voulais vous le dire depuis longtemps, continua-t-elle. Je voulais vous dire que, quand deux êtres s'aiment véritablement, je comprends qu'il puisse y avoir des situations qui donnent le droit d'agir contre l'opinion publique… Et si vous vous sentez le moins du monde engagé – engagé envers la personne dont nous avons parlé… – et s'il y a un moyen – un moyen de remplir vos engagements – même au prix de son divorce… Newland, n'essayez pas de vous soustraire à votre parole à cause de moi.

Archer fut étonné de découvrir que les craintes de la jeune fille visaient à un épisode aussi complètement entré dans le passé que sa liaison avec Mrs. Thorley Rushworth ; mais son étonnement fit bientôt place à une vive admiration pour la générosité de sa fiancée. Il était trop préoccupé pour s'émerveiller du prodige de cette hérésie chez la fille des Welland : lui conseiller d'épouser son ancienne maîtresse ! Il était encore tout ému du coup d'œil jeté sur le précipice que tous deux venaient de côtoyer, et plein d'épouvante devant le mystère d'une âme de jeune fille.

Il put enfin articuler :

– Je n'ai pas d'engagement, pas d'obligation du genre que vous imaginez… Tout n'est pas aussi simple que… mais ça ne fait rien… J'adore votre générosité, car je juge ces choses comme vous… Chaque cas doit être considéré individuellement, selon sa valeur réelle – sans tenir compte de l'opinion… Toute femme a droit à sa liberté. (Il se redressa, gêné par la tournure que ses paroles avaient prise, et continua en souriant :) Puisque vous comprenez tant de choses, ma chérie, ne pouvez-vous pas admettre que nous puissions nous soustraire à une autre forme de ces mêmes banales conventions ?... Si personne, et si rien ne nous sépare, n'est-ce pas une raison pour nous marier bientôt ?

Elle leva son visage vers lui, et Newland, se penchant sur elle, vit dans ses yeux des larmes de bonheur. Mais un moment après, elle sembla descendre des hauteurs où elle s'était tenue et retrouver ses timidités de jeune fille. Il comprit qu'elle n'avait de courage et d'initiative que pour les autres, et non pour elle-même. Évidemment, l'effort qu'elle avait fait pour parler était beaucoup plus grand que ne le révélait son attitude ; au premier mot rassurant de son fiancé, elle reculait comme un enfant trop aventureux qui se jette dans les bras de sa mère.

Archer n'insista pas : il était trop découragé d'avoir vu s'évanouir la femme nouvelle qui l'avait regardé du fond de ses yeux clairs. May semblait se rendre compte de sa déception, sans trouver un moyen de la dissiper. Ils se levèrent et rentrèrent silencieusement.

17

– Ta cousine, la comtesse Olenska, est venue voir maman pendant ton absence.

Ce fut Janey qui annonça la nouvelle à Newland, le soir de son retour, pendant le dîner. Surpris, le jeune homme regarda sa mère, qui avait les yeux baissés sur son assiette. Mrs. Archer ne considérait pas son éloignement du monde comme une raison d'en être oubliée, et Newland comprit qu'il l'avait légèrement froissée en s'étonnant de la visite de Mme Olenska.

– Elle portait une polonaise en velours noir, avec des boutons de jais et un petit manchon en singe ; je ne l'ai jamais vue plus élégante, continua Janey… Elle est venue seule, dimanche, de bonne heure ; heureusement, le feu était allumé dans le salon. Elle avait un de ces nouveaux porte-cartes. Elle a dit vouloir nous connaître, parce que tu avais été si bon pour elle !…

Archer se mit à rire.

– Mme Olenska parle toujours ainsi de ses amis… Elle est très heureuse d'être revenue parmi les siens…

– Oui, elle nous l'a dit, observa Mrs. Archer. Je dois avouer qu'elle paraît reconnaissante de notre accueil…

– J'espère qu'elle vous a plu, maman…

Mrs. Archer serra les lèvres.

– Elle fait certainement tout ce qu'elle peut pour être aimable et se rendre agréable, même quand elle vient voir une vieille dame…

– Maman trouve qu'elle manque de simplicité, ajouta Janey, cherchant à lire sur le visage de son frère.

– C'est que je suis une personne d'autrefois… La chère May est mon idéal, dit Mrs. Archer.

– Assurément, elles ne se ressemblent pas, répondit son fils.

Archer avait quitté Saint-Augustin, chargé de nombreux messages pour la vieille Mrs. Mingott : un ou deux jours après son retour, il alla la voir. La vieille dame le reçut avec empressement, et lui témoigna sa reconnaissance qu'il eût obtenu de la comtesse Olenska de renoncer au divorce. Quand le jeune homme lui apprit qu'il s'était évadé de New York dans le seul dessein de voir May, Mrs. Mingott fit entendre un petit rire gras et lui frappa doucement le genou de sa main potelée.

– Ah ! ah ! c'est ainsi que vous lâchez le travail ! Augusta et Welland ont dû faire grise mine ; ils ont dû croire que le monde tournait à l'envers… Mais la petite May ?… Ça n'a pas été son avis, bien sûr ?…

– Je l'espère ; cependant, elle ne m'a pas accordé ce que j'étais allé lui demander…

– Vraiment… Et qu'était-ce donc ?…

– La promesse que nous serions mariés en avril. Pourquoi perdre encore un an ?…

Mrs. Manson Mingott prit un petit air de pruderie ironique.

– « Demandez à maman ! » La formule habituelle ! Oh ! ces Mingott ! Tous les mêmes ! Nés dans une ornière d'où rien ne peut les tirer. Quand j'ai bâti cette maison, on aurait cru que je partais pour la Californie. Personne ne s'était aventuré plus loin que la Quarantième Rue, et moi, je dis : Personne, non plus, n'habitait New York, avant que Christophe Colomb eût découvert l'Amérique. Non, non, ils sont tous pareils : ils veulent tous faire ce que tous les autres auraient fait. Je rends grâce au ciel de n'être qu'une humble Spicer ; il n'y a, parmi tous les miens, que ma petite Ellen qui tienne de moi.

Elle s'interrompit, le regardant toujours de ses yeux clignotants, puis demanda :

– Pourquoi n'avez-vous pas épousé ma petite Ellen ?

Archer rit.

– D'abord parce qu'elle n'était pas là…

– Ça, c'est vrai. C'est bien dommage. Maintenant il est trop tard : sa vie est finie.

Elle parlait avec l'indifférence glacée des vieillards jetant de la terre sur la tombe de jeunes espérances. Archer eut froid au cœur et s'empressa de dire :

– Oserais-je vous demander d'employer votre influence auprès des Welland ? Je ne suis pas fait pour les longues fiançailles.

La vieille Catherine le regarda, épanouie :

– Je vois cela. Vous avez la mine éveillée. Quand vous étiez petit, je suis sûre que vous aimiez à être servi le premier.

Elle renversa la tête d'un mouvement qui fit onduler les petites vagues de son double menton.

– Ah ! tiens !… Voici ma petite Ellen ! s'écria-t-elle, en voyant s'ouvrir les portières.

Mme Olenska s'avança, souriante. Elle tendit gaiement sa main à Archer, tout en se penchant pour recevoir le baiser de sa grand-mère.

– Ma chérie, j'étais justement en train de lui dire : Pourquoi n'avez-vous pas épousé ma petite Ellen ?…

Mme Olenska regarda Archer en souriant toujours :

– Et qu'a-t-il répondu ?…

– Oh ! mon amour, je te le laisse à deviner. Il est allé en Floride, voir sa fiancée.

– Oui, je sais. (La comtesse Olenska continuait à regarder Archer.) Je suis allée chez votre mère, pour lui demander où vous étiez. Je vous avais envoyé un mot auquel vous n'avez pas répondu, et je craignais que vous ne fussiez malade…

Il murmura quelque chose sur un départ imprévu, précipité, et sur l'intention qu'il avait eue de lui écrire de Saint-Augustin.

– Et naturellement, une fois là, vous n'avez plus pensé à moi ?

Elle gardait encore cet air heureux, qui pouvait n'être que le masque étudié de l'indifférence.

« Si elle a encore besoin de moi, elle est décidée à ne pas me le laisser voir », pensa-t-il, piqué de l'attitude de la jeune femme. Il voulait la remercier d'être allée voir sa mère ; mais sous les yeux malicieux de l'aïeule, il se sentait gêné.

– Regarde-le. Il est si pressé de se marier, qu'il a filé à la française pour aller implorer à genoux cette petite sotte. Voilà un amoureux ! C'est ainsi que le beau Bob Spicer a persuadé ma pauvre mère, et ensuite s'est fatigué d'elle avant que je fusse sevrée !… Cependant je ne me suis fait attendre que huit mois. Mais voilà ! vous n'êtes pas un Spicer, jeune homme ; heureusement pour vous et pour May. Il n'y a que ma pauvre Ellen qui tienne d'eux : tous les autres sont faits sur le moule des Mingott, s'écria la vieille dame dédaigneusement.

Archer s'aperçut que Mme Olenska, qui s'était assise auprès de sa grand-mère, continuait, songeuse, à l'observer. La gaieté avait disparu de ses yeux et elle disait très doucement :

– Sûrement, grand-mère, à nous deux, nous pourrons obtenir ce que Mr. Archer désire.

Archer se leva pour s'en aller. Quand sa main toucha celle de Mme Olenska, il comprit qu'elle attendait qu'il fît une allusion quelconque à la lettre restée sans réponse.

– Quand pourrai-je vous rencontrer ? demanda-t-il.

– Quand vous voudrez ; mais il faudra que ce soit bientôt, si vous désirez revoir la petite maison. Je déménage la semaine prochaine…

Une angoisse étreignit Archer au souvenir des heures passées dans le petit salon au plafond bas. Si brèves qu'elles eussent été, elles étaient pourtant lourdes d'émotions.

– Demain soir ? fit-il.

– Oui, demain. Mais de bonne heure, car je dois sortir…

Le lendemain était un dimanche : si Ellen sortait, ce ne pouvait être que pour se rendre chez Mrs. Lemuel Struthers. Il en éprouva une légère contrariété, parce que c'était une maison où elle était sûre de rencontrer Beaufort. Elle ne pouvait l'ignorer : peut-être même est-ce pour cela qu'elle y allait.

Le lendemain, dès huit heures et demie, il sonnait à la porte encadrée de glycine. Il fut surpris de trouver des chapeaux et des pardessus dans le vestibule de Mme Olenska. Pourquoi l'avoir invité à venir de bonne heure, si elle avait du monde à dîner ? Un examen plus attentif des vêtements éveilla sa curiosité. Les pardessus étaient des plus étranges ; d'un coup d'œil, il vit qu'il n'y en avait aucun qui pût appartenir à Julius Beaufort. À côté d'un *ulster* jaune, se trouvait un vieux manteau à pèlerine, tout râpé. Ce dernier paraissait appartenir à une personne de taille exceptionnelle, et avait évidemment vu des temps très durs car, de ses plis verdâtres, s'exhalait une odeur de poussière humide. Au-dessus étaient posés un foulard défraîchi et un vieux chapeau, de forme vaguement cléricale. Archer questionna des yeux Nastasia, qui lui répondit par sa mimique ordinaire, en prononçant son fataliste *già*, tandis qu'elle ouvrait la porte du salon.

Le jeune homme vit tout de suite que Mme Olenska n'y était pas ; puis il eut la surprise de découvrir une autre dame installée auprès du feu. Cette dame longue, maigre, dégingandée, était enveloppée de draperies compliquées ; ses cheveux, décolorés, étaient surmontés d'un peigne espagnol et d'une mantille de dentelle noire. Des mitaines de soie, reprisées, couvraient ses mains déformées par les rhumatismes.

À côté d'elle, derrière un nuage de fumée, se tenaient les propriétaires des deux pardessus. Ils étaient encore en veston du matin. L'un d'eux était Ned Winsett ; l'autre, plus âgé, très grand, était évidemment le possesseur du « macfarlane ». Il avait une tête de lion bonasse à crinière grise ; et il remuait ses bras avec de grands gestes bénins, comme s'il distribuait des bénédictions sur une foule agenouillée.

Ces trois personnages considéraient un magnifique bouquet de roses rouges dont les longues tiges disparaissaient sous une immense touffe de pensées. Le bouquet était placé sur le sofa où se tenait habituellement Mme Olenska.

– Ce qu'elles ont dû coûter en cette saison !... Mais il n'y a que l'intention qui compte ! disait la dame sur un ton de *staccato* quand Archer entra.

Tous trois se retournèrent, et la dame, s'avançant, tendit la main à Archer.

– Cher Mr. Archer ! Presque mon cousin Newland ! dit-elle. Je suis la marquise Manson.

Archer salua. Elle continua :

– Mon Ellen me garde pour quelques jours. J'arrive de Cuba, où j'ai passé l'hiver avec des amis espagnols : des gens très distingués, de la plus vieille noblesse de Castille. J'ai été appelée ici par notre cher grand ami, le docteur Carver. Vous ne connaissez pas le docteur Agathon Carver, fondateur de la communauté de « La vallée de l'amour » ?

Le docteur Carver inclina sa tête léonine, et la marquise continua :

– Ah ! New York, New York, combien peu tu marches dans la voie de l'Esprit ! Mr. Archer, je vois que vous connaissez Mr. Winsett ?

– Oui, je suis arrivé jusqu'à lui, il y a quelque temps, mais pas par la voie de l'Esprit, répliqua Winsett avec un sourire caustique.

La marquise secoua la tête avec réprobation.

– Qu'en savez-vous, Mr. Winsett ?… L'Esprit souffle où il veut…

– Où il veut, répéta le docteur Carver d'une voix vibrante.

– Mais asseyez-vous donc, Mr. Archer. Nous avons eu un délicieux petit dîner, tous les quatre, et ma chère enfant est montée s'habiller. Elle vous attend. Elle sera ici dans un moment. Nous admirions ces fleurs merveilleuses, qui la surprendront quand elle entrera.

Winsett resta debout.

– Il faut que je me sauve. Veuillez dire à Mme Olenska que nous sommes bien attristés de son départ. Cette maison a été une oasis…

– Elle ne vous abandonnera pas. La poésie et l'art font partie de sa vie. Vous êtes poète, Mr. Winsett ?…

– Pas précisément. Mais je lis quelquefois des vers, dit Winsett, saluant le groupe du seuil de la porte.

– Il est si spirituel !… Ne trouvez-vous pas qu'il est spirituel, docteur Carver ?…

– Je ne m'occupe jamais de ce qui est spirituel, répondit sévèrement le docteur Carver.

– C'est qu'il est sans pitié pour nos faiblesses, Mr. Archer, il ne vit que de la vie de l'âme ; ce soir il prépare mentalement une conférence qu'il doit faire tout à l'heure chez les Blenker. Docteur Carver, auriez-vous le temps, avant de partir chez les Blenker, d'expliquer à Mr. Archer votre lumineuse découverte sur le « Contact direct » ? Mais non, je vois qu'il est près de neuf heures, et nous n'avons pas le droit de vous retenir quand tant de gens aspirent à vous entendre…

Le docteur Carver parut légèrement désappointé de cette conclusion, mais ayant comparé l'heure de sa massive montre avec celle de la petite pendule de Mme Olenska, il se prépara à partir.

– Je vous verrai plus tard, chère amie ? dit-il à la marquise, qui répondit avec un sourire :

– Dès que la voiture d'Ellen arrivera, j'irai vous rejoindre. J'espère que la conférence ne sera pas commencée.

Le docteur Carver disparut avec un salut ; Mrs. Manson, avec un soupir qui pouvait être de regret ou de soulagement, invita de nouveau Archer à s'asseoir.

– Ellen va descendre dans un instant ; mais auparavant, je serai très heureuse de causer un peu avec vous… Cher Mr. Archer, mon enfant m'a dit tout ce que vous aviez fait pour elle, vos avis éclairés, votre courageuse fermeté. Remercions le ciel qu'il n'ait pas été trop tard !…

Newland Archer écoutait ces déclarations avec un extrême embarras, se demandant s'il était une personne au monde à laquelle Mme Olenska se fût abstenue de raconter la part qu'il avait prise dans ses affaires privées.

– Mme Olenska exagère. Je lui ai simplement donné l'avis juridique qu'elle m'a demandé…

– Mais en la conseillant ainsi, vous avez été l'inconscient instrument de… Nous modernes, quel nom avons-nous pour « la Providence », Mr. Archer ?… Vous ignoriez qu'à ce même moment on s'adressait à moi, on me demandait mon concours de l'autre côté de l'Atlantique…

Elle regarda par-dessus son épaule comme si elle craignait d'être entendue et, rapprochant sa chaise, portant à ses lèvres un petit éventail d'ivoire, elle dit dans un souffle :

– C'est le comte lui-même, mon pauvre fou d'Olenski, qui ne demande qu'à la reprendre sans condition !...

– Grand Dieu ! s'écria Archer, en se levant d'un bond.

– Vous êtes épouvanté ! Oui, je comprends. Je ne défends pas le pauvre Stanislas, quoiqu'il m'appelle sa meilleure amie. Il ne se défend pas lui-même. Il se jette aux pieds d'Ellen en ma personne. (Elle frappa sur sa maigre poitrine.) J'ai sa lettre là...

– Une lettre ? Mme Olenska le sait-elle ? balbutia Archer, sentant la tête lui tourner.

La marquise fit un geste négatif.

– Du temps, du temps... il me faut du temps... Je connais mon Ellen, hautaine, intraitable, presque implacable, dirais-je, pardonnant difficilement...

– Mais pardonner est une chose... retourner dans cet enfer en est une autre.

– Hélas ! dit la marquise. C'est ainsi qu'elle décrit la maison de son mari ! Mais du côté matériel, savez-vous ce qu'elle sacrifie ? Ces roses-là sur le canapé, mais il en a des kilomètres, sous verre et à l'air libre, dans ses merveilleux jardins de Nice ! Et les bijoux, les perles historiques, les émeraudes de Sobieski, les zibelines ! Bah ! elle ne se soucie pas de tout cela. L'art et la beauté, voilà ce qui l'attire... des tableaux, un mobilier sans prix, de la musique, une conversation brillante... et ça, ce sont des choses, cher monsieur, dont on n'a aucune idée ici. Elle possédait tout cela, et recevait les hommages des plus grands personnages... Elle me dit qu'on ne la trouve pas jolie à New York. Est-ce possible ? Mais son portrait a été peint neuf fois ! Les plus grands artistes d'Europe ont sollicité le privilège de la faire poser. Tout cela, n'est-ce rien ? Et le remords d'un mari qui l'adore ?...

Le visage de la marquise Manson prit une telle expression d'extase rétrospective qu'il aurait excité la gaieté d'Archer, si Archer eût été en humeur de rire. La marquise lui semblait venir en droite ligne de l'enfer qu'avait fui la comtesse Olenska.

– Elle ne sait rien de tout cela ? demanda-t-il vivement.

Mrs. Manson porta son doigt sur ses lèvres.

– Elle ne sait rien positivement. Mais qui peut dire ce qu'elle soupçonne ? Mr. Archer, je désirais beaucoup vous voir, car, dès l'instant où j'ai su la ferme attitude que vous aviez prise et votre influence sur ma nièce, j'ai espéré obtenir votre appui, vous convaincre…

– Qu'elle doit retourner chez son mari ? J'aimerais mieux la voir morte ! s'écria le jeune homme avec violence.

– Ah ! murmura la marquise, sans paraître offensée.

Elle resta assise, ouvrant et refermant son ridicule petit éventail d'ivoire de ses doigts gantés de mitaines ; puis, tout à coup, elle leva la tête.

– La voilà ! chuchota-t-elle.

Et brusquement, indiquant le bouquet :

– Dois-je conclure que vous préférez ce que signifient ces fleurs, Mr. Archer ? Après tout, le mariage est le mariage ; et ma nièce est une femme mariée…

18

– Que complotez-vous tous les deux, tante Medora ? s'écria Mme Olenska en entrant dans le salon.

Elle était parée comme pour un bal, et portait haut la tête en jolie femme sûre de triompher de ses rivales.

– Nous disions, ma chérie, qu'une magnifique surprise vous attendait, reprit Mrs. Manson en désignant les fleurs.

Mme Olenska s'arrêta court. Elle ne changea pas de couleur, mais un pâle éclair de colère sembla jaillir d'elle ; ses yeux brillaient comme un ciel d'orage.

– Ah ! s'écria-t-elle, d'une voix que le jeune homme ne lui connaissait pas, qui ose m'envoyer un bouquet ? Pourquoi un bouquet ? Et surtout ce soir ! Je ne vais pas au bal ! Je ne suis pas une fiancée ! Il y a des gens qui ne manquent jamais une occasion d'être ridicules !…

Elle se retourna vers la porte, l'ouvrit et appela :

– Nastasia !…

La servante apparut, et Archer entendit Mme Olenska lui dire en italien :

– Tenez ! jetez cela à la boîte aux ordures !

Et comme Nastasia, saisie, paraissait protester, elle ajouta :

– Après tout, ce n'est pas la faute de ces pauvres fleurs. Dites au groom de les porter dans la maison de ce monsieur qui a dîné ici ce soir. Sa femme est malade. Elles lui feront peut-être plaisir… Le petit est sorti ? Alors, ma chère, courez-y vous-même. Tenez, mettez mon manteau et filez ! Je veux que ces fleurs sortent de la maison immédiatement ! Et sur votre âme, ne dites pas que c'est moi qui les envoie.

Elle jeta son manteau de velours sur les épaules de la servante et rentra dans le salon, fermant la porte avec brusquerie. Sa poitrine se soulevait sous les dentelles. Archer crut un moment qu'elle allait pleurer ; mais elle éclata de rire, regarda tour à tour la marquise et Archer, et demanda :

– Et vous deux ? J'espère que vous faites une paire d'amis ?…

– C'est à Mr. Archer de répondre, mon trésor ; il a attendu patiemment pendant que tu t'habillais…

– Oui, je vous en ai donné tout le temps. Je ne pouvais pas arriver à me coiffer, dit Mme Olenska, en portant la main aux boucles de son chignon. Mais je vois que le docteur Carver est parti, et vous serez en retard chez les Blenker. Mr. Archer, voulez-vous mettre ma tante en voiture ?…

Elle suivit Mrs. Manson dans le vestibule, l'enveloppa dans divers châles, la chaussa de galoches, et cria de la porte :

– Rappelez-vous que la voiture doit revenir me prendre.

Après avoir accompagné la marquise jusqu'à la voiture, Archer retrouva Mme Olenska dans le salon. Une femme du monde, à New York, n'aurait pas appelé sa servante « ma chère », et ne l'aurait pas envoyée faire une course en lui prêtant sa sortie de bal : Archer goûtait un plaisir d'une qualité rare à se trouver dans un monde où l'action jaillissait de l'émotion.

Mme Olenska, qui se tenait debout devant la glace, ne bougea pas quand il s'approcha d'elle ; leurs yeux se rencontrèrent dans le miroir. Se détournant vivement, elle se rassit sur le canapé et dit :

– Nous avons encore le temps de fumer une cigarette.

Il lui tendit la boîte, alluma pour elle une allumette de papier. La flamme illumina son visage. Les yeux rieurs, elle demanda :

– Que pensez-vous de moi, quand je suis en colère ?…

– Cela me fait comprendre ce que votre tante m'a dit de vous…

– J'étais sûre qu'elle vous avait parlé de moi. Alors ?…

– Elle a dit que vous étiez habituée à une existence brillante, à des choses que nous ne pouvons pas vous offrir ici…

Mme Olenska sourit.

– Medora est incorrigiblement romanesque. Cela l'a consolée de tant de choses !

Archer hésita, puis il risqua :

– Est-ce que le romanesque de votre tante comporte toujours l'exactitude ?

– Vous voudriez savoir si elle dit toujours la vérité ? Eh bien ! voilà. Dans presque tout ce qu'elle dit, il y a quelque chose qui est vrai et quelque chose qui n'est pas vrai… Mais pourquoi cette question ? Qu'est-ce qu'elle a bien pu vous raconter ?

Le regard d'Archer quitta le feu pour se porter vers la jeune femme. Son cœur se serra. C'était leur dernière soirée au coin de cette cheminée, et, dans un moment, la voiture arriverait pour l'emporter !

– Elle prétend que le comte Olenski l'a chargée d'effectuer une réconciliation…

Mme Olenska ne répondit pas. Immobile, sa cigarette dans sa main à demi levée, elle le regardait sans surprise.

– Vous le saviez déjà ? demanda-t-il.

Elle garda si longtemps le silence que la cendre de la cigarette tomba ; elle la secoua de sa robe.

– Ma tante a fait allusion à une lettre…

– Est-ce à la prière de votre mari qu'elle est venue ici ?…

– Je n'en sais rien. Elle m'a dit avoir eu un appel du docteur Carver. J'ai peur qu'elle n'épouse le docteur Carver. Pauvre Medora, elle a toujours envie d'épouser quelqu'un !

– Croyez-vous vraiment qu'elle ait reçu une lettre de votre mari ?

Mme Olenska réfléchit un instant.

– Après tout, je n'en serais pas surprise.

Le jeune homme se leva et alla s'appuyer contre la cheminée. Une agitation violente s'empara de lui. Il sentait que les minutes étaient comptées, et que d'un moment à l'autre, il entendrait les roues de la voiture qui venait chercher Ellen.

– Vous savez que votre tante est persuadée que vous retournerez auprès de votre mari ? finit-il par dire.

Mme Olenska releva vivement la tête. Une soudaine rougeur colora son visage, gagnant son cou et ses épaules.

– On a dit de bien vilaines choses sur moi, dit-elle.

– Ellen, pardonnez-moi ! Je suis un imbécile et une brute !

Elle sourit doucement.

– Vous êtes horriblement nerveux : vous aussi, vous avez vos ennuis. Je sais que vous voudriez hâter votre mariage, et que les Welland s'y opposent. En Europe, on ne connaît pas nos longues fiançailles américaines. Sans doute les Européens sont moins calmes que nous.

Elle avait prononcé le « nous » avec une légère emphase qui donnait au mot un sens ironique. Archer comprit l'ironie, mais n'osa pas la relever. Après tout, c'était peut-être exprès qu'elle avait détourné la conversation. Après l'avoir si évidemment blessée, il sentait qu'il n'avait plus qu'à la suivre sur le terrain qu'elle avait choisi. Il s'affolait de sentir couler les minutes, et ne pouvait supporter l'idée qu'une barrière de mots allait retomber entre eux.

– Oui, dit-il enfin, je suis allé dans le Midi pour demander à May de fixer notre mariage après Pâques…

– Et vous n'avez pu l'obtenir… Pourtant May vous adore. Et je la croyais trop intelligente pour être à ce point l'esclave des conventions.

– La cause du refus de May n'est pas celle que vous croyez.

Mme Olenska le regarda, étonnée. Archer rougit et brusquement se décida.

– Nous avons eu une explication franche… presque la première. May croit voir dans mon impatience un mauvais signe…

– Je comprends de moins en moins.

– May craint que mon impatience ne signifie que je ne suis pas sûr de lui rester fidèle. Elle s'imagine que je veux l'épouser pour m'éloigner d'une personne que j'aime davantage…

– Alors comment se fait-il qu'elle ne soit pas aussi pressée que vous ?

– Elle a une délicatesse de sentiments que je n'ai pas. Elle exige de longues fiançailles, pour me donner le temps de…

– Le temps de la sacrifier à une autre femme ?

– Si j'en ai le désir…

Mme Olenska se pencha vers le feu, le regard fixe. De la rue silencieuse, Archer entendit le trot des chevaux qui approchaient.

– C'est très noble, en effet, dit-elle d'une voix émue.

– Très noble, oui, mais absurde…

– Pourquoi ? Parce que vous n'en aimez pas une autre ?

– Parce que je n'ai pas l'intention d'en épouser une autre…

– Ah !

Il y eut encore un long intervalle de silence. Enfin, elle leva les yeux sur lui et demanda :

– Cette autre femme vous aime-t-elle ?

– Il n'y a pas d'autre femme. Je veux dire que la personne à laquelle May pensait n'a jamais…

– D'où vient alors cette hâte de conclure votre union ?

– Votre voiture est arrivée, dit Archer.

Ellen Olenska se redressa à moitié, et jeta autour d'elle un regard distrait. Ses gants et son éventail étaient près d'elle sur le canapé, elle les prit machinalement.

– Il faut que je m'en aille…

– Vous allez chez Mrs. Struthers ?

– Oui.

Elle sourit et ajouta :

– Il faut bien que j'aille où l'on m'invite ; autrement, je serais trop seule. Ne voulez-vous pas m'accompagner ?

Archer ne répondit pas. Il sentit qu'à tout prix il devait la retenir, la forcer à lui consacrer la fin de sa soirée. Il s'appuya contre la cheminée, les yeux fixés sur les mains de la jeune femme, comme si son regard avait le pouvoir de leur faire lâcher les gants et l'éventail.

– May a deviné la vérité, dit-il. Il y a une autre femme, mais ce n'est pas celle qu'elle soupçonne…

Mme Olenska ne répondit pas, ne bougea pas. Un moment après, Newland s'approcha d'elle et, prenant sa main, la desserra doucement ; les gants et l'éventail tombèrent.

Elle se leva vivement et, se dégageant, alla de l'autre côté de la cheminée.

– Ah ! non, pas cela ! Ne me faites pas la cour ! On me l'a faite trop souvent, dit-elle en fronçant les sourcils.

Archer pâlit et se leva aussi : c'était la plus cruelle rebuffade qu'elle eût pu lui infliger.

– Il ne s'agit pas de vous faire la cour… La femme que j'aurais voulu épouser, si cela avait été possible, c'est vous !… Voilà.

Elle le regarda avec un étonnement profond.

– Et c'est vous qui dites cela, vous qui avez rendu la chose impossible ! s'écria-t-elle.

À son tour, il la regardait avec stupeur.

– Moi ? balbutia-t-il.

– Vous ! Vous ! Vous ! cria-t-elle, ses lèvres tremblantes comme celles d'un enfant prêt à fondre en larmes. N'est-ce pas vous qui m'avez fait renoncer à ce divorce ? C'est vous qui m'avez fait comprendre qu'on doit se sacrifier pour préserver la dignité du mariage, pour épargner à sa famille un scandale. Et parce que ma famille allait devenir la vôtre, pour May et pour vous j'ai fait ce que vous m'avez demandé, ce que vous m'avez affirmé que je devais faire !

Elle eut un éclat de rire convulsif.

– Ce n'est un secret pour personne que j'ai fait cela pour vous !

Elle retomba sur le canapé, abîmée dans les ondes étincelantes de sa robe. Le jeune homme continuait à la regarder.

– Grand Dieu, murmura-t-il, quand j'ai cru…

– Vous avez cru ?…

– Ah ! ne me demandez pas ce que j'ai cru !…

La contemplant toujours, il vit la même rougeur brûlante de nouveau envahir son cou et son visage. Elle se tenait droite, lui faisant face avec une dignité grave.

– Je vous le demande…

– Eh bien, donc, il y avait des choses dans la lettre que vous m'avez demandé de lire…

– La lettre de mon mari ?…

– Oui…

– Je n'ai rien à craindre de cette lettre, absolument rien. Mon unique idée, en me sacrifiant, a été d'empêcher la répercussion de ce scandale sur la famille, sur May, sur vous !

– Mon Dieu ! murmura-t-il, cachant sa figure dans ses mains.

Dans le silence qui suivit, Archer sentit sur lui le poids de l'irrévocable. Dans toute sa vie à venir, il n'imaginait rien qui dût jamais le délivrer de ce poids. Il demeurait immobile, la tête dans ses mains.

– Je vous aime, murmura-t-il.

Du canapé où elle était toujours blottie, il entendit s'élever un léger gémissement, comme celui d'un enfant qui se plaint. Il tressaillit et s'approcha d'elle.

– Ellen ! Quelle folie ! Pourquoi pleurez-vous ? Rien n'est fait qui ne puisse se défaire. Je suis encore libre et vous allez l'être.

Il l'avait prise dans ses bras, le visage de la jeune femme était sous ses lèvres, pareil à une fleur mouillée ; toutes leurs vaines terreurs s'évanouissaient comme des fantômes à l'aurore. Ce qui étonnait Archer maintenant, c'était d'avoir pu discuter, séparé d'elle par la largeur de la chambre, quand tout devenait si simple, dès qu'il la tenait dans ses bras !

Elle lui rendit son baiser ; mais, un moment après, il sentit qu'elle se raidissait dans son étreinte. Puis elle le repoussa et se redressa.

– Ah ! mon pauvre Newland, cela devait arriver ; mais cela ne change absolument rien.

– Cela change toute la vie pour moi.

– Non, non, il ne faut pas, ce n'est pas possible ! Vous êtes fiancé à May, et moi, je suis mariée…

– Il est trop tard pour reculer ! Nous n'avons pas le droit de mentir aux autres ni à nous-mêmes. Me voyez-vous maintenant épousant May ?

Elle resta silencieuse, accoudée à la cheminée, son profil reflété par la glace. Une des boucles de son chignon s'était détachée et tombait sur son cou ; subitement elle paraissait presque vieille.

– Je ne vous vois pas, dit-elle enfin douloureusement, lui posant la question que vous venez de me poser.

– Il est trop tard pour agir autrement…

– Il est trop tard pour changer ce que nous avions décidé tous les deux…

– Je ne vous comprends pas ! s'écria-t-il.

Elle s'efforça de sourire, mais son sourire était plus triste que ses larmes.

– Vous ne comprenez pas, parce que vous ne savez pas encore combien j'ai changé depuis que je vous ai connu.

– Ellen !

– Oui. Je ne m'apercevais pas tout d'abord qu'on ne m'accueillait qu'avec réserve, qu'on me trouvait compromettante. Il paraît qu'on a refusé de dîner avec moi chez les Lovell Mingott ! Je l'ai su plus tard, et j'ai appris aussi que vous aviez tout raconté aux Van der Luyden et que vous aviez voulu que vos fiançailles fussent annoncées au bal des Beaufort, afin que j'aie deux familles pour me soutenir, au lieu d'une… Vous voyez combien j'étais sotte et étourdie : jusqu'à ce que grand-mère m'ait tout raconté, je ne me rendais compte de rien. New York représentait simplement la paix et la liberté : je rentrais chez moi. J'étais si contente de m'y retrouver ! J'avais l'impression, en arrivant ici, que tout le monde était pour moi plein de bienveillance, heureux de me voir. Cependant, personne ne semblait me comprendre comme vous ; personne ne me donnait d'aussi bonnes raisons pour faire ce qui, au premier abord, me révoltait comme inutile et difficile. Les gens trop sages ne me convainquent pas : ils n'ont jamais été tentés… Mais vous, vous compreniez ! Vous saviez comment la vie vous tire à elle avec ses mains tentatrices ; et pourtant vous haïssiez les concessions qu'elle suggère, vous haïssiez la jouissance achetée au prix du mensonge, de la cruauté, de l'indifférence ! Jamais je n'avais connu personne qui vous ressemblât, qui fût aussi loyal, aussi généreux.

Elle parlait d'une voix basse et égale, sans larmes ni agitation, et chaque mot tombait comme du plomb brûlant dans le cœur du jeune homme. Il se tenait courbé en avant, la tête dans les mains, les yeux fixés sur la pointe du soulier de satin qui dépassait de la robe scintillante. Tout à coup il s'agenouilla et baisa le soulier.

Elle se pencha et plongea dans ses yeux un regard si profond qu'il en fut comme fasciné.

– Ne détruisons pas ce qui est votre œuvre ! s'écria-t-elle. Je ne peux pas revenir aux manières de penser que j'avais avant vous. Je ne peux vous aimer que si je renonce à vous…

Les bras de Newland se levaient, suppliants, mais elle s'éloigna doucement et ils se trouvèrent face à face, séparés par la distance que les paroles de la jeune femme avaient mise entre eux. Puis subitement la colère envahit Archer.

– Et Beaufort ? C'est sans doute lui qui va me remplacer auprès de vous ?

À peine avait-il prononcé ces paroles qu'il en eut honte. Mais son cœur était gonflé d'amertume, et il souhaita presque une réponse violente. Mme Olenska devint seulement un peu plus pâle et resta immobile, les bras pendants, la tête légèrement inclinée.

– Il vous attend maintenant chez Mrs. Struthers. Pourquoi n'allez-vous pas le retrouver ? ricana Archer.

Elle alla tirer le cordon de la sonnette.

– Je ne sortirai pas ce soir. Dites à la voiture d'aller chercher la signora Marchesa, dit-elle, quand la servante se présenta.

Une fois la porte refermée, Archer continua à regarder Mme Olenska avec des yeux mauvais.

– Pourquoi ce sacrifice, puisque l'isolement vous pèse ? Je n'ai aucun droit de vous retenir loin de vos amis…

Elle sourit sous ses paupières humides.

– Je ne serai pas seule maintenant. J'étais seule ; j'avais peur ; mais le vide et l'obscurité se sont dissipés. Désormais, quand je rentrerai en moi-même, je serai comme un enfant qui revient la nuit dans une chambre où il y a toujours une lumière.

Archer répéta, impatient :

– May est prête à me rendre ma liberté…

– Quoi ! trois jours après que vous êtes allé la supplier à genoux de hâter votre mariage ?

– Elle a refusé, ce qui me donne le droit…

– Le droit ? Vous m'avez appris combien ce mot-là est un vilain mot, dit-elle.

Archer éprouvait une fatigue indicible. C'était comme s'il eût, pendant des heures, fait des efforts surhumains pour remonter la paroi d'un précipice, et qu'au moment d'en atteindre le bord, son étreinte se relâchant, il retombât dans les ténèbres.

S'il avait pu reprendre la jeune femme dans ses bras, il aurait réfuté ses arguments. Mais toute la personne d'Ellen Olenska semblait enveloppée d'une douceur qui la rendait inaccessible : elle le tenait à distance, lui inspirant, par sa loyauté, un sentiment mêlé de crainte et de respect. Il insista de nouveau :

– Si nous nous sacrifions, ce sera pire pour tout le monde.

– Non, non, non ! cria-t-elle, comme s'il lui faisait peur.

Au même moment, la sonnette de la porte tinta. Ils n'entendirent pas de voiture s'arrêter, et restèrent sans mouvement, les yeux égarés.

Au-dehors, le pas rapide de Nastasia traversait le vestibule : la porte d'entrée s'ouvrit, se referma, et, un instant après, la servante parut, portant un télégramme qu'elle remit à la comtesse Olenska.

– La dame a été très heureuse des fleurs, dit Nastasia. Elle a cru que c'était son mari qui les envoyait ; elle a pleuré un peu, disant que c'était une folie.

Sa maîtresse sourit et prit l'enveloppe jaune. Puis, quand Nastasia fut partie et la porte refermée, elle tendit le télégramme à Archer. Daté de Saint-Augustin, à l'adresse de la comtesse Olenska, il annonçait :

> Télégramme de grand-mère plein succès. Parents acceptent mariage après Pâques. Je télégraphie à Newland. Suis bien heureuse. Vous aime tendrement. Votre reconnaissante
>
> May.

Une demi-heure plus tard, Archer, rentrant chez lui, trouva sur la table du vestibule une autre enveloppe jaune. C'était aussi une dépêche de May Welland.

> Parents consentent mariage mardi de Pâques à midi. Grace Church, huit demoiselles d'honneur. Veuillez voir pasteur. Si heureuse ! Tendrement
>
> May.

Archer chiffonna dans le creux de sa main la feuille de papier jaune, comme si, par ce geste, il eût pu annihiler les nouvelles qu'elle annonçait. Puis il tira un petit agenda de sa poche, en tourna les pages avec des doigts tremblants. Il ne trouva pas ce qu'il cherchait, et, serrant le télégramme dans sa poche, il monta l'escalier.

Une lumière brillait sous la porte de la petite chambre qui servait à Janey de cabinet de toilette et de boudoir. Newland frappa impatiemment à la porte, et Janey parut dans sa robe de chambre de flanelle violette, ses cheveux roulés sur des épingles à friser. Son visage était pâle et inquiet.

– Newland ! J'espère que ce télégramme ne contient pas de mauvaises nouvelles ? J'ai attendu exprès.

Sans répondre, il interrogea :

– Dis-moi ! Pâques tombe à quelle date cette année ?

Elle parut choquée d'une si païenne ignorance.

– Pâques ? Mais, la première semaine d'avril ! Pourquoi me demandes-tu cela, Newland ?

Il tourna encore quelques pages de son agenda, faisant un calcul rapide à voix basse.

– Tu dis : la première semaine ?

– Newland ! Qu'est-ce que tu as ?

– Je n'ai rien… sinon que je me marie dans six semaines.

Janey se jeta sur lui et le pressant contre elle :

– Oh ! Newland ! Quelle bonne nouvelle ! Je suis si heureuse ! Mais, mon chéri, pourquoi ris-tu comme ça ? Tais-toi. Tu vas réveiller maman.

LIVRE II

19

La journée de printemps était fraîche et le vent soufflait, chargé d'une poussière pénétrante.

Les vieilles dames des deux familles avaient exhumé leurs zibelines décolorées et leurs hermines jaunies ; une odeur de camphre s'élevait des premiers bancs de l'assistance, étouffant le doux parfum de printemps qui montait des lis autour de l'autel.

Newland Archer, sur un signal du suisse, était sorti de la sacristie, et avait pris place, avec son premier garçon d'honneur, le jeune Van der Luyden, sur les marches du chœur : le coupé de la mariée était en vue. Mais il fallait s'attendre encore à d'assez longs préliminaires sous le portail, où les huit demoiselles d'honneur se groupaient déjà en un bouquet d'avril.

C'était la règle : le fiancé devait témoigner de son empressement, en s'exposant ainsi seul aux regards de l'assemblée. Archer se résignait à cette formalité, comme à toutes les autres exigences d'un rite qui semblait venir de la nuit des temps. Il obéissait scrupuleusement aux injonctions agitées de son garçon d'honneur, comme autrefois les mariés qu'il avait dirigés à travers le même labyrinthe lui avaient obéi à lui-même.

Rien n'était oublié, ni les huit bouquets de lilas blanc et de muguet des demoiselles d'honneur, ni les boutons de manchettes (saphirs à montures d'or) des garçons d'honneur, ni l'épingle de cravate (un œil-de-chat) choisie pour le jeune Van der Luyden. Les offrandes destinées à l'évêque et au pasteur étaient en sécurité dans la poche du premier garçon d'honneur. Le déjeuner devait avoir lieu chez Mrs. Manson Mingott. Les bagages d'Archer y avaient été envoyés, ainsi que ses vêtements de voyage, et un compartiment avait été réservé dans le train qui devait emmener les jeunes mariés vers une destination inconnue. Le mystère sur le lieu où devait s'écouler la nuit nuptiale était l'élément le plus sacré du rite immémorial.

– Vous avez la bague ? chuchota le jeune Van der Luyden, tout neuf dans son rôle, et qui semblait écrasé sous le poids de sa responsabilité.

Archer fit le même geste que tous les mariés avaient fait avant lui : de sa main droite dégantée, il s'assura qu'il avait bien dans la poche de son gilet le petit anneau d'or gravé de leurs deux noms : « Newland à May, avril 187. » Puis il reprit son attente, son chapeau haut de forme et ses gants gris perle, soutachés de noir, serrés dans sa main gauche ; et il se remit à surveiller la porte de l'église.

La marche nuptiale de Haendel résonnait pompeusement sous les voûtes de stuc, évoquant la vision de tous les mariages auxquels Archer avait assisté avec une sereine indifférence, tandis que d'autres mariés s'avançaient vers l'autel.

« On dirait une première à l'Opéra », pensa-t-il.

Reconnaissant les mêmes figures dans les mêmes loges – non ! c'étaient des bancs –, il se demandait si, lorsque retentirait la trompette du jugement dernier, Mrs. Selfridge Merry aurait son même panache de marabout, Mrs. Beaufort ses mêmes diamants aux oreilles, son même sourire aux lèvres et si des avant-scènes étaient déjà réservées pour ces dames dans l'autre monde.

Ensuite, il eut le temps de passer la revue des visages familiers : les femmes curieuses, intéressées ; les hommes, maussades d'avoir eu à endosser leur redingote dès le matin, et ennuyés de la perspective d'avoir à jouer des coudes pour s'approcher du buffet après la cérémonie.

Il croyait entendre dire à Reggie Chivers : « C'est malheureux que le lunch soit chez la vieille Catherine ; mais on dit que Lovell Mingott l'a fait préparer par son chef : cela sera donc mangeable, si l'on peut s'en approcher. » Et sans doute Sillerton Jackson répondait avec autorité : « Ne vous a-t-on pas dit, mon cher ami, que le lunch sera servi par petites tables, à la nouvelle mode anglaise ? »

Les yeux d'Archer s'arrêtèrent un moment sur le banc de gauche, où sa mère, entrée au bras de Mr. Henry Van der Luyden, était assise. Elle pleurait doucement sous son voile de Chantilly, les mains dans le manchon d'hermine de sa grand-mère.

– Pauvre Janey, songea-t-il en regardant sa sœur, elle a beau se disloquer le cou, elle ne peut voir que les premiers rangs des Newland et des Dagonet, cossus mais poncifs.

En avant du ruban blanc tendu entre les bancs des deux familles et ceux des invités, il vit Beaufort, grand, haut en couleur, qui dévisageait les femmes de son air arrogant. À côté de lui se trouvait Mrs. Beaufort, couronnée de violettes et tout argentée de chinchilla. De l'autre côté du ruban, la tête bien lisse de Lawrence Lefferts semblait monter la garde pour préserver de toute offense l'implacable divinité du « Bon Ton ». Archer lui-même, en son temps, avait servi ce même dieu ; mais tout ce qui l'avait préoccupé alors lui paraissait, maintenant, une parodie enfantine de la vie.

Une discussion s'était élevée sur la question de savoir si les cadeaux de noces seraient exposés : les dernières heures avant le mariage en avaient été assombries. La question avait été résolue par la négative, Mrs. Welland ayant dit, des larmes de colère aux yeux : « J'aimerais autant lâcher les reporters dans ma maison ! » Archer, autrefois, aurait partagé cette opinion ; alors, tout ce qui concernait les coutumes de son petit monde lui semblait revêtir le caractère de l'absolu. Il trouvait aujourd'hui inconcevable que l'on s'agitât ainsi pour ces enfantillages. « Et pendant ce temps, pensait-il, il y a dans le monde des êtres réels, qui se débattent dans la vérité de la vie ! »

– Les voilà ! souffla le premier garçon d'honneur.

Mais le marié ne s'émut pas. Il savait que la porte de l'église ne s'ouvrait encore que pour le suisse, qui jetait un coup d'œil sur la scène avant de mobiliser ses forces. La porte fut doucement refermée, puis rouverte à deux battants ; un murmure courut dans l'assemblée : c'était la famille de la mariée.

Mrs. Welland marchait en tête, au bras de son fils aîné. L'expression de sa large figure rose avait la solennité voulue ; sa robe prune aux parements bleu pâle, sa petite capeline de satin ornée de plumes turquoise éveillèrent l'approbation générale. Mais avant que l'imposant frou-frou des jupes de soie se fût apaisé, les spectateurs se retournaient pour apercevoir la suite du cortège. De vagues rumeurs avaient circulé la veille ; on disait que Mrs. Manson Mingott, malgré son obésité impotente, prétendait assister à la cérémonie. Comment pourrait-elle traverser la nef ? Quel siège serait assez vaste pour la contenir ? On savait qu'elle avait envoyé son menuisier examiner la possibilité d'élargir le premier banc, mais le résultat avait été négatif. Sa famille avait passé une journée d'angoisse, pendant qu'elle délibérait sur le projet de se faire rouler dans son énorme chaise et de trôner devant le chœur.

L'exhibition de sa monstrueuse personne était apparue si fâcheuse à ses parents qu'ils auraient volontiers couvert d'or le génie qui avait découvert que la chaise de

Mrs. Mingott était trop large pour passer entre les supports de la tente dressée à la porte de l'église. L'idée de renoncer à cette tente, d'exposer la mariée à la curiosité des couturières et des journalistes, eut raison du courage de la vieille Catherine. « Comment ! on pourrait photographier ma fille et la mettre dans les journaux ! » s'était écriée Mrs. Welland. Le clan tout entier avait reculé devant une pareille inconvenance. L'ancêtre avait dû céder, contre la promesse que le repas de noces aurait lieu sous son toit. Les amis de la famille qui habitaient autour de Washington Square trouvaient que la maison des Welland aurait été d'accès plus facile, et qu'il était dur d'avoir à débattre avec Brown le prix de la voiture qui les mènerait à l'autre bout de la ville.

Tout le monde connaissait ces négociations par les Jackson ; mais une minorité d'esprits hardis croyait encore que Mrs. Mingott assisterait à la cérémonie, et un léger refroidissement se manifesta dans l'allégresse générale quand on vit que Mrs. Lovell Mingott remplaçait sa belle-mère. Mrs. Lovell Mingott avait ce teint échauffé et ce regard vide des femmes d'âge et d'embonpoint engoncées dans des robes neuves ; mais quand on fut revenu du désappointement causé par l'absence de Mrs. Manson Mingott, on convint que la robe de satin lilas voilée de Chantilly et le chapeau en violettes de Parme de sa belle-fille s'harmonisaient heureusement à la toilette prune et bleue de Mrs. Welland. Toute différente était l'impression produite par la grande femme maigre et minaudante qui, dans une étrange confusion de rayures, de franges, d'écharpes flottantes, défilait au bras de Mr. Mingott. À cette dernière apparition, le cœur d'Archer se contracta.

Il avait cru que la marquise Manson était depuis six semaines à Washington avec Ellen Olenska. On attribuait leur brusque départ au désir qu'avait eu la nièce de soustraire sa tante à la funeste éloquence du docteur

Agathon Carver. N'était-il pas sur le point de faire d'elle une recrue pour « La vallée de l'amour » ? Archer se demandait qui allait paraître derrière la fantasque Medora. Mais le cortège finissait là : les parents plus éloignés avaient déjà pris leurs places. Les huit garçons d'honneur se réunissaient pour aller rejoindre au bas de la nef les huit demoiselles d'honneur.

– Newland ! La voilà ! chuchota son jeune cousin. Archer sursauta.

Il avait dû perdre conscience de ce qui se passait autour de lui. La procession blanche et rose était déjà parvenue à la moitié de la nef : l'évêque et le pasteur, accompagnés de deux assistants en surplis blancs, se tenaient devant l'autel fleuri, et les premiers accords de la Symphonie de Spohr tombaient sous les pas de la mariée comme des bouquets de roses.

Archer ouvrit les yeux (les avait-il vraiment fermés, comme il le croyait ?) et son cœur se dilata. La musique, la senteur printanière des lis, la vision de May, qui flottait vers lui dans un nuage de tulle, le visage de sa mère, baigné d'heureuses larmes, le murmure des paroles du pasteur, les évolutions symétriques du cortège d'honneur, tous ces mouvements, tous ces bruits bien connus lui semblaient maintenant étranges et dépourvus de sens.

« Mon Dieu ! pensa-t-il, ai-je bien la bague ? » et il refit le geste nerveux de tous les mariés. Un instant après, May se trouvait à côté de lui, et le cœur figé du jeune homme se ranima au contact de cette pureté rayonnante.

« Réunis ici sous le regard de Dieu… » L'office commençait. La bague avait été passée au doigt de May ; les mariés avaient reçu la bénédiction de l'évêque ; les demoiselles d'honneur se préparaient à reprendre leurs places dans la procession, et la marche nuptiale de Mendelssohn roulait sous la voûte de la nef.

– Votre bras, donnez-lui votre bras ! dit, entre ses dents, Van der Luyden.

Archer eut de nouveau la sensation de revenir de très loin. Comment son imagination s'égarait-elle ainsi ? Était-ce pour avoir aperçu dans la foule anonyme cette masse de cheveux sombres, sous le bord d'un chapeau ? Mais, un instant après, ce n'était qu'une dame inconnue au long nez. Il aurait pu rire de s'y être presque trompé, et se demander s'il devenait le jouet d'hallucinations.

Lentement il descendit la nef avec May : les ondes rythmées de la marche les accompagnèrent jusqu'aux portes grandes ouvertes, au travers desquelles la belle journée de printemps semblait les accueillir. Les alezans de Mr. Welland, ornés de gros nœuds de ruban blanc, piaffaient devant la tente.

Le valet de pied, décoré aussi d'une cocarde blanche, enveloppa May d'un manteau neigeux, et Archer sauta dans le coupé à côté d'elle. Elle se retourna vers lui avec un sourire triomphant et leurs mains s'unirent sous les voiles de tulle.

– Chérie ! dit Archer, et de nouveau l'abîme s'ouvrait devant lui, pendant que sa voix articulait tendrement et gaiement : J'ai cru avoir perdu la bague. Ce frisson-là fait partie de la cérémonie ! C'est un peu votre faute, vous m'avez bien fait attendre ! J'ai eu le temps d'imaginer mille catastrophes.

En pleine Cinquième Avenue, May l'étonna en lui jetant les bras autour du cou :

– Mais rien ne peut nous arriver maintenant, dit-elle, puisque nous sommes ensemble !

Tous les détails de la journée avaient été si soigneusement réglés qu'après le déjeuner les jeunes mariés eurent tout le temps nécessaire pour se préparer au départ. En tenue de voyage, ils descendirent le large escalier de Mr. Mingott, escortés de la bande rieuse des demoiselles d'honneur ; ils embrassèrent leurs parents et montèrent dans la voiture qui les attendait, tandis qu'on jetait derrière eux la traditionnelle averse de riz et la pantoufle de satin. Ils purent choisir, sans se presser, à la bibliothèque de la gare, les magazines de la semaine, avec l'air détaché de voyageurs ordinaires, et enfin s'installer dans le compartiment réservé, où la femme de chambre de May avait déjà placé le manteau gris palombe et le sac de voyage, flambant neuf, et qui venait de Londres.

Les vieilles tantes de Rhinebeck avaient mis leur maison à la disposition des jeunes mariés, avec un empressement peut-être dû à la perspective séduisante d'un séjour chez Mr. Archer. Newland, heureux d'échapper aux hôtels de Baltimore ou de Philadelphie, où il était d'usage de passer les premiers quinze jours de la lune de miel, avait accepté la proposition de grand cœur.

May, enchantée d'aller à la campagne, s'était amusée comme une enfant des vains efforts des huit demoiselles d'honneur pour arriver à savoir le lieu de la mystérieuse retraite.

Quand les mariés furent installés dans leur compartiment, que le train eut dépassé les faubourgs et fut entré dans la campagne printanière, la conversation devint plus aisée qu'Archer ne l'avait espéré. May était encore la naïve jeune fille de la veille : elle discutait avec une impartialité de simple témoin tous les incidents de la journée.

Archer avait pensé d'abord que ce détachement provenait d'un trouble secret ; mais les yeux clairs de la jeune mariée ne révélaient qu'une tranquille ignorance. Elle était seule, pour la première fois, avec son mari ; pourtant, de toute évidence, elle ne voyait encore en lui que le charmant camarade de toujours. Elle le préférait à tous, avait la plus grande confiance en lui, et, pour elle, le point culminant de la belle aventure des fiançailles et du mariage était de voyager seule avec lui comme une grande personne – mieux encore, comme une femme mariée ! C'était étonnant que cette profondeur de sentiment qu'elle avait révélée dans le jardin de la mission espagnole pût s'allier à une telle absence d'imagination. Mais Archer se rappelait avec quelle promptitude, sitôt sa conscience délivrée du poids qui l'oppressait, elle était revenue, ce jour-là, à sa candeur innocente, et il comprit que, dans la vie, elle s'adapterait aux circonstances sans jamais les devancer. Cette faculté de ne pas savoir, de ne pas prévoir, donnait peut-être à ses yeux leur limpidité. Son visage semblait appartenir à un type plutôt qu'à une personne : elle aurait pu poser pour une Vertu civique ou pour une Divinité grecque. Le sang qui coulait si près de sa peau blanche semblait plutôt un fluide préservateur qu'un élément de combustion. Cependant, sa jeunesse n'était pas insensible : elle n'était que primitive et pure.

Comme il en était là de ses réflexions, Archer se rendit compte qu'il posait sur sa femme le regard d'un étranger ; rapidement il se mit à évoquer avec elle les souvenirs du repas de noces, au-dessus desquels planait la personnalité de la grand-mère Mingott, énorme et ravie.

May, toute joyeuse, répondit avec une franche gaieté :

– J'ai été bien étonnée que ma tante Medora se soit décidée à venir. Et vous ? Ellen avait écrit qu'elles étaient encore trop fatiguées toutes deux pour faire le voyage. C'est Ellen que j'aurais voulu avoir ! Avez-vous vu quelle magnifique dentelle ancienne elle m'a envoyée ?

Archer savait qu'une allusion à Ellen devait se produire tôt ou tard, mais il croyait qu'à force de volonté il pourrait la retarder.

– Oui… je… non… magnifique ! bégaya-t-il.

Il regardait May avec des yeux d'aveugle, et se demandait si, chaque fois qu'il entendrait ces deux syllabes, il ne sentirait pas s'écrouler le fragile château de cartes de sa vie.

Le train s'arrêta à la gare de Rhinebeck : dans le crépuscule printanier, ils traversèrent le quai pour gagner la voiture qui les attendait.

– Ces bons Van der Luyden ! Ils ont envoyé leur domestique au-devant de nous ! s'écria Archer, en voyant un personnage à la mine grave, qui s'approchait et prenait les bagages des mains de la femme de chambre.

– Mille excuses, monsieur, dit le domestique ; un petit accident est arrivé chez ces demoiselles du Lac ; une fuite dans le réservoir. L'accident est arrivé hier : Mr. Van der Luyden, prévenu, a aussitôt fait partir une femme de chambre pour préparer la maison du Patroon. J'espère que vous la trouverez suffisamment confortable. Ces demoiselles ont envoyé leur cuisinière, et vous serez aussi bien qu'à Rhinebeck.

Archer regarda le domestique avec une sorte de stupeur :

– Ce sera tout à fait la même chose, monsieur, répétait celui-ci.

Ce fut May qui lança d'une voix allègre :

– La même chose que Rhinebeck... la maison du Patroon ? Mais ce sera mille fois mieux, n'est-ce pas, Newland ? Quelle charmante pensée ont eue les Van der Luyden !

Pendant que la voiture roulait, la femme de chambre à côté du cocher et les reluisants sacs de voyage sur le strapontin, la jeune femme continua, très animée :

– Croiriez-vous que je n'y suis jamais entrée ! Et vous ? Les Van der Luyden la montrent si peu ! Ils l'ont ouverte pour Ellen : c'est elle qui m'a dit que c'était un bijou, la seule maison d'Amérique où elle pourrait être parfaitement heureuse.

Et elle ajouta, avec son sourire juvénile :

– C'est notre chance qui commence : la chance merveilleuse que nous aurons toujours ensemble.

20

– Naturellement, ma chérie, nous acceptons le dîner chez les Carfry, disait Archer.

Les nouveaux mariés prenaient leur petit déjeuner dans le salon meublé de cretonne luisante de leur logement de Londres. Un brouillard opaque assombrissait les vitres, et un feu d'anthracite rougeoyait derrière la grille en acier poli.

May, le front anxieux, regarda son mari par-dessus la lourde théière en métal anglais derrière laquelle elle trônait.

Dans ce pluvieux désert d'un Londres automnal, les Newland Archer ne connaissaient exactement que deux personnes, et encore les avaient-ils évitées avec soin. C'était une des traditions de dignité du vieux New York : on ne s'imposait pas aux relations que l'on pouvait avoir en pays étranger.

Mrs. Archer et Janey, au cours de leurs nombreux voyages en Europe, avaient rigoureusement observé cette règle, et opposé une si impénétrable réserve aux avances de leurs compagnons de voyage qu'elles avaient presque réussi à ne jamais échanger un mot avec des « étrangers » autres que des employés d'hôtel et de chemin de fer. Envers ceux de leurs compatriotes qui ne leur étaient pas personnellement connus, leur attitude était plus réservée encore. Ainsi, à moins qu'elles ne rencontrassent un Chivers, un Dagonet ou un Mingott, les périodes de voyage se passaient pour elles dans un tête-à-tête ininterrompu. Pourtant une nuit, à Botzen, une des dames anglaises qui occupaient la chambre vis-à-vis celle de Mrs. Archer et de sa fille (Janey connaissait, dans tout leur détail, le nom, les toilettes et la position sociale de ses voisines) vint frapper à la porte de Mrs. Archer et lui demanda du secours. Mrs. Carfry venait d'être prise d'une bronchite aiguë. Elle fut gravement malade. Elle voyageait seule avec sa sœur, Miss Harle, et toutes deux furent profondément reconnaissantes aux dames Archer des soins attentifs dont celles-ci les entourèrent.

Les Archer quittèrent Botzen sans penser revoir jamais Mrs. Carfry et Miss Harle. Mrs. Archer n'aurait pas songé à s'imposer à l'attention d'une étrangère pour un service qu'elle avait eu occasion de lui rendre. Mrs. Carfry et sa sœur, au contraire, ne connaissaient d'autre code que celui d'une éternelle reconnaissance. Avec une fidélité touchante, elles étaient aux aguets, ne manquant pas une occasion de revoir Mrs. Archer et Janey, quand celles-ci venaient en Europe. Les relations devinrent de plus en plus étroites : quand Mrs. Archer et Janey descendaient à l'hôtel Brown, à Londres, elles y étaient attendues par de sympathiques amies. Ces dames avaient les mêmes goûts : elles faisaient de la dentelle, lisaient des Mémoires édifiants, et échangeaient leurs appréciations sur les prédicateurs en renom. Comme le disait Mrs. Archer, Londres était tout autre depuis qu'elles connaissaient Mrs. Carfry et Miss Harle. Aussi, au moment du mariage de Newland, ne manqua-t-on pas d'envoyer un faire-part aux deux dames anglaises. Celles-ci répondirent par l'envoi d'un joli bouquet de fleurs alpines séchées, sous verre. Sur le quai, au moment des adieux, la dernière recommandation de Mrs. Archer fut : « N'oublie pas d'aller présenter May à Mrs. Carfry. »

Archer et sa femme se disposaient à oublier ; mais Mrs. Carfry, avec son habituelle sagacité, les avait découverts et invités à dîner. C'était sur cette invitation que May fronçait les sourcils en savourant son thé et ses muffins.

– Vous, Newland, vous les connaissez. Mais moi, je serais affreusement intimidée chez des personnes que je n'ai jamais vues... Et puis, je ne sais pas comment m'habiller...

Newland se renversa sur sa chaise ; il sourit à sa jeune femme : jamais elle n'avait été plus belle, plus divine. Était-ce l'humidité de l'air anglais qui avait avivé son teint, adouci le contour de ses traits ; ou bien était-ce le rayonnement du bonheur qui éclairait son visage ?

– Comment vous habiller, ma chérie ? N'avez-vous pas reçu de Paris, la semaine dernière, toute une caisse de robes neuves ?

– Certes, mais... laquelle mettre ? Je n'ai jamais dîné en ville à Londres, et je ne voudrais pas être ridicule...

Il essaya de comprendre sa perplexité :

– Les Anglaises ne s'habillent donc pas comme tout le monde le soir ?

– Newland ! Vous savez bien qu'elles vont au théâtre sans chapeaux, dans leurs robes du soir défraîchies.

– Alors, c'est sans doute chez elles qu'elles portent leurs robes du soir neuves... Mais, pour Mrs. Carfry et Miss Harle, elles auront des bonnets comme maman, et des châles... de jolis châles souples.

– Certainement ; mais les autres dames, comment seront-elles ?

Archer se demanda ce qui avait pu développer subitement chez May cette préoccupation nerveuse de la toilette qu'il avait aussi bien observée chez Janey. Il eut une inspiration :

– Pourquoi ne pas mettre la robe de votre mariage ?...

– Si je l'avais seulement ! Mais elle est à Paris, chez Worth, qui doit la transformer pour l'hiver prochain.

– Alors, je ne vois pas… (Il se leva.) Tenez ! Le brouillard se lève. Si nous allions jusqu'à la National Gallery essayer de voir les tableaux ?

Les Newland Archer étaient de passage à Londres, au retour du voyage de noces que May, dans ses lettres à ses amies, décrivait brièvement en le qualifiant d'« enchanteur ». Après un mois passé à Paris à courir les couturières en vogue, May avait manifesté le désir de faire de l'alpinisme pendant le mois de juillet, et de la natation en août. Ce programme avait été ponctuellement exécuté. Ils avaient passé le mois de juillet à Interlaken et à Grindelwald, et le mois d'août dans le petit bourg d'Étretat, sur la côte normande, recommandé comme tranquille et pittoresque. Une ou deux fois, dans la montagne, Archer avait montré la direction du Midi : « L'Italie ! » avait-il dit, et May, les pieds dans un fouillis de gentianes, avait répondu, avec son gai sourire : « Oui, l'hiver prochain, si vous n'étiez pas retenu à New York, ce serait charmant d'aller à Rome. » En réalité, les voyages la laissaient encore plus indifférente qu'Archer ne l'avait imaginé. Elle n'y cherchait, une fois ses toilettes choisies, que des occasions de faire du « sport », marcher, monter à cheval, nager, et aussi s'entraîner au nouveau jeu passionnant du *lawn-tennis* ; et quand, enfin, ils s'arrêtèrent à Londres pour une quinzaine, afin qu'Archer à son tour passât aux mains de son tailleur, elle ne cacha plus son impatience de rembarquer. À Londres, rien ne l'intéressait que les théâtres et les magasins. Encore trouvait-elle les théâtres moins amusants que les cafés chantants de Paris, où, sous les marronniers en fleur des Champs-Élysées, elle avait entendu des chansons dont son mari lui traduisait les quelques couplets présentables aux oreilles d'une jeune mariée.

Archer en revenait à sa conception héréditaire du mariage. Se conformer à la tradition, ne demander à May que ce qu'il avait vu ses amis demander à leurs femmes, c'était plus aisé que de faire l'expérience dont, jeune homme, il avait rêvé. Pourquoi émanciper une femme qui ne se doutait pas qu'elle fût sous un joug ? Le seul usage qu'elle ferait de son indépendance serait d'en offrir le sacrifice à l'autel conjugal. Tout tendait donc à ramener Archer aux vieilles idées. S'il y avait eu de la mesquinerie dans la simplicité de May, il se serait irrité, révolté. Or le caractère de la jeune femme était d'un dessin aussi noble que celui de son visage, et elle semblait être la divinité tutélaire de toutes les traditions qu'il avait révérées.

Ces belles qualités faisaient d'elle la plus aimable compagne mais n'animaient guère le voyage. Archer comprenait pourtant que, dans le milieu qui les attendait, elles reprendraient leur valeur. Ses goûts à lui, littéraires et artistiques, trouveraient leur aliment, comme par le passé, au-dehors ; mais son intérieur n'aurait rien d'étouffant, et quand les enfants viendraient, rien ne manquerait à la douceur de leur vie commune.

Ainsi méditait Archer pendant le long trajet de Mayfair à South Kensington, où habitait Mrs. Carfry. Lui aussi aurait préféré se soustraire à l'invitation de leurs amies.

– Il n'y aura probablement personne chez Mrs. Carfry ; Londres est désert en ce moment, et vous serez trop habillée, disait-il à May, assise près de lui dans le *hansom*, si belle et immaculée dans son manteau bleu de ciel bordé de cygne que cela semblait presque coupable de l'exposer à la suie de Londres.

– Je ne veux pas laisser croire qu'une Américaine ne sait pas s'habiller, répliqua-t-elle ; et Archer fut frappé de nouveau par le respect religieux que la moins mondaine de ses compatriotes portait au prestige de la toilette.

« C'est leur armure, leur défense contre l'inconnu », pensa-t-il. Et il comprit pourquoi May, qui n'aurait pas songé à nouer un ruban dans ses cheveux pour lui plaire, avait pu apporter tant de sérieux et de solennité à choisir et à commander ses nombreuses robes.

Chez Mrs. Carfry, il n'y avait en effet que très peu de monde : la maîtresse de maison et sa sœur, un aimable pasteur avec sa femme, un jeune neveu de Mrs. Carfry, et son précepteur français, un petit brun, nerveux, à l'œil vif. Sur ce groupe un peu terne, dans ce salon faiblement éclairé, May se détachait comme un cygne voguant dans la gloire d'un soleil couchant ; elle semblait à son mari plus grande, plus belle, dans le bruissement de son élégance ; et cependant il devina que son animation et sa rougeur cachaient une timidité presque enfantine.

Le dîner fut languissant. May ne parlait guère que de son pays, de choses locales. Archer remarqua que si elle provoquait l'admiration par sa beauté, elle décourageait la conversation. Le pasteur abandonna bientôt la partie ; mais le précepteur poursuivit galamment l'entretien.

Quand les dames se furent levées pour retourner au salon, le pasteur prit congé, se rendant à un meeting ; le neveu, jeune homme timide et de santé délicate, se retira également. Archer resta seul à boire du porto, dans la salle à manger, en compagnie du précepteur ; et il se trouva soudain lancé dans une conversation comme il n'en avait pas eu depuis sa dernière discussion philosophique avec Ned Winsett. Le neveu de Mrs. Carfry, menacé de tuberculose, avait dû passer deux ans dans le doux climat du Léman. Il avait été confié à M. Rivière, qui venait de le ramener en Angleterre, et devait rester avec lui jusqu'à son entrée à Oxford. M. Rivière ajouta qu'il serait alors obligé de chercher une nouvelle situation.

« Il la trouvera facilement », pensa Archer, très impressionné par les connaissances variées et les dons naturels du jeune Français. M. Rivière était un homme de trente ans environ, maigre, de visage plutôt laid et que May aurait qualifié de « commun », avec des traits d'une extrême mobilité. Fils d'un diplomate, il aurait dû suivre la carrière de son père ; mais il avait le démon de la littérature et il s'était lancé dans le journalisme. À Paris, il avait connu Flaubert, fréquenté le grenier des Goncourt et causé avec Mérimée. Mais le succès n'avait pas couronné ses rêves d'écrivain : une mère et une sœur à sa charge, et, comme tant d'autres, il avait succombé sous le poids des soucis matériels. Sa situation pécuniaire ne semblait guère meilleure que celle de Ned Winsett ; il lui restait d'avoir vécu dans un monde unique pour ceux qui ont le goût des idées. C'était justement parce que ce pauvre Winsett avait le goût des idées qu'il dépérissait à New York : Archer enviait pour son ami le sort du jeune précepteur, qui, si pauvre d'argent, s'était par ailleurs si richement alimenté.

– Garder intactes sa liberté intellectuelle, ses facultés critiques, c'est cela, monsieur, qui prime tout. C'est pour cette indépendance que j'ai abandonné le journalisme et que j'ai accepté de devenir précepteur. Le métier est quelquefois bien aride ; mais on a la liberté de son esprit. On peut écouter et réfléchir, on peut causer. Ah ! la conversation ! Il n'y a rien de tel, n'est-ce pas ? L'air qui circule autour des idées est le seul air respirable. Je n'ai jamais regretté d'avoir abandonné la diplomatie et le journalisme, ces deux formes différentes d'abdication.

Tout en parlant, il fixait sur Archer des yeux ardents ; il continua :

– Voyez-vous, monsieur, pouvoir regarder la vie en face, être maître de sa pensée, cela vaut bien la peine de vivre dans une mansarde. Il est vrai qu'il faut encore gagner de quoi payer la mansarde, et j'avoue que la perspective de vieillir dans la peau d'un précepteur ou d'un obscur secrétaire est presque aussi réfrigérante que celle de finir chargé d'affaires à Bucarest… Je me dis quelquefois que je devrais faire un grand plongeon. Croyez-vous, par exemple, qu'il y aurait une place pour moi à New York ?

Archer le regarda, étonné. New York ! Pour un jeune homme qui avait fréquenté Mérimée et les Goncourt, et qui ne s'intéressait qu'à la vie intellectuelle !…

– Vous tenez particulièrement à New York ? bégaya-t-il, se demandant ce que sa ville natale pouvait offrir à un jeune homme pour qui l'échange des idées paraissait une condition indispensable.

Une rougeur subite envahit le visage bistré de M. Rivière.

– N'est-ce pas, chez vous, le centre de la vie intellectuelle ? répondit-il. (Puis, comme s'il craignait d'avoir été indiscret, il s'empressa d'ajouter :) On fait comme cela des projets… Du reste, pour le moment, il ne peut être question de rien…

Dans le *hansom*, pendant le trajet du retour, Archer était encore sous l'impression de cette causerie avec M. Rivière ; il avait senti passer un air nouveau. Son premier mouvement avait été d'inviter le jeune homme à dîner. Il hasarda :

– Ce précepteur est intéressant ; nous avons causé, après dîner, de livres et d'un tas de choses…

May sortit d'un de ses silences rêveurs auxquels Archer avait prêté une signification mystérieuse avant que six mois d'intimité conjugale ne lui en eussent démontré le vide.

– Ce petit Français ? Il est bien commun, répondit-elle froidement.

Archer comprit qu'elle était humiliée d'avoir été invitée pour rencontrer un pasteur et un précepteur français. Non que ce fût chez elle affaire de snobisme, mais l'orgueil du vieux New York exigeait les plus grands égards à l'étranger. Si les parents de May avaient reçu les Carfry dans la Cinquième Avenue, ils leur auraient offert des convives présentables.

Il demanda, non sans un peu de mauvaise humeur :

– En quoi l'avez-vous trouvé commun ?

– Les gens de cette sorte manquent toujours d'usage. Mais, bien entendu, ajouta-t-elle avec humilité, je ne suis pas juge de ses mérites intellectuels.

Archer détestait sa manière de prononcer : « intellectuel » et « commun ». Il se surprenait à souligner de plus en plus à ses propres yeux certaines façons de May qui le choquaient. En somme, elle avait toujours eu le même point de vue : celui du monde qui les entourait, celui qu'Archer lui-même avait accepté jusque-là, le seul que pût avoir une femme « bien ». Et il fallait pourtant, si l'on se mariait, épouser une femme « bien » !

– Tant pis ; je ne l'inviterai pas à dîner, conclut-il en riant.

May reprit, scandalisée :

– Quoi ! Vous pensiez à inviter le précepteur des Carfry ?

– Ma foi, oui : j'aurais assez aimé le revoir. Il voudrait trouver une situation à New York.

La surprise de May allait grandissant.

– Une situation à New York ? Je ne vois pas laquelle. On n'a pas de précepteurs français chez nous… Qu'est-ce qu'il viendrait faire à New York ?

– Il cherche un milieu où il pourrait satisfaire son goût de la conversation, dit Archer avec une pointe d'ironie.

May se mit à rire :

– Comme c'est drôle, Archer ! Comme c'est français !

À tout prendre, il n'était pas fâché du refus de May : une seconde rencontre avec M. Rivière aurait ramené cette question d'une situation à trouver ; et, plus il y réfléchissait, moins Archer voyait le moyen de trouver un emploi pour un jeune intellectuel français dans le New York qu'il connaissait.

21

La pelouse ensoleillée, bordée de géraniums rouges et de coléus, étendait jusqu'à la falaise son gazon d'émeraude. Au-delà, on voyait la grande mer étincelante.

Le long du chemin serpentant jusqu'à la falaise, des vases de fonte d'un brun chocolat laissaient tomber leurs gerbes de géraniums-lierres et de pétunias sur le gravier fraîchement ratissé. La maison, construite en bois et de forme carrée, était peinte en brun comme les vases. Le toit de la véranda, avec ses bandes brunes et jaunes, simulait un grand store. Au milieu de la pelouse deux cibles se détachaient en blanc sur un fond de verdure. En face, était plantée une tente autour de laquelle étaient disposés des sièges d'osier. Des femmes en toilettes d'été, des hommes en redingote grise et chapeau haut de forme causaient en groupes animés. À un signal, une svelte jeune fille en robe de mousseline empesée sortait de la tente, un arc à la main, et décochait sa flèche. Alors il se faisait un grand silence et tous les yeux se braquaient sur la cible.

Archer, debout sous la véranda, regardait curieusement cette scène. Des aloès dans de grands pots de faïence turquoise, placés sur des socles jaunes, flanquaient les marches du perron ; et, en contrebas de la véranda, s'épanouissait une bordure d'hortensias bleus et de géraniums rouges. Derrière le jeune homme, les portes-fenêtres à la française, garnies de rideaux de dentelle ondoyants, laissaient entrevoir, sur le parquet du salon, des poufs de cretonne, des fauteuils crapauds, et de petites tables recouvertes de velours, chargées de minuscules bibelots d'argent.

La réunion annuelle du Tir à l'arc de Newport avait toujours lieu chez les Beaufort. Ce sport n'avait connu jusqu'alors d'autre rival que le croquet ; mais il allait bientôt abdiquer devant le *lawn-tennis*, quoique ce dernier jeu fût encore considéré comme trop violent, trop inélégant, et convenant mal aux réunions mondaines : pour faire valoir de fraîches toilettes et de gracieuses attitudes, rien ne valait le tir à l'arc.

Archer assistait en étranger à ce spectacle familier. Comment la vie pouvait-elle continuer aussi pareille, quand lui-même était devenu si différent ? C'était à Newport qu'il avait, pour la première fois, compris l'étendue du changement qui s'était fait en lui. À New York, l'hiver précédent, après s'être installé avec May dans leur maison neuve, la reprise de ses habitudes, de son activité professionnelle, l'avait aidé à renouer avec le passé. Puis il s'était intéressé au choix d'un brillant steppeur gris, destiné au coupé de May ; bravant la désapprobation de la famille, il avait arrangé sa bibliothèque selon les idées nouvelles : sur les murs un papier sombre, imitant le cuir, qui s'harmonisait aux bibliothèques *Eastlake.* Et il avait voulu de grands fauteuils lourds, bas et trapus, dans le style nouveau des « meubles sincères ». Au Century Club il avait retrouvé Ned Winsett, et au Knickerbocker Club les jeunes élégants de son milieu. Ainsi, entre ses heures de bureau, les dîners en ville du jeune ménage et ceux qu'ils donnaient eux-mêmes, les soirées à l'Opéra ou à la Comédie, ce premier hiver lui avait paru la continuation des hivers précédents.

Mais à Newport, il n'était relevé des obligations professionnelles que pour subir celle des amusements. En vain avait-il proposé à May de passer l'été sur la côte du Maine, dans une île éloignée où quelques Bostoniens hardis campaient au milieu de magnifiques paysages. Les Welland allaient toujours à Newport, où ils possédaient une villa carrée sur la falaise. Mrs. Welland fit comprendre à son gendre qu'il était inutile que May se fût fatiguée à essayer des toilettes d'été à Paris, si elle ne devait pas les porter. May elle-même ne pouvait comprendre la répugnance d'Archer à passer un été mondain à Newport. L'endroit lui avait toujours plu autrefois : pourquoi ne lui plairait-il plus maintenant qu'il s'y trouvait avec sa femme ? Il n'y avait rien à répondre à cela.

Certes, il n'était pas insensible au bonheur d'être le mari d'une des plus belles femmes de New York, surtout quand cette femme était en même temps parfaitement gracieuse et raisonnable. Si le souvenir de la tempête qui l'avait secoué à la veille de son mariage le hantait encore, il était décidé à n'y voir que le dernier épisode du roman de sa jeunesse. L'idée que, de sang-froid, il avait pu penser un instant à épouser la comtesse Olenska, lui semblait parfaitement absurde. Ellen n'était plus pour lui qu'une image émouvante parmi les fantômes du passé. Et pourtant ce passé n'avait pas cessé de l'obséder, et ce beau monde de Newport, affairé à son puéril plaisir, le choquait comme s'il avait vu des enfants jouer sur une tombe.

Il entendit un bruissement de jupes, et la marquise Manson parut derrière lui. Comme à son ordinaire, elle arborait un de ces accoutrements bizarres dont elle avait le secret. Elle portait une capeline de paille d'Italie retenue par des enroulements de gaze fanée ; sur son épaule se balançait une petite ombrelle de velours noir à manche d'ivoire ciselé.

– Mon cher Newland ! J'ignorais que vous fussiez ici avec May… Vous n'êtes arrivé qu'hier, dites-vous ?… Le devoir professionnel ! Je comprends… Beaucoup de maris, je le sais, ne peuvent rejoindre leurs femmes que pour la fin de semaine. (Elle pencha la tête de côté et regarda Archer d'un air langoureux.) Mais le mariage est un long sacrifice : je l'ai souvent dit à mon Ellen.

Archer se sentit comme un arrêt au cœur. Une fois déjà, il avait éprouvé cette sensation d'être séparé du monde extérieur. Puis il entendit Medora répondre à une question qu'il avait dû lui poser sans s'en rendre compte :

– Non, disait-elle, je ne suis ici qu'en passant : je viens de Portsmouth où je suis chez les Blenker. Beaufort a été assez aimable pour envoyer ses fameux trotteurs me chercher ce matin, afin que je puisse entrevoir la garden-party de Regina. Ce soir, je retourne chez mes amis. Ces chers originaux ont loué une vieille ferme où ils réunissent des gens intéressants. (Elle baissa ses paupières et ajouta, rougissant légèrement :) Cette semaine, le docteur Agathon Carver doit organiser une série de réunions pour parler de la « Pensée intérieure ». Quel contraste avec ce joli spectacle ! fit-elle, minaudant. Mais j'ai toujours vécu de contrastes ! Pour moi, la monotonie, c'est la mort. J'ai toujours dit à mon Ellen : « Méfie-toi de la monotonie : elle est mère de tous les péchés mortels. » Mais ma pauvre enfant traverse une phase d'exaltation, d'horreur du monde. Vous savez sans doute qu'elle a refusé de venir à Newport, même chez sa grand-mère Mingott. Et quel mal j'ai eu pour l'amener avec moi chez les Blenker ! Ah ! si seulement elle m'avait écoutée, quand il était encore temps ! Son mari lui rouvrait la porte… Mais si nous descendions sur la pelouse ? Je sais que votre May concourt pour le prix.

Ils virent venir à eux Beaufort, une orchidée à la boutonnière. Archer, qui ne l'avait pas revu depuis quelques mois, le trouva changé. Haut en couleur et trop serré dans sa redingote anglaise, il paraissait lourd et bouffi dans la lumière crue de ce jour d'été. Toutes sortes de rumeurs circulaient à son propos. Il venait de faire sur son yacht une longue croisière aux Antilles, et on disait qu'à chaque escale on l'avait vu en compagnie d'une dame qui ressemblait beaucoup à Miss Fanny Ring. Le yacht luxueux, avec ses salles de bains et ses cabines tendues de soie, passait pour avoir coûté un million de dollars ; et le collier de perles que Julius Beaufort, à son retour, avait offert à sa femme avait la magnificence d'un don expiatoire. La fortune du banquier était de taille à supporter ce train ; pourtant d'inquiétantes rumeurs persistaient à courir dans Wall Street. Pour les uns, il avait fait des spéculations malheureuses sur les chemins de fer ; d'après d'autres, il se serait laissé dévorer par une demi-mondaine rapace. À chacun de ces mauvais bruits, Beaufort répondait par une nouvelle prodigalité : il agrandissait ses serres, achetait un nouveau cheval de course, ajoutait à sa collection un Meissonier ou un Cabanel.

Ce fut de son air moqueur accoutumé qu'il aborda la marquise et Newland.

– Eh bien, Medora ! Vous voilà ! Les trotteurs ont-ils bien marché ?

Il serra la main d'Archer et, se plaçant de l'autre côté de Mrs. Manson, lui murmura quelques mots à l'oreille.

– Que voulez-vous ? dit la marquise en français, avec un de ses gestes dramatiques.

Beaufort fronça le sourcil, mais il fut assez maître de lui pour sourire à Archer en le félicitant :

– Mes compliments : c'est May qui va remporter le premier prix.

– Il restera ainsi dans la famille, dit Medora.

Cependant, Mrs. Beaufort, jeune et vaporeuse dans une toilette de mousseline mauve, venait à leur rencontre. Au même moment, May Archer sortait de la tente. Svelte et fière, sa robe blanche ceinturée de vert pâle et son chapeau couronné de lierre faisaient d'elle, comme au bal Beaufort, une Diane chasseresse. On eût juré que, depuis lors, aucune pensée nouvelle n'avait passé dans ses yeux clairs, qu'aucune émotion n'avait troublé son cœur.

Elle tenait son arc à la main. S'arrêtant à la ligne blanche tracée sur le champ de tir, elle épaula et visa. La pose était d'une grâce si classique qu'un murmure d'approbation courut dans l'assemblée : Archer, en songeant que cette belle créature était à lui, ne résista pas à un mouvement d'orgueil.

Mrs. Reggie Chivers, les jeunes Merry, et diverses Thorley, Dagonet et Mingott, tout ce bouquet de roses formait derrière la jeune femme un groupe vraiment délicieux. Des têtes brunes et blondes se penchaient pour compter les points ; les mousselines claires, les chapeaux enguirlandés de fleurs se mêlaient dans une harmonie d'arc-en-ciel. Toutes jeunes, toutes jolies, la lumière estivale dont elles étaient inondées ajoutait à l'éclat de leur beauté ; seule pourtant, les muscles tendus et la figure attentive, appliquée à ce jeu qui lui plaisait, May y apportait cette grâce souveraine.

Archer entendit que Lawrence Lefferts disait :

– Personne ne vise plus juste qu'elle.

– Oui, riposta Beaufort, mais ses flèches n'atteindront jamais d'autre cible !

Ce mot piqua Newland au vif. Il en fut irrité plus que de raison. N'était-ce pas un hommage rendu à la jolie pureté de May qu'un vieux viveur ne lui trouvât pas de séduction ? Pourtant, il en éprouva un serrement de cœur. Si cette suprême distinction morale n'était qu'une qualité négative, un rideau baissé sur du vide ?... May, le teint animé, le pas tranquille, remontait la pelouse, ayant mis dans la cible sa dernière flèche : il eut la sensation de n'avoir pas encore pénétré jusqu'à l'âme de la jeune femme.

Ce fut avec son habituelle bonne grâce qu'elle reçut les félicitations de ses rivales et des invités. Nul ne pouvait être jaloux de son succès ; car on devinait que, dans la défaite, elle aurait eu la même sérénité. Cependant, son visage s'illumina quand elle rencontra le regard heureux de son mari.

Leur petit phaéton, cadeau de mariage de Mrs. Welland, les attendait. May prit les rênes et Archer s'assit auprès d'elle. Dans Bellevue Avenue, une double file de voitures, victorias, dog-carts, landaus et vis-à-vis emportaient vers leurs demeures, ou vers la promenade le long de la mer, les élégants invités des Beaufort.

– Si nous allions voir grand-mère ? proposa May. Je voudrais lui apprendre moi-même que j'ai remporté le prix…

Elle fit tourner l'attelage et le dirigea vers la propriété de Mrs. Mingott. La vieille Catherine, sans souci des précédents, et toujours parcimonieuse, avait fait construire, dans sa jeunesse, sur un terrain bon marché au-dessus de la baie, un « cottage orné » hérissé de tourelles et enguirlandé de balcons. Entre des bouquets de chênes rabougris, ses vérandas s'étendaient, dominant les eaux du golfe parsemées d'îles. L'allée serpentait entre des pelouses où se dressaient des cerfs de fonte et des corbeilles de géraniums, d'où émergeaient des boules de verre bleu. La porte d'entrée, abritée sous un auvent imitant un store, s'ouvrait sur un vestibule dont le parquet figurait des étoiles noires sur fond jaune. Quatre salons étroits, tous tapissés de papiers imitant le velours frappé, entouraient ce vestibule : sur leurs plafonds voguaient les divinités de l'Olympe au grand complet. Une de ces pièces avait été arrangée en chambre à coucher par Mrs. Mingott, quand le fléau de l'obésité était descendu sur elle. Elle passait ses journées dans la pièce attenante, enchâssée dans un vaste fauteuil placé entre la fenêtre et la porte. Elle agitait sans cesse un petit éventail ; mais la protubérance de sa vaste poitrine faisait écran, et l'air mis en mouvement n'atteignait que les franges de guipure qui couvraient les bras de son fauteuil.

Elle examina et évalua la flèche à pointe de diamant que May, à l'issue du concours, s'était vu attacher au corsage. De son temps, on se serait contenté d'une broche en filigrane ! Mais on ne pouvait nier que Beaufort fît royalement les choses.

– Un vrai bijou de famille, dit la vieille dame. Il faudra le garder pour ta fille aînée, ma chérie. (Elle pinça le bras blanc de May et ajouta, la voyant rougir :) Eh bien ! qu'ai-je donc dit qu'il ne fallait pas dire ? Est-ce qu'il n'y aura pas de filles ? Seulement des garçons ? Mais voyez, elle rougit de plus belle ! Quoi ! je ne peux pas dire ça non plus ! Miséricorde ! Quand mes enfants me demandent de faire enlever tous ces dieux et déesses qui sont là-haut, je leur réponds qu'au moins ceux-là on peut tout dire devant eux sans les scandaliser.

Archer rit à cette boutade et May l'imita, toujours rougissante.

– Maintenant, racontez-moi la fête, mes enfants, car je ne tirerai rien de cette sotte de Medora, continua la vieille femme.

Et comme May s'écriait :

– Ma cousine Medora ? Mais je croyais qu'elle repartait pour Portsmouth ?

– Tu as raison, dit-elle ; mais il faut d'abord qu'elle passe ici pour prendre Ellen. Ah ! vous ne saviez pas qu'Ellen avait passé la journée avec moi ? Quelle absurdité de ne pas être venue pour tout l'été ! Mais voilà bientôt cinquante ans que j'ai renoncé à discuter avec la jeunesse… Ellen ! Ellen ! appela-t-elle de sa voix fêlée, en essayant de se pencher pour apercevoir la pelouse qui s'étendait devant la véranda.

Personne ne répondit, et Mrs. Mingott frappa impatiemment de sa canne le parquet poli. À cet appel se montra une mulâtresse, la tête serrée dans un turban multicolore : elle avait vu « Miss Ellen » descendre vers la plage. Mrs. Mingott se tourna vers Archer.

– Sois gentil, Newland, cours la chercher pendant que cette jolie personne me raconte la fête.

Archer obéit machinalement.

Depuis un an et demi, il n'avait pas revu la comtesse Olenska, mais il avait souvent entendu parler d'elle. Il l'avait suivie de loin. Il savait qu'elle avait passé l'été précédent à Newport où elle avait été très mondaine, mais qu'à l'automne elle avait décidé subitement de sous-louer la « maison idéale » que Beaufort avait eu tant de peine à lui trouver, pour aller s'établir à Washington, où elle avait fait partie de ce qu'on appelait alors la « brillante société diplomatique », par contraste avec le ton « province » du milieu gouvernemental. En écoutant ces appréciations variées et souvent contradictoires sur la beauté de Mme Olenska, sa conversation, ses opinions, ses amis, il semblait à Newland qu'il s'agissait d'une personne morte depuis longtemps. Il n'avait eu la sensation de la retrouver vivante et présente que depuis le moment où Medora avait parlé d'elle. Les paroles zézayées par la marquise avaient évoqué le petit salon éclairé par la lueur du foyer, un bruit de roues dans la rue généralement déserte. Ainsi, dans les cavernes de Toscane, un feu de paille allumé par de petits paysans fait soudain apparaître l'image des morts étrusques peinte sur les parois.

De la hauteur où la maison était perchée, un sentier descendait à une étroite jetée de bois, aboutissant à un kiosque qui figurait une pagode chinoise. À la balustrade de la pagode, une jeune femme se tenait accoudée. Archer s'arrêta comme s'il eût été le jouet d'un rêve.

Non ! cette vision du passé ne pouvait être autre chose qu'une hallucination. La réalité, c'était la maison là-haut ; c'étaient les poneys de Mrs. Welland, tournant autour du grand ovale sablé de la cour ; c'était May, assise sous les effrontés dieux olympiens, radieuse d'espérances secrètes ; c'était la villa Welland au bout de Bellevue Avenue, où Mr. Welland, déjà habillé pour le dîner, arpentait le salon avec sa nervosité de dyspeptique. « Que suis-je désormais ?… pensa Archer, je suis un gendre, rien de plus. »

La jeune femme au bout de la jetée ne bougeait pas. Elle semblait absorbée dans la contemplation de la baie sillonnée de bateaux à voiles, de yachts de plaisance, de bateaux de pêche, de bacs de charbon tirés par de bruyants remorqueurs. Au-delà des bastions gris de Fort Adams, éclatait la longue traînée du soleil couchant. La voile d'une barque se prenait dans la lumière en passant dans le chenal entre Lime Rock et le rivage…

« Elle ne sait pas que je suis ici. Elle ne soupçonne pas ma présence. Si c'était elle qui venait ainsi derrière moi, est-ce que je ne le sentirais pas ? » se demanda-t-il ; et soudain il se dit : « Si elle ne se retourne pas avant que cette voile-là ait dépassé Lime Rock, je m'en irai. »

Le petit bateau sortait, glissant avec la marée. Il passa devant Lime Rock, se détacha en noir sur la maison du gardien, dépassa la tourelle du phare. Archer attendit qu'un grand espace se fût creusé entre l'île et l'arrière du bateau ; la jeune femme, dans la pagode, ne bougeait toujours pas.

Il retourna sur ses pas, remonta la côte, rejoignit ces dames.

– Je regrette que vous n'ayez pas trouvé Ellen : j'aurais aimé la revoir, dit May, en revenant avec son mari à la nuit tombante. Mais peut-être n'y tenait-elle pas. Elle a tellement changé !

– Qu'entendez-vous par là ? fit Archer, d'une voix sans expression.

– Je veux dire : elle est devenue si indifférente à ses amis, abandonnant New York et sa maison pour frayer avec des gens si bizarres ! Comme elle doit être mal chez les Blenker ! Elle prétend que c'est pour empêcher cousine Medora de faire une sottise, d'épouser quelque aventurier ; je croirais plutôt qu'elle s'est toujours ennuyée avec nous.

Archer ne répondit pas. May continuait avec une nuance de dureté qu'il ne lui connaissait pas :

– Après tout, je me demande si elle ne serait pas plus heureuse avec son mari.

Newland eut un rire nerveux.

– *Sancta simplicitas !* s'écria-t-il.

Il ajouta :

– C'est la première fois que je vous entends dire une chose cruelle.

– Ai-je dit quelque chose de cruel ?

– Sans doute... On assure que les anges prennent plaisir à regarder les contorsions des damnés : du moins ne vont-ils pas jusqu'à prétendre qu'on est plus heureux en enfer.

Le phaéton approchait de la villa des Welland. Aux fenêtres brillaient déjà des lumières. Archer trouva son beau-père exactement comme il se l'était figuré, arpentant le salon, montre en main, avec cette mine de martyr qu'il avait quand on le faisait attendre, et qu'il jugeait plus efficace que la colère.

Le luxe de la maison des Welland, cette atmosphère chargée du poids de tant de détails jugés indispensables, agissait sur Archer comme un narcotique. L'épaisseur des tapis, l'empressement des serviteurs, le tic-tac sonore des pendules qui rythmaient les rites compliqués de la richesse, le renouvellement perpétuel des invitations et des cartes de visites sur la table du hall, toutes les frivolités tyranniques qui unissaient les heures les unes aux autres et chaque membre de la famille à tous les autres avaient agi sur Archer. D'habitude, une vie affranchie de cette lourde opulence lui eût paru étrangement précaire. Mais, en cet instant, c'était la maison des Welland et la vie qu'il devait y mener qui lui semblaient irréelles. La scène rapide qu'il venait de vivre, sur la plage où il s'était arrêté à mi-chemin, faisait battre son cœur comme si la présence même d'Ellen eût passé dans le sang de ses veines.

Toute la nuit, aux côtés de May, dans la grande chambre tendue de perse où un rayon de lune se jouait sur le tapis, il chercha vainement le sommeil : sa pensée ne pouvait se détacher d'Ellen Olenska traversant les grèves lumineuses derrière les trotteurs de Beaufort.

22

– Une réception en l'honneur des Blenker. – Les Blenker ?

On déjeunait en famille ; Mr. Welland déposa sa fourchette et jeta un regard inquiet du côté de sa femme. Celle-ci, ajustant son lorgnon d'or, lut avec une emphase ironique :

« Le professeur et Mrs. Emerson Sillerton prient Mr. et Mrs. Welland de leur faire le plaisir de venir, le 25 août à 3 heures précises, à la réunion du mercredi au Cercle. Pour rencontrer Mrs. et Misses Blenker. »

– Mon Dieu ! soupira Mr. Welland, comme si une seconde lecture eût été nécessaire pour lui faire admettre une idée aussi grotesque.

– Pauvre Amy Sillerton ! On ne sait jamais ce que son mari va inventer, ajouta Mrs. Welland. Peut-être qu'il vient de découvrir les Blenker.

Le professeur Emerson Sillerton était une épine au flanc de la société de Newport, une épine dont on ne pouvait se débarrasser parce qu'elle sortait d'une souche vénérable et vénérée. Son père était l'oncle de Sillerton Jackson ; sa mère, une Pennilow de Boston. Des deux côtés, la fortune et la situation sociale étaient excellentes. Rien n'avait obligé Emerson Sillerton à se faire archéologue, ni même professeur, ni à habiter Newport l'hiver au lieu d'avoir une maison à New York. Et, s'il voulait briser avec la tradition, pourquoi épouser la pauvre Amy Dagonet, qui était en droit d'espérer mieux, et qui avait assez de fortune personnelle pour s'offrir une voiture ?

Personne dans le milieu des Mingott ne pouvait comprendre pourquoi Amy Sillerton s'était si patiemment soumise aux excentricités d'un mari, qui remplissait la maison d'hommes aux cheveux longs et de femmes aux cheveux courts et qui emmenait son épouse faire des fouilles dans le Yucatán au lieu d'aller à Paris ou en Italie.

Mais ils s'étaient, tous deux, entêtés dans leur insolite manière de vivre. Et quand, chaque année, ils donnaient leur morne garden-party, il fallait bien que l'élégante colonie des « Falaises » y fît acte de présence.

– C'est étonnant, remarqua Mrs. Welland, qu'ils n'aient pas choisi le jour des régates ! Vous rappelez-vous qu'il y a deux ans, ils ont donné une réception en l'honneur d'un Noir, le jour du thé dansant des Mingott ? Heureusement, cette fois, il n'y a pas le même jour d'autre réunion ; car il faut bien que nous allions chez eux, les uns ou les autres.

Mr. Welland eut un soupir.

– Trois heures, c'est une heure impossible ! Je dois être ici à trois heures et demie pour prendre mes gouttes. Inutile d'essayer le nouveau traitement de Bencomb si je ne le suis pas strictement. Et, si je vous rejoins plus tard, je manquerai ma promenade.

Il déposa de nouveau sa fourchette, et une ombre d'anxiété assombrit ses joues plissées de petites rides.

– Il n'y a aucune raison pour que vous y alliez, mon ami, répondit sa femme. J'ai des cartes à mettre à l'autre bout de Bellevue Avenue, et j'irai chez cette pauvre Amy ; j'y resterai le temps nécessaire pour lui montrer que nous ne la négligeons pas. (Elle regarda, en hésitant, du côté de sa fille.) Et si Newland est pris, May pourrait sortir en voiture avec vous et essayer le nouveau harnais des cobs.

C'était un principe de la famille Welland que tous les jours et toutes les heures devaient être « occupés ». La mélancolique pensée qu'il fallait bien tuer le temps hantait Mrs. Welland comme le problème des chômeurs angoisse le philanthrope.

– Je sortirai certainement avec papa ; je suis sûre que Newland trouvera à s'occuper, dit May.

C'était une constante souffrance pour Mrs. Welland que la répugnance d'Archer à faire d'avance le programme de ses journées.

Quand le jour de la réception des Sillerton approcha, May ne fut rassurée que lorsque Archer parla de louer un buggy pour aller à un haras près de Portsmouth, choisir un second cheval pour le coupé. Cette idée était née dans son esprit le jour même où l'on avait parlé de l'invitation des Emerson Sillerton, mais il s'était gardé d'en rien dire. Il avait poussé la précaution jusqu'à louer par avance une paire de vieux trotteurs qui pouvaient encore faire leurs dix-huit miles, et, se levant de table avant les autres, il monta dans la voiture et partit.

La journée était délicieuse. Au-dessus de la mer miroitante, un léger vent du nord faisait courir de petits nuages blancs dans un ciel outremer. Les rues étaient désertes ; Archer traversa rapidement la ville et longea la plage qui s'étend au-delà. Même en menant doucement ses chevaux, il arriverait au haras avant trois heures. Il aurait le temps d'examiner le cheval, de l'essayer même, et il jouirait ensuite de quatre heures de liberté.

Il ne s'avouait pas qu'il désirait revoir Mme Olenska : il croyait qu'elle profiterait probablement de l'occasion pour venir à Newport avec les Blenker voir sa grand-mère. Mais depuis qu'il l'avait aperçue dans le parc de Mrs. Mingott, il était tourmenté du désir de connaître l'endroit où elle vivait. Ce désir le poursuivait, jour et nuit, indéfinissable, obsédant, comme l'idée fixe d'un malade qui veut manger d'une chose goûtée autrefois et depuis longtemps oubliée. Au-delà de cette idée, il ne voyait rien, ne savait où elle le mènerait. Il ne sentait aucun désir de parler à Mme Olenska, ni même d'entendre sa voix. Il voulait simplement emporter en lui la vision du ciel et de la mer qui l'encadraient : alors le reste du monde lui paraîtrait peut-être moins vide.

Arrivé au haras, il vit tout de suite que le cheval ne lui convenait pas. À trois heures, il remonta dans le buggy et prit le chemin de traverse qui conduisait à Portsmouth.

Le vent était tombé et une vapeur légère, suspendue au-dessus de l'horizon, attendait le retour de la marée pour s'étendre sur l'estuaire. Tout autour de lui, une lumière d'or inondait les champs et les bois. Il passa devant ces maisons de bois entourées de vergers, devant des prés et des bouquets de chênes rabougris, prit une route qui s'allongeait entre des haies bordées de ronces et de verges d'or, au bout de laquelle scintillait le bleu. À gauche se détachait, sur un groupe de chênes et d'érables, une longue maison délabrée qui portait encore des traces de peinture blanche.

En face de la barrière, se trouvait un de ces hangars de la Nouvelle-Angleterre destinés à abriter les machines agricoles du fermier et les attelages des visiteurs. Archer y attacha ses chevaux et se dirigea vers la maison. Il vit la petite pelouse négligée, le jardin de buis inculte, les dahlias et les buissons de roses roussis foisonnant autour d'un petit pavillon en treillage blanc. Un Cupidon de bois, privé de son arc et de ses flèches, surmontait le pavillon, et continuait, désarmé, à viser l'entrée du jardin.

Archer s'appuya contre la barrière. Il ne voyait personne, aucun son ne venait des fenêtres ouvertes de la maison. Seul un vieux terre-neuve sommeillait devant la porte, gardien aussi inoffensif que le Cupidon désarmé.

Longtemps Archer resta là, imprégnant ses yeux de cette maison, de ce jardin, dont il subissait le charme somnolent. Enfin, il prit conscience de l'heure qui s'avançait. Allait-il déjà s'en retourner ? Il restait là, indécis. Tout à coup, il éprouva le désir de voir l'intérieur de la maison, les pièces où vivait Ellen. Si elle était absente, comme il le croyait, rien ne l'empêchait d'aller sonner à la porte ; il pouvait se nommer, et demander la permission d'écrire un mot dans le salon. Puis il se ravisa et, traversant la pelouse, gagna le jardin. Dans le kiosque, il aperçut une ombrelle rose. Cette ombrelle l'attira comme un aimant. Ce ne pouvait être que celle d'Ellen ! Il entra dans le kiosque, ramassa l'ombrelle, et, assis sur le banc boiteux, il porta à ses lèvres le joli manche sculpté. Tout à coup il entendit un froufrou de jupes : quelqu'un venait vers lui.

– Mr. Archer ! s'écria une voix jeune et gaie.

Levant les yeux, il vit devant lui la plus jeune et la plus plantureuse des demoiselles Blenker, les cheveux blonds en désordre, la robe chiffonnée.

– Mon Dieu, d'où sortez-vous ? s'écria-t-elle. Je devais être profondément endormie dans le hamac. Ils sont tous à Newport. Avez-vous sonné ?

La confusion d'Archer égalait celle de la jeune fille.

– Je... non... c'est-à-dire, j'allais sonner. J'ai poussé jusqu'ici dans l'espoir de trouver madame votre mère. Mais la maison m'a paru abandonnée, et je me suis assis pour attendre.

Miss Blenker, secouant les vapeurs du sommeil, le regarda avec un intérêt croissant.

– Oui, la maison est abandonnée. Maman n'est pas là, ni la marquise, ni personne autre que moi. Vous ne saviez donc pas que le professeur et Mrs. Sillerton donnent une réception pour maman et pour nous toutes aujourd'hui ? J'ai la malchance de n'avoir pu y aller : j'ai mal à la gorge. Est-ce assez ennuyeux ? Naturellement, ajouta-t-elle gaiement, j'aurais été moins contrariée si j'avais su que vous deviez venir.

Les symptômes d'une coquetterie gauche se manifestaient en elle, et Archer dit brusquement :

– Et Mme Olenska, est-elle allée à Newport aussi ?

Miss Blenker le regarda avec surprise.

– Mme Olenska ? Elle est partie ce matin, appelée par dépêche. (Et, avisant l'ombrelle rose :) Oh ! mon ombrelle ! Je l'ai prêtée à cette sotte de Katie, qui l'aura laissée ici. (Reprenant son ombrelle, elle ouvrit le dôme rose au-dessus de sa tête.) Oui, Ellen a été appelée hier. Elle veut que nous l'appelions Ellen. Elle a reçu un télégramme de Boston. Son absence doit durer deux jours... J'adore la façon dont elle se coiffe. Et vous ? demanda Miss Blenker.

Archer la regardait sans la voir, – sans rien voir que l'ombrelle ridicule ouverte sur cette grosse tête agitée. Après un moment, il hasarda :

– Vous ne savez pas pourquoi Mme Olenska est allée à Boston ? J'espère qu'elle n'a pas reçu de mauvaises nouvelles ?

– Je ne crois pas. Elle ne nous a pas dit ce que contenait la dépêche... Ravissante, cette Ellen, ne trouvez-vous pas ?

Archer songeait. Il songeait à la platitude de l'avenir qui l'attendait et, au bout de cette perspective monotone, il apercevait sa propre image, l'image d'un homme à qui il n'arriverait jamais rien. Il regarda le jardin inculte, la maison délabrée, le bois de chênes qui s'emplissait d'ombre. C'était bien l'endroit où il aurait dû trouver la comtesse Olenska, mais elle était loin ! L'ombrelle rose même n'était pas la sienne.

Il dit en hésitant :

– Vous ne savez pas à quel hôtel votre cousine est descendue ?... Je dois aller à Boston demain. Peut-être pourrai-je la voir...

– Ce sera très aimable à vous. Elle est descendue à l'hôtel Parker. Ce doit être terrible par cette chaleur.

Archer n'eut plus qu'une conscience vague des propos qu'ils échangèrent encore. Il se rappela seulement avoir résisté aux instances de la jeune fille, qui le priait d'attendre le retour de sa famille et de rester à souper avec eux. Enfin, toujours accompagné de Miss Blenker, il quitta le domaine du Cupidon de bois, détacha ses chevaux et s'en alla. Au détour de la route, il vit Miss Blenker debout près de la grille, qui agitait l'ombrelle rose.

23

Le lendemain matin, Archer, au sortir du train, se trouva dans la bouilloire d'une Boston caniculaire. Les rues aux alentours de la gare exhalaient une odeur de fruits pourris, de bière et de café. La populace, dans le débraillement de l'été, y circulait avec l'abandon de citadins vaincus par la chaleur.

Archer se fit conduire au Somerset Club pour y prendre son petit déjeuner. Même les quartiers élégants avaient la négligence accablée d'une grande ville qui cuve ses 40 degrés de chaleur ; le jardin du Common, sous ses lourds ombrages, ressemblait à un jardin public au lendemain d'une fête populaire. Si Archer s'était efforcé d'évoquer autour d'Ellen Olenska le cadre le plus improbable, il n'en aurait pas trouvé de plus contraire à son image que ce lieu poussiéreux et désert.

Il déjeuna avec appétit et méthode, en parcourant le journal du matin. Un renouveau d'énergie l'animait depuis que, la veille au soir, il avait prévenu May que des affaires l'appelaient à Boston, et que le lendemain soir il regagnerait New York.

Après le déjeuner, il écrivit un mot et le fit porter à l'hôtel Parker. Il lui fut répondu que cette dame était sortie.

Archer répéta : « Sortie ? » comme si c'était un mot d'une langue inconnue. Il se leva et alla dans le hall. Ce devait être une erreur : elle ne pouvait pas être sortie à cette heure matinale.

La ville lui était devenue soudain étrangère et dépeuplée. Il décida de se rendre lui-même à l'hôtel Parker. Au moment de traverser le Common, quelle ne fut pas sa surprise de l'apercevoir, assise sur le premier banc, la tête ombragée sous une ombrelle grise. Comment avait-il jamais pu se la représenter avec une ombrelle rose ? À mesure qu'il approchait, il fut frappé de son attitude lasse, indifférente. Il vit son profil incliné, les cheveux noués bas sur la nuque, sous le chapeau noir, et le long gant ridé sur le bras qui tenait l'ombrelle. Il était à deux pas d'elle quand elle se retourna, levant les yeux vers lui.

– Vous ! dit-elle, et Archer lui vit une expression de saisissement qui, lentement, se changea en sourire.

Sans se lever, elle lui fit place sur le banc.

– Je suis ici pour affaires. Je viens d'arriver, expliqua-t-il. Mais vous ? Comment vous trouvez-vous dans ce désert ?

Il ne savait vraiment ce qu'il disait, il avait le sentiment de lui parler à travers des distances infinies, et qu'elle lui échapperait avant qu'il eût pu la rejoindre.

– Moi ? Je suis venue aussi pour affaires, répondit-elle, se retournant vers lui : leurs deux visages étaient proches.

Les mots lui parvenaient à peine, il n'entendait que la voix, dont il avait peine à retrouver le timbre. Il ne se rappelait même pas que cette voix fût si profonde, et voilée par instants.

– Vous avez changé votre coiffure, dit-il brusquement, et son cœur battait comme s'il venait de prononcer des paroles définitives.

– Mais non. C'est seulement que j'arrange mes cheveux moi-même en l'absence de Nastasia.

– Nastasia ? Elle n'est pas avec vous ?

– Non, je suis seule. Pour deux jours, ce n'était pas la peine de l'amener.

– Vous êtes seule à l'hôtel ?

Elle le regarda avec son sourire malicieux d'autrefois :

– Cela vous paraît compromettant ?… Je comprends : c'est quelque chose qui ne se fait pas… Je n'y avais pas pensé… Car je viens de faire une chose qui se fait encore moins. (La légère nuance d'ironie persistait dans son regard.) Je viens de refuser une somme d'argent qui, pourtant, m'appartenait.

De la pointe de son ombrelle, qu'elle avait fermée, elle traçait, songeuse, des dessins sur le sable. Archer se leva, et, debout devant elle :

– Quelqu'un est venu à Boston pour vous rencontrer ?

– Oui.

– Avec cette offre ?

– Oui.

– Et vous avez refusé à cause des conditions ?

– J'ai refusé.

Il se rassit à côté d'elle :

– Quelles étaient les conditions ?

– Elles n'étaient pas bien onéreuses : m'asseoir en face de lui à table, de temps à autre.

Il y eut un silence. Archer se sentit subitement muré dans le noir, dans l'impossibilité de trouver une parole.

– Il veut vous retrouver à n'importe quel prix ? dit-il enfin.

– À un prix considérable… Du moins, pour moi la somme est considérable.

– Vous êtes venue ici pour le rencontrer ?

– Le rencontrer ? Lui, mon mari ? Dans cette saison, il est toujours à Cowes ou à Bade.

– Il a envoyé quelqu'un ?

– Oui.

– Avec une lettre ?

– Chargé d'un message… Il n'écrit jamais ; hors une lettre que j'ai reçue de lui, je ne me souviens pas qu'il m'en ait écrit aucune autre.

Cette allusion fit monter le sang à ses joues, pendant qu'Archer, de son côté, rougissait aussi.

– Pourquoi n'écrit-il jamais ?

– Pourquoi écrirait-il ? À quoi servent les secrétaires ? Elle avait prononcé le mot comme n'ayant pas plus d'importance qu'un autre.

La question montait aux lèvres d'Archer : « Est-ce son secrétaire qu'il a envoyé ? » Mais le souvenir de la seule lettre du comte Olenski à sa femme lui était trop présent. Il hasarda :

– Et le messager…

– Le messager, reprit Mme Olenska, toujours souriante, aurait pu déjà repartir ; mais il a voulu rester jusqu'à ce soir, afin de me donner le temps de réfléchir…

– Et vous étiez en train de réfléchir ?

– Non, car mon parti est pris. Je suis sortie pour respirer. On étouffe à l'hôtel. Je rentre cet après-midi à Portsmouth.

Archer se leva, jeta un regard sur ce parc où l'été suffocant mettait comme une souillure.

– Cet endroit est horrible ! Pourquoi n'allons-nous pas sur la baie ? La brise s'est levée, nous aurons moins chaud. Nous pourrions prendre le bateau jusqu'à Point Arley.

Elle hésitait ; il continua :

– Le lundi, il n'y aura pour ainsi dire personne sur le bateau. Mon train ne part pas avant le soir : je retourne à New York. Qui nous empêche ? insista-t-il ; et, debout, il la regardait. Brusquement, ces mots lui échappèrent : N'avons-nous pas fait tout ce que nous avons pu ?

– Ne dites pas cela !

– Je dirai ce que vous voudrez. Je ne dirai rien, si vous l'ordonnez. Quel mal y aurait-il à cette promenade ? Tout ce que je veux, c'est vous entendre, dit-il d'une voix mal assurée.

Elle tira une petite montre d'or attachée à une chaîne émaillée.

– Ne mesurez pas les minutes, s'écria-t-il, soyez généreuse, donnez-moi une journée. Je veux vous arracher à cet homme… À quelle heure doit-il venir ?

– À onze heures.

– Alors, venez tout de suite.

– Vous n'avez rien à craindre, même si je ne viens pas.

– Ni vous non plus… si vous venez. Je vous jure que je veux seulement vous écouter, savoir ce que vous avez fait depuis que je vous ai vue.

Une anxiété dans le regard, elle hésitait encore.

– Pourquoi n'êtes-vous pas venu jusqu'à la plage me chercher, le jour où j'étais chez ma grand-mère ? demanda-t-elle.

– Parce que vous ne vous êtes pas retournée. Parce que vous n'avez pas senti que j'étais là. Je m'étais juré de ne vous parler que si vous vous retourniez.

– Mais c'est exprès que je ne me suis pas retournée.

– Vous saviez que j'étais là ?

– Je le savais. J'avais reconnu la voiture de May. Et je suis descendue sur la plage.

– Pour vous éloigner de moi le plus possible ?

Elle répéta à voix basse :

– Pour m'éloigner de vous le plus possible.

Il répondit, avec un rire jeune et joyeux cette fois :

– Eh bien ! vous voyez que c'était inutile ! J'aime mieux vous dire tout de suite que, si je suis venu à Boston, c'est uniquement pour vous voir. Mais partons, ne manquons pas notre bateau.

– Notre bateau ? (Un pli barra le front de la jeune femme :) Il faut que je rentre à l'hôtel pour laisser un mot.

– Tous les mots que vous voudrez. Vous pouvez écrire ici. (Il tira de sa poche un portefeuille et une des nouvelles plumes dites « stylographes ».) J'ai même une enveloppe… vous voyez que le destin s'en mêle. Tenez, vous pourrez écrire sur vos genoux ; je vais mettre la plume en marche en une seconde…

Elle rit et, penchée, commença d'écrire. Archer s'éloigna. Radieux, il regardait les passants sans les voir. Ceux-ci se retournaient à la vue insolite d'une dame élégante qui écrivait sur ses genoux, sur un banc du Common.

Mme Olenska glissa la feuille de papier dans l'enveloppe, puis elle se leva. Ils se dirigèrent vers Beacon Street, firent signe à un fiacre, se firent conduire à l'hôtel. Devant la porte, Archer tendit la main comme pour prendre la lettre :

– Dois-je la porter ? dit-il.

Mais Mme Olenska secoua la tête, s'élança hors de la voiture et disparut. Il n'était que dix heures et demie ; cependant le messager, impatient et désœuvré, ne pouvait-il déjà être là, parmi tous ceux qu'Archer entrevoyait dans le hall, attablés devant des boissons rafraîchissantes ?

Il attendit, faisant les cent pas. Un jeune Sicilien dont les yeux ressemblaient à ceux de Nastasia voulut cirer ses chaussures, et une Irlandaise lui vendre des pêches. À tout moment, les portes s'ouvraient, des malheureux fondant en eau, le chapeau rejeté en arrière sur le front ruisselant, sortaient ou s'engouffraient, lui jetant un regard au passage. Et lui les regardait avec une sorte de stupeur, tous pareils, et pareils aussi à tant d'autres hommes ruisselants qui, à la même heure, sur tout le territoire, passaient les portes battantes des hôtels.

Soudain, un nouveau visage fit sursauter Archer. Il ne fit que l'entrevoir. C'était un jeune homme pâle, lui aussi abattu par la chaleur, mais avec quelque chose de plus vif, de plus personnel, de plus sensible que les autres. Un brusque souvenir s'éveilla dans l'esprit d'Archer, mais s'effaça et disparut. Sans doute, c'était un étranger, égaré ici dans le flot bostonien. Mme Olenska ne revenait pas ; il s'inquiétait. « Si elle ne vient pas bientôt, j'irai la chercher », se dit-il. Les portes s'ouvrirent de nouveau et elle se trouva à ses côtés. Ils montèrent en voiture ; Archer regarda sa montre : elle avait été absente trois minutes.

Assis côte à côte sur le banc d'un bateau qui ne transportait que de rares voyageurs, ils ne trouvèrent rien à se dire ; ou plutôt, ce qu'ils avaient à se dire se communiquait mieux dans le silence.

Lorsque les roues du vapeur commencèrent à tourner, que les quais et les entrepôts reculèrent dans le brouillard d'été, il sembla à Archer que tout le vieux monde familier reculait aussi. Il aurait voulu demander à Mme Olenska si elle partageait cette impression, l'impression qu'ils partaient pour un long voyage, dont peut-être ils ne reviendraient jamais. Mais il craignait en parlant de troubler l'eau dormante de sa confiance. À la vérité, il ne voulait pas trahir cette confiance… Pendant des jours et des nuits, la mémoire de leur unique baiser avait brûlé ses lèvres, et la veille encore, quand il se dirigeait vers Portsmouth, le souvenir d'Ellen le traversait comme une flamme ; mais, maintenant qu'elle était là et que tous deux se laissaient ainsi porter au courant de l'inconnu, ils semblaient avoir atteint cette mystérieuse et intime communication que la moindre parole peut rompre.

Quand le bateau tourna vers la mer, ils sentirent le souffle de la brise. De molles ondulations ridèrent la baie, puis l'écume parut à la crête des vagues. De lourdes vapeurs couvraient encore la ville, mais au-delà s'étendait un monde nouveau d'eaux remuantes, de promontoires dressant leurs phares sous le soleil. Mme Olenska, appuyée au rebord du bateau, buvait la fraîcheur par ses lèvres entrouvertes. Elle avait roulé un grand voile autour de son chapeau, mais le visage restait découvert, et Archer fut frappé par son expression de tranquille gaieté.

Dans la salle à manger du petit hôtel, ils trouvèrent une bande en innocente partie de plaisir : des instituteurs et maîtresses d'école en congé, leur dit l'hôtelier.

– Impossible de causer dans tout ce bruit, dit Archer. Je vais demander une petite salle où nous serons seuls.

Mme Olenska ne fit pas d'objection. La pièce où ils entrèrent s'ouvrait sur une longue véranda de bois, que venait battre la mer : ils s'assirent à une table couverte d'une grosse nappe à carreaux rouges sur laquelle étaient posés un flacon de pickles et une tarte aux myrtilles. Jamais cabinet particulier moins équivoque n'avait abrité une promenade clandestine. Archer crut saisir cette impression dans le sourire légèrement amusé de Mme Olenska.

24

Ils déjeunèrent lentement, avec des alternances de mutisme et de causerie fiévreuse. L'enchantement qui les avait tenus éloignés se brisait enfin : ils avaient beaucoup à se dire, et pourtant les paroles qu'ils prononçaient n'étaient souvent que l'accompagnement d'un merveilleux solo de silence. Penchée sur la table, le menton appuyé sur ses mains jointes, Ellen contait sa vie depuis qu'ils ne s'étaient pas vus.

Elle s'était fatiguée de la société de New York, très aimable, d'une hospitalité presque gênante. Elle n'oublierait jamais l'accueil qu'elle avait reçu à son retour d'Europe mais, l'attrait de la nouveauté passé, elle s'était reconnue, disait-elle, trop « autre ». Aussi, elle s'était décidée à essayer Washington, où elle trouvait une plus grande diversité de monde et d'idées. Elle était sur le point de s'y installer ; elle y ferait un intérieur à la pauvre Medora, qui avait lassé la patience de toute sa famille.

– Et le docteur Carver ? Vous n'avez pas peur de lui ?

– Le danger Carver est passé. Le docteur Carver est un homme très fort : c'est une femme riche qu'il lui faut. Mais Medora, comme adepte, est pour lui une bonne réclame.

– Adepte de quoi ?

– De toutes sortes d'idées sociales, aussi nouvelles que folles. Et pourtant, au fond, ces chimères m'intéressent plus que l'aveugle obéissance à la tradition qui sévit dans notre milieu. Et quelle tradition ? Celle des autres. C'est un peu bête d'avoir découvert l'Amérique pour en faire la copie des autres pays !

Le front du jeune homme s'assombrit.

– Et Beaufort ? Est-ce que vous dites ces choses-là à Beaufort ? demanda-t-il brusquement.

– Certes, et il les comprend très bien. Mais je ne l'ai pas vu depuis longtemps.

– C'est ce que je vous ai toujours dit : vous ne nous aimez pas. Beaufort vous plaît parce qu'il nous ressemble si peu.

Il parcourut des yeux la chambre nue, dont les fenêtres ouvraient sur la plage déserte, et les maisonnettes d'un blanc de chaux qui s'alignaient sur la côte.

– Chez nous il n'y a ni personnalité, ni caractère, ni variété. Nous sommes ennuyeux à mourir. Je ne sais pas, fit-il subitement, pourquoi vous ne retournez pas là-bas.

Il s'attendait à une riposte indignée ; mais la jeune femme garda le silence et parut réfléchir.

– Pourquoi ? prononça-t-elle enfin. Je crois que c'est à cause de vous.

Elle n'aurait pu faire cet aveu avec moins de passion, d'un ton moins propre à flatter une vanité d'homme. Archer rougit jusqu'aux tempes, ne fit pas un mouvement et n'osa pas répondre.

– Du moins, poursuivit-elle, c'est vous qui m'avez fait comprendre que, sous l'ennui et l'uniformité de cette vie, se cachent des choses si belles, si nuancées, si délicates, que même celles à quoi je tenais le plus dans mon ancienne vie semblent médiocres en comparaison. Comment dire ?… Je n'avais jamais compris jusqu'alors que les plaisirs les plus raffinés s'achètent souvent au prix de la cruauté, de la bassesse… Je veux, continua-t-elle, être parfaitement loyale avec vous et avec moi-même. Longtemps j'ai espéré l'occasion de vous dire quelle sorte de secours vous m'avez apporté, ce que vous avez fait de moi.

Archer l'interrompit avec un rire amer.

– Et vous ? Qu'est-ce que vous croyez avoir fait de moi ?... Oui, de moi, car je suis votre œuvre bien plus que vous n'avez jamais été la mienne. Je suis l'homme qui a épousé une certaine femme parce qu'une autre lui a ordonné de le faire.

À la pâleur d'Ellen succéda une rougeur fugitive.

– Je croyais... vous aviez promis... vous ne deviez pas me dire aujourd'hui de ces choses.

– Ah ! que cela est bien d'une femme ! Aucune de vous ne veut regarder, jusqu'au fond, une mauvaise affaire.

Elle baissa la voix.

– Est-ce que votre mariage est une mauvaise affaire... pour May ?

Debout contre la fenêtre, il tapotait la vitre. Il sentait dans toutes ses fibres la tendresse anxieuse qu'elle avait mise dans ce nom de May.

– Car c'est cela qui importe. N'est-ce pas vous qui m'en avez convaincue ? insista-t-elle doucement.

– Moi ? répéta-t-il, les yeux fixés sur la mer.

– Mais oui (et, suivant sa pensée avec effort :) Si notre sacrifice est inutile, si cela ne sert à rien, tout ce que je suis revenue chercher chez nous, tout ce qui m'avait fait paraître, par contraste, mon passé si vide, si misérable, tout cela ne serait qu'un rêve...

– Et dans ce cas, il n'y a aucune raison pour que vous ne repartiez pas ?...

Les yeux d'Ellen s'attachèrent sur lui avec angoisse :

– Est-ce que vraiment il n'y a aucune raison ?

– Aucune, si vous avez joué votre va-tout sur le succès de mon mariage. Car mon mariage est manqué.

Elle ne répondit pas, et il continua :

– Vous m'avez, la première, fait entrevoir ce que serait une vraie vie, et en même temps vous me demandiez d'en continuer une qui n'est qu'un mensonge. Cela passe l'endurance humaine.

– Ne dites pas cela, puisque cette vie, je l'endure ! s'écria-t-elle.

Ses bras étaient retombés sur la table ; elle restait là, le visage exposé au regard du jeune homme, comme dans l'abandon d'un péril désespéré. Ce visage, à ce moment, semblait révéler toute son âme. Archer restait muet, confondu de ce qu'il comprenait tout à coup.

– Vous aussi ? Oh ! vous aussi ? balbutia-t-il.

Les larmes débordèrent des paupières d'Ellen et roulèrent lentement le long de ses joues.

Ni l'un ni l'autre ne fit un mouvement. Archer se sentait étrangement indifférent à la présence physique de la jeune femme : il n'en aurait presque pas eu conscience, si l'une de ses mains n'avait attiré son regard, la même main sur laquelle, un soir, pour les détourner du visage d'Ellen, il avait fixé ses yeux dans la petite maison de la Vingt-Troisième Rue. Il avait connu l'amour qui se nourrit de caresses ; mais cette passion grandie au plus intime de lui-même l'élevait au-dessus du désir. Sa seule terreur était de faire un geste qui dispersât le son des paroles d'Ellen… Bientôt une sorte de désespoir l'envahit : ainsi ils étaient là, ensemble, tout près l'un de l'autre, et pourtant chacun d'eux restait rivé à sa destinée propre ; ils auraient aussi bien pu avoir entre eux la moitié du monde.

– Tout est inutile, puisque vous repartirez, s'écria-t-il.

Elle restait immobile, les paupières baissées :

– Je ne partirai pas maintenant, murmura-t-elle.

– Pas maintenant, mais un jour… Un jour que vous prévoyez déjà ?

Elle leva sur lui des yeux clairs.

– Je vous le promets, je ne partirai pas tant que vous aurez du courage, tant que nous pourrons nous regarder en face loyalement, comme aujourd'hui.

Il retomba sur sa chaise.

– Quelle vie pour vous ! gémit-il.

– Il faudra qu'elle fasse partie de la vôtre ?…

– La mienne aussi fera partie de la vôtre…

Elle fit signe que oui.

– Et ce doit être tout – pour l'un et pour l'autre ?

– Ce sera tout. N'est-ce pas ?

Maintenant ils avaient tout dit. Il se dressa, oubliant son angoisse, ne voyant plus que la douceur infinie de ce visage. Elle se leva aussi, non pour aller au-devant de lui ni pour le fuir, mais tranquille, calme comme si le plus dur de sa tâche était accompli, et qu'elle n'eût plus qu'à attendre : si tranquille que, tandis qu'il s'avançait vers elle, ses mains ouvertes semblaient le guider au lieu de l'écarter. Leurs mains se joignirent, et les bras tendus d'Ellen le tinrent assez éloigné pour qu'il pût lire tout ce qu'exprimait ce visage.

Se tinrent-ils ainsi longtemps ? Le temps pour Ellen de communiquer tout ce qu'elle avait à dire, et pour lui de sentir qu'une seule chose importait : ne rien hasarder qui pût faire de cette rencontre la dernière. Il devait confier leur avenir à Ellen, sans rien lui demander d'autre que de le garder serré dans ses mains closes.

– Je ne veux pas, je ne veux pas que vous souffriez, dit-elle avec un sanglot dans la voix, en retirant ses mains.

Et lui suppliait :

– Vous ne partirez pas ? Vous ne partirez pas ?

– Je ne partirai pas, dit-elle.

Cependant la bande des jeunes professeurs quittait la table, prenait ses chapeaux, décidait de gagner le quai.

Le vapeur blanc attendait devant l'embarcadère, et, au-dessus des eaux lumineuses, Boston émergeait dans la brume.

25

Quand il se trouva sur le bateau, parmi les autres touristes, Archer se sentit pénétré d'un calme qui lui apportait à la fois de l'étonnement et de la force. Et pourtant, il n'avait pas même frôlé de ses lèvres la main de Mme Olenska, ni obtenu d'elle un mot de promesse. C'était le résultat de l'équilibre parfait que Mme Olenska avait su établir entre ce qu'ils devaient de loyauté aux autres et de franchise à eux-mêmes. Cet équilibre, elle l'avait trouvé, non dans un adroit calcul, mais dans la sincérité invincible qu'avaient révélée ses larmes et ses hésitations. Maintenant que le danger était passé, Archer se sentait rempli d'une sorte de crainte rétrospective, et remerciait le sort que nulle vanité masculine, nul désir de jouer un rôle, ne l'eût induit dans la tentation de la tenter elle-même. Après le serrement de mains avec lequel ils s'étaient séparés à la gare, Archer s'était éloigné seul, avec le sentiment qu'il venait de sauver plus d'amour qu'il n'en avait sacrifié.

Il rentra au cercle, s'assit seul dans le salon de lecture, revivant chaque seconde de ces heures passées avec elle. Il voyait de plus en plus clairement que si elle se décidait à rejoindre son mari, ce ne serait pas pour retrouver les avantages de sa vie passée, même aux nouvelles conditions qui lui étaient offertes. Non ; elle ne repartirait que si elle se sentait devenir une tentation pour Archer, la tentation de tomber de cette altitude que tous deux avaient voulu atteindre. Elle resterait près de lui aussi longtemps qu'il ne la presserait pas sur la voie du danger, et il dépendrait de lui de la garder ainsi sauve, mais intangible.

Dans le train, ces pensées l'occupaient encore, l'enveloppaient dans une sorte de nuage. Il était toujours dans cet état d'absorption quand il s'éveilla le lendemain matin du sommeil agité du sleeping, dans la suffocation d'une journée de septembre à New York. Tandis que passait sur le quai le flot des visages flétris de chaleur, tout à coup une figure lui apparut distincte, s'approcha, s'imposa. C'était, il le reconnut, ce même visage de jeune homme qu'il avait vu la veille, sortant de l'hôtel Parker, et dont il avait remarqué le type particulier.

La même impression le saisit à nouveau, s'accompagnant d'un obscur réveil d'anciens souvenirs, lorsque le jeune homme, s'avançant vers Archer, leva son chapeau et dit en anglais :

– Il me semble que nous nous sommes rencontrés à Londres, monsieur ?

– Mais oui, je me souviens, répondit Archer, en lui serrant cordialement la main. Alors, vous êtes venu malgré tout, continua-t-il, en reconnaissant avec curiosité le visage intelligent du petit précepteur avec qui il avait dîné chez Mrs. Carfry.

– Je suis venu, dit M. Rivière, avec un sourire nerveux, mais pas pour longtemps. Je repars après-demain.

Comme Archer le priait à déjeuner, il lui demanda la permission d'aller le voir dans la journée. Archer fixa une heure, et griffonna son adresse.

M. Rivière fut exact au rendez-vous. Ce fut lui qui, avant même d'accepter un siège, ouvrit brusquement l'entretien :

– Je crois vous avoir vu, monsieur, hier à Boston.

Archer allait formuler un mot d'assentiment quand les paroles furent arrêtées sur ses lèvres par quelque chose de mystérieux et cependant de significatif dans le regard insistant de son visiteur.

– C'est étrange, continua M. Rivière, que nous nous soyons rencontrés dans les circonstances où je me trouve.

– Quelles circonstances ? interrogea Archer, en se demandant si le précepteur avait besoin d'argent.

M. Rivière persistait à scruter Archer de ses yeux interrogateurs.

– Je suis venu, non pour chercher un emploi, comme je l'avais envisagé lors de notre conversation à Londres, mais pour une mission particulière.

– Ah ! s'écria Archer.

En un éclair, les deux rencontres, celle de Boston devant l'hôtel, celle de ce matin à la gare, s'étaient liées dans son esprit ; il s'arrêta pour considérer la situation qui se révélait soudain. M. Rivière, lui aussi, restait silencieux.

– Une mission particulière, répéta enfin Archer.

Sa voix résonnait sèchement ; il se sentit maîtrisé par un mouvement de jalousie et de défiance. Tous les doutes suggérés par le dossier de la comtesse Olenska, et toujours refoulés, s'éveillaient en lui. Il fit un effort pour prier M. Rivière de s'asseoir.

– C'est à propos de cette mission que vous vouliez me consulter ? demanda Archer.

M. Rivière baissa la tête :

– Je voudrais, si vous le permettez, vous parler de la comtesse Olenska.

Archer savait depuis quelques instants que ce nom allait venir, mais quand il vint, le sang lui monta aux tempes comme s'il avait été frappé par une branche rebondissant dans un fourré.

– Et dans l'intérêt de qui faites-vous cette démarche ?

M. Rivière répondit hardiment :

– Je pourrais dire dans son intérêt à elle, si ce n'était manquer aux convenances. Disons plutôt : dans l'intérêt de la simple justice.

Archer le regarda d'un air ironique.

– En d'autres termes, c'est vous qui êtes le messager du comte Olenski ?

Le visage bistré de M. Rivière se colora à son tour.

– Pas vis-à-vis de vous, monsieur. Si je viens vous voir, c'est en me plaçant sur un tout autre terrain.

– Je ne vous comprends pas. Êtes-vous, oui ou non, un mandataire ?

Le jeune homme réfléchit.

– Ma mission est terminée. En ce qui concerne Mme Olenska, elle a échoué.

– Je n'y peux rien, reprit Archer, sur le même ton d'ironie.

– Non, mais vous pouvez…

M. Rivière s'arrêta, examina la doublure de son chapeau qu'il tournait dans ses mains gantées ; puis, levant les yeux vers Archer, il reprit : « Vous pouvez, monsieur, j'en suis convaincu, user de votre influence pour qu'elle échoue de même auprès de la famille de Mme Olenska. »

Archer repoussa sa chaise, se leva d'un bond.

– C'est bien ce que j'ai l'intention de faire ! s'écria-t-il.

Il regardait de haut en bas, avec courroux, le petit Français qui s'était levé aussi.

M. Rivière pâlit.

– Comment, éclata Archer, avez-vous pu croire, puisque vous paraissez vous adresser à moi comme parent de Mme Olenska, que je me placerais à un autre point de vue que celui de sa famille ?

M. Rivière le regarda avec angoisse :

– Seriez-vous donc d'accord avec la famille pour penser qu'en face des nouvelles propositions qui lui sont faites, il est presque impossible à Mme Olenska de ne pas retourner chez son mari ?

– Que voulez-vous dire ? s'écria Archer.

– Avant de voir Mme Olenska, avant d'aller à Boston, j'ai eu, sur la demande du comte Olenski, plusieurs entretiens avec Mr. Lovell Mingott. Je crois comprendre qu'il représente l'opinion de sa mère, et que Mrs. Manson Mingott exerce une grande influence sur sa famille.

Archer se taisait, dans la stupeur de découvrir que de telles négociations avaient eu lieu sans qu'il en eût seulement été prévenu. Il comprit que la famille avait cessé de le consulter, avertie par quelque profond instinct de clan qu'il ne la suivrait plus. Il se rappela la remarque de May, le soir de la fête du tir à l'arc : « Peut-être, après tout, Ellen serait-elle plus heureuse avec son mari. » Il se souvint de sa riposte indignée. Il se rendit compte aussi que, depuis lors, sa femme n'avait plus prononcé devant lui le nom de Mme Olenska. L'allusion de May n'avait été sans doute que le brin de paille levé pour voir d'où vient le vent. Le résultat avait été communiqué à la famille, et Archer tacitement exclu de leurs conseils. Il admirait la discipline de tribu qui soumettait May à cette décision. Elle trouvait probablement, avec sa famille, que Mme Olenska aurait une meilleure situation comme femme malheureuse que comme femme séparée, et qu'il était inutile de discuter le cas avec Newland, qui mettait parfois en doute les vérités les plus évidentes.

– Est-il possible, reprit M. Rivière, que vous ne sachiez pas que la famille se demande si elle a le droit de conseiller à la comtesse Olenska le refus des dernières propositions de son mari ?

– Celles que vous avez apportées ?

– Celles que j'ai apportées.

Archer fut sur le point de répondre que ce qu'il pouvait savoir ou ne pas savoir ne regardait en rien M. Rivière ; mais l'attitude du jeune homme lui en imposait, et il répondit à la question par une autre.

– Quel est votre but en venant me parler de tout ceci ?

La réponse ne se fit pas attendre.

– Je viens vous prier, monsieur, vous prier avec toute la force dont je suis capable, de ne pas laisser la comtesse Olenska retourner auprès de son mari.

Archer le regarda avec un étonnement croissant.

– Puis-je vous demander, dit-il enfin, si c'est dans ce sens que vous avez parlé à Mme Olenska ?

M. Rivière rougit, mais ses yeux ne se baissèrent point.

– J'ai accepté ma mission de bonne foi. Je croyais vraiment, pour des raisons dont il est inutile que je vous importune, qu'il valait mieux pour Mme Olenska retrouver la situation, la fortune et les conditions sociales que la position de son mari lui assure.

– Évidemment ; sinon, vous auriez difficilement accepté une pareille mission.

– Je ne l'aurais pas acceptée.

– Alors ?

Durant un silence, leurs regards se croisèrent, cherchant à se pénétrer.

– Ah ! monsieur, après l'avoir vue, après l'avoir écoutée, j'ai compris qu'elle était mieux ici. J'ai rempli ma mission loyalement. J'ai développé les arguments du comte. J'ai communiqué ses offres, sans y ajouter aucun commentaire personnel. La comtesse a bien voulu m'écouter patiemment : elle a poussé la bonté jusqu'à me recevoir deux fois ; elle a étudié impartialement tout ce que j'étais venu lui dire. Et c'est au cours de ces deux conversations que j'ai changé d'avis, et que les choses me sont apparues sous un autre jour.

– Puis-je vous demander à quoi est dû ce revirement ?

– Au changement que j'ai constaté en elle.

– Vous connaissiez donc déjà la comtesse ?

Le visage du jeune homme se colora de nouveau.

– Je la voyais chez son mari. Je connais le comte Olenski depuis plusieurs années. Vous comprenez qu'il n'aurait pu charger un étranger d'une pareille mission.

– Et de quel genre est ce changement que vous avez constaté ?

– Cela est difficile à expliquer… Après tout, ce n'est peut-être pas elle qui a changé, c'est moi qui me suis rendu compte pour la première fois, en la voyant dans son pays, qu'elle est une Américaine, et que certaines choses acceptées dans d'autres sociétés, ou au moins tolérées, pour une Américaine de son espèce sont impossibles. Si les parents de Mme Olenska connaissaient mieux le milieu où il s'agit pour elle de rentrer, ils la soutiendraient dans son refus ; mais ils ont l'air de prendre la démarche du comte pour un élan de tendresse conjugale…

Pendant quelques secondes, Archer ne se sentit pas assez maître de lui pour prononcer une parole. Il entendit M. Rivière reculer sa chaise, comprit que celui-ci s'était levé, et, ayant tourné les yeux vers lui, il le vit aussi ému qu'il l'était lui-même.

– Merci, dit-il simplement.

– Vous n'avez pas à me remercier, monsieur, c'est moi qui… plutôt…

M. Rivière s'arrêta comme s'il éprouvait, lui aussi, une difficulté à parler. Puis il poursuivit d'une voix plus ferme :

– Je voudrais cependant ajouter une chose, vous m'avez demandé si j'étais au service du comte Olenski. Je suis revenu chez lui, il y a quelques mois, en raison de difficultés personnelles comme il s'en présente quand on a la charge de parents malades ou âgés ; mais, depuis que j'ai fait la démarche de venir vous voir pour vous faire certaines confidences, je considère que je ne puis continuer mes fonctions auprès du comte. Je le lui dirai en arrivant.

M. Rivière salua, prêt à se retirer. Archer lui tendit les mains et les deux hommes s'étreignirent.

26

Tous les ans, le quinze octobre, la Cinquième Avenue rouvrait ses persiennes, déroulait ses tapis et raccrochait ses triples rideaux. Vers le premier novembre, ces préparatifs étaient terminés et la vie mondaine recommençait. Vers le quinze, la saison battait son plein : l'Opéra et les théâtres affichaient leurs nouveaux programmes, les invitations pleuvaient ; on fixait les dates des bals. Et, invariablement, à cette époque, Mrs. Archer disait que New York était bien changé.

Mrs. Archer vivait retirée du monde et l'observait du haut de sa solitude. Secondée par Mr. Jackson et Miss Sophy, elle notait chaque craquement nouveau à la surface de la société, chaque plante intruse qui cherchait à pousser entre les carrés réguliers des gros légumes mondains. Toute sa jeunesse durant, Archer s'était amusé de cet oracle annuel, et d'entendre énumérer de menus signes de désagrégation qui avaient échappé à son insouciance de jeune homme. Selon Mrs. Archer, New York ne changeait que pour empirer, et Miss Sophy Jackson, là-dessus, renchérissait.

Mr. Sillerton Jackson, en homme du monde, prêtait l'oreille aux lamentations des dames, et suspendait son jugement. Cependant, il ne pouvait nier que la société changeât. Même Newland Archer, le second hiver après son mariage, fut obligé d'avouer que, si le changement n'était pas encore accompli, certainement il était en cours.

Ce sujet fut abordé comme d'habitude au dîner du Thanksgiving Day [1] que donnait Mrs. Archer. À la date où elle était officiellement invitée à rendre grâces pour les bénédictions de l'année, elle avait coutume de faire, avec tristesse, quoique sans amertume, le bilan de son petit univers, et de se demander quel objet donner à sa gratitude. Ce n'était certes pas l'état de la société. La société – si toutefois elle existait encore ! – offrait plutôt un spectacle digne des malédictions bibliques et, du reste, chacun savait quelles étaient les intentions du révérend Ashmore quand il avait choisi comme texte un passage de Jérémie pour son sermon d'action de grâces.

– Il n'y a pas de doute, le révérend Ashmore a raison, disait-elle en secouant la tête.

– C'est égal, c'est un singulier texte pour un Thanksgiving Day, observa Miss Jackson, et son hôtesse reprit sèchement : Il nous engage à remercier le ciel pour le peu qui nous reste.

– La folie de la toilette d'abord, commença Miss Jackson. Sillerton m'a menée à la première de l'Opéra, et je vous affirme que Jane Merry était la seule qui portât une robe de l'année dernière, une robe venue de chez Worth il y a deux ans ; je le sais parce que c'est ma couturière qui rectifie à l'arrivée ses robes de Paris.

– Ah ! Jane Merry est des nôtres, dit Mrs. Archer en soupirant.

– Oui, reprit Miss Jackson, elle est du petit nombre de celles qui gardent les traditions. Dans ma jeunesse, il était de mauvais goût de porter les dernières modes ;

---

1. Thanksgiving est une fête nationale états-unienne qui a lieu le dernier jeudi de novembre et à l'occasion de laquelle on rend grâces à Dieu pour les bienfaits reçus pendant l'année.

Amy Sillerton m'a toujours dit qu'à Boston il fallait mettre en réserve pendant deux ans les robes de Paris. La vieille Mrs. Baxter Pennilow, qui faisait très bien les choses, faisait venir douze robes par an : deux de satin, deux de soie et six autres de popeline ou de cachemire fin. C'était une commande à date fixe, et comme elle a été alitée pendant deux ans avant sa mort, ses filles ont trouvé quarante-huit robes de Worth qui étaient toujours restées dans leur papier de soie.

– Boston est plus conservateur que New York ; mais je trouve plus comme il faut de ne porter ses robes françaises qu'après une saison, fit Mrs. Archer.

– C'est Beaufort qui a lancé le nouveau genre, en faisant arborer à sa femme ses toilettes parisiennes dès leur arrivée. Quelquefois il faut toute la distinction de Regina pour ne pas ressembler à… à…

Miss Jackson jeta un regard autour de la table, surprit les yeux ronds de Janey, et finit sa phrase dans un murmure inintelligible.

– À ses rivales, dit Mr. Sillerton Jackson, comme pour lancer une épigramme.

– Oh ! firent les dames, et Mrs. Archer ajouta :

– La pauvre Regina, son jour de Thanksgiving n'a pas été bien gai. Avez-vous entendu parler, Sillerton, des bruits qui courent sur les spéculations de Beaufort ?

Mr. Jackson fit un oui nonchalant. Tout le monde était au courant : il dédaignait de confirmer une histoire passée déjà dans le domaine public.

Il se fit un lourd silence. Personne n'aimait véritablement Beaufort, et on n'eût pas été fâché d'apprendre les pires choses sur sa vie privée. Cependant, qu'il pût entacher d'un déshonneur financier la famille de sa femme, c'était là un scandale dont ses ennemis eux-mêmes ne pouvaient se réjouir. Le vieux New York d'Archer tolérait l'hypocrisie dans les relations privées, mais en affaires, il exigeait une honnêteté complète et inattaquable. Il n'était personne qui ne se rappelât comment, après la dernière faillite de Wall Street, les chefs de la maison qui croulait avaient été frappés d'anéantissement social. Il en serait de même pour les Beaufort, en dépit du pouvoir du banquier et de la vogue mondaine de sa femme. Toute la force liguée de ses parents ne pourrait sauver la pauvre Regina, si les bruits qu'on faisait courir sur les spéculations illicites de son mari se confirmaient.

La conversation aborda des sujets moins sombres, mais qui semblaient tous renforcer chez Mrs. Archer le sentiment que la société était en train de s'effondrer.

– Je sais, Newland, que tu autorises la chère May à aller aux dimanches de Mrs. Struthers, commença-t-elle.

May l'interrompit en riant :

– Oh ! vous savez, tout le monde va maintenant chez Mrs. Struthers. Elle a été invitée à la dernière réception de grand-mère.

– Je sais, je sais, ma chérie, soupira Mrs. Archer, mais que voulez-vous, quand on ne va dans le monde que pour s'amuser ! J'en veux encore un peu à votre cousine Mme Olenska d'avoir été la première à patronner Mrs. Struthers.

Une rougeur subite colora le visage de la jeune Mrs. Archer.

– Oh ! Ellen, murmura-t-elle, du même ton de désapprobation dont ses parents auraient dit : « Oh ! les Blenker ! »

C'était la note adoptée par la famille quand il s'agissait de Mme Olenska, depuis que celle-ci, contre l'avis de ses parents, s'était dérobée aux avances de son mari. Pourtant, chez May, cette attitude surprenait ; Archer la regardait, gêné, et la sentait étrangère à lui, comme cela lui arrivait chaque fois qu'elle subissait l'ambiance familiale. Elle ajouta :

– Je ne crois pas qu'Ellen se soucie beaucoup de l'opinion du monde.

Chacun savait que la comtesse Olenska n'était plus dans les bonnes grâces de sa famille. La vieille Mrs. Manson Mingott elle-même, sa protectrice, avait dû renoncer à la défendre quand elle avait refusé de rejoindre son mari. Les Mingott n'avaient pas formulé tout haut leur opinion : la solidarité chez eux était trop forte. Comme le disait Mrs. Welland, ils s'étaient contentés de laisser la pauvre Ellen chercher un milieu à son niveau, et elle l'avait trouvé dans les obscures régions où régnaient les Blenker, et où les « gens de lettres » célébraient leurs rites sans prestige. C'était incroyable, mais c'était un fait : Ellen, tournant le dos à son destin de privilégiée, se déclassait. La conclusion n'en était que plus évidente ; elle avait commis une lourde faute en ne retournant pas chez Olenski. Après tout, la place d'une jeune femme était sous le toit de son mari, surtout quand elle l'avait quitté dans des circonstances que – hum ! – si on voulait y regarder de près…

– Mme Olenska est très appréciée par les messieurs, observa Miss Sophy avec un faux air de conciliation.

– Ah ! c'est là le danger pour une jeune femme comme Mme Olenska, opina tristement Mrs. Archer.

Et là-dessus les dames ramassèrent leurs traînes pour se rendre dans le salon pendant que les hommes gagnaient la bibliothèque gothique.

Installé devant le feu, consolé de l'insuffisance du dîner par la perfection de son cigare, Mr. Jackson devint communicatif et important :

– Si le krach Beaufort se produit, il y aura des révélations, annonça-t-il.

Archer leva vivement la tête. Ce nom suscitait toujours en lui une vision précise : la lourde personne de Beaufort, dans son opulente pelisse, s'avançant sur la neige à Skuytercliff.

– C'est inévitable, continua Mr. Jackson. Ce sera la plus vilaine des lessives. Car ce n'est pas pour Regina qu'il a dépensé son argent.

– Espérons qu'il s'en tirera, dit Archer, désireux de changer de sujet.

Une pensée l'obsédait. Pourquoi May avait-elle rougi au nom d'Ellen ? Quatre mois s'étaient écoulés depuis la journée d'été qu'il avait passée avec Mme Olenska. Depuis, il ne l'avait pas revue. Sachant qu'elle était retournée à Washington dans la petite maison qu'elle habitait avec Medora Manson, il lui avait écrit une fois pour lui demander quand il pourrait la revoir ; elle avait répondu : « Pas encore. » Depuis, plus rien ; mais il lui avait érigé dans son cœur un sanctuaire qui bientôt était devenu le seul théâtre de sa vie réelle ; là aboutissaient toutes ses idées, tous ses sentiments. Hors de là, sa vie ordinaire lui semblait de plus en plus irréelle. Il se heurtait contre les préjugés et les points de vue traditionnels comme un homme absorbé se heurte contre le mobilier de sa chambre. Il était absent. Il s'étonnait parfois que les personnes qui l'entouraient pussent s'imaginer qu'il fût encore là. Mr. Jackson reprit :

– Je ne sais pas jusqu'à quel point la famille de votre femme se rend compte combien ce refus de Mme Olenska est regrettable.

– Et pourquoi regrettable ?

Le regard de Mr. Jackson coula le long de sa jambe, jusqu'à la chaussette lisse bordée par l'escarpin verni.

– Eh bien ! sans chercher plus loin, de quoi vivra-t-elle maintenant ?

– Maintenant ?

– Oui : si Beaufort est ruiné…

Archer se leva d'un bond, frappant du poing le bureau de noyer : les couvercles du double encrier de cuivre sursautèrent.

– Que voulez-vous dire par là ?

Mr. Jackson, se redressant un peu, regarda avec sang-froid la figure bouleversée du jeune homme.

– Mon Dieu, je tiens de bonne source – en fait, de la vieille Catherine elle-même – que la famille a considérablement réduit la rente de la comtesse Olenska depuis qu'elle a refusé de retourner chez son mari. Par ce refus, la comtesse a aussi renoncé aux sommes qui lui avaient été reconnues par contrat.

Archer, appuyé contre la cheminée, secoua sur le foyer les cendres de son cigare.

– Je ne sais rien des affaires de Mme Olenska ; mais je n'ai pas besoin de les connaître pour être certain que ce que vous insinuez…

– Oh ! ce n'est pas moi, c'est Lefferts, interrompit Mr. Jackson.

– Lefferts ! qui lui a fait la cour et qui a été remis à sa place, dit Archer avec mépris.

– Ah ! il lui a fait la cour ? rétorqua l'autre, comme si c'était là ce qu'il avait cherché à savoir.

Archer s'était laissé prendre au piège.

– Allons, allons ! reprit Mr. Jackson, c'est fâcheux qu'elle ne soit pas partie avant la faillite Beaufort. Si elle part maintenant et que celui-ci croule, l'impression, qui, entre nous, n'est pas particulière à Lefferts, sera confirmée.

– Elle ne partira certainement pas ! à présent moins que jamais !…

Archer n'eut pas plus tôt prononcé ces mots qu'il se rendit compte qu'il était de nouveau tombé dans un piège.

Le vieillard le fixa du regard.

– C'est votre avis ? Vous avez vos raisons, sans doute. Mais tout le monde vous dira que les quelques sous qui appartiennent à Medora Manson sont entre les mains de Beaufort. Et comment les deux femmes pourront-elles surnager s'il vient à sombrer ? Mme Olenska peut encore amadouer la vieille Catherine, qui avait pourtant violemment pris parti pour le retour chez le mari. La vieille Catherine pourrait lui faire une belle rente ; mais nous savons tous qu'elle n'aime pas à se séparer de son argent. Et le reste de la famille a tout intérêt à ne pas voir rester ici Mme Olenska.

Archer brûlait d'une colère impuissante. Tout l'avertissait d'être prudent, mais les insinuations à propos de Beaufort l'exaspéraient. Pourtant Mr. Jackson, sous le toit de sa mère, était son hôte. Le vieux New York observait scrupuleusement l'étiquette de l'hospitalité : un désaccord avec un invité ne devait pas dégénérer en dispute.

– Allons-nous rejoindre ma mère ? proposa Archer sèchement, quand Mr. Jackson eut laissé tomber dans le cendrier de cuivre son dernier cône de cendres.

Pendant le retour, May garda un silence singulier ; Archer se souvint de sa brusque rougeur à dîner, et sentit une menace. Laquelle ? Il ne le devinait pas ; mais il lui suffisait de se souvenir que c'était le nom de Mme Olenska qui avait si visiblement troublé sa femme.

Ils montèrent l'escalier. Archer se dirigea vers la bibliothèque, où May le suivait ordinairement ; mais il l'entendit prendre le couloir qui conduisait à sa chambre.

– May, appela-t-il brusquement. Elle revint sur ses pas.

– Cette lampe file encore. Les domestiques pourraient faire attention à la mèche, grommela-t-il, nerveux.

– Je regrette. Cela n'arrivera plus, dit-elle, de ce ton ferme et dégagé qu'elle avait appris de sa mère.

Elle se pencha pour baisser la mèche. La façon qu'elle avait déjà de se plier à son humeur, comme s'il était un Mr. Welland plus jeune, énerva Archer.

– May, dit-il tout à coup, je peux être obligé d'aller à Washington pour quelques jours – bientôt –, la semaine prochaine peut-être.

La main de la jeune femme resta appuyée sur la clef de la lampe pendant qu'il parlait. La chaleur de la flamme avait donné de l'éclat à son visage, mais elle pâlit en regardant son mari.

– Pour affaires ? demanda-t-elle, d'un ton qui impliquait qu'il ne pouvait y avoir d'autre raison, et qu'elle avait posé la question automatiquement, pour achever la phrase.

– Naturellement. Il y a une question de brevet qui vient devant la Cour suprême.

Il donna le nom de l'inventeur, et continua, fournissant des détails avec un luxe de fausses précisions.

– Le changement vous fera du bien, dit-elle simplement quand il eut fini ; et elle ajouta, du ton qu'elle aurait pris pour lui rappeler quelque devoir ennuyeux, en le regardant dans les yeux avec un sourire franc et candide :

– Et surtout, n'oubliez pas d'aller voir Ellen.

Ce fut le seul mot prononcé entre eux sur ce sujet, mais dans leur code cela signifiait : « Vous comprenez, bien entendu, que je sais tout ce qui a été dit sur Ellen, et que je suis de tout cœur avec ma famille dans l'effort tenté pour l'engager à retourner chez son mari. Je sais aussi que, pour des raisons que vous n'avez pas cru devoir me dire, vous l'avez dissuadée de suivre ce conseil unanime. Je sais que c'est avec votre appui qu'Ellen nous brave, et s'expose aux critiques auxquelles Mr. Jackson a probablement fait allusion ce soir. C'est du reste ce qui vous a rendu si nerveux. Puisque rien jusqu'ici n'a pu vous faire changer d'attitude, j'interviens à mon tour, sous la seule forme admise entre gens bien élevés quand ils ont quelque chose de pénible à se communiquer. Comprenez bien que je sais votre intention arrêtée de voir Ellen quand vous serez à Washington, et que vous n'y allez peut-être que pour cela ; et puisque vous la verrez sûrement, je veux que ce soit avec mon entière et absolue approbation. »

Sa main était encore sur la clef de la lampe quand le dernier mot de ce message muet parvint à Archer. Elle baissa la mèche, leva le globe et souffla sur la flamme.

– Elles sentent moins quand on les éteint en soufflant, expliqua-t-elle, avec son ton assuré de maîtresse de maison.

Sur le pas de la porte, elle se retourna et attendit le baiser de son mari.

27

Le lendemain, dans Wall Street, les nouvelles de la situation de Beaufort étaient plus rassurantes. On savait qu'en cas d'urgence le banquier trouverait de puissants appuis. Et, ce soir-là ; quand Mrs. Beaufort parut à l'Opéra, parée de son même sourire et d'un nouveau collier d'émeraudes, la société poussa un soupir de soulagement.

Archer s'était décidé au voyage à Washington. Il attendait seulement l'ouverture du procès dont il avait parlé à May, pour en faire coïncider la date avec son absence. Mais le mardi suivant, ayant appris par Mr. Letterblair que la cause était remise de plusieurs semaines, il rentra chez lui résolu à partir malgré tout le lendemain. Il y avait toute chance que May, qui ne savait rien de sa vie professionnelle et n'y portait aucun intérêt, n'apprît pas ce renvoi de l'affaire, et ne se rappelât pas les noms des plaideurs, s'ils étaient prononcés devant elle. Quoi qu'il dût arriver, il avait besoin de revoir Mme Olenska. Il avait trop de choses à lui dire…

Le lendemain, quand il arriva au bureau, il trouva Mr. Letterblair extrêmement troublé. En fait, Beaufort n'avait pas réussi à « s'en tirer », mais, en répandant des rumeurs favorables, il avait rassuré ses déposants, et de fortes sommes avaient été versées à la banque jusqu'à la veille au soir. Puis les bruits fâcheux avaient repris leur vol. En conséquence, une foule de déposants avaient déjà envahi la banque et très probablement elle fermerait ses portes, avant la nuit. Cette manœuvre de la dernière heure, tentée par Beaufort, était qualifiée de la façon la plus dure, et sa faillite s'annonçait comme une des plus déshonorantes dans l'histoire de Wall Street.

L'étendue du désastre laissait Mr. Letterblair atterré.

– J'ai vu de vilaines choses de mon temps, mais rien de pareil. Tout le monde est atteint, d'une manière ou d'une autre. Et que fera-t-on pour Mrs. Beaufort ? Que peut-on faire pour elle ? Je plains Mrs. Manson Mingott plus que n'importe qui ; à son âge, on ne sait jamais l'effet que peut produire une pareille catastrophe. Elle a toujours eu confiance en Beaufort. Elle avait fait de lui un ami ! Puis il y a toute la famille Dallas ! La pauvre Mrs. Beaufort est alliée à chacun de vous. Sa seule ressource serait de quitter son mari. Mais qui peut le lui conseiller ? Son devoir est auprès de lui, et elle n'a jamais eu l'air de s'apercevoir qu'il la trompait.

On frappa à la porte. Un clerc remit une lettre à Archer. Le jeune homme, reconnaissant l'écriture de sa femme, ouvrit l'enveloppe et lut : « Voulez-vous rentrer le plus tôt possible ? Grand-mère a eu une légère attaque la nuit dernière. Elle a appris, on ne sait comment, avant nous tous, les affreuses nouvelles de la banque. Mon oncle Lovell est absent de New York, et le scandale a tellement bouleversé mon pauvre papa qu'il ne peut pas quitter sa chambre. Maman a le plus grand besoin de vous. Je vous en prie, venez tout droit chez grand-mère. »

Quelques minutes plus tard, Archer était chez Mrs. Mingott. Le vestibule avait l'aspect insolite que prend une maison bien tenue devant l'invasion soudaine de la maladie. Des manteaux et des fourrures s'entassaient sur les chaises ; une trousse et un pardessus de médecin se trouvaient sur la table, où lettres et cartes déjà s'accumulaient.

May mena Archer dans le boudoir de la vieille dame. Ce fut là que Mrs. Welland communiqua à son gendre, d'une voix basse, épouvantée, les détails de l'accident. La veille au soir, il s'était passé quelque chose de terrible et de mystérieux. Juste au moment où Mrs. Mingott venait de finir sa patience, la sonnette de la porte avait retenti, et une dame soigneusement voilée, que les domestiques ne reconnurent pas tout d'abord, avait demandé à être introduite.

Le maître d'hôtel, au son d'une voix familière, avait ouvert les portes du boudoir en annonçant : « Mrs. Julius Beaufort. » Les deux dames avaient dû rester ensemble, estimait-il, une heure à peu près. Quand Mrs. Mingott sonna, Mrs. Beaufort s'était déjà esquivée, et la vieille dame était seule, assise dans son grand fauteuil, toute blanche et effrayante à voir. Elle fit signe au maître d'hôtel de l'aider à regagner sa chambre. Sa femme de chambre la mit au lit et se retira. Mais à trois heures du matin, la sonnette retentit encore, et les deux domestiques accoururent à cet appel insolite (la vieille Catherine dormait ordinairement comme un enfant). C'est alors qu'ils avaient trouvé leur maîtresse appuyée contre les oreillers, les lèvres grimaçantes, tandis qu'une de ses petites mains pendait inerte au bout de l'énorme bras.

L'attaque était légère ; mais l'alarme avait été grande, et plus grande encore fut l'indignation quand on apprit, par les fragments de phrases que balbutia la malade, que Regina Beaufort était venue lui demander de soutenir son mari, de ne pas les « lâcher », comme elle disait, en somme, d'engager toute la famille à couvrir et à patronner l'abominable scandale !

– Je lui ai dit : « L'honneur a toujours été l'honneur, et l'honnêteté l'honnêteté, dans la maison de Manson Mingott ; et il en sera ainsi tant qu'on ne m'emmènera pas les pieds devant », avait bégayé la vieille dame, avec la voix épaisse de l'hémiplégie. Et quand Regina Beaufort a dit : « Mais mon nom, ma tante, mon nom est Regina Dallas », j'ai dit : « Ton nom était Beaufort quand il t'a couverte de bijoux, et doit rester Beaufort maintenant qu'il t'a couverte de honte. »

Mrs. Lovell Mingott, qui écrivait dans une pièce voisine, vint se mêler à l'entretien. De leur temps, disaient les deux belles-sœurs, une femme dans le cas de Regina n'avait qu'une idée : s'effacer et disparaître avec son mari.

– On dit que le collier d'émeraudes qu'elle portait à l'Opéra vendredi dernier, ajouta Mrs. Lovell Mingott, avait été envoyé par le bijoutier, à condition, dans la journée. Je me demande s'il le reverra jamais.

Archer écoutait l'inexorable chœur. Lui aussi était trop profondément imbu du code de l'honnêteté financière pour céder à la pitié : une probité sans tache était le « noblesse oblige » du vieux New York des affaires. Pour Mrs. Beaufort, Archer éprouvait certainement plus de compassion que n'en témoignaient ses parents indignés ; mais il semblait que le lien entre mari et femme, même s'il pouvait se briser dans la prospérité, devînt indissoluble dans l'infortune. Comme le disait Mr. Letterblair, la place d'une femme était à côté de son mari dans l'adversité. Quant à la société, il y a des malheurs dont elle s'éloigne ; et la prétention inouïe de Mrs. Beaufort d'y trouver un appui semblait faire d'elle presque la complice du banquier. Couvrir un déshonneur, c'était la seule chose à quoi la famille en tant qu'institution dût se refuser.

La femme de chambre mulâtre pria Mrs. Lovell Mingott de passer dans le vestibule, et peu après, cette dernière revint, fronçant les sourcils.

– Ma belle-mère veut que je télégraphie à Ellen Olenska. J'avais écrit à Ellen, bien entendu, ainsi qu'à

Medora ; mais il paraît que cela ne suffit pas. Je dois envoyer une dépêche immédiatement, et lui dire qu'elle vienne seule.

May proposa :

– Voulez-vous que j'écrive le télégramme, ma tante ? S'il part tout de suite, Ellen pourra prendre le train de demain matin.

Elle prononça les deux syllabes « Ellen » d'une voix claire, comme si elle tapait sur deux clochettes d'argent.

– Comment faire ? dit Mrs. Lovell Mingott. Jasper et le valet de pied sont tous les deux sortis pour porter des lettres et des télégrammes.

May se retourna vers son mari avec un sourire :

– Newland s'en chargera. Voulez-vous porter le télégramme, Newland ?

Archer acquiesça, et elle s'assit devant le bonheur-du-jour en palissandre pour écrire la dépêche. Elle la sécha soigneusement et la tendit à Archer.

– Quel dommage que vous deviez justement vous croiser avec Ellen ! Newland, ajouta-t-elle, en se tournant vers sa mère, est obligé d'aller à Washington pour une affaire de brevet qui vient devant la Cour suprême.

Sur le point de sortir, Archer entendit sa belle-mère qui disait, s'adressant probablement à Mrs. Lovell Mingott :

– Pourquoi vous fait-elle appeler Ellen Olenska ? Et la voix cristalline de May reprit :

– Peut-être veut-elle insister encore une fois pour qu'Ellen retourne auprès de son mari ?

La porte de la maison se referma et Archer se dirigea d'un pas pressé vers le bureau télégraphique.

28

– O – ol – ol – Comment ça s'écrit-il ? demanda la voix aigre de la jeune télégraphiste à qui Archer tendait la dépêche.

– Olenska – O – len – ska, répéta-t-il, reprenant le télégramme pour inscrire le nom en caractères plus lisibles au-dessus de la large écriture enfantine de May.

– C'est un nom bien exotique pour notre quartier, fit une voix inattendue, et Archer, se retournant, vit auprès de lui Lawrence Lefferts.

Imperturbable, celui-ci tirait sa belle moustache, en affectant de ne pas regarder la dépêche.

– Je pensais bien vous rencontrer ici, Newland. En apprenant l'attaque de la vieille Mrs. Mingott, je suis parti pour demander des nouvelles, et je vous ai aperçu tournant le coin. Vous en venez, je suppose ?

Archer fit signe que oui, et poussa le télégramme sous le guichet.

– Ça va mal, hein ? continua Lefferts. On avertit la famille ? Ça doit être grave, si vous y comprenez la comtesse Olenska !

Les lèvres d'Archer se serrèrent et il eut une furieuse envie de gifler ce long, élégant et vaniteux visage.

– Qu'entendez-vous par là ? questionna-t-il sèchement.

Lefferts, qui d'ordinaire évitait les discussions, leva les sourcils, comme pour rappeler à son compagnon que derrière le grillage se tenait une oreille attentive. Rien n'était de plus mauvais ton (Lefferts le faisait comprendre par ce geste) que de se quereller dans un lieu public.

Archer était exaspéré ; mais il fallait éviter un incident sur le nom de Mme Olenska. Il paya le télégramme, et les deux jeunes gens sortirent ensemble. Dans la rue, Archer, ayant retrouvé son sang-froid, déclara que Mrs. Mingott allait beaucoup mieux. Lefferts se déclara heureux et soulagé et s'empressa de passer à la faillite de Beaufort qui était annoncée par tous les journaux, reléguant au second plan la nouvelle de l'attaque de Mrs. Mingott.

Tout New York était contristé par l'histoire du déshonneur de Beaufort. Quant à Mrs. Beaufort, depuis sa démarche nocturne auprès de Mrs. Manson Mingott, on la trouvait plus cynique encore que lui. Pourtant elle n'avait pas l'excuse d'une origine étrangère. Il y avait un certain plaisir à se rappeler que Beaufort était un étranger ; mais si une Dallas de la Caroline du Sud prenait parti pour lui, et disait avec désinvolture qu'il rétablirait bientôt sa situation, l'argument perdait de sa valeur. Il n'y avait plus qu'à plaindre les malheureuses victimes, telles que Medora Manson, les pauvres vieilles Misses Lanning, et d'autres dames de bonnes familles, mal conseillées, qui, si elles avaient seulement écouté Mr. Henry Van der Luyden…

– Ce que les Beaufort ont de mieux à faire, disait Mrs. Archer, se résumant comme pour un diagnostic, c'est d'aller vivre dans la petite propriété de Regina en Caroline du Nord. Beaufort a toujours eu une écurie de courses : il pourrait faire l'élevage de trotteurs. Je croirais volontiers qu'il a toutes les qualités d'un excellent maquignon.

Le lendemain, Mrs. Manson Mingott allait beaucoup mieux ; elle avait retrouvé assez de voix pour ordonner que le nom des Beaufort ne fût plus prononcé devant elle. Quand vint le docteur Bencomb, elle demanda quelle mouche piquait sa famille de faire tant d'embarras autour de sa santé.

– Voilà ce qui arrive aux gens de mon âge quand ils s'obstinent à manger du poulet à la mayonnaise le soir, observa-t-elle.

Et, le médecin ayant changé fort à propos son régime, l'attaque prit le nom d'indigestion.

Cependant, malgré la fermeté de son attitude, la vieille Catherine ne se remit pas tout à fait d'aplomb. Cette indifférence qui est un effet de l'âge n'avait pas diminué sa curiosité pour les affaires des autres, mais lui avait enlevé toute pitié pour leurs chagrins. Elle parut n'éprouver aucune difficulté à chasser le désastre Beaufort de sa pensée. Cependant, pour la première fois, elle commença de s'intéresser à certains membres de sa famille auxquels jusqu'alors elle n'avait témoigné aucun intérêt.

Mr. Welland, en particulier, eut ce privilège d'attirer son attention. C'était celui de ses gendres qu'elle avait le plus constamment ignoré, et tous les efforts de sa femme pour le représenter comme un esprit rare (si seulement il avait voulu se faire valoir) n'avaient provoqué chez elle qu'un gloussement de dérision. Mais, comme valétudinaire, il méritait la considération ; Mrs. Mingott l'invita à venir la voir, afin de comparer leurs régimes, dès que sa température le permettrait.

Vingt-quatre heures après l'envoi de la dépêche à Mme Olenska, un télégramme annonça qu'elle arriverait de Washington le lendemain soir. Qui prendrait le bac pour aller la chercher au terminus de Jersey City ? Chez les Welland, où les Newland Archer se trouvaient à déjeuner, la difficulté semblait aussi insurmontable que si l'Hudson avait été l'Atlantique, et la discussion devint très animée. Mrs. Welland ne pouvait aller à la rencontre de sa nièce puisqu'elle devait accompagner son mari chez Mrs. Mingott, et qu'il fallait garder le coupé pour ramener Mr. Welland, s'il se trouvait trop impressionné par cette première visite à sa belle-mère après l'attaque. Les fils Welland seraient à leurs affaires. La voiture de Mrs. Mingott devait aller chercher Mr. Lovell Mingott, qui arrivait à cette même heure à une autre gare, et on ne pouvait demander à May, par un soir d'hiver, d'aller seule jusqu'à Jersey City, même dans sa voiture. Pourtant, ce serait peu aimable, et contraire au désir de Mrs. Mingott, de laisser arriver Mme Olenska sans qu'un membre de la famille l'attendît à la gare. Archer proposa :

– Voulez-vous que j'aille la chercher ? Je peux facilement quitter mon bureau assez tôt pour retrouver le coupé au bac, si May veut l'y envoyer.

Pendant qu'il parlait, il sentait son cœur battre follement.

Mrs. Welland poussa un soupir de soulagement, et May enveloppa son mari d'un sourire approbateur.

– Vous voyez, maman, tout s'arrange, dit-elle, se penchant pour déposer un baiser d'adieu sur le front inquiet de sa mère.

Le coupé de May l'attendait à la porte. En s'installant, elle dit à son mari :

– Expliquez-moi comment vous pourrez aller demain au-devant d'Ellen, et la ramener, si vous partez pour Washington ?

– Je ne vais plus à Washington. Le procès est ajourné.

– C'est singulier. J'ai vu ce matin un mot de Mr. Letterblair, adressé à maman, disant qu'il allait demain à Washington pour une grosse affaire de brevets qu'il doit plaider devant la Cour suprême. Vous m'avez bien dit que c'était une affaire de brevets, n'est-ce pas ?

– Justement ; nous ne pouvons pas tous y aller et Letterblair a décidé ce matin qu'il irait.

– Alors l'affaire n'est pas ajournée ? continua-t-elle, avec une insistance qui lui ressemblait si peu qu'Archer sentit le sang lui monter au visage.

– L'affaire, non, mais mon départ, répondit-il, maudissant toutes les explications inutiles qu'il avait données pour préparer son voyage.

Où avait-il lu que les menteurs adroits donnent des explications, mais que les plus adroits n'en donnent pas ? Ce qui lui était odieux, c'était moins encore de faire un accroc à la vérité, que de voir May s'appliquer à faire semblant qu'elle ne remarquait pas son mensonge.

– Je n'irai que plus tard, et cela se trouve bien, puisque cela arrange votre famille, continua-t-il, dissimulant son irritation sous un accent ironique.

À cet instant, leurs regards se croisèrent, et peut-être leurs pensées se pénétrèrent plus avant que l'un et l'autre ne l'auraient désiré.

– Oui, acquiesça May avec un sourire voulu, cela tombe très bien que vous puissiez aller au-devant d'Ellen. Cela fait plaisir à maman.

– J'en suis enchanté.

La voiture s'arrêta à la station de tramway où Newland devait descendre pour regagner Wall Street. May posa sa main sur celle de son mari :

– Adieu, mon chéri, dit-elle.

Ses yeux étaient si bleus qu'il se demanda plus tard s'il ne les avait pas vus briller à travers des larmes.

Il traversa rapidement le square, se répétant, comme dans une sorte de chant intérieur :

– Il faut deux bonnes heures pour aller de Jersey City chez la vieille Catherine ; deux bonnes heures, et peut-être plus…

29

L'élégant coupé bleu de May, cadeau de noces des Welland, et dont le vernis était encore neuf, attendait Archer au bac. Il y monta et y fut transporté confortablement à Jersey City.

C'était un après-midi sombre et neigeux, et les becs de gaz éclairaient faiblement la grande gare bruyante. Pendant qu'il arpentait le quai, Archer pensait à ces prophètes qui annonçaient qu'un tunnel passerait un jour sous l'Hudson et amènerait directement à New York les trains de Pennsylvanie. C'était la confrérie des visionnaires, de ceux qui prédisaient également des machines volantes, des bateaux traversant l'Atlantique en cinq jours, l'électricité remplaçant le gaz, la télégraphie sans fil, et autres merveilles des *Mille et Une Nuits*.

– Tout cela m'est bien égal, songeait-il, puisqu'il n'y a pas aujourd'hui un tunnel sous l'Hudson.

Avec une joie d'écolier, il se figurait Mme Olenska descendant du train ; il l'apercevrait de très loin, parmi les visages indifférents. Elle s'appuierait à son bras ; il la guiderait vers la voiture ; ils s'approcheraient lentement du bac, patinant sur le quai encombré de chevaux, de lourdes charrettes qui s'ébranlaient sous les vociférations des conducteurs. Et puis viendrait le silence soudain du départ, quand, sur le bac, ils seraient assis côte à côte dans la voiture, sous la neige, tandis que la rive semblerait les fuir.

La lointaine clameur du train s'approcha ; puis la locomotive s'engouffra sous le hall. Archer se poussa à travers la foule, fouillant fiévreusement du regard chaque fenêtre des voitures haut perchées. Tout à coup, à deux pas de lui, il aperçut Mme Olenska. Elle était très pâle : la surprise se lisait dans ses yeux. Leurs mains s'unirent, Archer sentit le bras d'Ellen glisser sous le sien. Il lui fraya un passage dans la foule ; puis, tout se passa comme il l'avait rêvé. Il l'installa dans le coupé avec ses bagages, et eut plus tard le vague souvenir de l'avoir dûment rassurée sur la santé de sa grand-mère, et de lui avoir résumé la situation de Beaufort. Il fut frappé du ton qu'elle eut pour dire : « Pauvre Regina ! » Pendant ce temps la voiture sortait de la gare et descendait la pente qui conduisait au quai, entre les chevaux effarés, les fourgons en attente. Tout à coup, ils croisèrent un corbillard vide. Oh ! ce corbillard ! Ellen ferma les yeux et saisit la main d'Archer.

– Pourvu que ce ne soit pas un avertissement ! Pauvre grand-mère !

– Mais non ! Elle va beaucoup mieux ; elle va très bien, vraiment. Là, nous l'avons dépassé ! s'écria-t-il, comme si on avait conjuré le mauvais sort.

Quand la voiture s'engagea sur le bac, il se pencha, défit le bouton qui fermait l'étroit gant brun de la main qu'il tenait encore, et en baisa la paume. Elle se dégagea doucement. Il dit :

– Vous ne comptiez pas me voir aujourd'hui ?

– Certes non.

– J'ai failli vous manquer. J'avais tout arrangé pour aller vous retrouver à Washington. Nous nous serions croisés.

Elle poussa un petit oui, comme effrayée qu'ils eussent été si près de se manquer.

– Savez-vous que je me rappelais à peine comment vous êtes ?

– Comment je suis ?

– Je veux dire... Comment vous expliquer ? C'est toujours la même chose : à chaque rencontre, c'est comme si je vous voyais pour la première fois, comme si vous m'arriviez... de l'inconnu.

– Oui... je comprends.

– Est-ce que ?... Moi aussi, pour vous ?

Elle se tourna du côté de la vitre. Il l'appela :

– Ellen ! Ellen ! Ellen !

Elle ne répondit pas ; et, sans plus rien dire, il regarda son profil s'effacer peu à peu dans le crépuscule rayé de neige. Qu'avait-elle fait pendant ces quatre longs mois ? Combien peu ils se connaissaient, après tout ! Les minutes passaient ; mais il avait oublié tout ce qu'il voulait lui dire ; il ne savait que méditer sur le mystère par lequel ils se trouvaient à la fois unis et si séparés. Être assis l'un contre l'autre sans même se voir, n'était-ce pas l'image de leur destin ?

– Quelle jolie voiture ! Est-ce celle de May ? demanda-t-elle tout à coup.

– Oui.

– Alors, c'est elle qui vous a envoyé pour me chercher ? Comme c'est aimable !

Un moment de silence ; puis il dit d'une voix changée :

– Le secrétaire de votre mari est venu me voir le lendemain du jour où nous nous sommes rencontrés à Boston.

Dans sa courte lettre à Mme Olenska, Archer s'était gardé de mentionner la visite de M. Rivière. Mais aussi, pourquoi lui rappelait-elle qu'ils étaient dans la voiture de May ? Il allait voir, à son tour, si une allusion à

M. Rivière lui serait agréable ! Comme en d'autres occasions où il avait cru la troubler, la jeune femme ne trahit aucune surprise. Elle s'informa :

– M. Rivière est allé vous voir ?

– Ne le saviez-vous pas ?

– Nullement.

– Et cela ne vous étonne pas ? Elle hésita.

– Qu'y a-t-il à cela d'étonnant ? M. Rivière m'a dit à Boston qu'il vous connaissait, qu'il vous avait rencontré, je crois, en Angleterre.

– Ellen, je veux vous demander une chose.

– Laquelle ?

– C'est M. Rivière qui vous a aidée à partir quand vous avez quitté votre mari ?

Le cœur du jeune homme battait à se rompre. À cette question, garderait-elle son calme ?

– C'est lui. Je lui ai beaucoup d'obligation, ajouta-t-elle sans que sa voix tranquille fût en rien altérée.

L'accent était si naturel qu'Archer se tranquillisa. Encore une fois, elle était parvenue par sa seule simplicité à lui faire sentir qu'il agissait avec la banalité la plus risible, au moment même où il croyait jeter les conventions par-dessus bord.

– Je crois que vous êtes la femme la plus sincère que j'aie jamais connue !

– Une des plus vraies…, répondit-elle, avec une voix caressante comme un sourire.

– Le mot importe peu… Vous regardez les choses en face.

– Ah ! il l'a bien fallu. J'ai dû fixer mes yeux sur la Gorgone.

– Eh bien ! elle ne vous a pas aveuglée.

– Elle n'aveugle pas, elle brûle les larmes.

La réponse semblait monter d'une profondeur d'expérience qu'il ne pouvait atteindre. La lente avance du bac avait cessé : sa proue se heurta contre les pilotis du quai avec une violence qui fit chanceler le coupé, et jeta Archer et Mme Olenska l'un contre l'autre. Le jeune homme, frémissant, sentit sur lui la pression de l'épaule d'Ellen. Il lui passa le bras autour de la taille.

– Ellen, fit-il brusquement, comprenez-moi : ceci ne peut pas durer.

– Qu'est-ce qui ne peut pas durer ?

– Que nous soyons ainsi, ensemble et séparés.

– Vous n'auriez pas dû venir, dit-elle, la gorge serrée.

Tout à coup elle se retourna, l'entoura de ses bras et mit un baiser sur ses lèvres. La voiture s'ébranla et s'emplit de lumière, en passant sous un réverbère. Ellen recula, et tous deux restèrent silencieux et immobiles pendant que le coupé se dégageait des abords de l'embarcadère. Quand ils eurent gagné la rue, Archer se mit à parler avec volubilité.

– Ne craignez rien. Vous n'avez pas besoin de vous renfoncer ainsi dans votre coin : un baiser volé n'est pas ce que je veux. Je devine ce qui se passe en vous ; vous estimez que le sentiment qui nous unit ne doit pas s'amoindrir dans une intrigue. Je n'aurais pas pu vous parler ainsi hier, parce que, quand nous sommes séparés et que j'aspire à vous revoir, tout mon être s'enflamme et chacune de mes pensées me brûle. Mais vous arrivez, et votre présence dépasse tellement mes souvenirs ! Ce que je veux de vous, c'est tellement plus qu'une heure ou deux de temps en temps, avec des siècles d'attente et de soif dans l'intervalle ! Et si je puis rester ainsi tranquille à côté de vous, c'est que j'ai dans ma tête une autre vision, et aussi la confiance qu'elle se réalisera.

Elle ne répondit pas tout de suite ; puis très bas :

– De quelle vision voulez-vous parler ?

– Vous le savez. Et aussi qu'elle se réalisera.

– Vous et moi réunis ?

Elle éclata d'un rire soudain et dur.

– Pour me proposer une telle vision, vous choisissez bien l'endroit !

– Le coupé de ma femme ? Descendons et marchons, alors. Un peu de neige ne vous fait pas peur.

Elle rit encore, mais plus doucement.

– Non, je ne descendrai pas. J'ai hâte d'arriver chez grand-mère. Vous allez rester assis à côté de moi, et nous envisagerons ensemble non des rêves, mais des réalités.

– Je ne sais pas ce que vous entendez par des réalités. Pour moi, il n'y en a qu'une.

Elle ne répondit que par un long silence, pendant lequel la voiture descendait une obscure rue transversale pour déboucher dans la lumière éclatante de la Cinquième Avenue.

– Vous voudriez donc faire de moi votre maîtresse, puisque je ne peux pas être votre femme ? demanda-t-elle.

Cette question directe le déconcerta. Maîtresse, c'était là un mot que les femmes de son monde évitaient de prononcer.

Décontenancé, il balbutia :

– Ce que je veux, c'est partir avec vous pour un monde où des mots comme celui-là – des catégories comme celles-là – n'existent pas : où nous serons simplement deux êtres qui s'aiment, qui sont tout l'un pour l'autre, pour lesquels le monde ne compte pas…

Elle poussa un long soupir, qui s'acheva en un rire amer.

– Oh ! mon ami ! Où est-il, ce pays ? Y êtes-vous jamais allé ?

Archer restait silencieux. Elle continua :

– J'en connais tant qui ont essayé de le trouver ; et, croyez-moi, ils sont tous descendus par erreur aux stations d'à côté, à Boulogne, à Pise, à Monte-Carlo, et ils y retrouvaient toujours le même vieux monde qu'ils voulaient abandonner, seulement plus petit, plus mesquin, plus laid.

Archer ne lui connaissait pas cette âpreté de langage.

– Je vois, dit-il enfin : la Gorgone a brûlé vos larmes.

– Et elle m'a ouvert les yeux. Ce n'est pas vrai de dire qu'elle rend les gens aveugles. Au contraire, elle leur ouvre les yeux tout grands, elle leur coupe les paupières. Et l'on ne connaît plus jamais l'obscurité bienfaisante. Parmi les supplices qu'ont inventés les Chinois, n'en est-il pas un de ce genre ?

La voiture avait traversé la Quarante-Deuxième Rue au trot rapide d'un cheval vigoureux. Archer était oppressé par le sentiment des minutes perdues, des paroles vaines.

– Maintenant, dit-il, qu'allons-nous faire ?

– Nous ? Il n'y a pas de *nous* dans ce sens-là ! Nous ne sommes l'un près de l'autre qu'à condition de rester séparés. Alors seulement nous pouvons être nous-mêmes. Autrement, nous serons Newland Archer, le mari de la cousine d'Ellen Olenska, et Ellen Olenska, la cousine de la femme de Newland Archer, volant un bonheur qui ne leur appartient pas.

– Ah ! je n'en suis plus là ! gémit Archer.

– Vous ne savez pas ce que vous me demandez, dit-elle ; et moi je le sais, ajouta-t-elle d'une voix singulière.

Il resta silencieux, abîmé dans sa douleur. Puis, dans l'obscurité de la voiture, il chercha le porte-voix et donna l'ordre au cocher d'arrêter.

– Pourquoi nous arrêtons-nous ? Nous ne sommes pas arrivés, s'écria Mme Olenska.

– Je descends ici, bégaya-t-il, et il sauta sur le pavé.

À la lueur d'un réverbère, il vit le visage bouleversé de la jeune femme, le mouvement instinctif qu'elle fit pour le retenir. Il ferma la portière et s'y appuya un moment.

– Vous avez raison, je n'aurais pas dû venir aujourd'hui, dit-il, en baissant la voix pour ne pas être entendu du cocher.

Elle se pencha en avant et sembla prête à parler, mais déjà il avait donné l'ordre de repartir. La voiture s'éloignait. Archer resta cloué sur place. La neige avait cessé, et un vent cinglant le frappait au visage. Tout à coup il sentit quelque chose de raide et de froid sur ses cils : il pleurait, et le vent avait gelé ses larmes.

Il mit ses mains dans ses poches et descendit la Cinquième Avenue pour rentrer chez lui.

30

Ce soir-là, quand Archer descendit, il ne trouva personne au salon. Il devait dîner seul avec sa femme ; toutes les sorties du soir avaient été suspendues depuis la maladie de Mrs. Manson Mingott, et il fut surpris que May, si exacte, ne l'eût pas devancé.

Elle apparut enfin, en robe décolletée étroitement lacée : le protocole de leur monde exigeait la grande toilette, même en famille. Pas une coque ne manquait aux rouleaux compliqués dans ses cheveux blonds. Mais Archer lui trouva le teint pâle et les traits tirés.

– Qu'êtes-vous devenu ? demanda-t-elle. Je vous ai attendu chez grand-mère. Ellen est arrivée seule, disant qu'elle vous avait laissé en route, que vous aviez dû courir à vos affaires. Rien de fâcheux ?

– Non, quelques lettres à expédier.

– Je regrette bien que vous ne soyez pas venu chez grand-mère ; sans doute ces lettres étaient urgentes ?

– Oui, fit-il, gêné par cette insistance.

C'est vrai qu'il avait promis, le matin, d'aller retrouver May chez sa grand-mère. Cela l'irritait qu'un si léger manquement fût relevé contre lui après deux ans de mariage. Il était las de vivre dans la fiction d'une lune de miel qui avait les exigences de la passion sans en avoir la chaleur.

Pendant le dîner, May lui apprit la nouvelle qui courait New York. On disait que les Beaufort ne quittaient pas la ville, que Beaufort allait entrer dans une affaire d'assurances. Un tel aplomb passait toute imagination. Puis la conversation tourna dans l'étroit cercle habituel ; mais Archer remarqua que sa femme ne fit aucune allusion à Mme Olenska, ni à l'accueil qu'avait fait à celle-ci la vieille Catherine. Ce silence ne laissait pas d'avoir quelque chose d'inquiétant.

Dans la bibliothèque, Archer alluma une cigarette et ouvrit un livre, tandis que May prenait son panier à ouvrage, et, approchant un fauteuil de la lampe voilée de vert, découvrait un coussin qu'elle brodait pour Newland. Elle n'était pas trop habile ouvrière : ses grandes mains fortes étaient faites pour tenir les guides ou la rame. Mais toutes les femmes brodant des coussins pour leur mari, elle n'aurait pas manqué à cet acte de dévotion conjugale.

Archer, quand il levait les yeux, la voyait penchée sur son métier. Ses manches courtes, bordées de ruches, découvraient ses bras ronds et fermes ; le saphir de ses fiançailles brillait à sa main gauche, au-dessus de sa large alliance d'or, et l'autre main perçait lentement et laborieusement le canevas. En la voyant ainsi, sous la lampe, Archer se disait avec une sorte de découragement qu'il saurait toujours toutes les pensées que recelait ce front pur ; que jamais, au cours des années à venir, elle ne le surprendrait par une fantaisie, une idée nouvelle, une faiblesse, une violence ou une émotion. Pendant leurs courtes fiançailles, elle avait épuisé tout ce qu'il y avait en elle de poétique et de romanesque. Maintenant, May mûrissait tranquillement, exacte reproduction de sa mère ; mystérieusement, et par suite du même développement, elle tendait à faire de lui un second Mr. Welland. Il posa son livre et se leva. Elle redressa la tête.

– Qu'y a-t-il ?

– On étouffe ici. J'ai besoin d'air.

Il ouvrit les rideaux, releva le châssis à guillotine, et se pencha sur la nuit glacée. Ne plus voir May, assise près de la table, sous la lampe ; apercevoir d'autres existences en dehors de la sienne, d'autres villes au-delà de New York, et tout un monde au-delà de son monde, cela le soulageait ; l'air en devenait plus respirable. Il resta quelques minutes ainsi, accoudé dans l'obscurité. Puis il entendit May qui appelait.

– Newland ! Fermez la fenêtre ; vous allez mourir de froid.

Il baissa le carreau et se retourna.

« Mourir de froid ? pensa-t-il ; mais ne suis-je pas déjà mort ? N'y a-t-il pas des mois et des mois que ma vie est pareille à la mort ? »

Une semaine se passa. Archer n'entendait plus parler de Mme Olenska, et il se rendait compte que le nom de la jeune femme ne serait prononcé devant lui par aucun membre de la famille. Il ne faisait rien pour essayer de la voir. Une résolution germait en lui depuis qu'il s'était penché à la fenêtre de sa bibliothèque dans la nuit glacée. La force grandissante de cette résolution lui donnait du calme pour supporter l'attente.

Enfin, Mrs. Manson Mingott lui fit dire qu'elle souhaitait le voir. Son cœur battait violemment quand il sonna chez la vieille Mrs. Mingott. Il était là, sur les marches du seuil : derrière la porte, derrière les rideaux du boudoir de damas jaune, la comtesse Olenska l'attendait sûrement. Dans un moment, il la verrait ; il pourrait lui parler, avant d'être introduit dans la chambre de la malade. Il voulait seulement lui poser une question ; après, il savait ce qu'il aurait à faire… Quelle ne fut pas sa déception quand il ne trouva que la mulâtresse qui l'introduisit auprès de la vieille Catherine !

L'aïeule était assise dans un vaste fauteuil près de son lit ; à côté d'elle, un guéridon d'acajou portait une lampe de bronze au globe gravé, voilé sous un papier vert. Archer ne remarqua sur son visage aucune trace de la récente attaque. Elle était seulement plus pâle, avec des ombres plus noires dans les plis de son visage trop gras. Dans son bonnet tuyauté, attaché par un nœud empesé entre ses deux premiers mentons, le fichu de mousseline croisé sur les vagues de sa robe de chambre violette, on aurait pu la prendre pour le portrait de quelque aïeule bienveillante et avisée, gonflée outre mesure par les plaisirs gastronomiques.

Elle tendit à Archer une des petites mains qui étaient nichées sur ses larges genoux comme des souris blanches.

– Sapho, dit-elle à la femme de chambre, ne laissez entrer personne. Si mes filles me demandent, dites que je dors.

La mulâtresse disparut et la vieille dame se retourna vers son petit-fils.

– Mon cher, suis-je tout à fait affreuse à voir ? demanda-t-elle gaiement, en ramenant sur le promontoire de sa poitrine les plis de batiste. Mes filles disent que ça n'a pas d'importance à mon âge, comme si la laideur n'était pas pire à mesure qu'elle devient plus difficile à cacher !

– Ma chère grand-mère, vous êtes mieux que jamais, répondit Archer sur le même ton d'empressement, mieux que personne…

La vieille dame renversa la tête en riant.

– Excepté Ellen ! s'amusa-t-elle à dire, en clignant des yeux malicieusement ; et avant qu'il pût répondre, elle ajouta :

– Elle était donc bien belle, le jour où tu as été la chercher à la gare ? Est-ce parce que tu le lui as dit qu'elle a dû te déposer en route ? De mon temps, les jeunes gens ne quittaient ainsi les jolies femmes que si elles les y obligeaient… Quel malheur qu'elle ne se soit pas mariée avec toi ! Je le lui ai répété cent fois…

Archer se demanda si la maladie avait affaibli les facultés de la vieille dame ; mais déjà elle continuait :

– Eh bien ! j'ai tout arrangé : Ellen va rester avec moi ; la famille dira ce qu'elle voudra. Tu as su comme ils étaient tous après moi, Lovell et Letterblair et Augusta Welland ; ils voulaient que je lui coupe les vivres, histoire de lui dicter sa conduite. Ils ont cru m'avoir décidée quand je ne sais quel secrétaire est arrivé avec les dernières propositions du mari. Le gaillard se montrait généreux. Et après tout, le mariage est le mariage, l'argent est l'argent : je ne savais que répondre.

Elle s'arrêta court, respirant longuement, comme si parler lui était devenu un effort.

– Mais aussitôt que j'ai revu Ellen, j'ai dit : « Toi, mon joli oiseau, t'enfermer encore dans cette cage conjugale ? Jamais ! » Et maintenant, c'est arrangé ; elle va rester ici pour soigner sa grand-mère tant qu'il y aura une grand-mère à soigner.

Le jeune homme écoutait, les veines brûlantes. Dans la confusion de son esprit, il savait à peine si la nouvelle lui causait de la joie ou du chagrin. Il s'était si bien résolu à un autre parti qu'il ne pouvait ajuster ses pensées à celui-ci. Mais peu à peu, un repos délicieux l'envahit. Les difficultés s'éloignaient, miraculeusement. Ellen avait consenti à venir vivre avec sa grand-mère ; c'était donc qu'elle s'avouait ne pouvoir renoncer à lui. C'était sa réponse à l'appel suprême de l'autre jour. Si elle ne voulait pas faire le dernier pas, elle cédait pourtant à demi. Il s'abandonnait à cette pensée avec le soulagement d'un homme qui a été prêt à tout risquer, et goûte soudain la dangereuse douceur de la sécurité…

– Elle n'aurait pas pu retourner auprès de son mari, c'était impossible ! s'écria-t-il.

– Ah ! Mon cher, j'ai toujours su que tu étais pour elle, et c'est pourquoi je t'ai fait venir. Car tu vois – elle redressa la tête autant que le lui permettaient ses doubles mentons, et le regarda en plein dans les yeux – tu vois, nous aurons encore à combattre. À moi toute seule, je ne suis pas de force, il faut que tu viennes à mon aide.

– Moi ? balbutia-t-il.

– Pourquoi pas ? (Elle fixa sur lui des regards devenus soudain coupants comme des lames de couteau. Sa main quitta le bras de son fauteuil pour aller se poser sur celle du jeune homme, qu'elle agrippa de ses petits ongles pareils à des griffes d'oiseau.) Pourquoi pas ? répéta-t-elle.

Archer, sous ce regard, reprit possession de lui-même.

– Chère grand-mère, vous pouvez très bien tenir contre eux tous, à vous toute seule ; mais, si vous avez besoin de moi, je serai derrière vous.

– Alors nous voilà sauvés ! soupira-t-elle. (Et, lui souriant avec toute son ancienne finesse, elle ajouta, calant sa tête sur ses oreillers :) J'ai toujours pensé que tu serais avec nous ; sais-tu pourquoi ? C'est qu'ils ne prononcent jamais ton nom quand ils ressassent leur antienne au sujet du retour d'Ellen chez Olenski.

Il eut un sursaut : cette perspicacité l'effrayait. Il demanda :

– Quand pourrai-je voir Mme Olenska ?

La vieille dame joua toute la pantomime de l'espièglerie.

– Pas aujourd'hui. Une de nous à la fois, s'il te plaît ! Mme Olenska est sortie.

Il rougit. La déconvenue était cruelle. Mrs. Mingott continua :

– Elle est sortie, mon enfant, sortie dans ma voiture, pour aller voir Regina Beaufort !

Elle s'arrêta, laissant cette déclaration produire tout son effet.

– Voilà où nous en sommes déjà ! Le lendemain de son arrivée, elle a mis son plus beau chapeau, et m'a dit avec un parfait sang-froid qu'elle allait voir Regina Beaufort. J'ai répondu : « Je ne la connais plus ! – C'est votre petite-nièce, une femme malheureuse ! – La femme d'un misérable ! – Et moi donc ? Cependant toute ma famille veut que je retourne chez mon mari. » Eh bien ! à cela je n'ai rien trouvé à répondre et je lui ai permis d'y aller. Aujourd'hui je lui ai même permis d'y aller dans ma voiture !… Après tout, Regina est une femme courageuse, et Ellen aussi ; et j'aime le courage par-dessus tout.

Archer se pencha et appuya ses lèvres sur la petite main qui tenait encore la sienne.

– Eh ! Eh ! Eh ! Quelle main imagines-tu embrasser, jeune amoureux ? Celle de ta femme, j'espère…, fit la vieille dame avec un gloussement moqueur ; et comme il se levait pour partir, elle lui cria :

– Dis-lui les tendresses de sa grand-mère. Mais il vaut mieux ne pas lui parler de notre conversation.

31

Archer était abasourdi de ce que lui avait appris la vieille Catherine.

Que Mme Olenska fût accourue à l'appel de sa grand-mère, c'était tout naturel ; mais qu'elle se décidât ainsi à rester chez Mrs. Mingott, maintenant que celle-ci était presque remise, cela s'expliquait moins facilement.

Archer était sûr que les considérations matérielles n'étaient pour rien dans cette nouvelle résolution. Elle avait eu d'autres raisons. Ces raisons, il n'avait pas à les chercher bien loin. En revenant de la gare, Mme Olenska lui avait dit qu'ils devaient vivre séparés l'un de l'autre ; mais elle le lui avait dit la tête sur sa poitrine. Il la savait incapable d'un calcul de coquetterie. Elle luttait contre son sort, comme il avait lutté contre le sien. Elle s'attachait de toutes ses forces à la résolution de ne pas trahir la confiance de May, de toute la famille. Dix jours s'étaient écoulés depuis son retour à New York, et il n'avait fait aucune tentative pour la revoir. Avait-elle peut-être deviné qu'il méditait quelque projet désespéré ? Redoutant sa propre faiblesse, n'avait-elle pas trouvé préférable d'accepter un compromis, et de rester à New York ?

Quant à Archer, à l'instant où il était arrivé chez Mrs. Mingott, il était non seulement prêt à l'irrévocable, mais impatient de s'y jeter. Le cours nouveau des choses lui avait procuré un premier instant de détente ; peu à peu pourtant il retrouvait toute sa répugnance pour la voie qui s'ouvrait devant lui. Cette voie, il la connaissait, pour l'avoir déjà parcourue ; mais alors il était libre, il ne devait compte de ses actions à personne ; il pouvait se prêter avec un détachement amusé au jeu clandestin de l'adultère. Maintenant, il apercevait sous un nouveau jour le rôle qui l'attendait. C'était le rôle de l'éternel mensonge : mensonge des sourires, des badinages, des gentillesses, mensonge de jour, mensonge de nuit, mensonge du regard, mensonge dans les caresses et mensonge même dans les querelles, mensonge de chaque parole et de chaque silence. Il y avait un temps pour la vie de garçon ; la saison passée, il n'y fallait pas revenir. Bien sûr, Ellen Olenska n'était pas comme les autres femmes, ni lui comme les autres hommes : ils ne relevaient que de leur propre jugement. Oui, mais dans dix minutes il rentrerait chez lui, et là il retrouverait May, l'habitude de la vie conjugale, l'honneur du foyer, toutes les convenances que lui et les siens avaient toujours respectées.

Au coin de sa rue, il hésita, puis continua à descendre la Cinquième Avenue.

Devant lui, dans la nuit d'hiver, se dressait une grande maison sombre. Que de fois l'avait-il vue flamboyante de lumières, la tente des galas s'avançant sur le perron, une double file de voitures alignées dans la rue ! Là, dans le jardin d'hiver qui étendait sa masse noire sur la rue transversale, il avait pris à May son premier baiser : c'était là, sous les lustres de la salle de bal, qu'il l'avait vue apparaître, svelte et gracieuse comme une jeune Diane.

À présent, la maison était noire comme la tombe, sauf la petite lueur de gaz qui montait des cuisines, et la lumière qui brillait à une des fenêtres de l'étage supérieur, dont les volets n'avaient pas été fermés. En arrivant au coin de la rue, Archer vit que la voiture arrêtée devant la porte était bien celle de Mrs. Manson Mingott. Quelle aubaine pour Mr. Sillerton Jackson, s'il était venu à passer ! Archer avait été touché d'apprendre, par le récit de la vieille Catherine, l'attitude de Mme Olenska envers Mrs. Beaufort ; pourtant il savait assez quelle interprétation les salons et les cercles prêteraient aux visites de Mme Olenska chez sa cousine. Il s'arrêta et regarda la fenêtre éclairée. Sans doute les deux femmes étaient assises ensemble dans cette chambre…

Archer se trouvait presque seul dans la perspective nocturne de la Cinquième Avenue. À l'heure où tout le monde était rentré s'habiller pour le dîner, la sortie d'Ellen passerait probablement inaperçue : tant mieux, se disait-il. Comme cette pensée lui traversait l'esprit, la porte s'ouvrit pour laisser passer la jeune femme. Derrière elle, une faible lueur vacillait, portée par quelqu'un qui avait dû l'éclairer. Mme Olenska se retourna pour faire un geste d'adieu, puis descendit le perron.

– Ellen ! appela Archer à voix basse.

Elle tressaillit ; et, juste au même moment, il vit deux jeunes gens d'allure élégante qui s'approchaient. Il y avait pour Archer, dans leurs pardessus, dans la manière dont leurs foulards de soie se croisaient sur leurs cravates blanches, quelque chose de familier. Ce n'était pas encore l'heure d'aller dîner en ville, mais Archer se rappela que les Reggie Chivers, à quelques pas de là, allaient en bande ce soir même au théâtre et donnaient à dîner de bonne heure. À la lumière du réverbère, Archer reconnut Lawrence Lefferts et un des jeunes Chivers.

Le désir un peu puéril qu'on ne reconnût pas Mme Olenska devant la porte des Beaufort, s'évanouit dès qu'il sentit la chaleur pénétrante de la main d'Ellen dans la sienne.

– Je vous verrai donc : nous serons ensemble ! s'écria-t-il, sachant à peine ce qu'il disait.

– Ah ! répondit-elle, grand-mère vous a dit ?

Sans la quitter des yeux, Archer vit que Lefferts et Chivers avaient discrètement traversé. Lui-même avait souvent pratiqué ce genre de solidarité masculine. Non, il ne pourrait se résigner à cette vie de mensonge et de complicités.

– Dès demain, dit-il, j'ai besoin de vous voir quelque part où nous soyons seuls.

– Seuls, à New York ? Mais il n'y a ni églises ni monuments.

– Il y a le musée, répliqua-t-il. À deux heures et demie, je vous attendrai à l'entrée principale.

Sans répondre, elle monta rapidement dans la voiture. En s'éloignant, elle se pencha à la portière : Archer devina un signe d'adieu dans l'obscurité. Il resta les yeux fixés dans la direction où elle disparaissait, en proie à un tumulte de sentiments contradictoires. Il lui semblait, non pas avoir parlé à la femme qu'il aimait, mais à une autre, à une femme envers laquelle il avait contracté la dette du plaisir, mais dont il était déjà fatigué. Écœuré de ce vocabulaire de rendez-vous, qui avait trop servi, « elle viendra », se dit-il avec une sorte d'amertume.

Le lendemain, Archer et Ellen se retrouvèrent sur le seuil du musée. Leurs pas retentirent dans le vide des longues galeries sonores : ils s'arrêtèrent dans la salle où la collection Cesnola moisit dans une solitude inviolée et firent mine de la regarder. Les mouvements souples du corps si jeune sous les épaisses fourrures ; l'aile de héron bien plantée dans la toque de loutre ; la petite boucle de cheveux sombres aplatie sur chaque joue comme une vrille de vigne : comme toujours, il s'absorbait dans la contemplation des ravissants détails qui faisaient que la jeune femme était elle et non pas une autre.

Ce fut elle qui demanda :

– Qu'aviez-vous à me dire qui fût si grave et si pressé ?

– Ce que j'avais à vous dire ? Qu'à mon avis, si vous êtes venue à New York, c'est que vous aviez peur.

– Peur de quoi ?

– Vous craigniez que je ne vinsse vous rejoindre à Washington.

Elle regarda son manchon, le retournant dans ses mains nerveuses.

– C'est vrai, dit-elle à mi-voix.

– Alors ?

– Alors... ceci vaut mieux, n'est-ce pas ? reprit-elle avec un long soupir. Nous ferons moins de mal aux autres. Après tout, n'est-ce pas ce que vous avez toujours voulu ?

– Nous rencontrer ainsi, en nous cachant ?... Mais c'est juste le contraire de ce que je veux ! Cela me fait horreur.

– À moi aussi ! s'écria-t-elle, avec un profond soupir de soulagement.

– Eh bien ! Alors, c'est à mon tour de demander : n'imaginez-vous pas pour nous un meilleur avenir ?

Elle pencha la tête. Ses mains, dans le manchon, s'agitaient toujours. On s'approchait ; un gardien à casquette galonnée traversa la salle avec le pas errant d'un fantôme dans une nécropole. Simultanément, Archer et Mme Olenska se mirent à examiner la vitrine qui leur faisait face. Quand le personnage eut disparu dans une perspective de momies et de sarcophages, Archer renouvela sa question.

Au lieu de répondre, Ellen murmura :

– J'ai promis à grand-mère de rester avec elle parce qu'il m'a semblé que j'étais ici moins en danger.

– Moins en danger de m'aimer ? demanda-t-il.

Le profil de la jeune femme resta immobile, mais Archer vit une larme glisser de sa paupière et se prendre aux mailles de son voile.

– Moins en danger de faire un mal irréparable. Ne soyons pas comme tous les autres ! protesta-t-elle.

– Les autres ? Pourquoi serais-je différent des autres ? N'ai-je pas les mêmes désirs ? Ne suis-je pas brûlé des mêmes ardeurs ?

Elle le regarda avec une sorte de terreur, et Archer vit une faible rougeur colorer son visage.

– Eh bien ! J'irai chez vous une fois, et puis nous nous dirons adieu : je partirai, hasarda-t-elle tout à coup, d'une voix basse, mais nette.

Le sang monta au front du jeune homme. Il lui semblait tenir dans ses mains son propre cœur, comme une coupe trop pleine que le moindre geste ferait déborder.

– Vous partirez ? Que voulez-vous dire ?

– Je retournerai chez mon mari.

– Et vous croyez que jamais j'y consentirai ?

Elle leva sur lui des yeux troublés.

– Qu'y a-t-il d'autre à faire ? Je ne veux pas rester ici et mentir aux gens qui ont eu pitié de moi.

– Mais c'est justement pourquoi je demande que nous partions ensemble !

– Et que nous brisions leurs existences, quand ils m'ont aidée à refaire la mienne ?

Archer se leva brusquement et la regarda avec un désespoir muet.

– Quand viendrez-vous ? dit-il enfin.

Elle hésita :

– Après-demain.

– Je vous attendrai.

Ils restèrent les yeux dans les yeux. Archer, sur le pâle visage d'Ellen, lisait l'intense rayonnement intérieur. Alors il comprit que jamais auparavant il n'avait de ses yeux vu l'amour.

Archer rentra seul à pied. La nuit tombait quand il arriva chez lui. Il regarda les objets familiers du hall comme de l'autre côté de la tombe. May était sortie en voiture après le déjeuner et n'était pas encore rentrée. Content d'être seul, il entra dans la bibliothèque et se laissa tomber dans son fauteuil. Il n'avait plus conscience du temps qui passait. Une sorte de stupeur l'envahissait. « Cela devait être… Cela devait être… », se répétait-il. Ce qu'il avait rêvé était si différent !

La porte s'ouvrit et May entra.

– Je suis horriblement en retard. Vous n'étiez pas inquiet ? demanda-t-elle.

Il la regarda surpris :

– Est-ce qu'il est tard ?

– Sept heures passées. Je vous soupçonne d'avoir dormi.

Elle rit. Ayant retiré les épingles de son chapeau de velours, elle le jeta sur le canapé. Elle avait le visage à la fois plus pâle et plus animé que de coutume.

– Je suis allée voir grand-mère, et comme je partais, Ellen est rentrée. Alors je suis restée, et nous avons causé longuement. Il y avait des siècles que nous n'avions vraiment causé !… Elle a été délicieuse, tout à fait comme l'ancienne Ellen. Je crains de ne pas avoir été juste pour elle dernièrement. J'ai cru quelquefois…

Archer se leva et alla s'appuyer contre la cheminée hors du cercle lumineux de la lampe.

– Qu'est-ce que vous avez cru ?…

– Peut-être ne l'ai-je pas toujours comprise. Elle est trop différente. Elle fréquente des gens si bizarres. On dirait qu'elle prend plaisir à se singulariser. Cela tient sans doute à la vie agitée qu'elle a menée dans cette société d'Europe ; nous devons lui paraître bien ennuyeux ! Mais je ne veux plus être injuste pour elle.

Elle s'arrêta, un peu haletante d'avoir, contre son habitude, parlé si longtemps. Elle avait les lèvres entrouvertes, une sombre rougeur aux joues. Archer, en la regardant, se rappela le mystérieux éclat qui avait inondé son visage dans le jardin de la mission à Saint-Augustin. Il devina en elle le même effort secret pour atteindre quelque chose au-delà de la portée habituelle de sa vision. « Elle déteste Ellen, pensa-t-il ; elle essaie de dominer ce sentiment. » Cette pensée l'émut. May continua :

– Nous avons fait tout ce que nous avons pu pour Ellen ; mais elle n'a jamais paru comprendre. Et maintenant, cette idée d'aller voir Mrs. Beaufort, et surtout dans la voiture de grand-mère ! J'ai peur qu'elle se soit aliénée les Van der Luyden.

– Ah ! dit Archer avec un rire énervé.

La barrière qui les séparait s'était de nouveau dressée entre eux.

– Il est temps de nous habiller : nous dînons en ville, n'est-ce pas ? demanda-t-il.

Elle se leva, mais ce fut pour jeter les bras autour du cou de son mari et presser sa joue contre la sienne.

– Vous ne m'avez pas embrassée aujourd'hui, dit-elle tendrement.

Et il la sentit trembler dans ses bras.

32

– À la cour des Tuileries, disait Mr. Sillerton Jackson, avec le sourire de ses réminiscences parisiennes, ces choses-là étaient assez ouvertement tolérées.

C'était le lendemain de la visite d'Archer au musée ; on dînait dans la salle à manger lambrissée de noyer des Van der Luyden. Ceux-ci, incapables de supporter les émotions d'un scandale, s'étaient réfugiés à Skuytercliff après la faillite de Beaufort. Mais on leur avait fait observer que leur présence à New York était indispensable : n'étaient-ils pas les piliers de cette société ébranlée par la faillite ?

– Vous devez à vos amis, leur disait Mrs. Archer, de vous montrer à l'Opéra et même d'ouvrir vos salons. Il ne faut surtout pas, ma chère Louisa, laisser des gens comme Mrs. Lemuel Struthers chausser les souliers de Regina ; ce sont les occasions que saisissent les parvenus pour se pousser et prendre pied dans le monde. C'est grâce à l'épidémie de varicelle de l'hiver dernier que les hommes mariés ont pu s'échapper pour aller chez Mrs. Struthers pendant que les femmes soignaient leurs enfants. Vous, Louisa, et ce cher Henry, devez garder la place, comme vous l'avez toujours fait.

Mr. et Mrs. Van der Luyden ne pouvaient rester sourds à cet appel. À contrecœur, mais toujours héroïquement soumis au devoir, ils étaient rentrés en ville, avaient ôté leurs housses, envoyé leurs invitations pour deux dîners et une soirée.

Ce soir-là, Mr. Sillerton Jackson, Mrs. Archer, Newland et sa femme devaient aller avec eux à l'Opéra. On chantait *Faust* pour la première fois de l'hiver. Et comme rien ne se faisait sans cérémonie sous le toit des Van der Luyden, malgré le petit nombre des invités, le repas avait commencé à sept heures pour que le nombre convenable de services pût se dérouler avec majesté avant le moment des cigares.

Archer était parti de bonne heure pour son bureau, où il avait été retenu. De l'autre côté de la table couverte d'œillets de Skuytercliff et d'argenterie massive, May lui sembla pâle et languissante. Mais ses yeux brillaient, et elle parlait avec une vivacité factice.

Le sujet qui avait provoqué le souvenir des Tuileries cher à Mr. Sillerton Jackson avait été soulevé (non sans intention, pensa Archer) par Mrs. Van der Luyden. La faillite, ou plutôt l'attitude de Beaufort depuis la faillite, était un thème fructueux pour le moraliste de salon. Après avoir analysé et condamné cette attitude, Mrs. Van der Luyden tourna son regard hésitant vers May Archer.

– Est-il possible, ma chère, que ce qu'on m'a dit soit vrai ? On prétend que la voiture de votre grand-mère Mingott a été vue devant la porte de Mrs. Beaufort.

Déjà Mrs. Van der Luyden n'appelait plus par son nom de baptême la complice du scandale.

May rougit.

– Je crains, dit Mr. Van der Luyden, que le bon cœur de Mme Olenska ne l'ait entraînée à commettre l'imprudence d'aller chez Mrs. Beaufort.

– Ou son goût pour les gens tarés, ajouta sèchement Mrs. Archer.

– Aux Tuileries, reprit Mr. Sillerton (et tous les regards attentifs se tournèrent vers lui), les principes étaient souvent des plus élastiques. Si vous demandiez d'où venait la fortune de Morny, ou qui payait les dettes de certaines beautés de la cour…

– Vous ne prétendez pas, j'espère, mon cher Sillerton, que nous prenions exemple ! dit Mrs. Archer.

– Je ne prétends rien, répliqua Mr. Jackson. Mais l'éducation étrangère qu'a reçue Mme Olenska peut l'avoir rendue moins scrupuleuse.

– En effet ! soupirèrent les deux dames d'âge.

– Tout de même ! faire stationner la voiture de sa grand-mère à la porte d'un banqueroutier, protesta Mr. Van der Luyden.

Archer devina que celui-ci se reprochait les bottes d'œillets qu'il avait envoyées à Mme Olenska.

Mrs. Van der Luyden ajouta :

– Si seulement elle avait demandé conseil…

– Ah ! voilà ce qu'elle n'a jamais fait ! reprit Mrs. Archer.

À l'Opéra, comme le premier acte finissait, Archer quitta sa famille pour aller dans la loge du cercle. De là, par-dessus les épaules de divers Chivers, Mingott et Rushworth, il voyait la salle telle que deux ans auparavant, le soir de sa première rencontre avec Ellen Olenska. Il croyait qu'elle allait peut-être apparaître dans la loge des Mingott ; il l'attendait, les yeux fixés sur la loge, qui demeura vide. Tout à coup éclata le pur soprano de Mme Nilsson : « *M'ama, non m'ama.* » Archer se tourna vers la scène où, dans le décor accoutumé de roses géantes et de pensées, la même opulente et blonde victime succombait aux artifices du même petit séducteur basané. Quittant la scène, les yeux d'Archer vinrent se poser sur la loge où May était assise entre deux dames plus âgées, exactement comme entre Mrs. Lovell Mingott et la nouvelle arrivée, sa cousine étrangère, deux ans auparavant. Elle était, de même, tout en blanc et Archer reconnut le satin à reflets bleutés de sa robe de mariée.

C'était l'usage, dans le vieux New York, que les jeunes femmes revêtissent ce somptueux vêtement pendant un an ou deux après leur mariage. Sa mère, Archer le savait, conservait sa robe de noces enveloppée de papier de soie, avec l'espoir que Janey la porterait peut-être un jour ; mais la pauvre Janey approchait d'un âge où il convient de se marier en popeline gris perle, et sans demoiselles d'honneur. Archer fit la réflexion que May ne portait pas souvent cette toilette nuptiale, et il se rappela la jeune fille qu'il avait contemplée deux ans auparavant avec un tel élan d'espérance.

La silhouette de May s'était un peu alourdie ; mais l'élégance de son port et son expression pure et candide restaient les mêmes. Elle était toujours celle qui jouait avec le bouquet de muguet le soir de ses fiançailles. Cette innocence, aussi touchante que l'étreinte confiante d'un enfant, n'était-elle pas un muet appel à la pitié ? Il se rappela la générosité passionnée qui couvait sous ce calme impassible. Il entendait la voix dont elle lui avait dit naguère, dans le jardin de la Mission : « Je ne veux pas fonder mon bonheur sur un tort envers quelqu'un. » Un désir irrésistible saisit Archer de lui dire la vérité, de demander à sa générosité la liberté que, l'autre fois, il avait refusé de prendre.

Newland Archer était un homme d'habitudes correctes et disciplinées. Il lui aurait profondément déplu de rien faire que Mr. Van der Luyden eût désapprouvé, ou qui eût été mal jugé au cercle. Mais maintenant il sentait craquer le moule des contraintes sociales : il ne se souciait plus de l'opinion. Quittant la loge du cercle, il gagna celle de Mr. Van der Luyden. « *M'ama* ! » lançait la voix vibrante de Marguerite. À l'entrée d'Archer, les occupants de la loge se redressèrent, étonnés. Déjà, il violait une de leurs règles : on n'entrait jamais dans une loge pendant un solo. Passant devant Mr. Van der Luyden et Mr. Sillerton Jackson, il se pencha vers sa femme :

– J'ai une mauvaise migraine. Rentrons, voulez-vous ?

May lui jeta un coup d'œil d'assentiment. Il la vit parler à voix basse à sa mère, puis murmurer des excuses à Mrs. Van der Luyden et se lever juste au moment où Marguerite tombait dans les bras de Faust. Comme il tendait à May son manteau, Archer remarqua que les deux autres dames échangeaient un sourire d'intelligence.

Dans la voiture, May posa timidement sa main sur celle de son mari.

– Que je suis ennuyée que vous soyez souffrant ! On vous aura encore accablé d'ouvrage au bureau.

– Mais non, je vous assure… Puis-je ouvrir un peu la fenêtre ? répondit-il, gêné, tout en baissant la glace.

Il fixait sur la rue des yeux vagues, sentant près de lui la muette interrogation de sa femme. En descendant de voiture, May prit sa robe dans le marchepied et tomba contre lui.

– Vous êtes-vous fait mal ? demanda-t-il en la soutenant de son bras.

– Non, mais ma pauvre robe, voyez comme je l'ai déchirée !

Elle se courba pour ramasser la traîne souillée et le suivit dans le vestibule.

Quand ils furent dans la bibliothèque :

– May, dit Archer, j'ai quelque chose à vous dire, quelque chose d'important…

Il se tenait à quelques pas d'elle, la regardant comme si la légère distance qui les séparait était un abîme infranchissable. Sa voix résonnait d'un accent étrange dans le silence de cette pièce intime. Il répétait :

– J'ai quelque chose à vous dire…

May s'était laissée tomber dans un fauteuil. Elle restait muette, immobile, sans un battement de paupières. Quoique extrêmement pâle, son visage avait une tranquillité d'expression qui semblait venir d'une source secrète.

Archer refoula les formules banales qui lui venaient aux lèvres pour s'accuser lui-même. Il était résolu à une confession totale et brève.

– Madame Olenska…, dit-il.

Mais à ce nom, sa femme leva la main comme pour lui imposer silence.

– Pourquoi parler d'Ellen ce soir ? demanda-t-elle avec une légère moue d'impatience.

– Parce que j'aurais dû déjà vous parler d'elle.

La figure de May conserva son calme.

– Est-ce vraiment utile ? Je sais que j'ai été quelquefois injuste envers elle ; peut-être l'avons-nous tous été. Vous l'avez comprise sans doute mieux que nous. Vous avez toujours été bon pour elle. Mais puisque tout cela est fini…

Archer la regarda, stupéfait.

– Qu'est-ce qui est fini ? Qu'entendez-vous par là ?

May continuait à le fixer de son clair regard.

– Ne savez-vous pas qu'elle repart dans quelques jours pour l'Europe ! Grand-mère consent et a tout arrangé pour la rendre indépendante de son mari ! Je croyais que vous aviez été retenu à l'étude ce soir pour le règlement de ses affaires. Il paraît que tout a été arrêté ce matin.

Archer s'appuya à la cheminée, le visage caché dans ses mains. Était-ce son cœur qui lui résonnait aux oreilles, ou le déclic bruyant de la pendule ? Combien de minutes s'écoulèrent ainsi ? Enfin, il se retourna :

– C'est impossible ! s'écria-t-il.

– Impossible ?

– Comment savez-vous ce que vous venez de me dire ?

– J'ai reçu un mot d'Ellen aujourd'hui. Lisez-le. Je croyais que vous étiez au courant.

La lettre disait : « May chérie, j'ai enfin fait comprendre à grand-mère que ma visite chez elle ne pouvait être qu'une visite, et elle a été bonne et généreuse comme toujours. Elle comprend maintenant que, si je retourne en Europe, je dois y vivre seule, ou plutôt avec ma pauvre tante Medora, qui m'accompagne. Je pars en hâte pour Washington, où j'ai à faire mes préparatifs, et m'embarquerai la semaine prochaine. Soyez très bonne pour grand-mère quand je serai partie, aussi bonne que vous l'avez toujours été pour moi. Ellen. – *P.-S.* Si j'avais des amis qui voulussent modifier ma décision, dites-leur, je vous prie, que c'est absolument inutile. »

Archer relut la lettre deux ou trois fois, puis la jeta sur la table en éclatant de rire. Le son de ce rire le frappa. Il se rappela la frayeur de Janey quand elle l'avait surpris à minuit, secoué d'une gaieté extravagante, devant le télégramme qui annonçait que la date du mariage avait été avancée.

– Pourquoi vous écrit-elle cela ? demanda-t-il, se reprenant dans un suprême effort.

May répondit avec son regard de candeur :

– Je crois que c'est parce que nous avons si bien causé hier.

– Causé de quoi ?

– Je lui ai dit que je craignais de n'avoir pas été juste pour elle, de n'avoir pas compris ses difficultés ici, au milieu de nous, de ces parents qui étaient comme des étrangers, qui s'arrogeaient le droit de critiquer sans être toujours à même de comprendre…

Elle hésita, puis reprit :

– Je savais que vous étiez le seul ami sur qui elle pût toujours compter, et je voulais qu'elle sût que, vous et moi, dans tous nos sentiments, nous ne faisons qu'un.

Elle ajouta d'une voix grave et lente :

– Elle a compris pourquoi j'avais voulu lui dire cela… Je crois qu'elle comprend tout…

May se leva, prit la main glacée de son mari, la pressa contre sa joue.

– Moi aussi, dit-elle, la tête me fait mal. J'ai besoin de repos. Bonsoir, mon chéri.

Et elle se dirigea vers la porte, relevant la traîne salie et déchirée de sa robe de noces.

33

Comme Mrs. Archer le disait en souriant à Mrs. Welland, c'était un événement pour un jeune ménage de donner son premier grand dîner.

Les Newland Archer, depuis qu'ils s'étaient installés chez eux, recevaient souvent dans l'intimité. Mais un grand dîner avec un chef en extra, deux valets de pied prêtés pour la circonstance, un sorbet à la romaine, des rosés de chez Henderson, des menus dorés sur tranches, était une autre affaire. C'était le sorbet, disait Mrs. Archer, qui faisait toute la différence ; du moment qu'il y avait un sorbet, il fallait qu'il y eût aussi deux services, des canards ou du terrapin, deux plats sucrés, un froid et un chaud, le grand décolleté, et des invités de marque.

C'était toujours intéressant de voir un jeune ménage lancer pour la première fois ses invitations à la troisième personne : même les gens les plus blasés et les plus recherchés refusaient rarement. On admettait pourtant que c'était un triomphe que les Van der Luyden, à la requête de May, eussent retardé leur départ pour assister au dîner d'adieu donné pour la comtesse Olenska.

L'après-midi du grand jour, Archer, revenu tard de son bureau, trouva les deux belles-mères assises dans le salon de May. Mrs. Archer avait fini d'écrire les menus, et commençait à préparer des cartes portant les noms des invités. Mrs. Welland présidait à la disposition des palmiers et des grandes lampes à pied. Sur le piano se dressait un grand panier d'orchidées que Mr. Van der Luyden avait envoyées de Skuytercliff ; tout était à la hauteur d'un événement aussi considérable.

Mrs. Archer parcourait attentivement la liste des invités, rayant chaque nom de sa fine plume.

– Henry Van der Luyden, Louisa, les Lovell Mingott, les Reggie Chivers, Lawrence Lefferts et Gertrude – oui, May a eu raison de les inviter –, les Selfridge Merry, Sillerton Jackson, Vandie Newland et sa femme. Comme le temps passe ! Il me semble que c'était hier qu'il était ton garçon d'honneur, Newland. Et la comtesse Olenska… Voilà, je crois que c'est tout.

Mrs. Welland s'adressa à son gendre.

– On ne pourra pas dire, Newland, que vous et May, ne faites pas à Ellen un beau départ !

– Mon Dieu, dit Mrs. Archer, May veut que sa cousine dise en Europe que nous ne sommes pas tout à fait des barbares. Elle a raison.

– Je suis sûre qu'Ellen vous en saura gré. Elle restera sur une impression charmante… Les veilles de départ sont généralement si tristes, continua gaiement Mrs. Welland.

Dix jours s'étaient écoulés depuis que Mme Olenska avait quitté New York. Pendant ces dix jours, Archer n'avait eu d'elle d'autre signe de vie que le renvoi d'une clef, adressée à son bureau sous enveloppe cachetée. Cette réponse à son suprême appel pouvait être interprétée comme un suprême refus, mais le jeune homme y vit un sens différent : Ellen luttait encore contre son sort. Elle partait, il est vrai, pour l'Europe, mais elle ne retournait pas chez son mari ! Donc, il pouvait la suivre ; rien ne saurait l'en empêcher. Quand il aurait fait le pas irrévocable, et qu'elle aurait compris que c'était sans retour, il était persuadé qu'elle ne le renverrait pas.

Cette confiance dans l'avenir l'aidait à jouer son rôle dans le présent, et l'avait empêché d'écrire à Mme Olenska, de trahir par aucun signe sa misère et son humiliation. Dans le jeu silencieux et désespéré qu'ils jouaient l'un contre l'autre, il croyait n'avoir pas encore perdu toutes ses chances, et il attendait.

Quand il entra dans le salon avant le dîner, les grandes lampes étaient allumées et les orchidées de Mr. Van der Luyden placées en évidence dans des corbeilles de porcelaine moderne ou d'argent repoussé. Le salon de Mrs. Newland Archer avait une réputation d'élégance. Une jardinière de bambou doré dont les primulas et les cinéraires étaient régulièrement renouvelées bloquait le bow-window (où l'ancienne mode aurait préféré une réduction en bronze de la Vénus de Milo). Les canapés et les fauteuils de brocart clair étaient savamment groupés autour de petites tables de peluche surchargées de bibelots en argent, d'animaux en porcelaine, et de photographies richement encadrées. Les minuscules lampes aux abat-jour rosés s'élançaient parmi les palmiers comme des fleurs tropicales.

Le salon était presque plein quand Archer eut conscience que Mme Olenska s'approchait de lui.

Elle était excessivement pâle ; d'une pâleur que faisait ressortir la masse sombre de ses cheveux bruns. Jamais Archer ne l'avait aimée autant qu'à cette minute. Leurs mains se rencontrèrent et il l'entendit dire : « Oui, nous nous embarquerons demain sur *La Russie.* » Puis il y eut un bruit de portes qui s'ouvraient, et il entendit la voix de May :

– Newland, voulez-vous donner le bras à Ellen ?

Mme Olenska mit sa main sur le bras d'Archer. Il remarqua que cette main était dégantée et il se rappela comme il l'avait tenue sous son regard, certain soir, dans le petit salon de la Vingt-Troisième Rue. Les yeux fixés sur ces longs doigts pâles, sur le modelé si doux des jointures, il se disait :

– Quand ce ne serait que pour cette main, cela vaut bien que je la suive.

Ce n'était qu'à un dîner ostensiblement offert à quelque étrangère de distinction que Mrs. Van der Luyden pouvait accepter la gauche du maître de maison. Mme Olenska avait la place d'honneur ; pouvait-on souligner avec plus de finesse qu'on ne la tenait plus tout à fait pour une parente ? Il y avait des choses qu'il fallait faire sans marchander et, parmi celles-ci, dans le vieux code de New York, était le dernier ralliement du clan autour du membre qui allait en être retranché. Maintenant qu'elle partait, les Welland et les Mingott tenaient à proclamer leur inaltérable affection envers la comtesse Olenska.

Archer assistait à cette scène avec un étrange sentiment de détachement. Son regard errait de l'une à l'autre de ces figures placides et bien nourries, et dans tous ces convives, occupés à savourer les canards, il voyait comme une file de conspirateurs muets, engagés dans le même complot contre lui-même et la pâle jeune femme assise à sa droite. Alors, dans un éclair, il eut l'intuition que pour tout ce monde Mme Olenska et lui étaient amants. Il comprit qu'elle et lui avaient été, depuis des mois, le point de mire de regards vigilants et d'oreilles attentives ; il comprit que, par des moyens qu'il ignorait encore, la séparation entre lui et sa complice avait été préparée et obtenue. Maintenant, toute la tribu se ralliait autour de May, et il était entendu que personne ne savait rien, n'avait jamais rien soupçonné. Aux yeux de tous, cette réception ne devait avoir d'autre motif que le désir naturel de May de se séparer affectueusement de sa cousine.

C'était ainsi dans ce vieux New York, où l'on donnait la mort sans effusion de sang ; le scandale y était plus à craindre que la maladie, la décence était la forme suprême du courage, tout éclat dénotait un manque d'éducation.

Après le dîner, quand les fumeurs eurent rejoint les dames au salon, Archer rencontra les yeux triomphants de May. Il y lut la conviction que tout s'était parfaitement bien passé. Elle se leva de la place qu'elle occupait auprès de Mme Olenska, et aussitôt Mrs. Van der Luyden invita celle-ci à venir s'asseoir auprès d'elle. Mrs. Selfridge Merry traversa la pièce pour les rejoindre : Archer comprit que là aussi le complot de réhabilitation et de pardon se poursuivait. On était censé n'avoir jamais douté de la parfaite correction de Mme Olenska ni de la félicité sans nuages du ménage Archer. Et, en apercevant une lueur de victoire dans les yeux de sa femme, pour la première fois, il comprit qu'elle aussi le croyait l'amant de Mme Olenska.

Enfin, il vit que Mme Olenska s'était levée et prenait congé.

Elle se dirigea vers May ; les autres invités s'étaient rangés en cercle. Les deux jeunes femmes se prirent par la main, et May, se penchant, embrassa sa cousine.

Archer entendit Reggie Chivers dire à voix basse à la jeune Mrs. Newland :

– La maîtresse de maison est certainement la plus jolie des deux.

Il se rappela l'insolente plaisanterie de Beaufort sur l'inutile beauté de May.

Dans le hall, il tendit à Mme Olenska son manteau de velours. Si troublé qu'il fût, il se cramponnait à la résolution de ne rien dire qui pût la surprendre ou l'effrayer. Convaincu qu'aucun pouvoir ne l'empêcherait désormais de poursuivre son projet, il avait trouvé la force de laisser les événements se dérouler d'eux-mêmes ;

mais, tandis qu'il tenait le manteau de Mme Olenska, il fut pris du fiévreux désir de se trouver un moment seul avec elle quand elle monterait en voiture.

– Votre voiture est-elle là ? demanda-t-il.

Mrs. Van der Luyden, qui entrait avec majesté dans ses zibelines, intervint :

– Nous allons reconduire la chère Ellen.

Archer se tut, accablé. Mme Olenska lui tendit la main.

– Adieu, dit-elle.

– Adieu, répondit-il. À bientôt… à Paris.

– Que ce serait aimable, murmura-t-elle, si vous pouviez y venir avec May !

Mr. Van der Luyden offrit son bras à Mme Olenska et Archer le suivit avec Mrs. Van der Luyden. Un moment, dans la vague obscurité du grand landau, il entrevit le pâle ovale d'un visage, le rayonnement d'un regard…

Elle avait disparu.

Archer entendit May qui lui disait :

– N'est-ce pas que tout s'est passé à merveille ?

Il tressaillit. Aussitôt après le départ de la dernière voiture, il monta dans la bibliothèque, fermant la porte derrière lui avec l'espoir que sa femme, qui s'attardait en bas, se rendrait directement à sa chambre. Mais il la vit bientôt arriver, le visage creusé par la fatigue et l'émotion, avec une excitation un peu fébrile dans le regard.

– Puis-je entrer ? demanda-t-elle.

– Sans doute ; mais vous devez tomber de sommeil.

– Non, je voudrais rester un peu avec vous, causer avec vous.

Il lui avança un fauteuil près du feu.

– Puisque vous voulez causer, commença-t-il, soit !… Moi aussi, j'ai quelque chose à vous dire… J'ai essayé l'autre soir… Je ne puis continuer à vivre ainsi. J'ai besoin d'un changement. Je veux m'en aller, et tout de suite… partir pour un long voyage… aussi loin que possible… loin de tout !

– Si loin que cela ? Où, par exemple ?

– Que sais-je ? Aux Indes, ou au Japon.

Elle se leva. Comme il restait courbé, le menton dans les mains, il la sentit se pencher sur lui.

– Je vous accompagnerais au bout du monde, mon aimé, car bien entendu, nous irions ensemble… Mais je crains que ce soit impossible, dit-elle d'une voix qui tremblait… J'ai peur que les médecins ne me le permettent pas… Oui, Newland, j'ai la certitude depuis ce matin du bonheur que j'attendais et que j'ai tant souhaité.

Elle s'agenouilla, et blottit son visage contre les genoux de son mari.

– Ma chérie ! dit-il, la pressant contre lui, tout en caressant ses cheveux d'une main glacée. Ma chérie !

Il y eut un long silence. Puis May se dégagea de ses bras et se leva.

– Vous n'aviez pas deviné ?

– Oui… je… non… c'est-à-dire… naturellement… J'espérais.

Ils se turent ; leurs regards se croisèrent un moment. Puis, détournant les yeux, Archer demanda tout à coup :

– Avez-vous annoncé la nouvelle à quelqu'un d'autre ?

– Seulement à maman et à votre mère. (Elle s'arrêta, puis ajouta hâtivement, le sang au visage :) Je l'ai dit aussi à Ellen. Vous vous rappelez que nous avons eu ensemble une longue conversation, et combien elle a été délicieuse pour moi.

– Ah ! dit Archer.

Son cœur s'arrêtait de battre. Sa femme l'observait attentivement.

– Est-ce que cela vous déplaît, Newland, que je l'aie dit à elle la première ?

– Pourquoi cela me déplairait-il ? (Il fit un dernier effort pour se ressaisir :) Mais il y a quinze jours que vous avez causé avec Ellen : ne disiez-vous pas que la certitude ne vous est venue qu'aujourd'hui ?

May rougit plus violemment encore, pourtant elle soutint le regard d'Archer.

– Je n'étais pas sûre, en effet ; mais j'ai fait comme si je l'étais. Et, vous voyez, je ne me suis pas trompée ! s'écria-t-elle, les yeux humides de pleurs triomphants.

34

Dans sa maison de la Trente-Neuvième Rue, Newland Archer était assis devant la table de sa bibliothèque.

Il revenait d'une réception officielle pour l'inauguration des nouvelles galeries du Metropolitan Museum. La vue des vastes salles remplies de la dépouille des siècles, où la foule élégante circulait parmi des trésors scientifiquement catalogués, avait éveillé de vieux souvenirs dans la mémoire d'Archer.

« Il me semble que cette salle était consacrée autrefois à la collection Cesnola », avait-il entendu dire ; et aussitôt tout ce qu'il voyait autour de lui s'était évanoui. Il se revoyait seul dans une salle déserte, assis sur un divan de cuir, pendant qu'une svelte silhouette en manteau de loutre s'éloignait dans la perspective des galeries encore si pauvres du vieux musée.

Cette vision en avait appelé une légion d'autres. Cette bibliothèque avait été, pendant plus de trente ans, le centre de sa vie de famille. Il y avait vingt-neuf ans que là, May rougissante et avec des circonlocutions qui feraient sourire les jeunes femmes de la nouvelle génération, lui avait annoncé qu'il allait être père. Là, leur fils aîné, Dallas, trop frêle pour être porté à l'église au cœur de l'hiver, avait été baptisé par leur vieil ami, l'évêque de New York. Là, leur fille, Mary, qui ressemblait tant à sa mère, avait annoncé ses fiançailles avec le plus nul et le plus sage des nombreux fils Chivers ; et là, Archer l'avait embrassée à travers son voile de mariée avant d'entrer dans l'auto qui les menait à Grace Church. Car dans un monde où tout chancelait, la tradition de la cérémonie nuptiale à Grace Church restait immuable.

C'était dans la bibliothèque qu'il causait toujours avec May de l'avenir de leurs enfants : des études de Dallas et de son jeune frère Bill ; de l'indifférence invincible de Mary pour les arts d'agrément, de sa passion pour le sport et la bienfaisance ; et des goûts artistiques bien modernes, qui avaient conduit l'inquiet et curieux Dallas dans le bureau d'un architecte de New York. Car, maintenant, les jeunes gens désertaient le barreau et les affaires pour s'adonner à l'archéologie ou à l'architecture.

Et c'était dans cette bibliothèque que le grand Théodore Roosevelt, alors gouverneur de l'État de New York, venu d'Albany pour dîner et passer la nuit, s'était retourné vers son hôte et lui avait dit, avec sa violence accoutumée : « Au diable les politiciens ! Ce sont des hommes comme vous qu'il faut au pays, Archer. Si jamais l'écurie d'Augias peut être nettoyée, il faut que vous y mettiez les mains. »

« Des hommes comme vous ! » Archer avait été soulevé d'enthousiasme. Toutefois, il n'était pas bien sûr que des hommes comme lui fussent vraiment ceux dont le pays avait besoin. En effet, après avoir siégé pendant un an à l'Assemblée départementale de New York, il n'avait pas été réélu, et c'est avec soulagement qu'il s'était retranché dans les modestes, mais utiles travaux de la vie municipale. Il écrivait aussi des articles dans des revues qui essayaient de secouer l'apathie du pays. Tout cela était assez peu de chose ; il n'était pas fait pour la vie publique ; il serait toujours par nature un contemplatif et un dilettante. Du moins s'était-il passionné pour de belles causes, et l'amitié d'un grand homme avait été sa force et son orgueil.

Il avait été, somme toute, ce qu'on commençait à appeler à New York « un bon citoyen ». Depuis bien des années, tout nouveau mouvement, philanthropique, municipal ou artistique, avait compté avec son opinion, avait demandé son appui. Qu'il fût question de fonder une école d'infirmières, de réorganiser le musée, de fonder un cercle de bibliophiles, d'inaugurer une nouvelle bibliothèque, ou de former une société de musique de chambre, on disait toujours : « Il faut demander l'avis d'Archer. » Ses jours étaient remplis, et remplis avec honneur. N'était-ce pas tout ce qu'un homme de bien pouvait demander ?

Il savait pourtant ce qui lui avait manqué : la fleur de la vie. Mais il y pensait maintenant comme à une chose hors d'atteinte. Lorsqu'il se souvenait de Mme Olenska, c'était d'une façon irréelle, avec sérénité, comme on penserait à une bien-aimée imaginaire découverte dans un livre ou un tableau. Elle était devenue l'image de tout ce dont il avait été privé. Mais si légère et ténue qu'eût été la vision, elle l'avait empêché de penser à d'autres femmes. Il avait été ce qu'on appelle un mari fidèle, et quand May était morte, emportée par une pneumonie infectieuse prise au chevet de son plus jeune fils, il l'avait sincèrement pleurée. Les longues années qu'ils avaient passées ensemble lui avaient enseigné que le mariage le plus ennuyeux n'est pas une faillite, tant qu'il garde la dignité d'un devoir. Archer honorait ce passé dont il portait le deuil : après tout, il y avait du bon dans les anciennes traditions.

Il embrassa du regard sa bibliothèque transformée par Dallas, qui y avait mis des gravures anglaises, des cabinets Chippendale, des porcelaines de Chine, et sur les lampes électriques avait substitué aux globes de verre gravé la douceur lunaire des abat-jour. Puis ses yeux revinrent au vieux bureau de noyer qu'il n'avait jamais voulu bannir, et à la première photographie de May qu'il avait gardée toujours à la même place.

Elle était là, devant lui, grande, cambrée, la poitrine ronde soulevant sa robe d'organdi, le visage ombragé sous les bords onduleux d'une paille d'Italie, telle qu'il l'avait vue sous les orangers de Saint-Augustin. Elle était restée jusqu'à la fin la May de ce jour-là : généreuse, fidèle, constante, mais si dénuée d'imagination, si peu ouverte aux idées, que le monde de sa jeunesse avait pu tomber en miettes et se reconstruire sous ses yeux, sans qu'elle eût pris conscience du changement. Cette incapacité de s'adapter au mouvement du temps avait amené ses enfants à lui cacher leurs pensées, comme Archer lui avait toujours caché les siennes. Père et enfants s'étaient inconsciemment entendus pour maintenir autour d'elle l'illusion de l'uniformité. Et May avait quitté ce monde, convaincue qu'il était plein de ménages aimants et harmonieux comme le sien, résignée à partir parce qu'elle était certaine que Newland continuerait à inculquer à Dallas les mêmes principes et les mêmes préjugés qui avaient façonné la vie de ses parents, et que Dallas à son tour, quand Newland la suivrait, transmettrait le dépôt sacré au petit Bill. De Mary, elle était sûre comme d'elle-même.

Aussi, après avoir arraché le petit Bill à la mort et payé cet effort de sa vie, elle était partie avec sérénité prendre sa place dans le caveau des Archer à Saint-Marc, où sa belle-mère reposait déjà.

En face du portrait de May se trouvait celui de sa fille. Mary Chivers aussi était grande et blonde, mais elle avait la taille large, la poitrine à peine indiquée, et cette nonchalance d'attitude que permettait la nouvelle mode. Mary Chivers n'aurait pas pu accomplir ses hauts faits d'athlétisme avec les cinquante centimètres de tour de taille que mesurait la ceinture bleu de ciel de May

Archer. La différence était symbolique : l'âme de la mère avait été pareillement enfermée dans une armature aussi rigide que sa taille fine. Il y avait du bon aussi dans le nouvel ordre des choses.

L'appel du téléphone se fit entendre. Comme on était loin du temps où toute communication rapide à New York se faisait par les jambes des petits *messenger boys* à livrée bleue ! « Chicago vous demande. » Ah ! ce devait être un message de Dallas. Il avait été envoyé à Chicago pour étudier le plan d'un palais que sa maison construisait pour un jeune millionnaire à idées. Les missions de ce genre étaient toujours confiées à Dallas.

– Allô ! père. Voulez-vous vous embarquer avec moi mercredi sur le *Mauretania* ? Notre client veut que je visite quelques jardins italiens avant de rien décider ; et vous savez, je dois être rentré le premier juin.

Il éclata d'un rire joyeux. « Quoi qu'il arrive, semblait dire ce rire, je dois être de retour le premier, puisque Fanny Beaufort et moi devons nous marier le cinq. »

La voix reprit :

– Réfléchir ? Pas une minute ! Dites tout de suite !... Avez-vous une raison de refuser ? Non. J'en étais sûr. Alors, ça va ? Dites, père, ce sera la dernière fois que nous voyagerons tous les deux, comme autrefois. Allons ! bien ! J'étais sûr que vous viendriez.

Chicago coupa. Archer se leva et arpenta la pièce.

La dernière fois qu'ils seraient ensemble tous les deux comme autrefois !... L'enfant avait raison. Sans doute, ils seraient ensemble bien souvent après le mariage de Dallas. Ils avaient toujours été camarades, et Fanny Beaufort, quoi qu'on pût dire d'elle, ne paraissait pas disposée à gêner leur intimité. Cependant – il fallait se l'avouer –, malgré sa sympathie pour sa future belle-fille, c'était tentant pour Archer de saisir cette dernière occasion de se trouver seul avec son fils. Rien ne le retenait. Seulement il avait perdu l'habitude de voyager. May ne s'était jamais déplacée que pour des raisons sérieuses : mener les enfants dans la montagne ou au bord de la mer. Depuis deux ans que May était morte, Archer n'avait aucune raison de continuer sa vie sédentaire ; mais il s'était trouvé retenu par l'habitude, les souvenirs, et par une certaine appréhension de ce qui était nouveau.

Maintenant, revoyant son passé, il sentait qu'il s'était, lui aussi, enlisé, alors que tout changeait autour de lui.

Que restait-il du petit monde où il avait grandi, des principes qui l'avaient dominé et enchaîné ? Il se rappelait une railleuse prophétie du pauvre Lawrence Lefferts, émise dans cette même pièce tant d'années auparavant : « Si les choses vont de ce train, nos enfants épouseront les bâtards de Beaufort ! » C'était justement ce que le fils aîné d'Archer, l'orgueil de sa vie, allait faire, sans que personne l'en blâmât ou s'étonnât seulement. Tante Janey, restée si exactement la même qu'aux jours de sa jeunesse fanée, avait retiré de leur coton rosé les émeraudes serties de perles de sa mère, et les avait portées elle-même, de ses mains tremblantes, à la fiancée. Et Fanny Beaufort, loin de paraître déçue de ne pas recevoir une parure d'un joaillier de Paris, avait admiré le style ancien de ces bijoux, et déclaré qu'en les portant elle se sentirait digne d'être peinte par Isabey.

Fanny Beaufort, qui avait fait son apparition à New York à l'âge de dix-huit ans, après la mort de ses parents, avait conquis les cœurs un peu comme Mme Olenska trente ans auparavant. Seulement, au lieu de la regarder avec une sorte de méfiance, la société l'avait joyeusement acceptée. Elle était jolie, amusante et douée : que pouvait-on demander de plus ? Personne n'avait l'esprit assez étroit pour lui faire un grief du passé de son père, ni de son origine à elle. Les personnes âgées, seules, se souvenaient d'un incident perdu dans le mouvement des affaires à New York : le krach Beaufort. Du reste, après la mort de sa femme, Beaufort, ayant épousé sans bruit la trop célèbre Fanny Ring, avait quitté le pays avec sa nouvelle femme et une petite fille qui héritait de la beauté de sa mère. On avait ensuite appris qu'il était à Constantinople, puis en Russie, et, une douzaine d'années plus tard, des voyageurs américains furent brillamment reçus chez lui à Buenos Aires, où il représentait une grande compagnie d'assurances. Il était mort là, ainsi que son épouse ; et, un jour, leur fille, riche et orpheline, était arrivée à New York, sous la conduite de la belle-sœur de May, Mrs. Jack Welland, dont le mari était le tuteur de l'enfant. Elle se trouvait ainsi dans des relations presque de cousinage avec les enfants de Newland Archer, et personne ne s'était étonné quand Dallas avait annoncé ses fiançailles.

Rien ne pouvait donner plus exactement la mesure du chemin que le monde avait parcouru. On était trop absorbé par les réformes et les mouvements sociaux, par les engouements et les modes du jour, pour s'inquiéter beaucoup du passé de ses voisins. Qu'importait le passé dans le grand kaléidoscope où tous les atomes sociaux roulaient sur le même plan ?

Le lendemain de leur arrivée à Paris, Archer, de la fenêtre de son hôtel, contemplait le beau décor de la place Vendôme. Une des choses qu'il avait stipulées, presque la seule, quand il avait accepté d'accompagner Dallas, était qu'il ne serait pas obligé de descendre à Paris dans un des nouveaux palaces à la mode.

– Entendu, avait acquiescé Dallas bon prince. Je vous mènerai dans un bon vieil hôtel : le Bristol.

Combien de fois Archer n'avait-il pas pensé à Paris comme au cadre où vivait Mme Olenska ! Seul, tard le soir, dans sa bibliothèque, quand toute la maison reposait, il avait évoqué le retour radieux du printemps le long des avenues de marronniers, les fleurs et les statues des jardins publics, les bouffées des lilas entassés dans les charrettes, le cours majestueux du fleuve sous les arches des ponts, et la vie d'art, d'étude et de plaisir qui roulait impétueusement dans les artères de la grande ville. Maintenant, le spectacle était devant lui et, en le considérant, Archer se sentait timide et suranné : un pauvre être insignifiant comparé à l'homme d'énergie qu'il avait rêvé d'être.

La main de Dallas se posa gaiement sur son épaule.

– Eh bien ! père ! ça vaut la peine, hein ?

Ils restèrent un moment, regardant devant eux ; puis le jeune homme continua :

– Au fait, j'ai une commission pour vous : la comtesse Olenska nous attend à cinq heures et demie.

Il disait cela avec insouciance comme s'il s'agissait de l'heure du départ pour Florence le lendemain soir. Archer le regarda, et crut voir dans les yeux gais de son fils un éclair de la malice de son arrière-grand-mère Mingott.

– Est-ce que je ne vous l'avais pas dit ? poursuivit Dallas. J'ai juré à Fanny de faire trois choses pendant mon séjour à Paris : lui acheter le recueil des dernières mélodies de Debussy ; aller au Grand-Guignol ; et voir Mme Olenska. Vous savez que celle-ci a été la bonté même pour Fanny, quand Mr. Beaufort l'a envoyée de Buenos Aires au couvent de l'Assomption. Fanny ne connaissait personne à Paris : Mme Olenska s'est occupée d'elle, l'a promenée les jours de congé. Je crois que Mme Olenska a été très liée avec la première Mrs. Beaufort – et puis elle est notre cousine. Aussi, je l'ai appelée au téléphone ce matin avant de sortir, et lui ai dit que nous étions ici pour deux jours et désirions la voir.

– Tu lui as dit que j'étais ici ? balbutia Archer.

– Bien sûr : pourquoi pas ?

Dallas eut un sourire innocent. Puis, ne recevant pas de réponse, il glissa son bras sous celui de son père.

– Dites, père, comment était-elle ?

Archer se sentit rougir sous le clair regard de son fils.

– Allons, avouez, vous avez été très emballé pour elle, est-ce vrai ? N'était-elle pas ravissante ?

– Ravissante ? Je ne sais pas. Elle était différente des autres.

– Ah ! nous y voilà ! Toute la question est là, n'est-ce pas ? Quand on la trouve, la femme qu'on attend, elle est toujours différente – et on ne sait pas pourquoi. C'est exactement ce que j'éprouve avec Fanny.

Son père recula d'un pas, dégageant son bras :

– Avec Fanny ? Mais, mon ami, je l'espère bien ; seulement, je ne vois pas…

– Voyons, père, ne soyez pas cachottier ! N'a-t-elle pas été, autrefois, *votre Fanny* ?

Dallas appartenait de tout son être à la nouvelle génération. À ce premier-né de Newland et de May Archer, il avait été impossible d'inculquer les plus élémentaires notions de réserve. « Pourquoi faire des mystères ? Les gens flairent toujours ce qu'on veut leur cacher », objectait-il quand on lui recommandait la discrétion. Mais Archer, rencontrant les yeux de son fils, sentit la lueur filiale sous la malice.

– Ma « Fanny »… ?

– Eh bien ! la femme pour laquelle vous auriez tout envoyé promener. Seulement, vous ne l'avez pas fait.

– Non, je ne l'ai pas fait, répéta Archer avec une sorte de solennité.

– Vous datez, voyez-vous, mon pauvre papa ! Ma mère m'a dit…

– Ta mère ?

– Oui, la veille de sa mort. Quand elle a voulu me voir seul. Vous vous rappelez ? Elle m'a dit qu'elle était tranquille en nous quittant parce qu'une fois, quand elle vous en avait fait la demande, vous lui aviez sacrifié la chose à laquelle vous teniez le plus.

Archer reçut en silence cette singulière communication. Son regard perdu embrassa la place ensoleillée où s'écoulaient les passants. Enfin, il dit à voix basse :

– Elle ne me l'a jamais demandé.

– Non, naturellement. Vous ne vous êtes jamais rien demandé l'un à l'autre, n'est-ce pas ? Et vous ne vous êtes jamais rien dit. Vous êtes restés l'un devant l'autre, à observer, à deviner ce qui se passait en dedans – un duo de sourds-muets, pas vrai ? Avec cela, je parie que chacun de vous en savait plus long sur ce que pensait l'autre que nous ne savons, nous, sur ce que nous pensons nous-mêmes. Nous n'avons pas le temps… Dites… père, fit Dallas, vous n'êtes pas fâché, j'espère ? Si vous l'êtes, nous allons faire la paix et déjeuner chez Henri… Après, il faut que je coure à Versailles.

Archer n'accompagna pas son fils à Versailles. Il préféra vaguer seul à travers la lumineuse solitude de Paris. Les regrets accumulés, les souvenirs étouffés d'une vie muette pesaient lourdement sur son âme.

À la réflexion, il ne regretta pas l'indiscrétion de Dallas. Il sentit son cœur allégé d'un lourd fardeau. Quelqu'un avait donc deviné, avait eu pitié ; et que ce quelqu'un eût été May, il en ressentait une émotion indicible. Dallas, avec toute sa perspicacité affectueuse, n'aurait pas compris cela. Pour l'enfant, sans doute, l'épisode n'était que l'exemple pathétique d'une vie gâchée. N'était-ce vraiment que cela ? Longtemps, Archer, assis sur un banc aux Champs-Élysées, resta perdu dans ses pensées. Autour de lui, la vie – la vie des autres – passait comme un fleuve.

Là, tout près, cette même fin d'après-midi, Ellen Olenska l'attendait. Elle n'était jamais retournée chez son mari, et depuis la mort d'Olenski, elle n'avait rien changé à sa manière de vivre. Il n'y avait plus rien pour la séparer d'Archer : tout à l'heure, il allait la voir.

Il se leva et traversa le jardin des Tuileries. Mme Olenska lui avait dit une fois qu'elle allait souvent au Louvre, et il eut la fantaisie de passer les heures de l'attente dans un endroit où peut-être elle avait été récemment. Pendant plus d'une heure, il erra de salle en salle dans l'éblouissement d'une journée de printemps. L'un après l'autre, des tableaux se révélaient à lui dans leur splendeur à moitié oubliée, et il se laissait peu à peu envahir par les émotions qu'inspire la beauté. La beauté, il en avait eu faim toute sa vie.

Soudain, devant un triomphal Titien, il se prit à dire : « Mais je n'ai que cinquante-sept ans ! » Puis il se détourna. Pour les rêves du chaud été, c'était trop tard ; mais non pour un tranquille automne auprès d'Ellen, dans la paix bénie de sa présence.

Il revint à l'hôtel où il devait retrouver Dallas. Tous deux traversèrent la place de la Concorde et la Seine, s'engagèrent sur l'esplanade des Invalides. Le dôme de Mansart rayonnant, sur la masse grise du monument, absorbait et renvoyait les ors du soleil couchant. Dans l'éther lumineux il semblait le symbole visible de la gloire d'une race.

Archer savait que Mme Olenska demeurait près d'une des avenues qui aboutissent aux Invalides : pourquoi s'était-il figuré un quartier paisible et modeste, oubliant la brillante coupole qui règne sur lui ?

Par un singulier enchaînement d'idées, cette lumière dorée devint pour lui la lumière même où Ellen vivait. Pendant près de trente ans, la vie de Mme Olenska – cette vie dont il était si étrangement ignorant – s'était déroulée dans cette riche atmosphère. Il pensa à tous les beaux spectacles auxquels elle avait dû assister, aux tableaux qu'elle avait dû regarder, aux sobres et magnifiques demeures où elle avait dû entrer. Il pensa aux gens avec qui elle avait dû causer, aux idées, aux curiosités, aux images et aux comparaisons que remue sans trêve une race d'une intense sociabilité, dans le charme d'une politesse traditionnelle.

Tout à coup, Archer se rappela le jeune Français qui lui avait dit une fois : « Une conversation intéressante, il n'y a rien de tel, n'est-ce pas ? » Il n'avait jamais revu M. Rivière, ni entendu parler de lui depuis trente ans. Tout ce qui avait rapport à Mme Olenska était pour lui si lointain ! Il était resté séparé d'elle pendant la moitié de sa vie. Elle avait passé ce long intervalle de temps parmi des gens qu'il ne connaissait pas, entourée d'une société dont il pouvait à peine se faire une idée. Lui, il avait vécu avec son souvenir ; mais autour d'elle il y avait eu toute une société, toute une vie.

Ils traversèrent la place des Invalides et suivirent une des avenues qui longent le monument. Archer s'étonnait de ces grandes voies un peu désertes dans ce paysage de splendeur et d'histoire. Paris, en vérité, avait donc beaucoup de ces glorieux trésors, pour qu'autour de celui-ci il y eût le calme et le vide. Le jour s'évanouissait dans un léger brouillard, illuminé par de rares rayons de soleil, et piqué çà et là par les points jaunes des lampes électriques. Les passants étaient rares sur la petite place vers laquelle Archer et son fils s'étaient dirigés.

Brusquement, Dallas s'arrêta et leva la tête.

– Ce doit être ici, dit-il, en glissant son bras sous celui de son père.

Ils restèrent l'un près de l'autre à regarder la maison.

C'était une construction moderne sans caractère, avec de nombreuses fenêtres, et des balcons qui se détachaient avec élégance sur une haute façade blanche. Sur un des balcons supérieurs, qui s'avançaient au-dessus des dômes arrondis des marronniers, les stores étaient encore baissés ; le soleil venait de les quitter.

– Je me demande… à quel étage ? dit Dallas. (Il passa la tête dans la loge du concierge, et revint en disant :) Au cinquième ! Ce doit être l'étage aux stores.

Archer restait immobile, les yeux fixés sur les hautes fenêtres, comme si le but de son pèlerinage eût été atteint.

– Vous savez, père, il est près de six heures, lui rappela enfin son fils.

Le père jeta un coup d'œil sur un banc vide sous les arbres.

– Je vais m'asseoir un moment, dit-il.

– Qu'est-ce qu'il y a ? Est-ce que vous n'êtes pas bien ?

– Si, très bien. Mais j'aime mieux que tu montes sans moi.

Dallas le regarda, déconcerté.

– Voyons, père, est-ce que vous ne viendrez pas ?

– J'hésite, répondit lentement Archer.

– Si vous ne venez pas, elle ne comprendra pas.

– Va, mon garçon. Je te suivrai peut-être.

– Mais que voulez-vous que je lui dise ?

– Mon cher enfant, ne sais-tu pas toujours ce qu'il faut dire ? répliqua son père en souriant.

– Je dirai que vous êtes vieux jeu, et que vous préférez monter les cinq étages à pied, parce que vous n'aimez pas les ascenseurs.

– Dis que je suis vieux jeu, ça suffira…

Dallas le regarda encore ; puis, avec un geste d'incrédulité, il disparut sous la voûte.

Archer s'assit sur le banc, et continua à regarder le balcon aux stores. Il calcula le temps que mettrait son fils à monter dans l'ascenseur jusqu'au cinquième, à sonner à la porte, à être admis dans l'antichambre, puis introduit dans le salon. Il imagina Dallas entrant dans la pièce de son pas vif, assuré, avec son charmant sourire. Avait-on raison de dire que son fils tenait de lui ?

Ensuite, il essaya de se figurer les personnes qui étaient déjà dans le salon ; car, à la fin de l'après-midi, il devait y avoir quelques personnes. Mais il ne voyait qu'une dame au pâle visage, avec une masse de cheveux sombres, qui redresserait la tête vivement, se levant à demi pour tendre à Dallas sa longue main fine, ornée de trois bagues. Archer imagina qu'elle serait assise sur un canapé au coin du feu, et qu'il y aurait des azalées en fleur derrière elle sur une table.

– Je la retrouve mieux que si j'étais là-haut à côté d'elle, se dit-il à haute voix.

Et la crainte de sentir s'évanouir cette dernière illusion le tenait immobile sur le banc pendant que les minutes s'écoulaient.

Longtemps, il demeura ainsi dans l'envahissement du crépuscule, sans quitter des yeux le balcon. À la fin, une lumière perça les fenêtres. Un moment après, un domestique vint relever les stores et fermer les persiennes.

Comme si c'était le signal qu'il attendait, Newland Archer se leva lentement et revint seul à son hôtel.

DOSSIER

1. — *La satire d'une communauté*

2. — *La communauté en péril*

3. — *Tout change, rien ne change*

1. — *La satire d'une communauté*

Le Temps de l'innocence est un exemple-type de ce que l'on appelle en anglais le *novel of manners*, c'est-à-dire le roman social ou roman de mœurs, dans lequel le lecteur découvre les codes et les conventions d'une société donnée, à travers des personnages jugés selon les normes et les valeurs du groupe. Dans ce roman, Edith Wharton (1862-1937) met en scène ce qu'elle appelle le « vieux New York » (1, p. 25), une ville encore petite, perchée sur la pointe de l'île de Manhattan, isolée du reste du monde et séparée de l'Europe par l'Atlantique. Roman de mœurs, mais aussi roman historique, puisque *Le Temps de l'innocence* est publié en 1920, alors que l'action est située au début des années 1870, à un moment charnière de l'histoire américaine, entre la très violente guerre de Sécession (1861-1865) et la période de spectaculaire expansion économique, que Mark Twain a nommée le *gilded age* (1877-1901). Cet écart de cinquante ans permet à la romancière de mieux discerner les particularités du petit monde sur lequel elle se penche. On note d'ailleurs, comme c'est souvent le cas dans les romans historiques, des affinités entre la période d'écriture (1919) et la période décrite dans le roman. Après avoir contribué à l'effort de guerre par des activités d'aide aux victimes civiles des combats, mais surtout en publiant des articles pour convaincre ses compatriotes de la nécessité d'une intervention des États-Unis dans le conflit, Wharton découvre en 1919 que Paris, la ville qu'elle aime et admire et qui est devenue la sienne, a changé. Lucide, elle comprend qu'en ayant tout fait pour convaincre les États-Unis d'intervenir dans la guerre, elle a favorisé, à son échelle, l'américanisation de Paris. C'est à ce moment qu'elle tourne son regard vers le New York de son enfance.

Le « vieux New York »

Qu'est-ce exactement que le « vieux New York » ? Mrs. Archer, la mère du personnage principal du roman, en donne une description précise. C'est le monde des vieilles familles qui règnent sur la vie sociale de la ville et qui descendent des marchands anglais et des colons hollandais installés au XVIIe siècle à l'embouchure de l'Hudson :

> Ne me parlez pas [...] de ce que disent les journalistes sur l'aristocratie de New York. [...] Nos grands-pères et nos arrière-grands-pères n'étaient que de respectables commerçants anglais, hollandais, venus aux colonies pour faire fortune, et qui réussirent au-delà de leurs espérances.
>
> (6, p. 66)

Si le « vieux New York » n'est pas une aristocratie, il n'en reste pas moins une société exclusive qui se veut homogène. Ainsi, pour bien marquer leur appartenance au même monde, les New-Yorkais donnent comme prénom à leur aîné le patronyme de la mère, favorisant par là l'entre-soi. Les noms en miroir des personnages (comme Emerson Sillerton et Sillerton Jackson ou la famille Newland et Newland Archer) montrent qu'ils sont issus d'une même souche. Ils se plient d'autant plus facilement aux conventions qu'ils ont des origines communes. Ceux qui ne se conforment pas strictement aux règles sont condamnés, exclus, parfois même exécutés : à la fin du roman, Newland Archer note qu'à New York « on donnait la mort sans effusion de sang » (33, p. 101).

Dans *Le Temps de l'innocence*, Wharton examine avec une minutie souvent comique les exigences, les mesquineries, ou tout simplement l'absurdité des mœurs new-yorkaises. Elle fait usage de toutes les armes de la satire pour railler les membres de cette société bêtement rivée au passé et incapable en tant que groupe d'accepter la contradiction. Elle tourne en dérision leurs habitudes, incompréhensibles pour le lecteur, et parfois même pour ceux qui s'y conforment.

C'est par les yeux de Newland Archer que le lecteur arrive à connaître « la petite citadelle fermée » (4, p. 48) qu'est le « vieux New York ». Le personnage est présenté comme plus intelligent et plus lucide que la plupart de ceux qui l'entourent et se distingue, ou croit se distinguer, par une certaine hauteur de vue. D'innombrables signes montrent qu'il se sent à l'étroit dans cette société. Une forme de scepticisme l'empêche de prendre toujours au sérieux les coutumes qui régissent son existence. Il parle avec condescendance des « banales conventions » (16, p. 161), ou de l'opinion commune, dont il aimerait pouvoir ne pas tenir compte. Il épingle les « idées saugrenues de vieille fille » (10, p. 101) qui sévissent dans sa propre famille ; chez les Welland, la famille de sa fiancée, la complexité des règles l'assomme : « tant de détails jugés indispensables, agiss[aient] sur Archer comme un narcotique » (21, p. 216).

LA CAMISOLE DU « BON TON »

Malgré cette ouverture d'esprit, Newland reste, comme les autres, obnubilé par ce qu'il pense être les règles du « bon ton » (1, p. 26), même quand elles apparaissent extravagantes ou ridicules.

> [U]ne loi immuable et incontestée du monde musical voulait que le texte allemand d'un opéra français, chanté

> par des artistes suédois, fût traduit en italien, afin d'être plus facilement compris d'un public de langue anglaise. Cela semblait aussi naturel à Newland Archer que toutes les autres conventions sur lesquelles sa vie était fondée : telles que le devoir de se servir de deux brosses à dos d'argent, chiffrées d'émail bleu, pour faire sa raie, et de ne jamais paraître dans le monde sans une fleur à la boutonnière, de préférence un gardénia.
>
> (1, p. 22-23)

En décrivant Newland comme « un homme d'habitudes correctes et disciplinées » (32, p. 292), Wharton montre clairement que, si le personnage accepte certaines restrictions à sa liberté, c'est avant tout parce qu'il y trouve son compte. Dans la maison qu'il partage avec sa mère et sa sœur, il trouve naturel qu'elles se serrent au premier étage pour lui laisser la jouissance de l'étage supérieur. Il ne s'offusque pas non plus que, « selon la coutume » (5, p. 59), les femmes quittent toujours la table à la fin des repas, juste au moment où la conversation commence à aborder des sujets sérieux. Pourquoi l'étiquette new-yorkaise, qui veut « qu'une dame atten[de], immobile comme une idole » (8, p. 79), que l'on vienne lui parler, au lieu de prendre l'initiative de s'adresser à qui elle veut, le gênerait-il ? L'ignorance des choses de la vie imposées aux jeunes filles ne le soucie pas non plus, au contraire. Il suppose que sa fiancée ne comprend rien à la scène de séduction de Marguerite, dans l'opéra de Gounod : « L'adorable enfant, […] elle ne se doute même pas de ce que cela veut dire » (1, p. 24), pense-t-il. Newland s'accommode parfaitement des privilèges incontestés accordés aux hommes.

Il se félicite aussi d'avoir choisi une fiancée qui lui ressemble : « [E]n dépit des goûts cosmopolites dont il se piquait, Newland remercia le ciel d'être un citoyen de New York, et sur le point de s'allier à une jeune fille de son espèce » (4, p. 49). Wharton prend plaisir à tourner en ridicule une éducation qui consiste à éviter le réel : « Rien ne lui était plus agréable chez sa fiancée que la volonté de porter à la dernière limite ce principe fondamental de leur éducation à tous deux : l'obligation rituelle d'ignorer ce qui est déplaisant » (3, p. 43). En effet, toutes les règles s'opposent à ce que les membres du vieux New York fassent allusion à un sujet préoccupant. Taire ce qui est « pénible » ou inconvenant est un devoir qui leur est inculqué depuis le plus jeune âge. May, qui a été formée, comme son mari, à dissimuler ses griefs derrière un sourire stoïque, ne dira d'ailleurs jamais tout ce qu'elle a sur le cœur. Une fois seulement, elle usera de la parole, et de manière opportune. À la fin du roman, lorsque Newland essaie de lui annoncer qu'il va la quitter et partir avec Mme Olenska, sa femme l'interrompt pour lui révéler qu'elle vient d'apprendre qu'elle attend un enfant. Il découvre aussi qu'elle a annoncé la nouvelle à sa cousine quinze jours plus tôt, alors qu'elle n'en était pas encore certaine. Ainsi, par des paroles bien choisies, May réussit à convaincre sa cousine de partir, tout en s'assurant que son mari restera auprès d'elle.

En vérité, ce qui se passe réellement derrière les apparences n'intéresse que peu de monde. Seul Mr. Sillerton Jackson est habité par une curiosité inépuisable pour la vie du groupe social que constituent les familles new-yorkaises. Il applique « à l'investigation des affaires d'autrui une passion de collectionneur et une science de naturaliste » (5, p. 50), mais il ne divulgue pas ses secrets : « Non seulement son sévère sentiment de l'honneur lui imposait de ne pas répéter ce qui lui avait été confié, mais il se rendait compte que sa réputation de discrétion augmenterait encore les occasions d'apprendre ce qu'il voulait savoir » (1, p. 28). Les autres ne se préoccupent que du visible, de l'existence sociale des êtres. La nourriture, les vêtements, les bijoux, les meubles, les tableaux sont autant de signes qui permettent aux membres du vieux New York de se reconnaître entre eux. Lors de sa première apparition publique après son arrivée à New York, la comtesse Olenska jette le trouble autour d'elle car sa robe et sa coiffure tranchent avec les habitudes new-yorkaises. De même, deux ans plus tard, quand Mrs. Archer apprend que « la folie de[s] toilette[s] » a envahi la première de l'Opéra et que Jane Merry « était la seule qui portât une robe de l'année dernière, une robe venue de chez Worth », elle s'exclame : « Ah ! Jane Merry est des nôtres ». Jane Merry, en effet, « est du petit nombre de celles qui gardent les traditions » puisque, comme chacun le sait, il est « de mauvais goût de porter les dernières modes » (26, p. 247). Les règles n'ont, en elles-mêmes, plus aucune importance. Elles ne sont plus que des codes arbitraires qui prouvent l'appartenance au groupe. *Le Temps de l'innocence* se lit donc comme la satire d'une petite communauté fermée, dans laquelle les individus intériorisent la loi du groupe et se soumettent à l'autorité immuable du « bon ton ». Mrs. Archer, avec ses sempiternels commentaires sur le comportement des uns et des autres, incarne dès lors une des principales gardiennes du temple.

Assurer l'allégeance des membres au groupe par le rite

L'autorité du groupe se manifeste lors de rites et de cérémonies, qui ont pour fonction de cimenter la communauté. Les bals, les dîners, les visites, les séjours dans des lieux de villégiature soigneusement choisis (Newport) et les pratiques sportives (tir à l'arc) ne laissent aucune place à la nouveauté et semblent obéir à des règles inaltérables. La vie new-yorkaise est scandée par des rites de passage : fiançailles, mariage, voyage de noces (en Italie, en France, en Suisse et en Angleterre, mais pas ailleurs), ou encore le premier grand dîner offert par un couple de jeunes mariés. Au moment des fiançailles de Newland avec May, rien n'est laissé au hasard : « [L]e rite était précis et inflexible : Newland Archer, accompagné de sa mère et de sa sœur, fit visite à Mrs. Welland ; puis, avec sa fiancée et sa future belle-mère, il se rendit chez Mrs. Manson Mingott pour recevoir la bénédiction de l'aïeule » (4, p. 44). Lors de la cérémonie du mariage, Newland se plie aux « exigences d'un rite qui semblait venir de la nuit des temps » (19, p. 187). Lorsque Mrs. Manson Mingott désire être présente au mariage, on découvre que sa chaise est trop large pour passer entre les montants de la tente dressée à l'entrée de l'église, ce qui oblige la vieille Catherine à renoncer. L'absence de la vieille dame rassure tout le monde puisque l'« exhibition de sa monstrueuse personne » semble « fâcheuse » (19, p. 190) aux membres de la famille. Mais c'est le respect des convenances qui justifie de l'exclure, car personne n'ose envisager de supprimer la tente qui met la mariée à l'abri de la curiosité des passants : « Le clan tout entier avait reculé devant une pareille inconvenance », et c'est devant ce refus que « [l]'ancêtre avait dû céder » (19, p. 191). Wharton fait un sort particulier à la nuit de noces qui, par définition, est imprévisible et ne peut donc être ritualisée : « Le mystère sur le lieu où devait s'écouler la nuit nuptiale était l'élément le plus sacré du rite immémorial » (19, p. 188).

Le calendrier des rites, fixe et connu de tous, est aussi la cible d'une ironie implacable :

> Tous les ans, le quinze octobre, la Cinquième Avenue rouvrait ses persiennes, déroulait ses tapis et raccrochait ses triples rideaux. Vers le premier novembre, ces préparatifs étaient terminés et la vie mondaine recommençait. Vers le quinze, la saison battait son plein : l'Opéra et les théâtres affichaient leurs nouveaux programmes, les invitations pleuvaient ; on

fixait les dates des bals. Et, invariablement, à cette époque, Mrs. Archer disait que New York était bien changé.

(26, p. 246)

De la même manière, les deux soirées à l'opéra, au début et à la fin du roman, ont tous les attributs d'un rite : les participants obéissent à un ensemble de prescriptions précises auxquelles il ne faut pas déroger. Le *Faust* de Gounod est deux fois au programme et la même soprano chante le même air : « Archer se tourna vers la scène où, dans le décor accoutumé [...], la même opulente et blonde victime succombait aux artifices du même petit séducteur basané » (32, p. 291). Rien ne perturbe l'immuable répétition, qui fait vivre les vieux New-Yorkais dans un temps archaïque et cyclique plutôt que linéaire et moderne.

Même les activités les plus ordinaires, comme un simple week-end à la campagne, suivent un programme précis et connu à l'avance :

Newland Archer arriva chez les Chivers le vendredi soir et exécuta consciencieusement, le lendemain, tous les rites d'un week-end à Highbank.

Le matin, il fit du toboggan avec la maîtresse de maison et les plus allants des invités. Dans la journée, il fit le tour du propriétaire. Après le thé, il parla dans un coin à une jeune fille avec laquelle il avait flirté autrefois et qui venait de se fiancer. Vers minuit, il aida à mettre des poissons rouges dans le lit d'un des invités et à fabriquer un cambrioleur-mannequin dans le cabinet de toilette d'une tante timide. Enfin, il participa à la bataille d'oreillers qui, jusqu'après minuit, bouleversa la maison depuis les chambres d'enfants jusqu'à la cave.

(15, p. 142)

Le lecteur du *Temps de l'innocence* est invité, ici comme ailleurs, à s'interroger sur le sens de cette soumission aveugle aux rites. Newland, quand il parle pour la première fois à Mme Olenska dans la loge des Mingott, s'offusque de la légèreté avec laquelle elle évoque le public de l'opéra : elle a connu ces hommes « en costumes d'enfant » et ces femmes « en petits pantalons brodés dépassant de leurs jupes courtes ». Newland juge inconvenante l'absence de sérieux qu'il lit dans les yeux d'Ellen : « Archer fut choqué qu'ils reflétassent, de l'auguste tribunal qui à l'heure même la mettait en jugement, une image si peu respectueuse. Rien n'était de plus mauvais goût qu'une impertinence mal placée » (2, p. 35). Or, chez les Chivers, ce sont quelques-uns des membres du même « auguste tribunal » qui se livrent de bon cœur à des enfantillages aussi navrants qu'une bataille de polochons. Newland sort de chez les Chivers avec une nouvelle pièce à conviction à joindre au dossier du procès intérieur qu'il commence à faire au « vieux New York ».

Le rituel est un moyen de mettre en évidence la soumission des individus au groupe. Quand les Lovell Mingott organisent un dîner en l'honneur de leur cousine Ellen Olenska, la plupart des invités commencent par refuser l'invitation. Newland Archer, qui est un allié des Mingott, en tant que fiancé de May Welland, décide de prendre les choses en main. Il fait appel à Mr. et Mrs. Van der Luyden, « les arbitres sociaux de leur petit monde, la dernière cour d'appel du protocole mondain » (7, p. 71), qui veillent à faire respecter les rapports de subordination existants. « C'est le principe que je n'admets pas, dit Mr. Van der Luyden. Tant qu'une famille de notre milieu soutient un de ses membres, on doit considérer la question comme résolue » (7, p. 72). Les Van der Luyden décident donc d'adouber publiquement Ellen Olenska, en l'invitant au dîner donné en l'honneur de leur cousin, le duc de Saint-Austrey. Les rites renforcent ainsi la primauté et la solidarité du groupe. Toute singularité est exclue. Même Archer, « qui avait plus lu, plus pensé, et plus voyagé » (1, p. 25) que la plupart des New-Yorkais, sent instinctivement qu'« il serait à la fois incommode et de mauvais goût de faire cavalier seul » (1, p. 26). Se démarquer serait manquer d'esprit de corps.

Les tribus de New York

Le Temps de l'innocence apparaît à première vue comme un roman mondain à visée satirique, dans la lignée du romancier anglais William Thackeray (1811-1863). Ce dernier s'était moqué d'une société qui se posait la question de savoir s'il fallait, ou non, couper les petits pois avec un couteau. C'est aussi ce qui est suggéré par les robes de bal, les smokings et les bijoux figurant sur les couvertures de la plupart des éditions de l'ouvrage et que mettent en évidence les affiches des adaptations cinématographiques. Mais le regard porté par la romancière est à la fois plus moderne et plus dur qu'une simple remise en cause des mœurs. La société raffinée du « vieux New York » est scrutée et analysée comme si elle était placée sous le microscope d'un savant. Elle est étudiée exactement comme l'ont été certaines peuplades des îles du Pacifique. Les termes appartenant au vocabulaire de l'anthropologie et de l'ethnologie fourmillent : il est très souvent question dans le roman de systèmes sociaux, de tribus, de clans, de codes, de manières, de coutumes, de mœurs, d'obligations rituelles et de rites. On sait que Wharton elle-même a lu attentivement les grands penseurs de l'évolution, en particulier Charles Darwin (1809-1882) et Herbert Spencer (1820-1903) [1]. Dans *Le*

1. Herbert Spencer, philosophe anglais et défenseur très influent de la théorie de l'évolution élaborée par Darwin, était connu surtout

Temps de l'innocence, elle fait usage de toute cette culture scientifique pour nous montrer un monde archaïque, dominé par des « clans » et des « tribus » et qui fonctionne comme une société primitive. Ce regard froid, objectif, détaché, assimile New York, que le lecteur pouvait imaginer ressembler plutôt à Londres ou à Paris, à des regroupements humains ayant vécu en des temps reculés.

> [D]e mémoire d'homme, New York était divisé en deux grands groupes fondamentaux : celui des Mingott, des Manson et tout leur clan, qui appréciait l'élégance, la bonne table et le luxe, et la tribu des Archer, Newland, Van der Luyden, qui, eux, s'intéressaient aux voyages, à l'horticulture, à la lecture des romans sérieux, et affectaient de mépriser les jouissances matérielles.
>
> (5, p. 51)

La vie des clans est régie par des lois dont les origines se perdent dans la nuit des temps et dont le sens est profondément opaque, y compris pour ceux qui les respectent scrupuleusement. Newland Archer, par exemple, arrive délibérément en retard à l'opéra, parce qu'il considère que New York n'est pas une de ces « villes de second rang » (1, p. 22) où l'on arrive à l'heure au spectacle. Son respect des usages est dicté par une sorte de croyance primitive : « ce "qui se fait" ou "ne se fait pas" jouait un rôle aussi important dans [s]a vie [...] que les terreurs superstitieuses dans les destinées de ses aïeux, des milliers d'années auparavant » (1, p. 22). De la même manière, dans le chapitre 10, face à sa mère, il essaie de trouver des excuses à Ellen Olenska, qui a commis un léger impair en se rendant à une invitation qu'elle aurait dû,

---

pour sa doctrine du « darwinisme social », selon laquelle le principe de sélection naturelle peut s'appliquer aux sociétés humaines et aux individus qui les composent aussi bien qu'aux espèces naturelles.

aux yeux des membres de son clan, refuser. Quand il voit qu'il ne pourra pas convaincre sa mère, pour qui l'affaire est sérieuse, Newland finit par lui dire : « Eh bien, puisqu'il leur faut une victime, je vous permets de leur livrer la comtesse Olenska [...]. Je ne me soucie pas du tout de m'offrir en holocauste pour expier les crimes de Mme Olenska » (10, p. 104). Le vocabulaire du jeune homme est, on le voit, empreint d'une cruauté toute primitive, puisque personne, évidemment, n'est brûlé vif dans le New York des années 1870. Newland s'aperçoit très vite que la liberté est illusoire face à la volonté du clan, qui est conscient de sa force et résolu à l'exercer lorsque c'est nécessaire. Dans le chapitre 11, lorsque l'avocat, Mr. Letterblair, lui demande d'intervenir auprès d'Ellen Olenska pour la faire renoncer au divorce, Newland commence par essayer de se dérober, oubliant « tout ce que le clan se croyait en droit d'exiger d'un futur gendre » (11, p. 109). Quant à la tournée de visites qu'il doit faire au moment de l'annonce de ses fiançailles, le récit précise qu'elle avait laissé à Newland « le sentiment d'avoir été montré comme un captif dans un “triomphe” » (9, p. 84). Les mots disent bien l'asservissement au clan, impression confirmée par l'évocation de la cérémonie du « triomphe » chez les Romains.

Les allusions répétées à l'atavisme [1] préhistorique et au rôle d'hérédités séculaires alertent le lecteur dès le début du roman quant aux déterminations profondes des personnages. Si l'élément « primitif » et « tribal » l'emporte, même Newland Archer (dont le prénom signifie pourtant « terre neuve ») ne pourra échapper à l'autorité du clan. Le vieux New York est archaïque et aspire à le rester. Rien de neuf ne pourra advenir. Les membres les plus éminents de cette communauté sont d'ailleurs

1. « Transmission continue, de génération en génération, des caractères héréditaires, physiques ou moraux » (CNRTL).

comme figés dans leur être. Mrs. Van der Luyden « rappelait toujours à Newland Archer un de ces corps pris dans les glaciers, qui gardent miraculeusement les couleurs de la vie » (7, p. 69).

Wharton semble n'avoir aucune complaisance à l'égard du « vieux New York », et *Le Temps de l'innocence* peut se lire comme une réflexion sur le fonctionnement des sociétés humaines et sur le pouvoir qu'elles ont d'imposer des normes aux individus qui les composent.

2. — *La communauté en péril*

Une série de métaphores signale au lecteur que la collectivité formée par le « vieux New York » est, ou a été, un « bloc » imprenable, une « petite citadelle fermée ». Dans la jeunesse de Newland Archer, ce réseau serré de « cousinages » (1, p. 27) était une « petite pyramide solide et glissante où aucune fissure apparente ne s'était encore produite » (6, p. 65). Mais une citadelle est presque par définition exposée à des attaques. Grâce aux progrès techniques (accélération et multiplication des voyages, première globalisation du monde), ou peut-être à cause d'eux, la communauté est de moins en moins isolée et subit de plus en plus de pressions, en particulier avec l'arrivée des « nouveaux riches dont New York commençait à sentir à la fois l'attraction et le danger » (1, p. 21). Et à l'intérieur de la forteresse, il y a toujours quelqu'un pour livrer les clefs à l'ennemi. Dans la lente désagrégation de la vieille citadelle, déjà en cours au début du roman, et dont *Le Temps de l'innocence* est la chronique, les voyages, les lectures, les idées, les distractions, l'argent, la modernité, mais aussi l'individualisme proprement américain remarqué par Tocqueville dans sa *Démocratie en Amérique* (1835), contribuent à fissurer le vénérable édifice.

Le désir de liberté face à l'hypocrisie sociale

Quand Ellen Olenska, qui arrive de France où elle vient de quitter son mari, fait sa première apparition à

New York, elle est convaincue qu'elle pourra divorcer en Amérique et commencer ainsi une vie nouvelle. « Je veux être libre !... Je veux que tout le passé soit effacé ! » (12, p. 123) dit-elle, pensant exprimer le plus simplement du monde l'idéal américain de liberté individuelle. Mais la réponse, hypocrite, qui lui est faite – « Notre législation favorise le divorce... nos habitudes sociales ne l'admettent pas » (12, p. 124) – lui montre que cette société ne tient pas ses promesses. La rencontre entre cette femme vulnérable, mais déterminée, et une communauté qui exige de l'individu qu'il se fonde dans le groupe, est l'occasion pour Wharton de tourner en dérision la prétention qu'a l'Amérique d'être une terre nouvelle, exempte de toutes les tares d'une Europe arriérée. C'est la comtesse qui montre à Newland, abasourdi, qu'il est possible de traiter une servante (Nastasia) comme une égale ; c'est elle qui révèle l'absence de franchise entre les membres du groupe et dénonce l'impossibilité d'avoir une conversation privée dans une maison américaine ; c'est par elle encore qu'Archer prend conscience de son « aveugle obéissance à la tradition » ; c'est elle, surtout, qui remet en cause le projet américain dans sa version new-yorkaise : « C'est un peu bête, dit-elle, d'avoir découvert l'Amérique pour en faire la copie des autres pays » (24, p. 234). Son arrivée à New York provoque une sorte de réaction chimique, une précipitation, et dès lors, comme le montre la fin du roman, Mme Olenska devient un corps insoluble que la petite communauté ne peut pas, ne pourra jamais absorber. Sa longue expérience de la vie à l'étranger, son peu de respect, à l'instar du duc de Saint-Austrey, pour les « petites distinctions républicaines » (10, p. 105), en un mot son désir de liberté, menacent la cohérence du groupe.

La toute-puissance de l'argent

Avant Ellen Olenska, d'autres étrangers avaient déjà perturbé le déroulement immuable des jours dans la cité. Julius Beaufort, qui « passait pour anglais », a « des ascendants inconnus » (3, p. 37) et, aux yeux des New-Yorkais, est « un parvenu sans éducation » (15, p. 149). « Nous avons tous quelques chéris dans la racaille » (3, p. 36), dit à son propos Mrs. Archer. Cependant, Beaufort est aussi « agréable, bel homme, coléreux, hospitalier et spirituel », et on apprend rapidement qu'il est sur le point d'épouser « la ravissante Regina Dallas » (3, p. 37), membre d'une branche alliée au clan des Mingott-Welland. Quand le lecteur le rencontre pour la première fois, il possède déjà une demeure dotée d'une salle de bal, ce qui constitue « une incontestable supériorité et rachetait ce que le passé des Beaufort pouvait avoir eu de regrettable » (3, p. 36). À New York, on pardonne beaucoup aux riches, et l'audacieuse Mrs. Mingott adore Beaufort et l'adoube. S'il est vu comme un aventurier, tout le monde sait qu'il a bénéficié de l'aide de plusieurs membres du vieux New York : d'abord celle du gendre anglais de Mrs. Mingott, qui lui a fourni des lettres de recommandation ; ensuite celle de Regina, « une beauté sans fortune », que « la folle Medora Manson » (3, p. 37) lui a présentée et qui a bien voulu l'épouser ; enfin, celle de Wall Street tout entier, du monde de la finance et de la spéculation, qui a accepté de l'accueillir en son sein. Ce sont les New-Yorkais eux-mêmes qui ont livré les clefs de la ville à Beaufort. Le vieux New York n'approuve évidemment pas ses mœurs, en particulier ses « deux ménages » (6, p. 62), mais quand arrive Ellen Olenska il fait déjà partie du paysage, et ce n'est qu'au moment de sa faillite que le couperet tombe : Beaufort qui, par ses spéculations hasardeuses, a ruiné nombre de ceux qui l'avaient reçu, est brutalement frappé « d'anéantissement social » (26, p. 249). Lorsque sa femme, Regina Beaufort, vient demander son soutien à Mrs. Mingott, la vieille dame n'envisage pas une seconde de le lui accorder : « Toute la force liguée de ses parents ne pourrait sauver la pauvre Regina » (26, p. 149). Il n'y aura qu'Ellen pour lui témoigner un peu de générosité et de compassion :

> Tout New York était contristé par l'histoire du déshonneur de Beaufort. Quant à Mrs. Beaufort, depuis sa démarche nocturne auprès de Mrs. Manson Mingott, on la trouvait plus cynique encore que lui. Pourtant elle n'avait pas l'excuse d'une origine étrangère.
>
> (28, p. 262)

L'argent permet donc de saper les défenses de la citadelle et, jusqu'au moment de la déconfiture de Julius Beaufort, l'élasticité des attitudes à l'égard de l'intrus montre bien que même l'attachement sourcilleux à l'honneur et à l'honnêteté est à géométrie variable. Quoi qu'il en soit, la famille des Beaufort-Dallas devra partir à l'étranger pour fonder une vie nouvelle ailleurs. Julius Beaufort sera expulsé, retranché de la société new-yorkaise, comme le sera Ellen Olenska un peu plus tard.

Le cas Beaufort montre enfin que cette société ne peut perdurer, comme le dit si bien la carnivore Mrs. Mingott, sans l'apport « de sang et d'argent nouveaux » (4, p. 48-49). L'absence d'appétit d'un Newland Archer et de tous les membres de son clan, leur absence de chaleur et tout simplement d'activité, surtout d'activité productrice, constituent une sorte d'invitation aux étrangers, bienveillants ou non. New York ne peut pas s'isoler, se tenir à l'écart du marché mondial et se contenter de vivre sur ses acquis. À la fin du roman, alors que toute sa vie Newland Archer s'est contenté de fréquenter vaguement un cabinet d'avocats où il était parfois consulté sur quelques affaires, Dallas, son fils, choisit une autre voie :

il devient architecte et prend le monde à bras-le-corps au lieu de se contenter de l'observer passivement.

La vie de l'esprit au ban de la société

Les mécanismes économiques ne sont pas les seuls à menacer l'inertie du vieux New York. L'appétit culturel joue lui aussi un rôle désagrégateur. Newland Archer se pique de bien connaître l'art italien ; « [s]on adolescence avait été saturée de Ruskin » (9, p. 85), le génial critique (1819-1900) qui avait combattu en faveur d'un art nouveau. Archer a lu les essais de certains de ses contemporains, qui le rapprochent fatalement d'un monde radicalement opposé au « vieux New York » : John Addington Symonds, Vernon Lee, P.G. Hamerton, Walter Pater et William Morris, les écrivains et critiques qui, dans l'Angleterre de la seconde moitié du XIXe siècle, ont cherché à refonder les rapports entre art et industrie et entre art et société. Il fait venir des livres de Londres et de Paris : les romans récents des écrivains les plus lus en France et en Angleterre, William Thackeray, George Eliot et Octave Feuillet, les recueils des poètes anglais les plus célèbres de leur époque, Robert Browning et Algernon Swinburne, les *Lettres à une inconnue* de Mérimée et les œuvres de Herbert Spencer. Newland est un esthète, un amateur d'art, un esprit curieux, ouvert sur le monde et sur la modernité. Il lit le français, il aime les meubles « genre "pré-raphaélite" » (9, p. 87), il s'intéresse à l'histoire de l'art, à l'histoire des idées, à la poésie, à l'anthropologie et à l'évolution. Chez Mme Olenska, il est attiré par les auteurs nouveaux qu'il découvre sur les tables de son salon : Paul Bourget, Huysmans et les frères Goncourt, qui ont choqué les lecteurs américains par la crudité de leur ton. Mais Archer est une exception. S'il connaît personnellement

« la plupart des écrivains, musiciens et peintres de sa ville natale » (12, p. 117), il sait qu'il est entouré de philistins [1]. Quand sa sœur examine les livres qu'il vient de déballer, elle fait la moue : « Quelles choses sérieuses tu lis ! » dit-elle (10, p. 100). Et une amie de May, Kate Merry, n'a pas honte d'admettre qu'elle n'a « jamais entendu parler de Browning » (16, p. 154). Les membres du clan Archer-Van der Luyden ont beau lire quelques auteurs américains – Washington Irving et Nathaniel Hawthorne par exemple, ou des poètes du début du siècle qui ont le grand avantage d'être morts –, ils ignorent tout et ne veulent rien connaître des écrivains vivants : « leur origine, leur tenue, leurs tignasses incultes, leurs relations avec les acteurs et les chanteurs, empêchaient de les classifier d'après le critérium du vieux New York ». Mrs. Archer et son groupe « éprouvaient une certaine timidité vis-à-vis de ces personnes. Elles étaient d'espèce particulière, difficiles à classer ; on ne connaissait pas l'arrière-plan de leurs vies et de leurs esprits » (12, p. 116). Les plus téméraires parmi les New-Yorkais ne sont pas davantage cultivés : Mrs. Mingott, par exemple, n'ouvre jamais un livre, ne regarde jamais un tableau et ne s'intéresse pas à la musique ; Beaufort, qui fréquente pourtant des artistes et des acteurs, et qui, à l'occasion, achète un tableau, considère les écrivains comme « des pourvoyeurs salariés, préposés au plaisir des riches ». Certes, chez les Blenker, qui s'entourent de « femmes du monde aussi ferventes que mal fagotées » (12, p. 117), on peut rencontrer un « grand acteur tragique [...], des éditeurs, des critiques littéraires et musicaux » (12, p. 116), mais ces invités sont exhibés « comme des curiosités » (12, p. 117).

Archer rêve d'un lieu où pourrait se déployer une véritable conversation : « Il aimait à se figurer quel avait dû

1. « Celui qui, inculte ou borné, est fermé aux choses de l'art, de la littérature, de l'esprit » (CNRTL).

être le plaisir de vivre dans des salons où l'on s'entretenait avec ses auteurs favoris » (12, p. 117). Mais il sait que les arts et les idées ne pourront fleurir dans une société qui refuse de faire une place aux intellectuels et aux artistes. La vie de l'esprit, alimentée par les lectures, les tableaux, le théâtre, les séjours à l'étranger, réussit pourtant, même à New York, à créer un ferment de trouble. Là encore, ce sont les vieux New-Yorkais eux-mêmes qui se font les propagateurs des idées nouvelles. La romancière, par sa satire, condamne une société ignorante et inculte, mais montre aussi comment quelques individus rêveurs et irrévérencieux minent la stabilité du « vieux New York ».

FRONTIÈRES SOCIALES ET FRONTIÈRES GÉOGRAPHIQUES

Archer sait parfaitement que son monde est restreint, et que celui des artistes et intellectuels l'est encore davantage : il « avait toujours accepté cet état de choses comme faisant partie de la structure de son univers » (12, p. 117). Cette structure est matérialisée par la cartographie de la ville. Dans *Le Temps de l'innocence*, les frontières sociales sont aussi des frontières géographiques :

> Au-delà de la glissante pyramide qui composait le monde de Mrs. Archer, s'étendait la région hétéroclite où vivaient des artistes, des musiciens et des « gens qui écrivent ». Ces échantillons épars de l'humanité n'avaient jamais essayé de s'amalgamer avec la société. En dépit de leur originalité, on les disait pour la plupart dignes d'estime ; mais ils préféraient rester entre eux.
>
> (12, p. 116)

Newland trouve « bizarre » que Mme Olenska loue une maison « tout au bas de la Vingt-Troisième Rue », dans un quartier habité par « [d]es petites couturières, des empailleurs d'oiseaux exotiques, des "gens qui écrivaient" » (9, p. 83). C'est aussi le quartier de Ned Winsett, le seul ami avec lequel Newland a plaisir à discuter. Winsett, figure de l'intellectuel désargenté, a écrit un livre qui ne s'est pas vendu, puis a « abandonné sa véritable voie et pris une situation de petit rédacteur dans un magazine féminin » (14, p. 137). Dans le vieux New York, les « gens qui écrivent » sont relégués dans des quartiers pauvres, et Archer se demande, « avec un petit frisson, si, dans les autres capitales, les hommes de lettres étaient aussi pauvrement logés » (9, p. 83). C'est un autre personnage, M. Rivière, le double français de Ned Winsett, qui révèle à Newland Archer les avantages propres à une société qui fait une place aux individus aventureux sur le plan des idées. M. Rivière, qui n'est pas plus riche que Winsett, connaît pourtant des satisfactions que ce dernier ne connaîtra jamais : il fréquente des grands écrivains, publie des articles, discute et réfléchit, tandis que Winsett est amer et s'ennuie. À la fin du roman, Newland réfléchit à la vie d'Ellen Olenska. Les mœurs parisiennes, et en particulier la place faite à la conversation, lui semblent très supérieures à celles du vieux New York : « Il pensa aux gens avec qui elle avait dû causer, aux idées, aux curiosités, aux images et aux comparaisons que remue sans trêve une race d'une intense sociabilité, dans le charme d'une politesse traditionnelle » (34, p. 315-316).

En s'installant bien avant Ellen « [a]u-delà de la glissante pyramide » (12, p. 116), Mrs. Manson Mingott contribue elle aussi aux craquements nouveaux qui apparaissent à la surface de la société. Fière de ses ascendants anticonformistes, les humbles Spicer, elle fait construire une maison au nord de la Quarantième Rue, dans un quartier hors des murs invisibles, mais bien réels, qui constituent l'enceinte du vieux New York. Là, elle attend patiemment que des « résidences aussi somptueuses que la sienne » viennent remplacer « les terrains à bâtir, les carrières, les bistrots, les misérables potagers » (4, p. 45) qui l'entourent. À sa manière, Mrs. Mingott est une visionnaire. Son expérience de la vie parisienne lui a montré qu'il était possible de suivre sa propre voie, qu'il n'était pas obligatoire de « faire ce que tous les autres auraient fait » (17, p. 164).

INTERDICTION DU PLAISIR

Une des failles les plus flagrantes de la société new-yorkaise, visible même pour les anciens, est que l'on s'y ennuie : « Monotonie !... monotonie !... », se plaint Archer à la vue « des grandes fenêtres derrière lesquelles les mêmes figures connues, coiffées des mêmes chapeaux hauts de forme, se montraient toujours à la même heure ». « Il devinait non seulement ce dont on parlait, mais comment chacun en parlait » (10, p. 99).

Mrs. Lemuel Struthers, « la veuve du richissime fabricant de cirage » (4, p. 48), est fermement décidée à faire le siège de New York. De retour « d'un long séjour initiateur en Europe », elle profite de la brèche que constitue l'ennui pour tenter ceux qui cherchent à échapper à la lassitude ambiante. À sa mère qui la condamne, Archer rétorque que Mrs. Struthers est peut-être « commune ; mais on fait chez elle de la bonne musique, et ses réceptions du dimanche apportent une distraction à des gens qui meurent d'ennui » (10, p. 102). Et quand Beaufort lui propose un dîner chez Delmonico avec « un tas de gens amusants », Ellen Olenska avoue être « bien tentée ». Elle explique à Archer, d'« une voix qui paraissait presque soupirer sur les délices perdues de sa vie conjugale » (12, p. 120), que la maison de son mari était toujours pleine d'artistes dramatiques, de chanteurs et d'acteurs. Quand le duc de Saint-Austrey et Mrs. Struthers, couple improbable, viennent proposer eux aussi à Ellen de venir écouter de la musique, elle ne peut pas refuser. Le divertissement sera donc le cheval de Troie de Mrs. Struthers, qui connaît parfaitement son monde : « Je reçois tous les dimanches. C'est le jour où New York ne sait que faire ; alors je lui dis : "Venez, amusez-vous !" » (9, p. 94), dit-elle. Même May, qui semble par ailleurs se soumettre volontiers à la convention, comprend que Mme Olenska puisse avoir besoin de divertissements habituellement interdits. Dans une lettre à son futur mari, elle écrit :

> Je crois qu'elle est habituée à beaucoup de plaisirs que nous n'avons pas : à entendre de la belle musique, à voir des expositions, à rencontrer les célébrités, les artistes et les auteurs, tous les gens intelligents que vous admirez. Grand-mère ne peut pas se mettre dans la tête qu'elle a besoin d'autre chose que de dîner en ville et d'être bien habillée.
>
> (13, p. 133-134)

Des exceptions qui confirment la règle : les marginaux

Cette société exclusive, soutenue par des défenseurs fidèles (tous les Welland, Mrs. Archer et sa fille, les Van der Luyden à leur manière, et bien sûr le Tartuffe, « grand prêtre du bon ton » [6, p. 62], Lawrence Lefferts), compte pourtant bon nombre d'excentriques, de marginaux et autres électrons libres. Il y a l'obèse Catherine Mingott et la folle marquise Medora Manson ; il y a l'utopique chantre de l'amour libre, inventeur du « Contact direct » (17, p. 168-169) et de la « Pensée intérieure » (21, p. 209), Agathon Carver ; il y a cette « épine au flanc de la société [...], une épine dont on ne pouvait se débarrasser parce qu'elle sortait d'une souche vénérable et vénérée », Emerson Sillerton, dont le prénom rappelle le grand penseur et poète américain [1], et que « [r]ien n'avait obligé [...] à se faire archéologue, ni même professeur » (22, p. 218). Des vignettes souvent drôles, des portraits miniatures de ces personnages secondaires font ressortir, par contraste, le caractère sclérosé du vieux New York. Medora, qui se méfie de la monotonie, « mère de tous les péchés mortels » (21, p. 209), a déjà enterré trois maris et envisage d'en épouser un quatrième. « Pauvre Medora, elle a toujours envie d'épouser quelqu'un ! » (18, p. 175), s'exclame sa nièce, Ellen Olenska. La comtesse dit ouvertement qu'elle préfère les « idées sociales aussi nouvelles que folles » d'un idéaliste aventurier, comme Agathon Carver, à l'absence d'idées qui règne à New York. « [A]u fond, dit-elle, ces chimères m'intéressent plus que l'aveugle obéissance à la tradition qui sévit dans notre milieu » (24, p. 234).

Ces individus sont en quelque sorte des messagers du futur dans un monde qui vit selon des règles obsolètes. Ils sont en tout cas le reflet d'un monde situé au-delà du vieux New York et où la modernité et le changement sont possibles. Ce sont eux qui permettent à ce monde de survivre, ce sont eux aussi qui signent son arrêt de mort.

---

1. Ralph Waldo Emerson (1803-1882) est considéré comme le père de la philosophie américaine. Dans son essai *The American Scholar* (1837), il crée la figure de l'intellectuel américain, qui doit se cultiver mais surtout avoir confiance en lui. Les essais d'Emerson eurent une influence déterminante sur des générations d'écrivains américains.

3. — *Tout change, rien ne change*

La fin de l'entre-soi

À la fin du *Temps de l'innocence*, le vieux New York a changé. Les transformations qu'il a subies sont souvent le résultat de pressions venues de l'intérieur, auxquelles la faiblesse des individus, d'abord, puis l'oubli, le manque de conviction, l'usure n'ont pas permis de résister. Déjà, après la faillite de Beaufort, Mrs. Van der Luyden, qui est pourtant un des piliers du groupe, doit être rappelée à son devoir par Mrs. Archer :

> Vous devez à vos amis [...] de vous montrer à l'Opéra et même d'ouvrir vos salons. Il ne faut surtout pas, ma chère Louisa, laisser des gens comme Mrs. Lemuel Struthers chausser les souliers de Regina ; ce sont les occasions que saisissent les parvenus pour se pousser et prendre pied dans le monde. C'est grâce à l'épidémie de varicelle de l'hiver dernier que les hommes mariés ont pu s'échapper pour aller chez Mrs. Struthers pendant que les femmes soignaient leurs enfants. Vous, Louisa, et ce cher Henry, devez garder la place, comme vous l'avez toujours fait.
>
> (32, p. 289)

Il faut avoir le courage de lutter pour se défendre, pour défendre chaque centimètre du vieux New York. Mais vingt-cinq ans plus tard, le temps d'une génération, le tissu serré de cette société s'est effiloché. La ville, devenue de plus en plus hétérogène, a perdu la « parfaite harmonie de goûts et d'intérêts » (5, p. 51) qui la caractérisait. Les habitudes ont changé presque subrepticement. Les lampes électriques, le téléphone, la traversée de l'Atlantique en cinq jours ont profondément modifié la vie quotidienne. Ces modifications n'étaient pourtant pas toutes fatales : elles ont été acceptées, parfois avec enthousiasme, par les New-Yorkais eux-mêmes. Au début du roman, les membres du « brillant auditoire » (1, p. 21) de l'opéra aiment mieux « grimper dans le premier "Brown" » (1, p. 22) – sorte de service Uber avant la lettre – pour pouvoir rentrer plus rapidement chez eux. Même si les New-Yorkais, à leur façon, résistent à la modernité et restent attachés à leur vieux monde, la vitesse, la peur du froid, l'attrait du nouveau et du simple confort influencent leur conduite. Le facteur le plus important dans cette évolution est l'apparition d'une nouvelle génération. Mary, la fille de Newland et May, est une sorte de réplique de sa mère, avec une silhouette un peu plus moderne et « cette nonchalance d'attitude que permettait la nouvelle mode » (34, p. 308). En épousant « le plus nul et le plus sage des nombreux fils Chivers » (34, p. 306), Mary perpétue « l'illusion de l'uniformité » (34, p. 308) et la loi de la tribu. Mais Dallas, son frère aîné, est inquiet, curieux et moderne. Sa fiancée est la fille qu'a eue le paria Julius Beaufort avec sa maîtresse, qu'il a fini par épouser. Les événements confirment donc la prophétie de Lefferts : « Si les choses vont de ce train, nos enfants épouseront les bâtards de Beaufort ! » (34, p. 310).

Quand elle écrit son roman, Edith Wharton sait que le monde qu'elle met en scène n'est plus. Les chevaux ont définitivement disparu des rues de New York. Le temps s'est emballé. Le progrès s'est emparé de tous les aspects de la vie humaine. La romancière, fine connaisseuse de la décoration et de la mode, montre que, malgré tous les efforts déployés par les New-Yorkaises, malgré les innombrables housses et les kilomètres de papier de soie ayant servi à protéger les robes et les tissus d'ameublement, il ne reste presque rien de toutes ces belles choses. Dans sa bibliothèque « transformée par Dallas » (34, p. 307), Newland a lui-même choisi de ne garder que le « vieux bureau de noyer qu'il n'avait jamais voulu bannir » (34, p. 308). Le changement est la loi de l'histoire. Tout cela, le lecteur le sait, lui aussi : le roman historique n'évoque-t-il pas, par définition, un monde qui n'est plus ? *Le Temps de l'innocence* est presque entièrement placé sous le signe de la mélancolie. La fatalité de l'extinction est sensible, même au moment où Newland et Ellen s'avouent leur amour. Les amoureux se retrouvent au musée, dans un cadre peu propice, entourés non de tableaux représentant des cupidons nus comme celui de Bouguereau que « Beaufort avait eu l'audace d'accrocher » (3, p. 40) chez lui, *L'Amour victorieux*, mais devant une sorte de grand *memento mori*, une « perspective de momies et de sarcophages » (31, p. 285).

SAUVER DE L'OUBLI CE QUI EST VOUÉ À DISPARAÎTRE

Tout lecteur qui referme *Le Temps de l'innocence* est saisi face à l'obstination de cette société new-yorkaise, comme figée dans le temps, à vouloir protéger ses mœurs, dans un monde en perpétuelle mutation. Pendant la Grande Guerre, Edith Wharton est allée plusieurs fois sur le front pour faire des reportages ; elle a connu de près les souffrances des réfugiés belges ; elle était au courant des violences subies par les populations civiles ; elle a vu des blessures d'une gravité jusque-là inconnue ; elle a vécu la perte d'amis chers ; elle a observé le deuil de masse. Après la guerre, comme beaucoup d'écrivains et d'intellectuels européens, elle garde le sentiment d'avoir vécu une énorme fêlure dans l'Histoire. À la lumière de cette expérience, l'idée selon laquelle l'humanité était tout entière engagée sur le chemin du progrès semblait dès lors presque absurde. Tout aussi absurde que la volonté du vieux New York d'ignorer le mal, d'ignorer « ce qui est déplaisant » (3, p. 43). Comme tous ceux qui avaient vu les terribles carnages causés par les obus, Wharton sait désormais que, si le progrès constitue un changement, tout changement ne constitue pas un progrès. C'est avec cette connaissance nouvelle que la romancière regarde en arrière, et examine cette société si peu connue en France et déjà presque oubliée en Amérique, mais à laquelle elle a appartenu. Et c'est cette société-là qu'elle s'attelle à décrire, ou plutôt à créer.

Avec l'aide de sa belle-sœur, elle se documente car, dans le roman historique, la documentation instaure un effet de réel. Le lecteur peut vérifier l'existence de l'Académie de musique, et cela contribue à la vraisemblance des premières paroles échangées entre Ellen Olenska et Newland Archer. Mais *Le Temps de l'innocence* est néanmoins une œuvre de l'imagination, et le vieux New York d'Edith Wharton est une société qui n'existe que dans une sorte de temps suspendu, en dehors du temps historique et vérifiable. Rappelons que la guerre de Sécession, qui prend fin en 1865, n'est à aucun moment mentionnée dans le roman et semble n'avoir eu aucune conséquence sur cette société. Le vieux New York de Wharton vit encore selon les normes de ce que le philosophe américain George Santayana (1863-1952) a appelé la « *genteel tradition* », la « tradition distinguée », et se défend contre les avancées de l'argent et de l'industrialisation. Ce serait une erreur d'assimiler les membres du vieux New York aux vulgaires barons de l'industrie ou de la finance, typiques du *gilded age* [1], qui ne se sont réellement installés à New York qu'en 1877. Ce monde nouveau, ce monde auquel, on l'a vu, les tribus de New York voudraient bien tourner le dos et espèrent encore

1. Erreur commise allègrement par certains critiques, en particulier à propos de l'adaptation cinématographique.

échapper, est incarné au contraire dans le roman par Julius Beaufort et Mrs. Lemuel Struthers.

Au fond, le regard que porte Edith Wharton sur cette communauté a beau être sans complaisance, il est tout de même empreint d'un certain respect et même d'une indéniable nostalgie. Le roman historique est une manière de restaurer un monde disparu et Wharton fait un travail d'archéologue. Elle ne peut manquer d'aimer le résultat de ses efforts : *Le Temps de l'innocence*, pour celle qui l'écrit, est presque une œuvre de piété. La société qu'elle ressuscite n'est certes pas « innocente », elle est même souvent ridicule, mais elle est loin d'être haïssable ; le roman n'est pas un réquisitoire ; et pour celle qui savait qu'il était possible de tout perdre, les travers new-yorkais semblent, en fin de compte, bien anodins. Il faut ajouter qu'en relativisant les traits spécifiques de cette société, en comparant le vieux New York implicitement et explicitement à une ancienne peuplade, en soulignant enfin ce que le particulier a d'universel, Wharton montre que ce petit monde bien provincial a quelque chose à nous apprendre, à nous autres modernes, même un siècle et demi après les événements racontés. C'est certainement ce qui explique l'écho que garde aujourd'hui encore *Le Temps de l'innocence*, bien que personne ou presque ne pense plus qu'il est impossible de sortir sans « une fleur à la boutonnière, de préférence un gardénia » (1, p. 23). C'est aussi ce qui peut expliquer que Martin Scorsese ait adapté *The Age of Innocence* au cinéma en 1993, lui qui était aussi, en tant qu'enfant d'immigrés italiens pauvres, issu d'un monde fermé, soumis à des codes et à des conventions qui lui étaient propres. Le roman, dit-il, parle de New York, mais aurait pu se passer n'importe où, même en Amazonie [1].

1. Voir l'entrevue très intéressante avec Martin Scorsese mentionnée dans la bibliographie.

Le bilan d'une vie

Dans le dernier chapitre du roman, Newland Archer fait le bilan de sa vie : une vie sans aventure, sans imprévu d'aucune sorte. Il n'a jamais fait ce qu'il s'est cru à plusieurs reprises décidé à faire, il n'a jamais franchi les limites du vieux New York en compagnie d'Ellen Olenska. Il n'est finalement allé ni à Washington, ni au Japon, ni à Paris. Cependant, il « honorait ce passé dont il portait le deuil ». Malgré la retenue qu'il s'est imposée, ses jours ont été « remplis, et remplis avec honneur » (34, p. 307). Il reste attaché aux valeurs du monde dont il est issu. La première est la dignité, celle des individus qui se respectent et respectent leur passé et leur avenir, comme May qui meurt « résignée », certaine que Newland, et Dallas après lui, continueront à transmettre « le dépôt sacré » (34, p. 308) aux générations futures. Mais il y en a d'autres. La probité, puisque « [l]e vieux New York d'Archer tolérait l'hypocrisie dans les relations privées, mais en affaires, [...] exigeait une honnêteté complète et inattaquable » (26, p. 248). La fidélité conjugale : à New York, une femme trompée n'amuse personne et Newland lui-même a été fidèle à sa femme, qu'il a aimée à sa façon. Le sens du devoir, enfin : Newland a pris au sérieux l'éducation de ses enfants. Il a renoncé à sa position de patricien au-dessus de la mêlée, qui refuse de se salir les mains : quand son ami Theodore Roosevelt lui dit « [a]u diable les politiciens ! Ce sont des hommes comme vous qu'il faut au pays, Archer. Si jamais l'écurie d'Augias peut être nettoyée, il faut que vous y mettiez les mains » (34, p. 306), Newland se décide à devenir « ce qu'on commençait à appeler à New York "un bon citoyen" » et à faire de la politique. Il se dit qu'après tout il y avait une certaine décence à défendre dans le monde d'où il venait, « il y avait du bon dans les anciennes traditions » (34, p. 307).

Il y a encore un aspect de ce monde auquel le lecteur moderne reste difficilement insensible : Newland n'a pas connu la passion sexuelle. « Il savait [...] ce qui lui avait manqué : la fleur de la vie » (34, p. 307). Pour certains lecteurs, il est un personnage pitoyable, la victime d'une société répressive qui exerce sur ses membres une violence extrême, en refusant de faire une place à la sensualité et au désir et en n'accordant aucune place à l'épanouissement des individus. En France, dès la publication de la traduction du roman en 1921, la critique s'étonna de « cet esclavage mondain, cet asservissement aveugle à la volonté des ancêtres [1] ». Et quand on lui a demandé pourquoi il avait choisi d'adapter *The Age of Innocence*, Martin Scorsese, qui a pourtant réalisé des films tels que *Mean Streets*, *Raging Bull* ou *Taxi Driver*, a insisté sur la violence de la répression des désirs individuels dans le vieux New York. Non sans malice, il a ajouté que cela n'empêchait pas les personnages et les romans victoriens d'être les plus « sexy » de tous [2] ! Pourtant, dans le roman, l'assouvissement sexuel, constamment espéré, est toujours repoussé. Pour Edith Wharton, le vieux New York est un monde incapable de changer, précisément parce qu'il ne sait pas quelle place accorder au plaisir – à la sexualité, mais aussi aux plaisirs esthétiques, aux plaisirs de l'échange et aux plaisirs intellectuels. Ce monde, d'où Éros est banni, ignore également toute forme d'effervescence intellectuelle et artistique.

AUTRES TEMPS, AUTRES MŒURS

Dans *Le Temps de l'innocence*, lorsque Newland propose à Mme Olenska de partir avec lui « pour un monde

1. Edmond Jaloux, « La vie littéraire : Au temps de l'innocence par Madame Edith Wharton », *La Revue hebdomadaire*, n° 43, 1921, p. 501-508.
2. Voir note 1 p. 349.

[…] où nous serons simplement deux êtres qui s'aiment, qui sont tout l'un pour l'autre, pour lesquels le monde ne compte pas », elle répond : « Oh ! mon ami ! Où est-il, ce pays ? » (29, p. 271). Et elle ajoute : « J'en connais tant qui ont essayé de le trouver ; et, croyez-moi, ils […] retrouvaient toujours le même vieux monde qu'ils voulaient abandonner, seulement plus petit, plus mesquin, plus laid » (29, p. 271-272). Il n'y a donc pas d'au-delà de New York. Le monde entier est tissé de communautés obéissant à des conventions. Ce n'est que dans l'imagination qu'il existe des lieux magiques où les individus s'ébattent en liberté. Pourtant, Wharton, dans un volume d'essais, *Les Mœurs françaises et comment les comprendre* [1], publié juste avant *Le Temps de l'innocence*, cherche à montrer, non qu'il existe des utopies, mais que certaines sociétés favorisent plus que d'autres le travail de l'esprit, la liberté des sentiments, l'épanouissement de l'art et de la culture. Le but immédiat de ce livre était d'expliquer aux jeunes soldats américains l'histoire et le sens des coutumes françaises, qui devaient souvent leur sembler bien exotiques.

Un modèle paradoxal : les mœurs françaises

Dans *Les Mœurs françaises et comment les comprendre*, Wharton dresse un tableau très flatteur de la société française. Tout d'abord, les hommes et les femmes y passent l'essentiel de leur temps à se côtoyer. Ce commerce quotidien a un effet bénéfique pour les deux sexes. Si les femmes en France sont plus mûres qu'aux États-Unis, c'est parce qu'elles parlent autant à des hommes qu'à des femmes. Remarquons que, dans *Le Temps de l'innocence*,

1. Wharton, *Les Mœurs françaises et comment les comprendre*, trad. J. Pavans, Payot & Rivages, 2003, p. 58.

Newland ne discute qu'après le dîner, quand la nappe est retirée et les femmes parties, ou, quelquefois, avec les membres de son club ou avec Ned Winsett, mais en tout cas seulement avec d'autres hommes. Les femmes passent elles aussi le plus clair de leur temps avec d'autres femmes – seule Ellen Olenska lutte contre cet état des mœurs. En France, la conversation a une grande importance : c'est elle qui nourrit la réflexion et rend la vie sociale intéressante, agréable et productive. Les silences et les non-dits qui règnent dans les maisons new-yorkaises semblent par contraste mortifères. Wharton distingue aussi dans son livre ce qu'elle appelle « l'honnêteté intellectuelle [1] » des Français, qui ont le « courage de regarder les choses comme elles sont [2] ». Elle ajoute : « tant qu'une société n'a pas cessé de craindre la vérité, c'est que, moralement et intellectuellement, elle titube encore sur ses jambes comme un poupon [3] ». En effet, l'hypocrisie en ce qui concerne « les relations sociales libres et franches entre hommes et femmes a contribué plus que tout autre chose à retarder la vraie civilisation aux États-Unis [4] ».

Wharton précise que les Français sont « passionnés et amateurs de plaisir [5] », « intrépides et joyeux [6] », que ce sont des esprits libres et favorables à l'innovation. Pourtant, elle admet qu'« il y a un réflexe de négation, de rejet, à la racine même du caractère français : un recul instinctif devant ce qui est nouveau [7] ». Comment expliquer ce paradoxe ? Comment un peuple « dont l'esprit est aussi libre et actif » se soumet-il à « des traditions

1. *Ibid.* C'est le titre du chapitre IV.
2. *Ibid.*
3. *Ibid.*
4. *Ibid.*, p. 102.
5. *Ibid.*, p. 121.
6. *Ibid.*, p. 123.
7. *Ibid.*, p. 35.

qui ont perdu leur sens [1] » ? L'explication se trouve dans l'Histoire et la géographie françaises : dans la nécessité de défendre pied à pied ce qui a été « long et difficile à élaborer ». En France, le respect de la tradition vient tempérer le goût des Français pour l'innovation. C'est une sorte de correctif nécessaire, puisque « l'histoire des sociétés humaines semble montrer que, pour durer, elles doivent inconsciemment sécréter le correctif de leurs plus hautes qualités [2] ».

Enfin et surtout, la France est le pays de l'art et du goût. L'amour du beau y est démocratiquement partagé et le goût s'exprime partout dans les grandes comme dans les petites choses. Ce pays a « tout à enseigner » aux Américains « non seulement dans le domaine de l'art et de la littérature, et tous les charmes de la vie, mais aussi dans le domaine de l'ordre civique, de l'administration d'État, [...] du fonctionnement harmonieux de l'ensemble de la grande machine nationale [3] ». La France est donc un exemple de modernité, d'ouverture et de souplesse. La défense des mœurs n'est pas confiée à quelques familles mais est en quelque sorte prise en charge par tous ; ce respect de la tradition assure sa stabilité. *Les Mœurs françaises et comment les comprendre* est une sorte de plaidoyer en faveur de la continuité, de la tradition « qui enrichit le présent et nous relie aux grandes traditions artistiques, poétiques et savantes du monde [4] ». « Le secret même de la tradition » se trouve dans « la tendresse que nous éprouvons pour nos propres efforts » et « se prolonge en respect pour tous les beaux travaux humains [5] ». Apprécier « ce que l'on a soi-même créé et rendu beau [6] » permet donc d'aimer ce que d'autres peuples ont élaboré.

---

1. *Ibid.*, p. 37.
2. *Ibid.*, p. 35.
3. *Ibid.*, p. 100.
4. *Ibid.*, p. 90.
5. *Ibid.*, p. 41.
6. *Ibid.*, p. 40.

Une satire élégiaque

Newland, en contemplant la vie de son fils, se dit qu'« [i]l y avait du bon aussi dans le nouvel ordre des choses » (34, p. 309). Dans le roman, Dallas représente la jeune Amérique, issue à la fois des traditions du vieux New York et de l'apport des populations énergiques et travailleuses qui l'ont balayé. Pour Edith Wharton, Dallas est semblable aux jeunes Américains qu'elle a connus lorsqu'ils se battaient en France pendant la Première Guerre mondiale. Dans la dernière scène du roman, qui a lieu à Paris, Dallas n'hésite pas à monter voir Ellen Olenska chez elle, tandis que son père, lui, reste assis sur un banc, en bas de l'immeuble, à contempler de loin les fenêtres de l'appartement. Dallas semble prêt à suivre sa première leçon française alors que, pour son père, il est trop tard. Newland demeure attaché au passé jusqu'à la fin, à son passé individuel mais aussi peut-être au temps qui a précédé « le nouvel ordre des choses », soit l'atomisation de la société, son éclatement, résultat inévitable de la modernisation. Le monde est désormais un « grand kaléidoscope où tous les atomes sociaux roulaient sur le même plan » (34, p. 311) et dans lequel toutes « les petites distinctions », toutes les « nuances » du « vieux New York », auxquelles Newland était autrefois si sensible, sont oubliées. Assis sur son banc, aux Invalides, Newland est celui qui veut persévérer dans son être contre les diktats de l'Histoire. Comme dans tous les romans historiques, la conscience des individus n'est pas toujours en adéquation avec le sens de l'Histoire. Si *Le Temps de l'innocence* est pour une part une satire, c'est aussi une lamentation, l'élégie d'un monde disparu.

Accroches : " L'individu est la plus étrange invent° de l'h̄ " (Paul Valery, Cahier

" L'h̄ est en quelque sorte un animal politique. Et Celui sans cité est, soit un être dégradé, soit un être au dessus de l'Humanité " (Aristote, La Politique)

CHRONOLOGIE

1862 : Naissance d'Edith Newbold Jones à New York, le 24 janvier. Elle a deux frères, nés en 1846 et 1850. Ses parents tirent l'essentiel de leurs revenus de leurs propriétés à Manhattan.

1866-1871 : Pour restreindre leurs dépenses au cours de la crise économique ouverte par la guerre de Sécession, ses parents partent vivre en Europe avec leurs enfants. Séjours à Rome, à Paris, à Florence et en Allemagne. Edith Jones apprend le français, l'italien et l'allemand. Elle n'ira jamais à l'école.

1872-1875 : La famille rentre aux États-Unis où elle partage son temps entre New York et Newport (Rhode Island). Nombreuses lectures. Edith rédige des poèmes et une première nouvelle.

1877 : Achève la rédaction d'un bref roman, *Fast and Loose*, qui ne sera publié qu'en 1977.

1878 : La mère d'Edith fait imprimer *Verses*, un recueil de vingt-neuf poèmes de sa fille.

1879-1880 : Un de ses poèmes, sur le suicide d'un enfant, paraît dans le *New York World*. Cinq poèmes paraissent dans *The Atlantic Monthly*. Edith part avec ses parents pour un séjour prolongé dans le sud de la France.

1882 : George Frederic Jones, le père d'Edith, meurt à Cannes à l'âge de 61 ans. Les fiançailles d'Edith avec Harry Stevens sont annoncées, puis rompues trois mois plus tard.

1883 : Edith se lie d'amitié avec le très érudit Walter Berry, né à Paris, qui songe à l'épouser mais restera finalement célibataire. Il deviendra son plus proche ami et collaborateur. Elle fait la connaissance d'Edward (« Teddy ») Wharton.

1885 : Elle épouse Edward Wharton à New York. Le couple s'installe à Newport et fait des séjours réguliers en Europe.

1888 : Croisière de trois mois sur la mer Égée. Edith tient un journal qui sera retrouvé en France en 1990 et publié sous le titre de *The Cruise of the Vanadis.* Au retour, elle apprend qu'un oncle lui a légué une somme importante.

1889 : Le couple s'installe à New York. Edith souffre d'asthme, de fatigue et de nausées récurrentes. Quatre de ses poèmes paraissent dans *Scribner's Magazine.*

1890 : Edith écrit une nouvelle, « Mrs. Manstey's View », la première à être publiée, qui paraît dans *Scribner's Magazine.*

1891 : Le couple achète une maison à New York et une autre à Newport.

1893 : À Newport, les Wharton reçoivent le romancier français Paul Bourget et sa femme, Minnie. Les deux couples feront de nombreux voyages ensemble.

1894 : Publication d'un article remarqué, fruit de sa connaissance de l'histoire de l'art et de ses recherches originales sur des terres cuites du monastère de San Vivaldo, en Toscane.

1897 : Publication de *The Decoration of Houses*, écrit en collaboration avec l'architecte Ogden Codman. Le livre se vend mieux que prévu.

1898 : Souffrant de dépression, Edith est soignée par un célèbre médecin de Philadelphie.

1899 : Publication de son premier recueil de nouvelles, *The Greater Inclination*.

1900 : Publication d'un court roman, *The Touchstone* (*La Pierre d'achoppement*).

1901 : Publication d'un deuxième recueil de nouvelles, *Crucial Instances.* Sa mère meurt à Paris.

1902 : Publication de son premier grand roman, *The Valley of Decision* (*Les Amours d'Odon et Fulvia*), situé dans l'Italie du XVIIIe siècle. Les Wharton s'installent dans la maison qu'ils se sont fait construire à Lenox et qu'Edith baptise « The Mount ». L'état de santé de son mari se dégrade.

1903 : Publication d'un court roman, *Sanctuary* (*Sanctuaire*), et d'un recueil d'essais, *Italian Villas and their Gardens* (*Villas et jardins d'Italie*).

1904 : Publication d'un troisième recueil de nouvelles, *The Descent of Man*. Teddy achète leur première voiture, une Panhard & Levassor.

1905 : Publication d'un roman, *The House of Mirth* (*Chez les heureux du monde*), d'abord dans *Scribner's Magazine*, puis chez Charles Scribner's and Sons. Le roman connaît un succès exceptionnel. Publication d'un recueil d'essais sur l'Italie, *Italian Backgrounds* (*Paysages italiens*).

1907 : Publication de *The Fruit of the Tree* (*Le Fruit de l'arbre*). *Chez les heureux du monde* (*The House of Mirth*), traduit par Charles Du Bos, commence à paraître dans *La Revue de Paris* et rencontre un immense succès. Les Wharton louent un appartement au 58, rue de Varenne. Ils font un voyage en France en automobile en compagnie de Henry James. Edith fait la connaissance de Morton Fullerton, journaliste américain à Paris, que James lui a présenté. La santé mentale de Teddy se dégrade encore.

1908 : Publication d'un court roman, *Madame de Treymes* (en anglais malgré le titre) ; d'un quatrième recueil de nouvelles, *The Hermit and the Wild Woman* ; et d'un livre de voyage, *A Motor-Flight through France* (*La France en automobile*). Amorce d'une liaison avec Fullerton.

1909 : Publication à Paris d'un recueil de nouvelles traduites ou écrites en français, *Les Metteurs en scène*. Publication d'un volume de poèmes, *Artemis to Actaeon*.

1910 : Publication d'un cinquième recueil de nouvelles, *Tales of Men and Ghosts*. Les Wharton louent un nouvel appartement, cette fois au 53, rue de Varenne. Les relations du couple sont de plus en plus distendues. La liaison avec Fullerton prend fin.

1911 : Publication d'un roman, *Ethan Frome* (*Sous la neige* puis *Ethan Frome*). Voyage en voiture en Italie avec Walter Berry. Première visite à Bernard Berenson, spécialiste de la peinture italienne, dans sa villa près de Florence.

1912 : Publication d'un roman, *The Reef* (*L'Écueil*). Vente de la maison de Lenox.

1913 : Publication d'un roman, *The Custom of the Country* (*Les Beaux Mariages*), qui connaît un énorme succès. Le divorce des époux Wharton est prononcé à Paris le 16 avril.

Le 29 mai, Wharton assiste à la fameuse première du *Sacre du printemps* de Stravinsky au théâtre des Champs-Élysées, qu'elle apprécie. Voyage avec Bernard Berenson en Allemagne et au Luxembourg.

1914 : Voyage en Afrique du Nord, puis en Espagne avec Walter Berry. De retour à Paris le 31 juillet, trois jours avant la déclaration de guerre, Wharton crée un atelier pour fournir du travail aux couturières, réduites au chômage par la guerre. Elle crée et dirige les centres de secours américains aux réfugiés victimes de la guerre et collecte des fonds importants pour leur fonctionnement.

1915 : Wharton se rend sur le front de l'Argonne et à Verdun. Elle visite les hôpitaux et les tranchées dans les Vosges. Elle publie ses témoignages dans des articles du *Scribner's Magazine*, repris en volume dans *Fighting France, from Dunkerque to Belfort* (*Voyages en France, de Dunkerque à Belfort*). Elle participe à la création du Comité de secours aux enfants des Flandres, qui ouvre six établissements d'accueil entre Paris et la côte normande.

1916 : Publication d'un sixième recueil de nouvelles, *Xingu and other Stories*. Publication de *The Book of Homeless* (*Le Livre des sans-abri*), dirigé par Wharton, qui paraît chez Scribner's. Il s'agit d'une série de contributions de personnalités artistiques majeures, destinée à lever des fonds pour le Comité de secours. Wharton contribue aussi à la création de programmes visant à traiter les soldats français atteints de la tuberculose. Elle est décorée de la Légion d'honneur. Henry James meurt en Angleterre. Quand elle l'apprend, elle écrit : « [s]on amitié a été la fierté et l'honneur de ma vie [1] ».

1917 : Publication d'un roman, *Summer* (*Été*). Long voyage au Maroc, en compagnie de Walter Berry, à l'invitation du maréchal Lyautey.

1918 : Publication d'un roman, *The Marne* (*La Marne*). Wharton prononce une conférence à Paris sur « L'Amérique en guerre ». Son frère Frederic meurt, à l'âge de 72 ans. Elle

1. Lettre à Gaillard Lapsley, citée par R.W.B. Lewis, *Edith Wharton. A Biography*, Londres, Constable, 1975, p. 382.

achète une maison à Saint-Brice-sous-Forêt, dans l'actuel département du Val-d'Oise, pour pouvoir vivre en dehors de Paris.

1919 : Publication d'un recueil d'essais, *French Ways and their Meaning* (*Les Mœurs françaises et comment les comprendre*). Loue une maison à Hyères, le castel Sainte-Claire.

1920 : Publication de *The Age of Innocence* (*Le Temps de l'innocence*) et d'*In Morocco* (*Voyage au Maroc*).

1921 : *Le Temps de l'innocence* obtient le prix Pulitzer, attribué pour la première fois à une femme.

1922 : Publication de *The Glimpses of the Moon* (*La Splendeur des Lansing*). La vente du roman atteint des chiffres exceptionnels.

1923 : Publication d'un roman, *A Son at the Front* (*Un fils sur le front*). Wharton reçoit un doctorat *honoris causa* de l'université de Yale, le premier accordé à une femme par cette institution. Le roman se vend mal.

1924 : Publication d'*Old New York* (*Vieux New York*), recueil de quatre courts romans.

1925 : Publication d'un roman, *The Mother's Recompense* (*La Récompense d'une mère*) et d'un recueil de cinq articles, dont le dernier est consacré à Marcel Proust, *The Writing of Fiction* (*Les Règles de la fiction*). Wharton reçoit la médaille d'or du National Institute of Arts and Letters, attribuée pour la première fois à une femme, pour « service exceptionnel ». Voyage en Espagne avec Walter Berry.

1926 : Publication de son septième recueil de nouvelles, *Here and Beyond*. Voyage avec Walter Berry en Italie du Nord. Loue un yacht pour une croisière de dix semaines en Méditerranée. Elle achète la maison d'Hyères.

1927 : Publication d'un roman, *Twilight Sleep* (*Les New-Yorkaises*). Walter Berry meurt à Paris.

1928 : Publication d'un roman, *The Children* (*Leurs enfants*). Voyage en Espagne et en Angleterre. *Le Temps de l'innocence*, adapté pour le théâtre, est représenté à New York avant de partir en tournée.

1929 : Publication d'un roman, *Hudson River Bracketed* (*Sur les rives de l'Hudson*).

1930 : Publication de son huitième recueil de nouvelles, *Certain People.*

1932 : Publication d'un roman, *The Gods Arrive* (*Les dieux arrivent*). Voyage à Rome.

1933 : Publication de son neuvième recueil de nouvelles, *Human Nature.* Voyage en Angleterre, au pays de Galles, en Autriche et en Hollande.

1934 : Publication de son autobiographie, *A Backward Glance* (*Les Chemins parcourus*). Voyage en Angleterre et en Écosse.

1935 : *The Old Maid*, un des quatre romans qui composent *Vieux New York*, adapté pour la scène, est joué à New York avec succès. Wharton subit un léger accident cérébral.

1936 : Publication de son dixième recueil de nouvelles, *The World Over. Ethan Frome*, adapté pour la scène par Owen et Donald Davies, est très bien accueilli à New York puis dans plusieurs villes des États-Unis. Le succès de ces adaptations théâtrales met fin aux difficultés financières que connaissait la romancière depuis la crise de 1929.

1937 : Publication posthume de son dernier recueil de nouvelles, *Ghosts* (*Fantômes*). Wharton envoie sa dernière nouvelle « All Souls » à son agent. Sa santé se dégrade. Elle meurt à Saint-Brice le 11 août. Elle est enterrée au cimetière des Gonards, à Versailles, près de son ami Walter Berry.

1938 : Publication posthume de son roman *The Buccaneers* (*Les Boucanières*), commencé en 1933 et resté inachevé.

BIBLIOGRAPHIE

ŒUVRES D'EDITH WHARTON DISPONIBLES EN FRANÇAIS

Romans

Les Amours d'Odon et Fulvia [*The Valley of Decision*, 1902], trad. J. Pavans, Flammarion, 2016.

Les Beaux Mariages [*The Custom of the Country*, 1913], trad. S. Mayoux, Les Belles Lettres, 2018.

Les Boucanières [*The Buccaneers*, 1938], trad. G. Rollin, éd. C. Jordis, Seuil, « Points », 2010.

Chez les heureux du monde [*The House of Mirth*, 1905], trad. C. Du Bos, éd. M.-C. Lemardeley, Le Livre de poche, 2010.

Les dieux arrivent [*The Gods Arrive*, 1932], trad. J. Pavans, J'ai lu, 2002.

L'Écueil [*The Reef*, 1912], trad. S. Porte, préface de Marylin French, 10-18, 1989.

Été [*Summer*, 1917], trad. C. Du Bos, Sillage, 2022.

Ethan Frome, trad. P. Leyris, Gallimard, « L'Imaginaire », 1984.

Un fils sur le front [*A Son at the Front*, 1923], trad. J. Pavans, Flammarion, 2004.

Le Fruit de l'arbre [*The Fruit of the Tree*, 1907], trad. M. Gauthier, 10-18, 2002.

Leurs enfants [*The Children*, 1928], trad. L. Gillet, Ombres, 2018.

Libre et légère [*Fast and Loose*, 1977] ; suivi de la nouvelle « Expiation », [1904], trad. J. Pavans, préface de Diane de Margerie, J'ai lu, 2006.

Les New-Yorkaises [*Twilight Sleep*, 1927], trad. J. Pavans, J'ai lu, 2022.

La Pierre d'achoppement [*The Touchstone*, 1900], trad. J.-P. Naugrette, Circé, 2009.

La Récompense d'une mère [*The Mother's Recompense*, 1925], trad. L. Gillet, éd. V. Forrester, GF-Flammarion, 2021.

La Splendeur des Lansing [*The Glimpses of the Moon*, 1922], trad. S. Mayoux, Flammarion, 2001.

Sur les rives de l'Hudson [*Hudson River Bracketed*, 1929], trad. J. Pavans, J'ai lu, 2003.

Vieux New York [*Old New York*, 1924], in *Chroniques de New York*, trad. M. Chénetier, S. Fosse, C. Malroux et S.V. Mayoux, éd. E. Delanoë-Brun et A. Ullmo, Gallimard, « Quarto », 2024.

Recueils de nouvelles

Une affaire de charme, trad. J. Pavans, J'ai lu, 2004.

Les Entremetteurs et autres nouvelles, trad. et présentation C. du Parc et A. de Mézerac, Le Livre de poche, 2012.

Fièvre romaine, trad. C. Malroux, D. de Margerie, A. Rolland et F.-X. Jaujard, éd. D. de Margerie, GF-Flammarion, 2015.

Le Fils et autres nouvelles, trad. A. Rolland, Gallimard, « L'Imaginaire », 2002.

Kerfol et autres histoires de fantômes, trad. et éd. J.-P. Naugrette, Le Livre de poche, 2011.

Les Metteurs en scène [nouvelle écrite en français], éd. I. Péchoune, Ombres, 2009.

Preuve d'amour, [trois nouvelles], trad. J. Pavans, Flammarion, 2005.

Livres de voyages

La France en automobile [*A Motor-Flight through France*], trad. J. Pavans, préface de Julian Barnes, Gallimard, « Folio », 2017.

Voyage au Maroc [*In Morocco*], trad. F. Monneyron, Gallimard, « L'Imaginaire », 2001.

Autobiographie

Les Chemins parcourus, trad. J. Pavans, Flammarion, 2021.

Essais

« L'Amérique en guerre », conférence donnée à Paris le 8 février 1918, *Commentaire*, printemps 2022, n° 177, p. 55-64.

Les Mœurs françaises et comment les comprendre [*French Ways and their Meaning*, 1919], trad. J. Pavans, Payot & Rivages, 2003.

Paysages italiens [*Italian Backgrounds*, 1905], trad. et éd. M. Rovere, Rivages poche, « Petite bibliothèque », 2012.

Les Règles de la fiction [*The Writing of Fiction*, 1925], trad. J. Pavans, Viviane Hamy, 2006.

Villas et jardins d'Italie [*Italian Villas and their Gardens*, 1903], trad. M. Hechter, Tallandier, « Texto », 2023.

SUR EDITH WHARTON

Deux biographies en anglais

LEE, Hermione, *Edith Wharton*, Pimlico, Londres, 2013.

LEWIS, R.W.B., *Edith Wharton. A Biography*, Londres, Constable, 1975.

Quelques articles

RICARD, Virginia, « Edith Wharton au tournant », in F. Dubosson et P. Geinoz (dirs), *L'Amérique au tournant. La place des États-Unis dans la littérature française (1890-1920)*, Classiques Garnier, 2020, p. 145-156.

— « Walking in Wartime: Edith Wharton's "The Look of Paris" », in K. Benesch et F. Specq (dirs), *Walking and the Aesthetics of Modernity*, New York, Palgrave Macmillan, 2016.

— « Edith Wharton's French Engagement », in J. Haytock et L. Rattray, *The New Cambridge Edith Wharton Studies*, Cambridge University Press, 2019, p. 80-95.
— « Isn't That French? Edith Wharton Revisits the International Theme », in A. Zibrak, *Edith Wharton's The Age of Innocence*, Bloomsbury Academic, 2019.

FILMOGRAPHIE

Le Temps de l'innocence, réal. Martin Scorsese, avec Daniel Day-Lewis, Michelle Pfeiffer et Winona Ryder, 1993.
À voir aussi : Martin Scorsese parle de son film *The Age of Innocence* dans une entrevue avec Kent Jones (1993) : https://www.youtube.com/watch?v=IE7T6q2ILVA.
Chez les heureux du monde, réal. Terence Davies, avec Gillian Anderson, Eric Stoltz, Dan Aykroyd et Anthony La Paglia, 2001.
La Vieille Fille, réal. Edmund Goulding, avec Bette Davies, Miriam Hopkins et George Brent, 1939.

TABLE

LE TEMPS DE L'INNOCENCE

Cet ouvrage a été mis en pages par

<pixellence>

Imprimé en France par Maury Imprimeur en mai 2024
N° d'impression : 278254